DINO BUZZATI

Né en 1906 dans le Frioul, en Italie, Dino Buzzati est mort en 1972. Il fait ses débuts dans le journalisme au *Corriere della Sera*, pour lequel il sera correspondant de guerre lors du second conflit mondial. C'est avec *Barnabo des montagnes* (1933) et *Le secret du bosco Vecchio* (1935) qu'il inaugure sa carrière littéraire.

En 1940 paraît son œuvre la plus connue, *Le désert des Tartares*, qui rencontre un succès immédiat et mondial. Buzzati publie par la suite une série de contes, qui comprend notamment *Les sept messagers* (1941), *L'écroulement de la Baliverna* (1954), *L'image de pierre* (1960), ainsi que des nouvelles, parmi lesquelles *Le K* reste la plus célèbre.

Également peintre, Buzzati nous a laissé une bande dessinée, *Poèmes-bulles*.

LE K

DINO BUZZATI

LE K

Postface de François Livi

LAFFONT

Nouvelles traduites de l'italien
par Jacqueline Remillet

© 1975, Arnoldo Mondadori Editore.
© 1967, Robert Laffont.
© 1992, Librairie Générale Française, pour la postface.
ISBN 2-266-12235-5

LE K

Quand Stefano Roi eut douze ans, il demanda comme cadeau à son père, qui était capitaine au long cours et maître d'un beau voilier, de l'emmener à bord avec lui.

« Quand je serai grand, dit-il, je veux aller sur la mer comme toi. Et je commanderai des navires encore plus beaux et encore plus gros que le tien.

— Dieu te bénisse, mon petit », répondit le père.

Et comme son bâtiment devait justement appareiller ce jour-là, il emmena le garçon à bord avec lui.

C'était une journée splendide, ensoleillée, et la mer était calme. Stefano qui n'était jamais monté sur le bateau, courait tout heureux sur le pont, admirant les manœuvres compliquées des voiles. Et il posait de multiples questions aux marins qui, en souriant, lui donnaient toutes les explications souhaitables.

Arrivé à la poupe, le garçon s'arrêta, intrigué, pour observer quelque chose qui émergeait par intermittence, à deux cents, trois cents mètres environ dans le sillage du navire.

Bien que le bâtiment courût déjà à belle allure, porté par une brise favorable, cette chose gardait toujours le même écart. Et bien qu'il n'en comprît pas la nature, il y avait en elle un je-ne-sais-quoi d'indéfinissable qui fascinait intensément l'enfant.

Le père, qui ne voyait plus Stefano, et l'avait hélé sans succès, descendit de sa passerelle de commandement pour se mettre à sa recherche.

« Stefano, qu'est-ce que tu fais, planté là ? lui demanda-t-il en l'apercevant finalement à la poupe, debout, en train de fixer les vagues.

— Papa, viens voir. »

Le père vint et regarda lui aussi dans la direction que lui indiquait le garçon mais il ne vit rien du tout.

« Il y a une chose noire qui se montre de temps en temps dans le sillage, dit l'enfant, et qui nous suit.

— J'ai beau avoir quarante ans, dit le père, je crois que j'ai encore de bons yeux. Mais je ne remarque absolument rien. »

Comme son fils insistait, il alla prendre sa longue-vue et scruta la surface de la mer, en direction du sillage. Stefano le vit pâlir.

« Qu'est-ce qu'il y a ? Pourquoi tu fais cette figure-là, dis, papa ?

— Oh ! si seulement je ne t'avais pas écouté, s'écria le capitaine. Je vais me faire bien du souci pour toi, maintenant. Ce que tu vois émerger de l'eau et qui nous suit, n'est pas une chose, mais bel et bien un K. C'est le monstre que craignent tous les navigateurs de toutes les mers du monde. C'est un squale effrayant et mystérieux, plus astucieux que l'homme. Pour des raisons que personne ne connaîtra peut-être jamais, il choisit sa victime et une fois qu'il l'a choisie, il la suit pendant des années et des années, toute la vie s'il le faut, jusqu'au moment où il réussit à la dévorer. Et le plus étrange c'est que personne n'a jamais pu l'apercevoir, si ce n'est la future victime ou quelqu'un de sa famille.

— C'est une blague que tu me racontes, papa !

— Non, non, et je n'avais encore jamais vu ce monstre, mais d'après les descriptions que j'ai si souvent entendues, je l'ai immédiatement identifié. Ce mufle de bison, cette gueule qui ne fait que s'ouvrir et se fermer spasmodiquement, ces dents terribles... Stefano, il n'y a plus de doute possible, hélas ! Le K a jeté son dévolu sur toi, et tant que tu seras en mer il ne te laissera pas un instant de répit. Écoute-moi bien, mon petit : nous allons immédiatement retourner au port, tu débarqueras et tu ne t'aventureras plus jamais au-delà du rivage, pour quelque raison que ce soit. Tu dois me le promettre. Le métier de marin n'est pas fait pour toi, mon fils. Il faut te résigner. Bah ! à terre aussi tu pourras faire fortune. »

Ceci dit, il commanda immédiatement au navire de faire demi-tour, rentra au port et, sous le prétexte d'une maladie subite, fit débarquer son fils. Puis il repartit sans lui.

Profondément troublé, l'enfant resta sur la grève jusqu'à ce que la corne du plus haut mât eût disparu à l'horizon. A distance il apercevait un petit point noir qui affleurait de temps en temps : c'était son K qui croisait lentement, de long en large, et qui l'attendait avec obstination.

A partir de ce moment tous les moyens furent bons pour combattre l'attirance que le garçon éprouvait pour la mer. Le père l'envoya étudier dans une ville de l'intérieur des terres, à des centaines de kilomètres de là. Et pendant quelque temps, Stefano, distrait par ce nouveau milieu, ne pensa plus au monstre marin. Toutefois aux grandes vacances, il revint à la maison et il ne put s'empêcher, dès qu'il eut une minute de libre, de courir à l'extrémité de la jetée pour une sorte de vérification qu'il jugeait superflue et dans le fond ridicule. Après si longtemps, le K, en admettant que l'histoire racontée par son père fût vraie, avait certainement renoncé à l'attaque.

Mais Stefano resta médusé, le cœur battant la chamade. A deux, trois cents mètres du môle, en haute mer, le sinistre animal croisait lentement, sortant la tête de l'eau de temps à autre, et regardant vers le rivage comme pour voir si Stefano venait enfin.

C'est alors que la pensée de cette créature hostile qui l'attendait jour et nuit devint pour Stefano une obsession secrète. Dans la cité lointaine il lui arrivait maintenant de se réveiller en pleine nuit avec inquiétude. Il était en lieu sûr, oui, des centaines et des centaines de kilomètres le séparaient du K. Et pourtant il savait qu'au-delà des montagnes, au-delà des bois, au-delà des plaines, le squale continuait à l'attendre. Et même s'il était allé vivre dans le continent le plus lointain, le K l'aurait guetté du lagon le plus proche, avec cette obstination inexorable des instruments du destin.

Stefano, qui était un garçon sérieux et ambitieux, continua ses études avec profit et, arrivé à l'âge d'homme, il trouva un emploi bien rémunéré et important dans une entreprise de la ville. Entre-temps son père était venu à mourir de maladie et le magnifique voilier fut vendu par la veuve. Le fils se trouva alors à la tête d'une coquette fortune. Le travail, les amitiés, les amusements, les premières amours : la vie de Stefano était désormais toute tracée, néanmoins le souvenir du K le tourmentait comme un mirage à la fois funeste et fascinant, et au fur et à mesure que les jours passaient, au lieu de s'estomper, il semblait s'intensifier.

Les satisfactions que l'on tire d'une existence laborieuse, aisée et tranquille sont grandes, certes, mais l'attraction de l'abîme est encore supérieure. Stefano avait à peine vingt-deux ans lorsque, ayant dit adieu à ses amis de la ville et quitté son emploi, il revint dans sa ville natale et annonça à sa mère son intention de faire le même métier que son père. La brave femme, à qui Stefano n'avait jamais soufflé mot du mystérieux squale, accueillit sa décision avec joie. Le fait que son fils eût abandonné la mer pour la ville lui avait toujours semblé, dans le fond de son cœur, une espèce de désertion des traditions familiales.

Et Stefano commença à naviguer, témoignant de qualités maritimes, de résistance à la fatigue, d'intrépidité. Il bourlinguait, bourlinguait sans trêve, et dans le sillage de son bateau, jour et nuit, par bonace ou par gros grain, il traînait derrière lui le K. C'était là sa malédiction et sa condamnation, il le savait, mais justement pour cette raison peut-être, il ne trouvait pas la force de s'en détacher. Et personne à bord n'apercevait le monstre, si ce n'est lui.

« Est-ce que vous ne voyez rien de ce côté-là ? demandait-il parfois à ses compagnons en indiquant le sillage.

— Non, nous ne voyons absolument rien. Pourquoi ?

— Je ne sais pas... Il me semblait...

— Tu n'aurais pas vu un K par hasard ? ricanaient les autres en touchant du fer.

— Pourquoi riez-vous ? Pourquoi touchez-vous du fer ?

— Parce que le K est une bête qui ne pardonne pas. Et si jamais elle se mettait à suivre le navire, cela voudrait dire que l'un de nous est perdu. »

Mais Stefano ne réfléchissait pas. La menace continuelle qui le talonnait paraissait même décupler sa volonté, sa passion pour la mer, son ardeur dans les heures de péril et de combat.

Avec l'héritage que lui avait laissé son père, lorsqu'il sentit qu'il possédait bien son métier, il acheta de moitié avec un associé un petit caboteur, puis il en fut bientôt le seul patron et par la suite, grâce à une série d'expéditions chanceuses, il put acheter un vrai cargo, visant toujours plus ambitieusement de l'avant. Mais les succès et les millions n'arrivaient pas à chasser de son esprit cette obsession continuelle et il ne songea pas une seconde à vendre le bateau et à cesser de naviguer pour se lancer dans d'autres entreprises.

Naviguer, naviguer, c'était son unique pensée. A peine avait-il touché terre dans quelque port, après de longs mois de mer, que l'impatience le poussait à repartir. Il savait que le K l'attendait au large et que le K était synonyme de désastre. Rien à faire. Une impulsion irrépressible l'attirait sans trêve d'un océan à un autre.

Jusqu'au jour où, soudain, Stefano prit conscience qu'il était devenu vieux, très vieux ; et personne de son entourage ne pouvait s'expliquer pourquoi, riche comme il l'était, il n'abandonnait pas enfin cette damnée existence de marin. Vieux et amèrement malheureux, parce qu'il avait usé son existence entière dans cette fuite insensée à travers les mers pour fuir son ennemi. Mais la tentation de l'abîme avait été plus forte pour lui que les joies d'une vie aisée et tranquille.

Et un soir, tandis que son magnifique navire était ancré au large du port où il était né, il sentit sa fin prochaine. Alors il appela le capitaine, en qui il avait une totale confiance, et lui enjoignit de ne pas s'opposer à ce qu'il allait tenter. L'autre, sur l'honneur, promit.

Ayant obtenu cette assurance, Stefano révéla alors au capitaine qui l'écoutait bouche bée, l'histoire du K qui avait continué de le suivre pendant presque cinquante ans, inutilement.

« Il m'a escorté d'un bout à l'autre du monde, dit-il, avec une fidélité que même le plus noble ami n'aurait pas témoignée. Maintenant je suis sur le point de mourir. Lui aussi doit être terriblement vieux et fatigué. Je ne peux pas tromper son attente. »

Ayant dit, il prit congé, fit descendre une chaloupe à la mer et s'y installa après s'être fait remettre un harpon.

« Maintenant, je vais aller à sa rencontre, annonça-t-il. Il est juste que je ne le déçoive pas. Mais je lutterai de toutes mes dernières forces. »

A coups de rames il s'éloigna. Les officiers et les matelots le virent disparaître là-bas, sur la mer placide, dans les ombres de la nuit. Au ciel il y avait un croissant de lune.

Il n'eut pas à ramer longtemps. Tout à coup le mufle hideux du K émergea contre la barque.

« Je me suis décidé à venir à toi, dit Stefano. Et maintenant, à nous deux ! »

Alors, rassemblant ses dernières forces, il brandit le harpon pour frapper.

« Bouhouhou ! mugit d'une voix suppliante le K. Quel long chemin j'ai dû parcourir pour te trouver ! Moi aussi je suis recru de fatigue... Ce que tu as pu me faire nager ! Et toi qui fuyais, fuyais... dire que tu n'as jamais rien compris !

— Compris quoi ? fit Stefano piqué.

— Compris que je ne te pourchassais pas autour de la terre pour te dévorer comme tu le pensais. Le roi des mers m'avait seulement chargé de te remettre ceci. »

Et le squale tira la langue, présentant au vieux marin une petite sphère phosphorescente.

Stefano la prit entre ses doigts et l'examina. C'était une perle d'une taille phénoménale. Et il reconnut alors la fameuse Perle de la Mer qui donne à celui qui la possède fortune, puissance, amour, et paix de l'âme. Mais il était trop tard désormais.

« Hélas ! dit-il en hochant la tête tristement. Quelle pitié ! J'ai seulement réussi à gâcher mon existence et la tienne...

— Adieu, mon pauvre homme », répondit le K.

Et il plongea à jamais dans les eaux noires.

Deux mois plus tard, poussée par le ressac, une petite chaloupe s'échoua sur un écueil abrupt.
Elle fut aperçue par quelques pêcheurs qui, intrigués, s'en approchèrent. Dans la barque, un squelette blanchi était assis : entre ses phalanges minces il serrait un petit galet arrondi.

Le K est un poisson de très grande taille, affreux à voir et extrêmement rare. Selon les mers et les riverains, il est indifféremment appelé kolomber, kahloubrha, kalonga, kalu, balu, chalung-gra. Les naturalistes, fait étrange, l'ignorent. Quelques-uns, même, soutiennent qu'il n'existe pas...

LA CRÉATION

Le Tout-Puissant avait déjà construit l'univers, disposant avec une irrégularité fantaisiste les étoiles, les nébuleuses, les planètes, les comètes, et il était en train de contempler ce spectacle avec une certaine complaisance, quand un des innombrables ingénieurs-projeteurs à qui il avait confié la réalisation de son grand projet, s'approcha d'un air très affairé.

C'était l'esprit Odnom, un des plus intelligents et des plus dynamiques de la nouvelle vague des anges (n'allez surtout pas penser qu'il avait des ailes et une tunique blanche, les ailes et la tunique sont une invention des peintres de l'ancien temps qui trouvaient que c'était bien pratique sur le plan décoratif).

« Tu désires quelque chose ? lui demanda le Créateur, avec bienveillance.

— Oui, Seigneur, répondit l'esprit-architecte. Avant que tu n'apposes le mot « fin » à ton œuvre merveilleuse et que tu ne lui donnes ta bénédiction, je voudrais te faire voir un petit projet auquel nous avons pensé, avec quelques jeunes collègues. Oh ! quelque chose de très secondaire, une vétille, comparée à tout le reste, un détail, mais qui nous a quand même semblé intéressant. »

Et d'un porte-documents qu'il portait à la main, il tira une feuille où était dessinée une espèce de sphère.

« Fais voir », dit le Tout-Puissant, qui naturellement connaissait déjà tout du projet mais faisait semblant de l'ignorer et simulait la curiosité afin que ses meilleurs architectes en ressentissent un plus grand plaisir.

Le plan était très précis et portait toutes les cotes souhaitables.

« Voyons, qu'est-ce que cela peut bien être ? dit le Créateur, poursuivant sa feinte diplomatique. On dirait une planète, mais nous en avons déjà construit des milliards et des milliards. Faut-il vraiment en faire encore une, et de dimensions aussi restreintes de surcroît ?

— Il s'agit en effet d'une petite planète, confirma l'ange-architecte, mais, contrairement aux autres milliards de planètes, celle-ci présente des caractéristiques particulières. »

Et il expliqua comment ils avaient pensé la faire tourner autour d'une étoile à une distance telle qu'elle en recevrait de la chaleur mais pas trop, et il énuméra les éléments du devis, avec leurs quantités respectives et leur prix de revient. Dans quel but tout cela ? Eh bien, toutes ces conditions préalables étant réalisées, il se produirait sur ce globe minuscule un phénomène très curieux et amusant : la vie.

Il était évident que le Créateur n'avait pas besoin d'explications complémentaires. Il en savait plus long à lui tout seul que tous les anges-architectes, anges-contremaîtres et anges-maçons rassemblés. Il sourit. L'idée de cette petite boule suspendue dans l'immensité des espaces, portant une multitude d'êtres qui naîtraient, croîtraient, multiplieraient et mourraient, lui semblait plutôt piquante. Naturellement, parce que même si ce projet avait été élaboré par l'esprit Odnom et ses collaborateurs, en fin de compte, il provenait toujours de lui, origine première de toutes choses.

Devant l'accueil bienveillant, l'ange-architecte prit de l'assurance et lança un coup de sifflet strident qui fit accourir sur-le-champ des milliers, mais que dis-je, des milliers ? des centaines de milliers et peut-être des millions d'autres esprits.

A cette vue, le Créateur fut effrayé sur le moment. Tant qu'il ne s'agissait que d'un solliciteur, bon. Mais si chacun de ceux qui venaient d'arriver avait à lui soumettre un projet particulier avec les explications adéquates, cela durerait des siècles. Toutefois dans son extraordinaire bonté, il se prépara à supporter l'épreuve. Les casse-pieds sont une plaie éternelle. Il soupira seulement...

Odnom le rassura. Il n'avait rien à craindre. Tous ces gens n'étaient que des dessinateurs. Le comité exécutif de la nouvelle planète les avait chargés de réaliser les maquettes des innombrables espèces d'êtres vivants, de plantes et d'animaux nécessaires à une bonne réussite. Odnom et ses camarades n'avaient pas perdu de temps. Loin de se présenter avec un vague plan abstrait, ils avaient prévu les moindres détails. Et peut-être avaient-ils pensé, dans le fond de leur cœur, mettre le Très-Haut devant le fait accompli avec le fruit d'un tel travail précis. Mais ce n'était pas la peine.

Ce qui s'était annoncé comme un défilé massacrant de quémandeurs devint au contraire pour le Créateur une soirée plaisante et brillante. Non seulement il examina avec intérêt, sinon tous, du moins la plus grande partie des dessins, des plantes et des animaux, mais il participa volontiers aux discussions relatives qui s'élevaient souvent entre leurs auteurs.

Chaque dessinateur était naturellement désireux de voir son propre travail approuvé et éventuellement loué. La diversité des tempéraments était symptomatique. Comme partout ailleurs dans n'importe quel endroit de l'univers, il y avait l'immense masse des humbles qui avaient trimé dur pour créer la base solide, pourrions-nous dire, de la nature vivante ; maquettistes à l'imagination souvent limitée mais d'une technique scrupuleuse et qui avaient dessiné un par un tous les micro-organismes, les mousses, les lichens, les insectes relevant de l'administration courante, en somme, les êtres de moindre importance. Et puis il y avait les artistes de talent, les fantaisistes, esbroufeurs qui tenaient à briller et à se faire remarquer, ce qui les avait poussés à concevoir des créatures bizarres, compliquées, fantastiques et quelquefois aberrantes. Certaines d'entre elles, par exemple des dragons qui avaient plus de dix têtes, durent être refusées, jetées à la corbeille.

Les dessins étaient faits sur un papier de luxe en couleur et grandeur nature. Ce qui mettait en nette infériorité les maquettistes des organismes aux dimensions plus modestes. Les auteurs des bactéries, virus et autres passaient presque inaperçus, malgré leurs mérites incontestables. Évidemment, ils présentaient de petits bouts de papier de la dimension d'un timbre-poste qui portaient des signes imperceptibles que notre œil humain n'aurait pu distinguer (mais le leur, si). Il y avait, entre autres, l'inventeur des tardigrades qui allait et venait avec son minuscule album de croquis grands comme l'œil d'un moustique, s'attendant à ce que les autres apprécient la grâce de ces futurs animalcules dont la silhouette évoquait vaguement de petits oursons ; mais personne ne lui accordait la moindre attention. Heureusement que le Tout-Puissant, à qui rien n'échappait, lui fit un petit clin d'œil qui valait une poignée de main enthousiaste, ce qui lui réchauffa le cœur.

Une vive altercation s'éleva entre l'auteur du projet du chameau et son collègue qui avait imaginé le dromadaire, chacun prétendant avoir eu le premier l'idée de la bosse, comme si c'était une trouvaille géniale. Chameau et dromadaire laissèrent l'assistance plutôt froide : la plupart les jugèrent de très mauvais goût. Ils furent acceptés, mais de justesse.

La proposition des dinosaures souleva un tollé général. Un groupe hardi d'esprits ambitieux défila en parade, brandissant sur de très hauts chevalets les gigantesques dessins de ces puissantes créatures. L'exhibition fit, indiscutablement, une certaine sensation. Tout de même les énormes animaux étaient exagérés. Malgré leur taille et leur corpulence, il était peu probable qu'ils survivraient. Pour ne pas chagriner les braves artistes, qui y avaient mis tout leur talent, le Roi de la Création concéda toutefois l'exequatur.

Un éclat de rire général et bruyant accueillit le dessin de l'éléphant. La longueur de son nez semblait excessive, grotesque même. L'inventeur rétorqua qu'il ne s'agissait pas d'un nez mais d'un organe très spécial, pour lequel il proposait le nom de proboscide ou trompe. Le mot plut, il y eut quelques applaudissements isolés, le Tout-Puissant sourit. Et l'éléphant lui aussi passa l'épreuve avec succès.

Par contre un succès immédiat et fantastique alla à la baleine. Six esprits volants soutenaient la planche démesurée avec le portrait du monstre. Il fut d'emblée extrêmement sympathique à tous, et souleva une chaleureuse ovation.

Mais comment se souvenir de tous les épisodes de cette interminable revue ? Parmi les clous les plus remarquables, nous pouvons citer certains grands papillons aux vives couleurs, le serpent boa, le séquoia, l'archéoptérix, le paon, le chien, la rose et la puce ; on s'accorda à l'unanimité pour prédire un long et brillant avenir à ces trois derniers personnages.

Pendant ce temps, au milieu de toute cette foule d'esprits qui se pressaient et se bousculaient autour du Tout-Puissant, assoiffés de louanges, un solitaire allait et venait, un rouleau sous le bras : importun, fâcheux, ô combien assommant ! Il avait un visage intelligent, cela oui, on ne pouvait pas le nier. Mais une telle opiniâtreté ! Une vingtaine de fois au moins, il chercha à se faufiler au premier rang à coups de coudes pour attirer l'attention du Seigneur. Mais sa véhémence orgueilleuse agaçait. Et ses collègues, feignant de l'ignorer, le repoussaient en arrière.

Il fallait autre chose pour le décourager. Et aïe donc ! il réussit finalement à parvenir aux pieds du Créateur et, avant que ses compagnons aient eu le temps de l'en empêcher, il déploya le rouleau, offrant aux regards divins le fruit de son talent. Les dessins représentaient un animal dont l'aspect était vraiment désagréable, pour ne pas dire répugnant, mais qui frappait, toutefois, parce que totalement différent de tout ce qu'on avait vu jusqu'alors. D'un côté était représenté le mâle, de l'autre la femelle. Comme beaucoup d'autres bêtes, ils avaient quatre membres mais, du moins à en juger d'après les dessins, ils n'en utilisaient que deux pour marcher. Pas de poil, si ce n'est quelques touffes çà et là, spécialement sur la tête, comme une crinière. Les deux membres antérieurs pendouillaient sur les côtés d'une façon un peu ridicule. Le museau ressemblait à celui des singes, qui avaient déjà été soumis avec succès à l'examen. La silhouette n'était plus fine, harmonieuse et galbée comme celle des oiseaux, des poissons, des coléoptères, mais dégingandée, gauche et dans un certain sens indécise, comme si le dessinateur, au moment critique, s'était senti découragé et fatigué.

Le Tout-Puissant jeta un coup d'œil.

« On ne peut pas dire que ce soit bien beau ! observa-t-il en adoucissant par l'amabilité du ton la sévérité de son jugement, mais peut-être cet animal a-t-il quelque utilité particulière ?

— Oui, ô Seigneur, confirma l'importun. Il s'agit, modestie mise à part, d'une invention formidable. Ceci serait l'homme et cela la femme. Indépendamment de l'aspect physique, qui, je l'admets, est discutable, j'ai cherché à les faire de telle façon qu'ils soient, pardonne-moi ma hardiesse, à ta ressemblance, ô Très-Haut. Ce sera, dans toute la création, le seul être doué de raison, l'unique qui pourra se rendre compte de ton existence, l'unique qui saura t'adorer. En ton honneur il bâtira des temples grandioses et il livrera des guerres terriblement meurtrières.

— Aïe, aïe, aïe ! Tu veux dire que ce serait un intellectuel ? fit le Tout-Puissant. Fais-moi confiance, mon fils, non, pas d'intellectuels. L'univers en est exempt, par chance, jusqu'à présent. Et j'espère qu'il restera tel jusqu'à la fin des millénaires. Je ne nie pas, mon garçon, que ton invention soit ingénieuse. Mais peux-tu m'assurer de son éventuelle réussite ? Que cet être que tu as imaginé soit doué de qualités exceptionnelles, c'est possible, mais à en juger d'après sa mine, il m'a tout l'air d'être une source d'embêtements à n'en plus finir. Cependant, je dois dire que j'ai pris plaisir à constater ton habileté. Je serai même heureux de te remettre une médaille. Mais je crois prudent que tu renonces à ton projet. Ce type-là, si je lui donnais un tant soit peu de mou, serait bien capable, un jour ou l'autre, de me manigancer les pires ennuis. Non, non, laissons tomber. »

Et il le congédia d'un geste paternel.

L'inventeur de l'homme s'en alla, en rechignant,

sous les sourires discrètement narquois de ses confrères. A vouloir trop bien faire... Puis vint le tour de l'auteur du projet des tétraonides.

La journée avait été mémorable et heureuse : comme toutes les grandes heures faites d'espoir, d'attente de choses belles sur le point de se produire mais qui ne sont pas encore : comme toutes les heures de jeunesse. La Terre allait naître avec ses merveilles bonnes et cruelles, béatitudes et angoisses, amour et mort. Le mille-pattes, le chêne, le ver solitaire, l'aigle, l'ichneumon, la gazelle, le rhododendron. Le lion !

L'importun allait et venait encore, infatigable et oh ! tellement ennuyeux, avec son porte-documents. Il regardait sans cesse là-haut, quêtant dans la pupille du Maître un signe de contrordre. Les sujets préférés étaient pourtant tous différents : faucons et paramécies, armadilles et thunbergies, staphylocoques et potocarpes, cyclopides et iguanodons.

Jusqu'au moment où la Terre fut remplie de créatures adorables et odieuses, douces et sauvages, horribles, insignifiantes, très belles. Un bruissement de fermentations, de palpitations, de gémissements, de ululements et de chants allait naître des forêts et des mers. La nuit descendait. Les dessinateurs, ayant obtenu le suprême accord, s'en étaient allés, satisfaits, qui d'un côté, qui d'un autre. Un peu las, le Sublime se retrouva seul dans les immensités qui se peuplaient d'étoiles. Il allait s'endormir, en paix...

Il sentit qu'on tirait doucement le bord de son manteau. Il ouvrit les yeux, abaissa son regard et vit cet importun qui retournait à la charge : il avait de nouveau déroulé son dessin et Le fixait avec des yeux implorants. L'homme ! quelle idée folle, quel dangereux caprice. Mais dans le fond quel jeu fascinant, quelle terrible tentation. Après tout, peut-être cela en valait il la peine. Bah ! advienne que pourra. Et puis, en période de création, on pouvait bien se montrer optimiste.

« Allons, donne-moi ça », dit le Tout-Puissant en saisissant le fatal projet.

Et il y apposa sa signature.

LA LEÇON DE 1980

Excédé à la fin par tant de querelles, le Père éternel décida de donner aux hommes une leçon salutaire.

A minuit précis, le mardi 31 décembre 1979, le chef du gouvernement soviétique, Piotr Semionovitch Kurulin, mourut subitement. Il trinquait justement à la nouvelle année, lors d'une réception donnée en l'honneur des représentants de la Fédération des Démocraties de l'Afrique orientale — et il en était à son douzième verre de vodka — lorsque le sourire s'éteignit sur ses lèvres et qu'il s'écroula par terre comme un sac de ciment, au milieu de la consternation générale.

Le monde fut ébranlé par des réactions opposées. On était alors arrivé à l'une de ces périodes de crise aiguë et redoutable de la guerre froide, comme il n'y en avait peut-être encore jamais eu. Cette fois-ci le motif de la tension entre le bloc communiste et le bloc occidental était la revendication de la possession du cratère de Copernic, sur la Lune. Dans cette vaste région, riche en métaux rares, se trouvaient des forces d'occupation américaines et soviétiques ; les premières concentrées dans une zone centrale réduite, les autres sur le pourtour. Qui y était descendu le premier ? Qui pouvait se vanter d'un droit de priorité ?

25

Justement, quelques jours avant, c'est-à-dire la veille de Noël — geste qui fut jugé de très mauvais goût par les pays libres — Kurulin, à propos du cratère de Copernic, avait tenu des propos très violents, proclamant ouvertement la supériorité soviétique dans le domaine des « moyens de décompression » (les bombes thermonucléaires, utilisées auparavant comme épouvantails lors des conflits internationaux, étaient désormais des vieilleries poussiéreuses). « Les responsables de cette nouvelle agression capitaliste, avait-il dit dans un style qui rappelait feu Khrouchtchev, veulent compter sans nous ? En vingt-cinq secondes aujourd'hui, nous sommes en mesure de faire éclater comme autant de petits ballonnets tous les habitants de leurs pays respectifs. » Il faisait ainsi allusion aux dispositifs secrets capables de supprimer sur de vastes territoires la pression atmosphérique, avec toutes les funestes conséquences que cela entraînerait.

Habitués comme ils l'étaient désormais à l'éloquence plutôt antipathique de leur grand adversaire, les Occidentaux n'avaient naturellement pas pris au pied de la lettre la menace de Kurulin. Mais ils ne s'en étaient quand même pas caché la gravité. En somme, c'était un nouveau Dien-Bien-Phu multiplié par cent qui se préparait sur la Lune.

La disparition soudaine de Kurulin fut donc un immense soulagement pour l'Amérique. Comme ses prédécesseurs du reste, il avait centralisé presque toutes les charges du pouvoir. Bien qu'il n'existât — du moins apparemment — aucune opposition intérieure, sa politique pouvait être définie comme tout à fait personnelle. Lui disparu, il y aurait inévitablement à Moscou une période d'indécision et de flottement. En tout cas le durcissement diplomatique et militaire des Soviétiques s'atténuerait sensiblement.

Symétriquement, dans le camp russe, le désarroi fut tout aussi grand. D'autant plus que le dédaigneux isolement de la Chine ne laissait présager rien de bon. En outre, le décès du dictateur juste au moment où il allait inaugurer un nouveau décennat (un nouveau plan vingtennal devait être lancé incessamment) fit une mauvaise impression dans le peuple ; instinctivement on y voyait un mauvais présage.

Mais l'année à peine née devait décidément se révéler riche en imprévus. Une semaine après, à minuit précis, le mardi 7 janvier, quelque chose qui ressemblait fort à un infarctus, terrassa à sa table de travail, tandis qu'il conférait avec le secrétaire à la marine de guerre, le président des États-Unis, Samuel E. Fredrikson, le valeureux technicien et pionnier, symbole de l'intrépide esprit national, qui avait été le premier Américain à poser le pied sur la Lune.

Le fait qu'à une semaine d'intervalle exactement, les deux plus grands antagonistes du conflit mondial aient disparu de la scène provoqua une émotion indicible. Et qui plus est à minuit tous les deux ? On parla d'assassinat fomenté par une secte secrète, certains firent des suppositions abracadabrantes sur l'intervention de forces supraterrestres, d'autres allèrent même jusqu'à soupçonner une sorte de « jugement de Dieu ». Les commentateurs politiques ne savaient plus à quel saint se vouer. Oui, bien sûr, ce pouvait être une pure coïncidence fortuite, mais l'hypothèse était difficile à avaler : d'autant que Kurulin et Fredrikson avaient joui jusqu'alors d'une santé de fer.

Pendant ce temps-là, à Moscou, l'intérim du pouvoir était assuré par un soviet collectif ; à Washington, selon la Constitution, la charge suprême passa automatiquement au vice-président Victor S. Klement, sage administrateur et juriste largement sexagénaire, jusque-là gouverneur du Nebraska.

La nuit du 14 janvier 1980, un mardi, lorsque la pendule placée sur la cheminée où flambaient des bûches eut sonné douze coups, Mr. Klement, qui était en train de lire un roman policier, assis dans son fauteuil au coin du feu, laissa tomber le livre, pencha doucement la tête en avant et ne bougea plus. Les soins que lui prodiguèrent ses familiers puis les médecins accourus ne servirent à rien. Klement, lui aussi, s'en était allé dans le monde de la majorité.

Cette fois une vague de terreur superstitieuse déferla sur l'univers. Non, on ne pouvait plus parler de hasard. Une puissance surhumaine s'était mise en mouvement pour frapper à échéance fixe, avec une précision toute mathématique, les grands de ce monde. Et les observateurs les plus perspicaces crurent avoir décelé le mécanisme de l'effroyable phénomène : par décret supérieur, la mort enlevait, chaque semaine, celui qui, à ce moment-là, était, parmi les hommes, le plus puissant de tous.

Trois cas, même très étranges, ne permettent certes pas de formuler une loi. Cette interprétation toutefois frappa les esprits et un point d'interrogation angoissé se posa : à qui le tour mardi prochain ? Après Kurulin, Fredrikson et Klement, quel était l'homme le plus puissant de l'univers destiné à périr ? Dans le monde entier une fièvre de paris se déclencha pour cette course à la mort.

La tension des esprits en fit une semaine inoubliable. Qui était le plus intéressé par le cratère de Copernic ? Plus d'un chef d'État était tiraillé entre l'orgueil et la peur : d'une part l'idée d'être choisi pour le sacrifice de la nuit du mardi le flattait parce que c'était un critère évident de sa propre autorité ; d'autre part, l'instinct de conservation faisait entendre sa voix. Le matin du 21 janvier, Lu Tchi-min, le très secret et mystérieux chef de la Chine, convaincu plus ou moins présomptueusement que son tour était venu, et pour bien manifester son libre arbitre vis-à-vis de la volonté de l'Éternel, athée comme il l'était, se donna la mort.

Dans le même temps, le très vieux de Gaulle, désormais seigneur mythique de la France, persuadé lui aussi d'être l'élu, prononça, avec le peu de voix qui lui restait, un noble discours d'adieux à son pays, parvenant, de l'avis presque unanime, au sommet de l'éloquence, malgré le lourd fardeau de ses quatre-vingt-dix ans. On constata alors combien l'ambition pouvait l'emporter sur toute autre chose. Il se trouvait des hommes heureux de mourir du moment que leur mort révélait leur prééminence sur le reste du genre humain.

Mais avec une amère désillusion, de Gaulle se retrouva minuit passé en excellente santé. Par contre, celui qui mourut brutalement, à la stupéfaction générale, ce fut Koccio, le dynamique président de la Fédération de l'Afrique occidentale, qui jusqu'alors avait surtout joui d'une réputation de sympathique histrion. Et puis la nouvelle se propagea qu'au centre de recherches qu'il avait créé à Busundu, on avait découvert le moyen de déshydrater gens et choses à distance, ce qui constituait une arme redoutable en temps de guerre.

Après quoi — la loi « c'est le plus puissant qui meurt » se trouvant confirmée — on constata un sauve-qui-peut général des charges les plus élevées et hier encore les plus recherchées. Presque tous les sièges présidentiels restèrent vacants. Le pouvoir, auparavant convoité avec avidité, brûlait les mains de ceux qui le détenaient. Il y eut, parmi les gros bonnets de la politique, de l'industrie et de la finance, une course désespérée à qui serait le moins important. Tous se faisaient petits, repliaient leurs ailes, affichaient un noir pessimisme sur le sort de leur propre patrie, de leur propre parti, de leurs propres entreprises. Le monde renversé. Un spectacle divertissant, n'eût été le cauchemar du prochain mardi soir.

Et puis, toujours à minuit, le cinquième mardi, le sixième et le septième, Hosei, le vice-président de la Chine, Phat el-Nissam, l'éminence grise du Caire, ainsi que le vénérable Kaltenbrenner, surnommé encore « le sultan de la Ruhr », furent éliminés du jeu.

Par la suite, les victimes furent fauchées parmi des hommes de moindre envergure. La défection des titulaires épouvantés avait laissé inoccupés les postes éminents de commandement. Seul, le vieux de Gaulle, imperturbable comme toujours, n'avait pas lâché le sceptre. Mais la mort, qui sait pourquoi, ne lui accorda pas satisfaction. Il faut bien reconnaître qu'il fut même l'unique exception à la règle. Par contre, des personnages moins importants que lui tombèrent à l'échéance du mardi soir. Peut-être le Père éternel, en faisant semblant de l'ignorer, voulait-il lui donner une leçon d'humilité ?

Au bout de deux mois, il n'y avait plus un dictateur, plus un chef de gouvernement, plus un leader de grand parti, un président-directeur général de grosse industrie. Fantastique ! Tous démissionnaires. Il ne resta à la tête des nations et des grandes firmes que des commissions de collèges paritaires où chaque membre se gardait bien d'attirer l'attention sur lui. Dans le même temps, les hommes les plus riches du monde se débarrassaient en toute hâte de leur incroyable accumulation de milliards par de gigantesques donations à des œuvres sociales, à des mécénats artistiques.

On en arriva à des paradoxes inouïs. Lors de la campagne électorale en Argentine, le président Hermosino, craignant une majorité des voix comme la peste, se diffama tellement lui-même qu'il tomba sous le coup de l'accusation d'« outrage au chef de l'État ». Dans l'*Unità* de Rome, les éditoriaux endeuillés proclamaient la complète dissolution du Parti communiste italien, en réalité encore très actif : c'était le député Cannizzaro, leader du parti, qui, attaché comme il l'était à sa charge dont il n'avait pas voulu se démettre, cherchait ainsi, subrepticement, à écarter les coups du destin. Et le champion mondial des poids lourds, Vasco Bolota, se fit inoculer le paludisme pour s'étioler, car une belle prestance physique était un signe dangereux de puissance.

Dans les litiges, qu'ils soient internationaux, nationaux ou privés, chacun donnait raison à l'adversaire, cherchait à être le plus faible, le plus soumis, le plus dépouillé. Le cratère de Copernic fut équitablement partagé entre Soviétiques et Américains. Les capitalistes cédaient leurs entreprises aux travailleurs et les travailleurs les suppliaient de bien vouloir les conserver. En quelques jours on arriva à un accord sur le désarmement général. On fit exploser les vieux stocks de bombes dans les environs de Saturne qui en eut deux anneaux brisés.

Six mois ne s'étaient pas écoulés que toute ombre de conflit, même local, s'était dissipée. Que dis-je, de conflit ? Il n'y avait plus de controverses, de haines, de disputes, de polémiques, d'animosité. Finies la course au pouvoir et l'idée fixe de la domination ! Et l'on vit alors s'établir partout la justice et la paix, dont, grâce au Ciel, nous jouissons toujours quinze ans après. Car si quelque ambitieux oublieux de la leçon de 1980 tente de lever la tête au-dessus des autres, la faux invisible, tzac ! la lui tranche, toujours le mardi, à minuit.

Les « exécutions » hebdomadaires cessèrent vers la mi-octobre. Elles n'étaient plus nécessaires.

Une quarantaine d'infarctus judicieusement distribués avaient suffi pour arranger les choses sur la Terre. Les dernières victimes furent des figures de second plan, mais le marché mondial n'offrait rien de mieux en fait de personnages puissants. Seul de Gaulle continua à être obstinément épargné.

L'avant-dernier fut George A. Switt (dit Sweet), le célèbre présentateur de la stéréotélévision américaine. Beaucoup en furent surpris, mais en réalité Switt jouissait d'un prestige formidable, tel qu'il aurait pu arriver aux plus hautes charges de la Confédération s'il l'avait seulement désiré. Interrogé à ce sujet, le magnat bien connu du turf, le comte Mike Bongiorno, qui dans sa jeunesse, vers les années 50, avait connu son heure de célébrité en Italie comme présentateur, déclara que la nouvelle ne l'avait pas du tout étonné. Lui-même, dans ses belles années, dit-il, s'était aperçu qu'il détenait à son insu un pouvoir à peu près illimité ; et une nation étrangère (dont il ne révéla pas le nom) lui avait offert des mille et des cents pour qu'il poussât à la révolte, d'un mot, le peuple italien afin de pouvoir instaurer un nouveau régime (il ne voulut pas spécifier lequel). Mais par patriotisme, et bien qu'il eût un passeport américain, lui, il avait répondu non.

GÉNÉRAL INCONNU

Sur un champ de bataille, un de ceux dont personne ne se souvient, là-bas, à la page 47 de l'atlas où il y a une grande tache jaunâtre avec quelques noms contenant beaucoup de h, éparpillés çà et là, on a trouvé l'autre jour, lors d'un sondage effectué en vue d'une éventuelle prospection géologique, on a trouvé donc un général.

Il gisait sous une mince couche de sable — probablement apportée par le vent au cours de ces longues années, si nombreuses maintenant —, il gisait comme n'importe quel pauvre malheureux, comme le dernier des fantassins, comme un vagabond sans patrie, comme un chameau crevé de soif, comme un gueux maudit, bien qu'il eût été un général. Parce que les dissemblances n'existent que tant que nous vivons, parlons, paradons, chacun récitant son rôle, et puis c'est fini : nous sommes tous égaux dans la position identique de la mort, si simple, si adaptée aux conditions requises par l'éternité.

Description : un squelette plutôt délabré, en mauvais état, avec cependant tous ses os, taille un mètre soixante-douze environ, aucune fracture, aucun trou, les mâchoires entrouvertes, comme s'il avait de la peine à respirer (à propos, une dent en or).

33

Et puis : des lambeaux déteints de l'uniforme de campagne, qui avaient la consistance d'une toile d'araignée, des restes présumés de bottes, de ceinturon, de gants aussi, une paire de lunettes de soleil ou de myope. Rien de particulier en somme. Et les prospecteurs, qui étaient tous des techniciens, des hommes positifs, n'en auraient pas fait grand cas si à l'endroit correspondant à la clavicule il n'y avait eu deux épaulettes d'argent avec des franges d'argent elles aussi ; à l'endroit de la tête un casque avec une fine grecque d'or ; à la hauteur de la poitrine un médaillier avec toutes ses médailles d'argent et de bronze retenues par des petits rubans qui conservaient encore leurs belles couleurs (des médailles en or, il n'y en avait pas).

Un des ouvriers jura d'étonnement, un autre dit oh ! un troisième poussa des exclamations. Mais tout de suite l'ingénieur : « Attention, les gars, surtout, ne touchez à rien. » Parce qu'il avait entendu parler de certains trésors antiques enterrés et savait combien ils deviennent délicats et fragiles avec le temps. En fait, il n'y eut pas besoin de le toucher.

Il faisait à cet endroit-là une chaleur terrible, le soleil était déjà haut, 9 h 40, les ouvriers qui travaillaient aux fouilles étaient en nage, et tout autour les choses tremblotaient dans l'air brûlant ; cependant l'air de la mer qui n'était pas loin soufflait, par bouffées intermittentes, avec cette odeur sincère qui fait tant de bien.

Les témoins virent alors, au contact de cet air vif, authentique, fort et primordial, les épaulettes, les médailles et les petits rubans se dissoudre en microscopiques paillettes, en une impalpable poussière d'argent que le vent éparpillait. En deux minutes, il ne subsista de tant de gloire que le casque en métal.

Mais l'ingénieur était un homme capable et il avait

immédiatement pris des photos avec l'appareil qu'il portait toujours en bandoulière ; de sorte que le document existe prouvant qu'il s'agissait bien d'un général et non d'un quelconque pauvre type.

Quoi qu'il en fût, l'ingénieur géologue et toute son équipe restaient plantés là comme des piquets, ils ne savaient plus quoi dire, ce malheureux squelette leur causait une curieuse impression et pourtant ils n'étaient pas des mauviettes : ils en avaient déjà vu de toutes les couleurs.

Les ouvriers ne savaient rien ou presque de la guerre qui s'était déroulée à cet endroit. C'étaient tous des gars entre vingt-trois, vingt-cinq ans, alors vous pensez ! L'ingénieur en savait un peu plus long, mais guère davantage : il était encore un petit garçon quand on s'était bagarré là-haut et il se moquait bien de ces histoires-là. Pourtant ils comprirent tous immédiatement que c'était un général, un homme important (en son temps).

Avec les précautions qui s'imposaient, ils cherchèrent alors entre les côtes, le sternum, les vertèbres et les fémurs, s'il subsistait quelques papiers d'identité, une carte, une photo, ou un laissez-passer, enfin quelque chose de palpable. Mais rien, pas le moindre nom, ni initiales ni autre indice. Un général, c'est tout.

Les hommes qui vivent aujourd'hui, les jeunes gars aux bras puissants comme des chênes, les ingénieurs rompus aux mystères de l'électronique et de l'automation, n'ont pas le loisir ni le désir de s'attendrir sur un mort. Ils ne bronchent pas devant le petit oiseau étranglé, devant le chat aplati comme du beurre sur la route par les pneus du camion, devant l'enfant noyé dans le ruisseau, devant le père ou la mère s'ils en font un drame.

Mais ça ! C'est pis que tout, un général dont personne ne connaît le nom, dont personne ne se souvient ; à qui personne ne tient compagnie, sans officier d'ordonnance, sans automobile personnelle, sans sonneries de trompettes, et voilà maintenant que le vent lui a même emporté ses médailles, et l'a laissé tout nu comme un chien.

À l'ampleur du ceinturon, on peut déduire qu'il était plutôt corpulent, la cinquantaine bien sonnée, sorti de l'École de guerre, auteur de monographies remarquables, spécialiste en logistique, mariage avec une demoiselle de l'aristocratie très comme il faut, homme d'esprit, ami des arts, brillant causeur, officier de grand avenir. Et en fait...

Constellé de médailles commémorant les batailles que tu as perdues, toutes ; sauf celle que tu aurais livrée demain ; mais juste ce jour-là tu es mort.

Tu avais des épaulettes d'argent brillantes comme le mirage de la gloire, à droite et à gauche, sur tes épaules un peu arrondies par la graisse. Et maintenant tu ne les as même plus. Qui te les avait offertes ?

Petit os en forme de flûte, tibia gracieux et compétent, tu en as éprouvé pourtant des satisfactions quand tu pesais sur l'étrier, vibrant d'un désir martial, au bruit des fanfares, rêvant de ces victoires héroïques que l'on trouve dans les livres de classe, pendant la revue nationale !

Petit os en forme de sceptre, aujourd'hui fragile comme un gressin, que commandais-tu ? Tu étais probablement affecté à l'arrière, dans le but évident de contrôler un vaste secteur. C'est un chef compétent, disait-on. Et maintenant tu es ici.

Est-ce qu'il n'y a pas une quelconque trompette capable de sonner le garde-à-vous pour le général X ?

Non, il n'y en a pas. Les généraux n'ont jamais été sympathiques aux gens, et maintenant moins que jamais.

« Il devait avoir une belle bedaine, celui-là ! » observa malicieusement un ouvrier, en désignant le gisant. Ils se mirent tous à rire, même le vent qui ricana en sifflant dans les arbustes alentour, tout en épines et en maigres feuilles pelucheuses.

Pourquoi le pauvre petit soldat inconnu éveille-t-il encore la pitié, malgré tout ce qui est arrivé dans ces dernières années et le règlement des comptes qui a emporté les drapeaux. Mais pas le général ?

Les généraux n'ont pas faim, parce que leur table personnelle est la préoccupation dominante de l'Intendance.

Les généraux n'ont pas de chaussures en cuir bouilli qui se craquèlent, martyrisant les pieds.

Les généraux n'ont pas une bonne amie lointaine dont le souvenir jaloux les fait pleurer de désespoir quand vient le soir.

Les généraux n'ont pas de maman qui les attend, en cousant assise au coin du feu, qui lève les yeux de temps à autre pour regarder leur photographie, là sur la commode. Et c'est pour cela que les gens ne les aiment pas ; et n'ont pas pitié d'eux.

Les généraux ne meurent pas à l'insu du monde, sous l'enfer de l'artillerie, des bombes et de la mitraille, sans que personne ne s'en aperçoive et qu'aucun communiqué n'en signale la perte. (Celui-ci est une exception à la règle.) Et c'est pourquoi les gens ne les aiment pas ; et n'ont pas pitié d'eux.

Comme c'est difficile d'être général, surtout mort ! Dans le temps oui, on y allait d'une cérémonie et d'un monument. Mais maintenant ?

Maintenant, au mieux des choses, on fait la moue et hop ! aux ordures, oublié.

Alors un des ouvriers poussa du pied le sable pour

combler l'excavation et recouvrir au moins le malheureux. Et puis, après avoir ramassé ses outils, il sauta avec les autres dans la jeep qui démarra aussitôt, et il alluma une cigarette.

LE DÉFUNT PAR ERREUR

Un matin, le célèbre peintre Lucio Predonzani, quarante-six ans, qui s'était retiré depuis longtemps dans sa maison de campagne à Vimercate, resta pétrifié en ouvrant son journal quotidien, car il venait d'apercevoir en troisième page, à droite en bas, sur quatre colonnes, le titre suivant :

L'ART ITALIEN EN DEUIL
Le peintre Predonzani est mort

Et puis au-dessous, une petite note en italique :
Vimercate, 21 février. A la suite d'une brève maladie devant laquelle les médecins sont demeurés impuissants, le peintre Lucio Predonzani vient de s'éteindre il y a deux jours. Le défunt avait exprimé la volonté que l'annonce de son décès ne soit communiquée qu'après les obsèques.

Suivait un article nécrologique fort élogieux, d'une colonne environ, plein de louanges, signé du grand critique d'art Steffani. Et il y avait même une photographie qui datait d'une vingtaine d'années.

Abasourdi, n'en croyant pas ses yeux, Predonzani parcourut fébrilement l'article nécrologique, relevant en un clin d'œil, malgré sa précipitation, quelques petites phrases d'une réserve venimeuse, glissées çà et là avec une diplomatie indéniable, au milieu de volées d'adjectifs élogieux.

« Mathilde ! Mathilde ! appela Predonzani aussitôt qu'il eut repris son souffle.

— Qu'est-ce qu'il y a ? répondit sa femme de la pièce voisine.

— Viens, viens vite, Mathilde ! implora-t-il.

— Attends un moment. Je suis occupée à repasser !

— Mais viens donc, je te dis ! »

Sa voix était tellement angoissée que Mathilde planta là son fer et accourut.

« Tiens... lis !... » gémit le peintre en lui tendant le journal.

Elle le prit, pâlit et, avec le merveilleux illogisme des femmes, éclata en sanglots désespérés.

« Oh ! mon Lucio, mon pauvre Lucio, mon trésor... » balbutiait-elle dans ses larmes.

La scène finit par exaspérer l'homme.

« Mais tu deviens folle, Mathilde ? Tu ne vois donc pas que je suis là ? Mais tu ne comprends donc pas que c'est une erreur, une épouvantable erreur ? »

Mathilde cessa immédiatement de pleurer, regarda son mari, son visage se rasséréna, et alors, soudain, tout aussi rapidement qu'elle s'était sentie veuve un instant auparavant, touchée par le côté comique de la situation, elle fut prise d'une crise d'hilarité.

« Oh ! mon Dieu ! que c'est drôle ! oh ! oh ! quelle histoire ! excuse-moi, Lucio, mais tu sais... un deuil pour l'art... et tu es ici frais et rose !... piaillait-elle en pouffant de rire.

— Allons ! ça suffit ! s'emporta-t-il. Tu ne te rends pas compte ? C'est terrible, absolument terrible ! Ah ! il va m'entendre, le directeur du journal ! Ça va lui coûter cher, cette plaisanterie ! »

Predonzani se précipita en ville, courut tout droit au journal. Le directeur l'accueillit avec affabilité :

« Je vous en prie, mon cher maître, asseyez-vous. Non, non. Ce fauteuil-là est plus confortable. Une cigarette ? Oh ! ces briquets qui ne fonctionnent jamais, c'est énervant. Tenez ; voilà le cendrier... Et maintenant, je vous écoute : quel bon vent vous amène ? »

Simulait-il ou ignorait-il vraiment ce que son journal avait publié ? Predonzani en resta pantois.

« Mais ?... mais ?... sur le journal d'aujourd'hui... en troisième page... Il y a l'annonce de ma mort...

— De votre mort ? »

Le directeur prit un journal qui traînait plié sur le bureau, l'ouvrit, vit, comprit (ou fit semblant de comprendre), eut un bref moment d'embarras, oh ! juste une fraction de seconde, se reprit merveilleusement, toussota.

« Eh ! eh ! effectivement une petite erreur s'est glissée... une légère divergence... »

On aurait dit un père qui tançait pour la forme son enfant devant un passant excédé par le bambin.

Predonzani perdit patience.

« Divergence ? hurla-t-il. Vous m'avez tué, voilà ce que vous m'avez fait ! C'est monstrueux !

— Oui, oui, fit le directeur placide. Il se peut... je dirai que... heu... le contexte de l'information a... heu... un peu dépassé nos intentions... D'autre part, j'espère que vous avez su apprécier à sa juste valeur l'hommage que mon journal a rendu à votre art ?

— Bel hommage ! Vous m'avez ruiné !

— Hem ! je ne nie pas qu'une légère erreur se soit glissée dans...

— Comment ! vous dites que je suis mort alors que je suis vivant ?... Et vous appelez ça une erreur ? Mais

41

il y a de quoi devenir fou ; tout simplement ! J'exige une rectification en bonne et due forme et exactement à la même place que cet article encore ! Et je me réserve tous les droits de vous poursuivre en dommages et intérêts !

— Dommages ? mais mon bon monsieur — du « maître » il était passé au simple « monsieur », mauvais signe — vous ne réalisez pas la chance extraordinaire qui vous arrive ! N'importe quel autre peintre ferait des bonds de joie hauts comme ça...

— La chance ?

— Oui la chance ! et comment ! Quand un artiste meurt, les prix de ses tableaux montent considérablement. Sans le vouloir, oui parfaitement, sans le vouloir, je l'admets, nous vous avons rendu un service i-nes-ti-ma-ble.

— Et alors, moi, il va falloir que je fasse le mort ? que je disparaisse ? que je me volatilise ?

— Mais certainement, si vous voulez profiter de cette sensationnelle occasion... Parbleu... vous ne voudrez pas la laisser échapper ? Réfléchissez un peu : une belle exposition posthume, un battage bien orchestré... Nous ferons nous-mêmes tout notre possible pour la lancer... Ce sera une affaire de plusieurs millions, mon cher maître.

— Mais moi dans tout cela, qu'est-ce que je deviens ? Il faudra que je disparaisse de la circulation ?

— Dites-moi... Est-ce que vous n'auriez pas un frère par hasard ?

— Si, pourquoi ? Il vit en Afrique du Sud.

— Magnifique ! Et il vous ressemble ?

— Assez, oui. Mais il porte la barbe.

— A merveille ! Laissez pousser la vôtre aussi et dites que vous êtes votre frère. Tout passera comme une lettre à la poste... Faites-moi confiance : il vaut mieux laisser les choses suivre leur cours... Et puis comprenez-moi : une rectification de ce genre... On ne sait trop à qui elle sert... Vous, personnellement, pardonnez ma sincérité, vous feriez une figure un peu ridicule... Inutile de le contester, les ressuscités ne sont jamais sympathiques... Et dans le monde de l'art, vous savez bien comment vont les choses, votre résurrection, après tant d'éloges, produirait une très mauvaise impression et serait d'un goût plus que douteux... »

Il ne sut pas dire non. Il rentra dans sa maison de campagne. Il se terra dans une pièce, et laissa pousser sa barbe. Sa femme prit le deuil. Des amis vinrent la voir, tout spécialement Oscar Pradelli, peintre lui aussi, qui avait toujours été l'ombre de Predonzani. Et puis les acheteurs commencèrent à arriver : marchands, collectionneurs, gens qui flairaient une bonne affaire. Des tableaux qui, avant, atteignaient péniblement quarante, cinquante mille, se vendaient maintenant sans peine deux cents. Et là, dans son antre clandestin, Predonzani travaillait, une toile après l'autre, en antidatant bien entendu.

Un mois plus tard — sa barbe était assez fournie — Predonzani se risqua à sortir, se faisant passer pour le frère arrivé d'Afrique du Sud. Il avait mis des lunettes, et imitait un accent exotique. C'est fou ce qu'il lui ressemble, disaient les gens.

Par curiosité, lors d'une de ses premières promenades après sa claustration, il poussa jusqu'au cimetière. Sur la grande dalle de marbre, dans le caveau de famille, un tailleur de pierre était en train de graver son nom avec la date de sa naissance et celle de sa mort.

Il lui dit qu'il était le frère du défunt. Il ouvrit la serrure de la petite porte de bronze, descendit dans la crypte où les cercueils de ses parents étaient empilés l'un sur l'autre. Comme ils étaient nombreux ! Il y en

avait un tout neuf, très beau. « Lucio Predonzani »,
lut-il sur la plaque de cuivre. Le couvercle était fixé
par des vis. Avec une crainte obscure il frappa de ses
doigts repliés sur un pan de la caisse. Le cercueil sonna
creux. Heureusement !

Curieux. Au fur et à mesure que les visites d'Oscar
Pradelli se faisaient plus fréquentes, Mathilde s'épa-
nouissait, semblait rajeunir. Le deuil, c'est certain, lui
allait bien. Predonzani observait sa métamorphose
avec un sentiment mêlé de plaisir et d'appréhension.
Un soir il se rendit compte qu'il la désirait, comme
cela ne lui était plus arrivé depuis des années. Il
désirait sa veuve.

Quant à Pradelli, son assiduité n'était-elle pas intem-
pestive ? Mais quand Predonzani le fit remarquer à
Mathilde, elle réagit presque avec agressivité :
« Qu'est-ce qui te prend ? Pauvre Oscar. Ton unique
véritable ami. Le seul qui te regrette sincèrement. Il se
donne la peine de consoler ma solitude et tu le soup-
çonnes. Tu devrais avoir honte ! »

En attendant, l'exposition posthume fut organisée et
remporta un magnifique succès. Elle rapporta, tous
frais payés, cinq millions et demi. Après quoi l'oubli,
avec une rapidité impressionnante, descendit sur Predonzani et son œuvre. Son nom était cité de plus en
plus rarement dans les rubriques et dans les revues
artistiques. Et bientôt il en disparut complètement.

Avec une stupeur désolée il constatait que même
sans Lucio Predonzani le monde continuait à tourner
comme avant : le soleil se levait et se couchait comme
avant, comme avant les domestiques secouaient leurs
tapis le matin, les trains fonçaient, les gens mangeaient
et s'amusaient, et la nuit les garçons et les filles
s'embrassaient, debout, contre les grilles sombres du
parc, comme avant.

Jusqu'au jour où, revenant d'une promenade à la campagne, il reconnut, pendu dans l'antichambre, l'imperméable de son cher ami Oscar Pradelli. La maison était calme, étrangement intime et accueillante. Et, par là, des voix qui parlaient tout bas, des chuchotements, de tendres soupirs.

Sur la pointe des pieds, il fit demi-tour jusqu'à la porte. Il sortit tout doucement et se dirigea vers le cimetière. C'était une douce soirée pluvieuse.

Lorsqu'il se trouva devant la chapelle de famille, il regarda tout autour de lui. Il n'y avait pas âme qui vive. Alors il ouvrit le battant de bronze.

Sans hâte, tandis que la nuit venait, lentement il enleva avec un canif les vis qui fermaient le cercueil tout neuf, son cercueil, celui de Lucio Predonzani.

Il l'ouvrit, très calme, s'y étendit sur le dos, prenant la pose qu'il supposait devoir convenir aux défunts pour leur sommeil éternel. Il la trouva plus confortable qu'il ne l'avait prévu.

Sans se troubler, il ramena tout doucement au-dessus de lui le couvercle. Lorsqu'il ne resta plus qu'une toute petite fente, il prêta l'oreille quelques instants, au cas où quelqu'un l'aurait appelé. Mais personne ne l'appelait.

Alors il laissa retomber complètement le couvercle.

L'HUMILITÉ

Un religieux du nom de Célestin s'était fait ermite et était allé vivre au cœur de la métropole, là où la solitude des cœurs est la plus grande et la tentation de Dieu la plus forte. Car si la force des déserts de l'Orient faits de pierre, de sable et de soleil, où l'homme le plus obtus arrive à prendre conscience de sa propre petitesse devant la grandeur de la création et les abîmes de l'éternité, est merveilleuse, plus puissant encore est le désert des villes fait de multitudes, de vacarme, de roues, d'asphalte, de lumières électriques et de pendules qui marchent toutes ensemble et prononcent toutes au même instant la même condamnation.

Donc, le père Célestin vivait dans un des endroits les plus isolés de cette terre aride, perdu le plus souvent dans l'adoration de l'Éternel ; mais comme on savait que le Seigneur l'aimait, les gens affligés ou tourmentés venaient le voir pour lui demander conseil et se confesser. Derrière un hangar aux charpentes métalliques, il avait trouvé, qui sait par quel hasard, la carcasse d'un vieux camion dont la minuscule cabine du conducteur, qui n'avait plus de vitres, hélas ! lui servait de confessionnal.

Un soir, comme la nuit tombait déjà, et qu'il était resté des heures et des heures à écouter des énumérations, plus ou moins contrites, de péchés, le père Célestin allait quitter sa guérite quand, dans la pénombre, une silhouette fluette s'approcha d'un air repentant.

Ce n'est qu'au dernier moment, lorsque l'étranger se fut agenouillé sur le marchepied, que l'ermite s'aperçut qu'il avait affaire à un prêtre.

« Que puis-je pour toi, mon fils ? dit l'ermite avec sa patience exquise.

— Je suis venu me confesser », répondit l'autre, et sans attendre, il commença à énumérer ses péchés.

Désormais Célestin était habitué à subir les confidences, surtout celles des femmes qui venaient se confesser par une espèce de manie, le fatiguant avec le récit méticuleux d'actions bien innocentes. Mais il ne lui était encore jamais arrivé d'entendre un être aussi dénué de mal. Les fautes dont le petit prêtre s'accusait étaient tout bonnement ridicules, tellement futiles, menues, légères... Mais comme il connaissait bien les hommes, l'ermite comprit que la faute la plus importante n'avait pas encore été avouée et que le petit prêtre tournait autour.

« Allons, mon fils, il se fait tard et, pour être sincère, il commence à faire froid. Venons-en au fait !

— Mon père, je ne m'en sens pas le courage, balbutia le petit prêtre.

— Qu'est-ce que tu as fait ? Tu me parais être un brave garçon dans l'ensemble. Tu n'as pas tué, je suppose ? Tu ne t'es pas vautré dans le péché d'orgueil ?

— Si, tout juste ! fit l'autre dans un souffle presque imperceptible.

— Hein ! tu as assassiné ?

— Non... heu !... l'autre...

48

« — Tu es orgueilleux ? Est-ce possible ? »

Le prêtre fit signe que oui, tout contrit.

« Mais parle ! explique-toi, mon fils. Bien qu'aujourd'hui on recoure immodérément à la miséricorde de Dieu, elle est toujours aussi grande : et le fond disponible qui reste devrait suffire, je pense, pour toi. »

Finalement l'autre se décida :

« Voici, mon père. La chose est très simple, bien qu'elle soit plutôt horrible. Je suis prêtre depuis quelques jours seulement. Je viens à peine de prendre mes fonctions dans la paroisse qui m'a été assignée. Et...

— Mais parle, mon petit, parle ! Je ne te mangerai pas...

— Eh bien,... quand je m'entends appeler « mon révérend », qu'est-ce que vous voulez... ça vous paraîtra ridicule, mais j'éprouve un sentiment de joie, comme si quelque chose me réchauffait le cœur... »

A la vérité, ce n'était pas un grand péché : la majorité des fidèles, prêtres compris, n'auraient même pas eu l'idée de le confesser. Et l'anachorète, bien que connaissant parfaitement ce phénomène qu'on appelle l'homme, ne s'attendait pas à celle-là. Sur le moment il ne sut quoi répondre (ce qui ne lui était encore jamais arrivé).

« Hum ! hum !... je comprends... ça n'est pas beau en effet... Si ce n'est pas le Diable en personne qui te réchauffe le cœur... il s'en faut de peu... Mais heureusement, tout cela, tu l'as compris tout seul... Et ta honte me laisse espérer que tu ne retomberas pas... Certes, ce serait triste, jeune comme tu l'es, si tu te laissais corrompre... *Ego te absolvo...* »

Trois ou quatre ans passèrent et le père Célestin avait complètement oublié son pénitent quand le prêtre inconnu revint pour se confesser à lui.

« Mais il me semble que je t'ai déjà vu... Est-ce que je me trompe ?

— Non, c'est vrai.

— Laisse-moi te regarder un peu... oui oui, tu es bien ce petit prêtre... celui qui éprouvait du plaisir à s'entendre appeler « révérend ». Ce n'est pas vrai ?

— Si, c'est bien ça », fit le prêtre, qui ressemblait un peu moins à un séminariste parce qu'une certaine dignité nouvelle marquait son visage, mais qui était toujours aussi jeune et fluet que la première fois. Et il rougit jusqu'aux cheveux.

« Oh ! oh ! diagnostiqua sévèrement Célestin avec un sourire résigné. Et pendant tout ce temps-là nous n'avons pas su nous amender ?

— C'est pis, pis encore.

— Tu me fais peur, mon fils. Explique-toi.

— Bon, dit le prêtre en faisant un effort surhumain sur lui-même. C'est encore pis qu'avant... je... heu !

— Courage, l'exhorta Célestin en lui prenant les mains et en les serrant entre les siennes. Ne me fais pas languir.

— Voilà... heu, voilà ce qui m'arrive : si quelqu'un m'appelle « monseigneur », je... heu... je...

— Tu en éprouves de la satisfaction, hein ?

— Oui, hélas !

— Une sensation de bien-être, de chaleur ?

— Exactement. »

Mais le père Célestin le congédia rapidement. La première fois le cas lui avait semblé plutôt intéressant, comme une singularité de la nature humaine. Plus maintenant. Je vois ce que c'est, pensait-il, il s'agit d'un pauvre garçon, un saint homme peut-être, et les gens se divertissent à ses dépens. Fallait-il le laisser soupirer un peu après l'absolution ? En une minute le père Célestin prit sa résolution et l'envoya en paix avec Dieu.

50

Une dizaine d'années passèrent encore et l'ermite était désormais vieux quand le prêtre revint. Il avait vieilli lui aussi, naturellement, il était plus pâle, plus maigre, il avait les cheveux gris. Sur le coup, le père Célestin ne le reconnut pas. Mais à peine l'autre eut-il commencé à parler que le timbre de sa voix réveilla le souvenir endormi.

« Ah ! mais je te reconnais !... tu es celui du "révérend" et du "monseigneur"... Est-ce que je me trompe ? demanda Célestin avec son sourire désarmant.

— Tu as bonne mémoire, mon père.

— Combien de temps a passé depuis ?

— Presque dix ans.

— Et au bout de dix ans, tu... tu en es encore au même point ?

— C'est encore pis !

— Qu'est-ce à dire ?

— Eh bien, vois-tu, mon père..., maintenant si quelqu'un s'adresse à moi en m'appelant "Votre Excellence", je...

— Ne me dis rien d'autre, mon fils ! » l'arrêta Célestin avec sa patience à l'épreuve des bombes. « J'ai déjà tout compris. *Ego te absolvo.* »

Et en même temps il pensait : hélas ! avec l'âge, ce pauvre prêtre devient de plus en plus ingénu et simplet ; les gens se moquent de lui et il tombe dans le piège la tête la première... et il y trouve même un certain plaisir, le pauvret ! Dans cinq, six ans, je parie que je le verrai surgir devant moi pour me confesser que lorsqu'on l'appelle « Votre Eminence »...

Et effectivement c'est ce qui arriva... avec un an d'avance sur le temps prévu toutefois !

Et puis avec la rapidité affolante que tout le monde connaît, des années passèrent encore. Le père Célestin était désormais si vieux et si décrépit qu'on devait le porter à son confessionnal chaque matin et le ramener à sa pauvre tanière quand le soir venait.

Est-il besoin de raconter par le menu comment un jour le petit prêtre inconnu reparut ? Un peu plus vieux, lui aussi, plus chenu, courbé et desséché ? Toujours tourmenté par le même remords ? Non, évidemment, ce n'est pas la peine.

« Mon pauvre petit prêtre — le vieillard anachorète le salua avec affection —, te voilà donc encore avec ton vieux péché d'orgueil ?

— Tu lis dans mon âme, mon père.

— Et maintenant, avec quel titre les gens te flattent-ils ? Ils t'appellent « Sa Sainteté », j'imagine, non ?

— Oui, exactement, admit le petit prêtre sur le ton de la mortification la plus cuisante.

— Et chaque fois qu'on t'appelle comme ça, une sensation de bien-être, de vitalité t'envahit, presque de bonheur ?

— Hélas ! ce n'est que trop vrai. Dieu pourra-t-il jamais me le pardonner ? »

Le père Célestin sourit intérieurement. Une telle candeur obstinée lui paraissait émouvante. Dans un éclair, il imagina la vie obscure de cet humble petit prêtre pas très intelligent qui devait exercer dans une paroisse perdue de montagne, au milieu de visages fermés, obtus, sournois. Et ses journées monotones, chacune ressemblant à l'autre, et les saisons monotones et les années monotones, et lui, toujours plus mélancolique et les paroissiens toujours plus cruels... Votre Excellence, Votre Eminence... et maintenant Sa Sainteté. Vraiment ces imbéciles n'avaient plus aucune retenue dans leurs plaisanteries ! Et pourtant le petit prêtre ne se montait pas la tête pour autant, ces grands mots éblouissants éveillaient seulement dans son cœur une résonance enfantine de joie. Bienheureux les pauvres en esprit, conclut pour lui-même l'ermite. *Ego te absolvo...*

Et puis un jour le très vieux père Célestin, sentant sa fin prochaine, demanda, pour la première fois de sa vie, quelque chose pour lui. Il voulait qu'on le portât à Rome, par n'importe quel moyen. Avant de fermer les yeux pour toujours, il voulait voir, ne fût-ce qu'un instant, Saint-Pierre, le Vatican et le Saint-Père.

Pouvait-on le lui refuser ? On chercha une litière, on y déposa l'ermite et on le porta au cœur de la chrétienté. Mais ce n'est pas tout. Sans perdre de temps, car les heures de Célestin étaient désormais comptées, on le hissa dans les escaliers du Vatican et on le fit entrer, avec mille autres pèlerins, dans une grande salle. Et puis on le laissa attendre dans un coin.

Après une longue attente, le père Célestin vit la foule s'écarter, faire la haie et du fond du salon avancer une petite silhouette blanche un peu courbée. Le pape !

Comment était-il fait ? Quel visage avait-il ? Avec une horreur indicible le père Célestin, qui avait toujours été myope comme un rhinocéros, s'aperçut qu'il avait oublié ses lunettes.

Heureusement la silhouette blanche avançait, devenant de plus en plus grande, et vint s'arrêter juste devant sa litière. L'ermite essuya du revers de la main ses yeux brouillés de larmes et les leva lentement. Il vit alors le visage du pape. Et il le reconnut.

« Oh ! c'était donc toi le pauvre petit prêtre ? » s'écria le vieillard avec un irrésistible élan de toute son âme.

Et dans la majesté vétuste du Vatican, pour la première fois dans l'Histoire, on assista à la scène suivante :

Le Saint Père et un très vieux moine inconnu, venu on ne sait d'où, qui, se tenant étroitement par les mains, sanglotaient ensemble.

ET SI ?

C'était lui le Dictateur et dans la salle du Conseil suprême venait de prendre fin le rapport du Congrès universel de la Fraternité, au terme duquel la motion de ses adversaires avait été pulvérisée à une majorité écrasante grâce à laquelle Il devenait le Personnage le plus Puissant du Pays et Tout Ce Qui Se Rapportait A Lui, Désormais, Serait Écrit Ou Dit Avec Des Majuscules ; A Cause Du Tribut d'Honneur.

Il avait donc atteint l'ultime objectif de sa vie et il ne pouvait raisonnablement désirer rien de plus. A quarante-cinq ans, la Domination de la Terre ! Et il n'y était pas parvenu, selon la coutume, par la violence, mais par son travail, sa fidélité, son austérité, le sacrifice de toute distraction, des rires, des joies physiques et des sirènes mondaines. Il était pâle et portait des lunettes, toutefois personne n'était au-dessus de lui. Il se sentait bien un peu fatigué. Mais heureux.

Un bonheur sauvage, si intense qu'il en devenait presque douloureux, l'imprégnait jusque dans les profondeurs de sa chair, tandis qu'il parcourait à pied, démocratiquement, les rues de la ville, en méditant sur son propre succès.

C'était lui le Grand Musicien qui quelques instants

auparavant, au Théâtre impérial de l'Opéra, avait entendu les notes de son chef-d'œuvre germer et s'épanouir dans le cœur du public haletant, remportant un triomphe ; et dans son crâne résonnaient encore les cataractes massives des applaudissements ponctuées de hurlements de délire, comme il n'en avait jamais entendu ni pour lui ni pour les autres ; dans lesquels il y avait de l'extase, des larmes, de la soumission.

C'était lui le Grand Chirurgien qui une heure auparavant devant un corps humain déjà aspiré par les ténèbres, au milieu du désarroi de ses assistants qui le croyaient devenu fou, avait osé ce que personne n'avait encore jamais osé imaginer, détectant de ses mains magiques la petite lueur vacillante dans les profondeurs insondables du cerveau, où cette ultime parcelle de vie s'était cachée comme un pauvre chien moribond qui se traîne dans la solitude d'un bois pour que personne n'assiste à l'humiliation déshonorante de sa fin. Et cette microscopique étincelle, il l'avait libérée du cauchemar des ténèbres, en la recréant pour ainsi dire. De sorte que le défunt avait rouvert les yeux, et souri.

C'était lui le Grand Financier qui venait de triompher d'une série de manigances perfides qui devaient l'amener à la catastrophe et l'écraser, mais par un coup de génie il les avait retournées contre ses ennemis, en les ruinant. A la suite de cette périlleuse manœuvre, dans un frénétique crescendo de téléphones en folie, de calculatrices et de téléscripteurs électroniques, son compte créditeur s'était amplifié d'une capitale à l'autre comme un lourd nuage d'or ; au-dessus duquel, maintenant, il trônait victorieux.

C'était lui le Grand Savant qui, dans un élan d'inspiration divine, venait de percer, dans son misérable bureau, la sublime essence de la formule suprême, devant laquelle les gigantesques efforts mentaux de centaines de savants collègues disséminés dans le monde entier devenaient du coup, en comparaison, des balbutiements ridicules et incohérents, et maintenant il savourait la béatitude spirituelle de tenir bien serrée dans ses mains la Vérité première, comme une douce et irrésistible créature humaine qui serait sienne.

C'était lui le Généralissime qui, encerclé par des armées en nombre bien supérieur, avait par sa ruse et son énergie transformé son armée épuisée et découragée en une horde de titans déchaînés ; et le cercle de fer et de feu qui l'étouffait s'était brisé en quelques heures, les bataillons ennemis terrorisés fuyaient en débandade.

C'était lui le Grand Industriel, le Grand Explorateur, le Grand Poète, l'homme finalement victorieux, après de très longues années d'un travail laborieux et ingrat, d'obscurité, d'économies, de fatigues incessantes, et dont les stigmates, hélas ! sont indélébiles sur le visage las, par ailleurs lumineux et rayonnant.

C'était une merveilleuse matinée ensoleillée, c'était un crépuscule orageux, c'était une tiède nuit éclairée par la lune, c'était un glacial après-midi de tempête, c'était une aube de cristal très pure, c'était seulement l'heure rare et merveilleuse de la victoire que peu d'hommes connaissent. Et il marchait, perdu dans cette exaltation indicible, tandis que les immeubles faisaient la haie autour de lui, dans l'évidente intention de lui rendre les honneurs. S'ils ne se courbaient pas pour le saluer, c'était seulement parce qu'ils étaient faits de pierre, de fer, de ciment et de briques ; d'où une certaine rigidité. Et les nuages du ciel, eux aussi, fantômes heureux, se plaçaient en cercle, par bandes superposées, en formant une espèce de couronne.

C'est alors — comme il traversait les jardins de

l'Amirauté — que son regard, par hasard, en passant, se posa sur une jeune femme.

A cet endroit, le long de l'allée, s'étendait une sorte de terrasse surélevée, bordée d'une balustrade en fer forgé. La jeune fille se tenait là, les coudes appuyés sur la balustrade, et elle regardait distraitement en dessous.

Elle pouvait avoir une vingtaine d'années, pâle, les lèvres paresseusement entrouvertes avec une expression d'apathie languissante et destructrice. Ses cheveux très noirs tirés sur le haut de la tête étaient coiffés en chignon qui projetait — aile de jeune corbeau — une ombre sur son front. Elle aussi se trouvait dans l'ombre à cause d'un nuage. Très belle.

Elle portait un simple pull-over de couleur grise et une jupe noire très serrée à la taille. Le poids de son corps reposait sur la balustrade et ses hanches s'épanouissaient librement de biais, nonchalantes et animales. C'était peut-être une étudiante de la bohème d'avant-garde, une de ces filles qui avec leur négligence et leur impertinence parviennent à une élégance presque agressive. Elle portait de larges lunettes bleues.

D'en bas — mais juste pendant une fraction infinitésimale de seconde —, il entrevit ses jambes, au travers de la grille de la balustrade, juste une partie, car les pieds étaient cachés par le bord de la terrasse et sa jupe était plutôt longue. Il perçut toutefois, à contre-jour, la courbure insolente des mollets qui s'élargissaient au-dessus des chevilles fines en cette émouvante progression charnelle que tous connaissent, bien vite cachée, cependant, par le bord de la jupe. Ses cheveux flamboyaient au soleil. Elle pouvait tout aussi bien être une fille de famille, une actrice, une pauvre créature, ou encore une fille perdue ?

Quand il passa devant elle, la distance entre eux

n'était guère de plus de deux mètres et demi, trois mètres. Cela dura le temps d'un clin d'œil mais il put la voir très bien.

La fille le regarda. Non par curiosité, au contraire même c'était plutôt par une sorte de suprême indifférence qui faisait que, toute à son apathie, elle ne contrôlait même pas ses regards.

Après lui avoir lancé un coup d'œil fugitif, il avait de nouveau regardé droit devant lui, pour garder sa dignité, d'autant plus que son secrétaire et deux autres acolytes l'escortaient. Mais il ne put résister, et le plus rapidement possible, tourna de nouveau la tête pour la voir.

De nouveau la fille le regarda. Il lui sembla même — mais ce devait être une idée qu'il se faisait — que les voluptueuses lèvres exsangues avaient un frémissement, comme lorsqu'on va parler.

Allons, suffit ! Il ne pouvait décemment plus rien risquer. Il ne la reverrait sans doute jamais. Sous la pluie qui tombait à verse, il s'appliqua à ne pas mettre les pieds dans les flaques d'eau de l'allée. Il lui sembla ressentir une vague chaleur sur la nuque, comme si un souffle l'effleurait. Peut-être, peut-être le fixait-elle encore. Il pressa le pas.

Mais à ce moment précis, il s'aperçut que quelque chose lui manquait. Une chose essentielle, très importante. Il haleta. Il s'aperçut avec effroi que le bonheur d'avant, cette sensation d'apaisement et de victoire avait cessé d'être. Son corps était un poids triste, et une foule d'ennuis l'attendaient.

Pourquoi ? Qu'était-il arrivé ? N'était-il pas le Dominateur, le Grand Artiste, le Génie ? Pourquoi ne réussissait-il plus à être heureux ?

Il marchait. Désormais le jardin de l'Amirauté se trouvait derrière lui. Où se trouvait cette fille maintenant ?

Quelle absurdité, quelle sottise ! Parce qu'il avait vu une femme. Amoureux ? Comme ça, tout d'un coup ? Non, non, ce n'étaient pas des choses pour lui. Une fille inconnue, peut-être une pas-grand-chose... Et pourtant !

Et pourtant là où, quelques instants auparavant, vibrait une délectation infinie, s'étendait maintenant un désert aride.

Il ne la reverrait plus jamais. Il ne la connaîtrait jamais. Il ne lui parlerait jamais. Ni à elle ni à ses semblables. Il vieillirait sans même leur adresser un mot. Dans la gloire, oui, mais sans cette bouche, sans ces yeux à l'apathie lancinante, sans ce corps mysté-rieux.

Et tout cela, sans le savoir, il l'avait fait pour elle. Pour elle et les femmes comme elle, les inconnues, les dangereuses créatures qu'il n'avait jamais touchées. Et si ses années infinies de claustration, d'efforts, de rigueur, de pauvreté, de discipline, de renoncement n'avaient eu que ce but, si dans la profondeur et le dépouillement de ses macérations ce désir effrayant s'était tapi ? Si derrière la soif de célébrité et de puissance, sous ces misérables apparences, l'amour seul l'avait éperonné ?

Mais il n'avait jamais compris, il ne s'en était jamais douté. La seule pensée lui aurait semblé une folie scandaleuse.

Ainsi les années étaient passées, inutilement. Et aujourd'hui, il était trop tard.

À MONSIEUR LE DIRECTEUR

PERSONNEL

Monsieur le Directeur,

Il dépend seulement de vous que cette confession à laquelle je suis douloureusement contraint, m'apporte le salut ou la honte totale, le déshonneur et la ruine.

C'est une longue histoire et je ne sais même pas comment j'ai pu réussir à la garder secrète jusqu'à aujourd'hui. Ni ma famille, ni mes amis, ni mes collègues n'ont jamais été effleurés par le moindre soupçon.

Mais il me faut revenir en arrière de trente ans au moins. A cette époque-là j'étais simple chroniqueur au journal que vous dirigez maintenant. J'étais assidu, plein de bonne volonté, diligent, mais je ne brillais pas. Le soir, quand je remettais au chef de rubriques mes brefs comptes rendus de vols, accidents de voiture, cérémonies, j'éprouvais presque toujours la mortification de les voir massacrés ; des phrases entières coupées et entièrement récrites, des corrections, des suppressions, des addenda, des interpolations de tout genre. Bien que j'en souffrisse, je savais que le chef de rubriques ne le faisait pas par méchanceté. Au contraire. Le fait est que j'étais et que je suis toujours incapable d'écrire. Et si on ne me renvoyait pas c'était seulement à cause de mon zèle à glaner des nouvelles et des faits divers en circulant dans la ville.

Cependant, dans le fond de mon cœur, brûlait une intense ambition littéraire. Et quand paraissait l'article d'un collègue un peu moins jeune que moi, quand le livre d'un de mes contemporains était publié et que je m'apercevais que l'article ou le livre avait du succès, l'envie me déchirait les entrailles comme une tenaille empoisonnée.

De temps en temps j'essayais d'imiter ces privilégiés en écrivant des essais, des pièces lyriques, des nouvelles. Mais chaque fois, au bout de quelques lignes, la plume me tombait de la main. Je me relisais et je comprenais que mon texte ne tenait pas debout. Alors il me venait des crises de découragement et de méchanceté. Elles duraient peu, heureusement ! Mes velléités littéraires s'assoupissaient de nouveau, je trouvais un dérivatif dans mon travail, je pensais à autre chose et dans l'ensemble la vie suivait son cours, relativement sereine.

Jusqu'au jour où un homme que je n'avais jamais vu vint me trouver à la salle de rédaction. Il pouvait avoir la quarantaine, il était plutôt petit, grassouillet, avec un visage endormi et inexpressif. Il aurait été odieux s'il n'avait été aussi débonnaire, gentil, humble. Son extrême humilité était ce qui frappait le plus en lui. Il me dit qu'il s'appelait Ileano Bissat, qu'il était de Trente, qu'il était l'oncle d'un de mes vieux camarades de collège, qu'il était marié, père de deux enfants, qu'il avait perdu à la suite d'une maladie sa place de magasinier et qu'il ne savait plus où se tourner pour essayer de gagner quelques sous.

« Et que puis-je y faire ? demandai-je.

— Je vais vous dire, répondit-il en se faisant tout petit. J'ai la faiblesse d'écrire. J'ai fait une sorte de roman, des nouvelles... Henri (mon camarade de classe, son parent) les a lus, il dit que ce n'est pas mauvais et il m'a conseillé de venir vous voir. Vous travaillez dans un grand journal, vous avez des relations, des appuis, une autorité... vous pourriez...

— Moi ? Mais je suis la cinquième roue du carrosse ! Et puis le journal ne publie pas d'œuvres littéraires si elles ne sont pas signées d'auteurs très connus.

— Mais vous...

— Moi je ne signe pas. Je ne suis qu'un simple chroniqueur, moi. Il ne manquerait plus que cela ! »

Et mon démon littéraire déçu me piqua avec une épingle au quatrième espace intercostal.

L'autre eut un sourire insinuant :

« Mais cela vous ferait plaisir de signer ?

— Oui, bien sûr. A supposer que j'en sois capable !

— Eh ! monsieur Buzzati, ne vous mésestimez pas ainsi. Vous êtes jeune, vous avez du temps devant vous. Vous verrez, vous verrez. Mais je vous ai dérangé, maintenant je me sauve. Tenez, je vous laisse ici mes péchés. Si par hasard vous avez une demi-heure à perdre, jetez-y donc un coup d'œil. Si vous n'avez pas le temps, ça ne fait rien, tant pis.

— Mais, je vous le répète, je ne peux pas vous être utile, il ne s'agit pas de bonne volonté.

— Qui sait, qui sait ? (Il était déjà sur le pas de la porte et s'inclinait très bas pour prendre congé.) Parfois le hasard... Donnez-y un coup d'œil. Peut-être que vous ne le regretterez pas. »

Il laissa sur mon bureau un énorme paquet de manuscrits. Figurez-vous comme j'avais envie de les lire. Je les emportai à la maison où ils restèrent sur une commode perdus sous des piles d'autres paperasses et de livres pendant au moins deux mois.

Je n'y pensais absolument plus quand, une nuit que je n'arrivais pas à m'endormir, la tentation me prit d'écrire une histoire. A la vérité, je n'avais guère d'idées mais ma maudite ambition était toujours là.

Il n'y avait plus de papier dans le tiroir où je plaçais habituellement ma réserve. Je me souvins qu'au milieu des livres, sur la commode, il devait y avoir un vieux cahier à peine commencé. En le cherchant je fis crouler une pile de paperasses qui s'éparpillèrent sur le plancher.

Le hasard. Tandis que je les ramassais, mon regard tomba sur une feuille tapée à la machine qui avait glissé d'une chemise. Je lus une ligne, deux lignes, je m'arrêtai intrigué, j'allai jusqu'au bout, je cherchai le feuillet suivant, je le lus aussi. Et puis tous les autres. C'était le roman d'Ileano Bissat.

Je fus pris d'une jalousie sauvage qui après trente ans n'est pas encore apaisée. Sacrebleu, quelle histoire ! Elle était étrange, elle était nouvelle, elle était belle. Peut-être n'était-elle pas très belle, peut-être pas belle du tout, franchement laide même, au contraire. Mais elle correspondait trait pour trait à ce que j'avais souhaité écrire, elle me donnait la sensation d'être moi-même. Elle me ressemblait. C'était, l'une après l'autre, les choses que j'aurais voulu écrire et dont malheureusement je n'étais pas capable. Mon monde, mes goûts, mes haines. Elle me plaisait à en mourir.

Admiration ? Non. Rage seulement, mais très forte : qu'un homme ait pu réaliser ce que j'avais rêvé de faire, moi, depuis mon enfance, sans y parvenir. C'était certainement une coïncidence extraordinaire. Et maintenant ce misérable, en publiant ses œuvres, me couperait l'herbe sous le pied. Il passerait le premier dans le royaume mystérieux où je conservais encore l'illusion de pouvoir ouvrir un chemin nouveau. Quelle figure y aurais-je fait maintenant, à supposer que l'inspiration vînt finalement à mon secours ? La figure d'un plagiaire, d'un tricheur.

Ileano Bissat ne m'avait pas laissé son adresse. Je ne pouvais pas aller à sa recherche. Il fallait attendre qu'il se manifestât de lui-même. Mais qu'est-ce que je lui dirais ?

Un bon mois passa avant qu'il ne reparût. Il était encore plus cérémonieux et humble que la première fois.

« Vous avez lu quelque chose ?

— J'ai lu », fis-je.

Et je me tâtai pour savoir si j'allais lui dire ou non la vérité.

« Quelle est votre impression ?

— Bah !... Ce n'est pas mal. Mais il est exclu que mon journal...

— Parce que je suis un inconnu ?

— Oui. »

Il resta un moment pensif. Puis :

« Dites-moi, monsieur. Sincèrement. Si c'était vous qui aviez écrit ces choses-là au lieu de moi, pauvre inconnu, est-ce qu'il n'y aurait pas une petite probabilité de les voir publiées ? Vous êtes rédacteur, vous êtes du sérail.

— Mon Dieu, je ne sais pas. Certes, le directeur est un homme qui a des idées larges, il est assez courageux. »

Son visage cadavérique s'illumina de joie :

« Et alors, pourquoi ne pas essayer ?

— Essayer quoi ?

— Écoutez-moi, monsieur. Croyez-moi. J'ai seulement besoin d'argent. Je n'ai pas d'ambition. Si j'écris, c'est un pur passe-temps. Enfin, c'est pour vous dire que si vous êtes disposé à m'aider, je vous cède le tout en bloc.

65

— C'est-à-dire ?

— Eh bien, je vous le cède. C'est à vous. Faites-en ce que bon vous semble. Moi j'ai écrit, et vous, vous signerez. Vous êtes jeune, moi j'ai vingt ans de plus que vous, je suis vieux. Lancer un vieux bonhomme ne donne jamais de satisfaction. Tandis que les critiques s'intéressent volontiers aux jeunes qui débutent. Vous verrez, nous allons avoir un succès magnifique.

— Mais ce serait une escroquerie, une ignoble exploitation.

— Pourquoi ? Vous me payez. Je me sers de vous comme d'un moyen pour placer ma marchandise. Qu'est-ce que ça peut bien me faire si on change la marque ? J'y trouve mon compte. L'important est que ce que j'écris vous plaise.

— C'est absurde, absurde. Vous ne comprenez pas à quel risque je m'expose ? Si la chose venait à se savoir ? Et puis une fois ces manuscrits publiés, une fois épuisées ces munitions, moi qu'est-ce que je ferai ?

— Je resterai près de vous, naturellement. Je vous approvisionnerai au fur et à mesure. Regardez-moi bien en face. Est-ce que j'ai l'air d'un type capable de vous trahir ? C'est ça que vous craignez : Oh ! pauvre de moi.

— Et si par hasard vous tombez malade ?

— Eh bien, vous serez malade vous aussi pendant ce temps-là.

— Et si mon journal m'envoie faire un reportage à l'étranger ?

— Je vous suivrai.

— A mes frais ?

— Ah ! dites ! C'est logique, non ? Mais je me contente de peu. Je n'ai pas de mauvaises habitudes. »

Nous en discutâmes longuement. Un contrat

ignoble, qui me livrerait pieds et poings liés à un étranger, qui se prêtait aux chantages les plus sordides, qui pouvait me perdre par le scandale. Mais la tentation était telle, les œuvres de ce Bissat me semblaient si belles, le mirage de la renommée me fascinait tellement.

Les termes de notre accord étaient simples. Ileano Bissat s'engageait à écrire pour moi ce que je voudrais, me laissant le droit de signer ; à me suivre et m'assister en cas de voyages et de reportages journalistiques ; à conserver le secret le plus rigoureux ; à ne rien écrire pour son propre compte ou pour le compte de tiers. Moi, en échange, je lui cédais 80 pour 100 des gains. Et c'est ce qui se passa.

Je me présentai devant le directeur en le priant de lire un conte de moi. Il me dévisagea d'une certaine façon, cligna de l'œil, fourra mes feuillets dans un tiroir. Je me repliai en bon ordre. C'était l'accueil que j'avais prévu. Il aurait été stupide de s'attendre à autre chose. Mais la nouvelle (d'Ileano Bissat) était de premier ordre. J'avais mis toute ma confiance en elle.

Quatre jours après, le conte paraissait en troisième page à mon grand étonnement et à celui de mes confrères. Ce fut un coup retentissant. Ce qui était horrible, c'est qu'au lieu de me ronger de honte et de remords, j'y pris goût. Et je savourai les louanges comme si elles m'étaient vraiment dues. Et peu à peu je me persuadai que c'était bien moi qui avais écrit ce récit.

D'autres nouvelles suivirent, puis enfin le roman qui fit sensation. Je devins un « cas ». Mes premières photographies parurent, mes premières interviews. Je découvris en moi une capacité de mensonge et une exigence que je n'aurais jamais soupçonnées.

De son côté, Bissat fut irréprochable. Lorsque le

premier stock des nouvelles fut épuisé, il m'en fournit d'autres qui me paraissaient toutes plus belles les unes que les autres. Et il demeura scrupuleusement dans l'ombre. Les suspicions, autour de moi, cédaient l'une après l'autre. Je me trouvai au pinacle. J'abandonnai alors la chronique et je devins un écrivain de « troisième page », je commençai à bien gagner. Bissat, qui entre-temps avait eu trois autres enfants, se fit construire une villa au bord de la mer et s'acheta une automobile.

Il était toujours cérémonieux, très humble, il ne me reprochait jamais, même par des allusions voilées, la gloire dont je jouissais uniquement grâce à lui. Mais il n'avait jamais assez d'argent. Et il me suçait jusqu'au sang.

Ce que l'on gagne reste un secret, mais il en transpire toujours quelque chose dans les grandes entreprises. Tous, plus ou moins, savent quelle liasse spectaculaire de gros billets m'attend à chaque fin de mois. Et ils ne parviennent pas à comprendre pourquoi je ne roule pas encore en Maserati, pourquoi je n'ai pas de petites amies couvertes de diamants et de vison, pas de yachts, pas d'écuries de course. Qu'est-ce que je peux bien faire de tous ces millions ? Mystère. C'est ainsi que s'est propagée la légende de ma féroce avarice. Il fallait bien trouver une explication.

Voilà la situation. Et maintenant, monsieur le Directeur, j'en viens au fait. Ileano Bissat avait juré qu'il n'avait pas d'ambition ; et je crois que c'est vrai. Ce n'est pas de là que vient la menace. Le hic c'est son besoin croissant d'argent : pour lui, pour les familles de ses enfants. Il est devenu un puits sans fond. 80 pour 100 sur mes droits d'auteurs ne lui suffisent plus. Il m'a contraint à m'endetter jusqu'au cou. Toujours doucereux, bonasse, modeste, que c'en est écœurant.

Il y a deux semaines, après presque trente ans de symbiose frauduleuse, nous avons eu un différend. Il exigeait que je lui remette des sommes supplémentaires absolument exagérées dont nous n'étions pas convenus. Je lui ai répondu par une fin de non-recevoir. Il n'a pas insisté, il ne m'a pas fait de menaces, ni d'allusions à d'éventuels chantages. Simplement il a suspendu la livraison de la marchandise. Il s'est mis en grève. Il n'écrit plus une ligne. Et moi je me trouve à sec. Depuis quinze jours, en fait, la consolation de me lire est refusée au public.

C'est pour cela, cher Directeur, que je suis contraint à vous révéler finalement le complot scélérat. Et à implorer votre pardon et votre clémence. Allez-vous m'abandonner ? Voudrez-vous voir anéantie à jamais la carrière d'un homme qui, bien ou mal, à tort ou raison, a fait de son mieux pour le prestige de votre maison ? Souvenez-vous de certains de mes papiers qui tombaient comme d'ardents météores dans l'indifférence marécageuse de l'humanité environnante. Est-ce qu'ils n'étaient pas merveilleux ? Essayez de me comprendre. Faites-moi une proposition. Une petite augmentation, je ne sais pas, moi, de deux à trois cent mille par mois me suffirait. Oui, je pense que deux cent mille iraient, du moins pour le moment. Ou alors, dans la pire des hypothèses, un prêt, que sais-je, moi ? un petit million. Qu'est-ce que c'est pour le journal ? Et je serais sauvé.

A moins, monsieur le Directeur, que vous ne soyez différent de ce que j'ai toujours pensé. A moins que vous ne saluiez comme une providence cette excellente occasion de vous débarrasser de moi. Vous rendez-vous compte qu'aujourd'hui vous pourriez me jeter sur le pavé sans même une lire d'indemnité ? Il suffirait que vous preniez cette lettre et que vous la publiiez sans en enlever une virgule, en troisième page du journal.

Non. Vous ne le ferez pas. Loin de là. Jusqu'à présent vous avez toujours été un homme de cœur, incapable de donner la moindre pichenette à un malheureux pour le précipiter dans l'abîme, même s'il le mérite.

Et puis jamais votre journal ne voudra publier une pareille horreur. Qu'est-ce que vous voulez ? Personnellement j'écris comme un chien. Je n'ai pas l'habitude. Ce n'est pas mon métier. Rien à voir avec ces stupéfiantes merveilles que me fournissait Bissat ; et qui portaient ma signature.

Non. Même dans l'absurde hypothèse où vous seriez un homme cruel et voudriez me détruire, jamais, non, au grand jamais, vous ne publierez cette lettre infâme (qui me coûte des larmes et du sang), le journal ne s'en relèverait pas.

L'ARME SECRÈTE

La troisième grande guerre, que l'on avait tellement redoutée, eut la durée exacte prévue par les techniciens militaires : moins de vingt-quatre heures. Mais le déroulement du conflit démentit toutes les prophéties. Entre autres, il laissa les choses exactement comme auparavant.

Lorsque le conflit s'envenima à propos de la terre de Whipping, dans l'Antarctique, dont la possession était contestée par l'Amérique et la Russie, on put croire à un de ces innombrables prétextes marginaux de polémique. Mais la terre de Whipping, qui est une étendue à peu près inexplorée, des deux côtés d'une chaîne de pics, devait cacher quelque trésor mystérieux, connu seulement des grands services secrets.

A l'improviste, peut-on dire, au milieu de l'étonnement des peuples, le duel de la guerre froide prit un aspect sinistre et inquiétant. D'un côté et de l'autre on tint des discours d'autant plus menaçants qu'ils étaient imprécis. Et on parlait avec une insistance vraiment ingénue d'armes nouvelles et secrètes, définies comme « inconcevables, incroyables, fabuleuses » qui en quelques heures contraindraient l'ennemi à une reddition totale.

Alors que l'écho de ces messages terrifiants résonnait encore dans l'esprit des gens, l'ultimatum de Moscou éclata comme un coup de tonnerre : dans un délai de quarante-huit heures, la terre de Whipping devait être évacuée par les avant-postes américains. L'ultimatum était si brutal et si précis qu'il n'était plus permis d'espérer. Washington, comme tout le monde s'y attendait, ne répondit pas. Et dans tous les États de la Confédération l'ordre fut donné de déclencher les dispositifs de danger immédiat.

Alors reparut la grande peur que depuis tant d'années les gens avaient oubliée, cette sensation de perte imminente de tout ce qui faisait la vie. Et les choses ennuyeuses et misérables de l'existence quotidienne, le fait de se réveiller le matin dans son lit, la première cigarette, le tram, la vitrine illuminée, le travail à l'usine ou au bureau, la flânerie, le caprice de l'enfant, le cinéma en quatrième vision, les chaussures neuves, la loterie, le samedi soir, devinrent soudain le symbole de la félicité humaine — bien qu'existant toujours — parce que l'on comprenait que bientôt on allait les perdre à jamais.

Chacun, sur terre, pensa avidement à lui et aux siens, dans l'espoir de trouver une échappatoire. Mais cela faisait trop longtemps qu'on prédisait et qu'on jurait qu'une nouvelle guerre était impossible justement parce que le monde entier en serait anéanti. Personne, en conséquence, ne s'était préoccupé sérieusement de se protéger et les prescriptions des autorités concernant la construction de refuges, les provisions de vivres, étaient même restées lettre morte. Le désarroi des hommes abandonnés à eux-mêmes fut d'autant plus grand, devant l'apocalypse menaçante.

Par chance — si on peut parler de chance — l'angoisse de l'attente fut brève. Le délai de l'ultimatum russe n'était pas encore écoulé — et beaucoup se cramponnaient désespérément aux raisonnements les plus étranges et les plus faibles dans leur obstination à survivre — quand un communiqué radiophonique, répété sans interruption par toutes les stations, glaça les cœurs. L'état d'alerte générale du troisième degré (le plus grave) était proclamé sur tout le territoire des États-Unis : l'U.R.S.S. venait de lancer en nombre incalculable des missiles gonflés de ruines et d'hécatombes qui allaient tomber, au plus tard dans les deux heures à venir, sur la Confédération.

En réalité, leur nombre n'était pas indéterminé, car les stations d'interception disséminées dans l'Arctique avaient, à des milliers de kilomètres, perçu l'approche des projectiles et enregistré l'intensité de leur afflux. La première vague, si l'on peut employer ce terme, ne comptait pas moins de trente mille fusées intercontinentales.

Immédiatement, au quartier général opérationnel la manette fatidique fut abaissée et en conséquence des impulsions électriques se propagèrent à toutes les bases de lancement américaines d'où jaillirent, avec d'énormes mugissements, des dizaines et des dizaines de milliers de missiles également porteurs — on peut le présumer — de ruines et d'hécatombes. Ils disparurent avec leur queue de flammes inquiétante et lugubre dans les ténèbres profondes de la nuit. Pour celui qui savait ce fut un moment d'une indicible grandeur. C'était l'orgueil de l'homme qui partait et se perdait dans les espaces, peut-être pour la dernière fois : ces fusées déchaînées emportaient — semblait-il — toutes les illusions de la vie, petites et grandes, l'amour, les maisons tranquilles, les chères rencontres, les songes de richesse et de gloire, le charme de la famille, le printemps, la sagesse, la musique, les années qui passent, tranquilles. Mais on n'avait pas le temps d'y penser. Les regards couraient anxieux aux horloges. Bientôt, dans une minute peut-être, dans une seconde, il n'y aurait plus rien.

Un hurlement sans fin s'éleva de la terre. Dans le ciel, très haut, brilla l'éclair d'une explosion, puis d'une deuxième, trois cents, trois mille. Après chaque explosion, au reflet des flammes, on voyait descendre, comme autant de fils blancs d'araignée, des jets de vapeur qui s'entrecroisaient, formant une coupole démesurée en filigrane.

Jusqu'au moment où la trame de ces fumées devint si épaisse qu'elle forma comme un baldaquin opaque qui cacha complètement les étoiles.

Il y eut, chez les hommes, une sorte de trêve parce qu'ils s'étaient tous attendus aux fulgurances des déflagrations nucléaires, aux ondes de choc, à la combustion subite, à l'anéantissement immédiat. Ce qui ne se produisit pas.

Et puis on vit tomber lentement cette cape de brouillard blanc, qui n'était plus secouée par les déflagrations. Et personne ne savait ce que c'était. Et on se livrait aux suppositions les plus horribles concernant le moment où elle se trouverait au niveau du sol.

Effectivement la vapeur blanche se répandit sur la terre et un brouillard uniforme s'étendit partout, pénétrant à l'intérieur des maisons, dans les souterrains, dans les refuges, à travers les moindres interstices. Pétrifiés de terreur, les gens, enfermés dans les cachettes les plus invraisemblables, virent s'infiltrer la bave blanche du gaz qui ne connaissait pas d'obstacles. Certains commencèrent à tousser. D'autres, agenouillés, priaient. La mort était arrivée.

Mais les quintes de toux cessèrent. Les gens se regardaient les uns les autres, en silence, incrédules de ne pas se sentir atteints. Rien. Ni sensation de suffocation ni brûlure, aucune perception douloureuse.

Est-ce que les savants russes se seraient trompés dans leurs calculs ? Est-ce que le gaz aurait perdu, chemin faisant, son pouvoir démoniaque ?

La vapeur blanche pénétra également dans le refuge superblindé de la Maison Blanche. Ils avaient tous mis leurs masques mais ceux-ci n'arrêtèrent pas les effluves du gaz qui effleurait les joues, comme une caresse.

Tout à coup, le président des États-Unis, d'un geste viril, arracha son masque et secoua l'épaule du secrétaire d'État pour qu'il en fasse tout autant. Bien qu'avec répugnance, le secrétaire d'État obéit. Tous ceux qui étaient présents l'imitèrent.

Le refuge était désormais complètement empli de vapeur opaque. Pourtant personne n'était encore mort.

« *Well !* dit le président des États-Unis, ce que je ne réussis pas à comprendre c'est pourquoi il nous a fallu autant de temps pour voir clair !

— Ah ! oui, c'est vraiment incroyable ! fit le secrétaire d'État.

— La dictature du prolétariat ! lança péremptoire le président. Mais il n'y a pas d'autre solution possible ! Et c'est tellement évident ! »

Le secrétaire d'État se donna un grand coup de poing sur le front :

« Quelle bande d'imbéciles nous étions !

— Mais quel est ce bruit dehors ? demanda le président.

— C'est la foule, l'informa un des secrétaires. Il y a au moins cent mille personnes qui acclament la révolution socialiste.

— Les chers garçons, dit le président, que Dieu les bénisse. Pardon, je disais Dieu... par habitude... A

75

propos, a-t-on envoyé à Moscou la demande d'armistice ?

— Mais certainement, certainement, bien sûr », le rassura-t-on.

Et en Russie ? C'était à peu près la même chose, avec un écart de trois quarts d'heure environ. L'inquiétude, l'angoisse, le sens de la fatalité, l'attente de la mort : ils étaient des hommes eux aussi, faits de chair et de sang, ni plus ni moins que les Américains. Et voilà que dans le ciel des explosions analogues, des jets de vapeur blanche, des nuages lourds de brouillard, un orgasme collectif, l'incrédulité en se sentant encore vivants.

Dans le refuge du Kremlin, le secrétaire général du Parti, le chef tout-puissant, arracha son masque saturé de gaz. Il donna une bourrade au président du Conseil qui était assis près de lui.

« *Da... da...* ! dit-il. L'heure est venue. Seulement il y a une chose que je ne réussis pas à comprendre. C'est comment nous avons pu supporter jusqu'à aujourd'hui cette idiotie de communisme ? A propos — et il se tourna vers le ministre des Affaires étrangères qui avait encore son masque — j'espère que la demande d'armistice à ces sympathiques Américains est déjà partie ?

— Bien sûr, camarade secrétaire du Parti.

— Camarade ! mon... œil ! Appelle-moi monsieur. »

Et c'est ainsi que l'arme secrète échoua. Les savants, chacun de leur côté et à l'insu des autres, à force d'étudier et de faire des expériences, avaient trouvé le moyen de gagner la guerre sans coup férir, en moins d'une heure : le « gaz persuasif » comme ils l'avaient appelé, chargé d'idéologie, irrésistible pour l'esprit humain. Rien d'atomique, pas de destruction, pas de carnage : seulement une substance éthérée qui prenait possession instantanément des cerveaux. Le fluide soviétique inoculait le marxisme dans les têtes américaines. L'américain insufflait la démocratie dans les têtes soviétiques. Et tout avait fonctionné à la perfection.

De façon foudroyante, l'entière population des États-Unis — sauf dans de petits îlots négligeables où le gaz n'était pas parvenu — fut convertie au communisme ; l'entière population de l'Union des républiques socialistes soviétiques fut convertie à la liberté capitaliste.

Naturellement les deux pays exultèrent à l'arrivée de la demande d'armistice. Ils crurent à leur complète victoire. Mais, aux premières tractations, les parlementaires restèrent de glace.

Et, les rôles étant inversés, la guerre froide recommença.

UN AMOUR TROUBLE ?

Par suite d'un de ces mouvements de dégoût soudain devant le train-train de la vie quotidienne qui s'empare quelquefois des personnes les plus dénuées de fantaisie, Ubaldo Resera, quarante et un ans, négociant en bois, un soir d'été, décida de rentrer à pied de son bureau par un autre chemin que celui qu'il empruntait habituellement, en passant par un quartier qui lui était à peu près inconnu. Il arrive en effet que l'on habite une vie entière dans la même maison sans jamais pousser plus loin dans des rues ou des places parfois très voisines ; cette proximité enlevant par là même la curiosité de les visiter.

En réalité, à première vue, ce quartier n'avait rien de spécial : sa physionomie d'ensemble ne différait guère des lieux que Resera fréquentait habituellement. Comme il était curieux, ce soir, de voir quelque chose de nouveau, il en fut déçu : les mêmes maisons, les mêmes styles d'architecture, les mêmes petits arbres rabougris le long des trottoirs, les mêmes boutiques. Jusqu'aux silhouettes des passants qui se ressemblaient. En sorte qu'il n'en ressentit aucun soulagement.

Pourtant, comme il était à peu près à mi-chemin de

la rue Eraclite, son regard, par un pur hasard, se posa sur une petite maison à deux étages au fond d'une courte ruelle de traverse. Il y avait là une petite place où confluaient plusieurs rues. La maison faisait juste le coin, comme serrée entre deux de ces voies. Il y avait de chaque côté un minuscule jardinet.

Son premier coup d'œil fut fortuit et ne fit que glisser. Mais comme cela arrive parfois dans la rue quand un homme rencontre une femme et que leurs regards se croisent l'espace d'une seconde, sur le moment il n'y fait pas attention, pourtant quelques pas plus loin il ressent un certain trouble, comme si ces deux yeux inconnus lui avaient instillé quelque chose qu'il ne pourra jamais plus effacer. Et alors, dominé par un appel mystérieux, il s'arrête net, se retourne et la voit qui, au même moment, d'un mouvement identique, tout en continuant son chemin, tourne la tête pour regarder derrière elle. Et pour la seconde fois le regard de ces deux-là se rencontre et leur trouble s'accroît, comme une pointe acérée il s'enfonce dans leur âme, mystérieux pressentiment d'une fatalité.

C'est ainsi que Resera qui avait dépassé le croisement n'eut pas fait dix mètres que l'image de la maisonnette se répercutait en lui. Comme c'est étrange, pensa-t-il, qui sait ce qu'elle peut bien avoir de spécial, et en disant cela il cherchait à se dissimuler la vérité dont il était déjà parfaitement conscient dans le fond de son âme.

L'impérieux besoin de revoir tout de suite la maison lui fit faire volte-face et revenir sur ses pas. Mais pour quelle raison, en modifiant son chemin de si infime façon, feignait-il une fausse indifférence, se comportant comme quelqu'un qui, tout en se promenant, rebrousse chemin par pur caprice sans la moindre excuse ? Avait-il honte ? Avait-il peur que quelqu'un en le voyant ne devinât ses pensées ?

Au risque de se trahir — jouant là encore le rôle d'un passant désœuvré qui, par oisiveté, regarde autour de lui — il eut un bâillement très artificiel juste pour pouvoir lever les yeux vers les étages supérieurs des maisons voisines sans que la volonté du geste transparaisse.

Désagréable surprise : trois personnes au moins, c'est-à-dire deux vieilles femmes sur leur balcon et un jeune homme en bras de chemise accoudé à sa fenêtre, l'observaient. Il lui sembla même que le jeune homme lui souriait avec une ironie effrontée, comme s'il voulait lui dire : c'est inutile, cher monsieur, de nous jouer la comédie, car nous savons très bien pourquoi vous êtes revenu sur vos pas !

« C'est absurde, se gourmanda Resera, cherchant à se tranquiliser. Si ces trois-là me regardent c'est sans la moindre intention. En ce moment, je suis l'unique passant dans la rue, c'est tout à fait normal que je fasse automatiquement les frais de leur curiosité. Et puis, zut, après tout ! ils peuvent bien penser ce qu'ils veulent. Quel mal y a-t-il si j'ai envie de donner un coup d'œil à cette maison ? »

Il savait très bien pourtant en raisonnant ainsi qu'il n'était pas sincère avec lui-même.

Quoi qu'il en fût, il était trop tard. Faire une seconde volte-face, maintenant, aurait été une confession publique. Il poursuivit son chemin.

Quand il arriva au croisement et que la perspective de la petite place s'ouvrit à nouveau devant lui, avec le petit hôtel particulier au bout, son impression fut encore plus forte. Tout en sachant que de là-haut six yeux au moins le surveillaient, il ne résista pas à son impulsion et, au lieu de continuer tout droit par la rue Eraclite, il tourna à gauche pour s'en approcher de plus près.

Cette maison n'avait rien de spécial, ni beauté ni étrangeté architecturale. Vraiment, à première vue on n'y trouvait rien de fascinant ou de provocant. Et pourtant elle tranchait sur les autres. Son style, si l'on pouvait parler de style, était un léger baroque 1900, aux vagues réminiscences autrichiennes, de cette prétention qui se voulait aristocratique et qui plaisait tant entre les années 1920 et 1930. Ce n'était pourtant pas cela qui faisait son charme, d'autant plus que ce même style, et ces mêmes fioritures se retrouvaient dans de nombreuses autres habitations du quartier qui, elles, ne disaient rien. Et Resera, qui avait ralenti le pas pour prolonger le spectacle, n'aurait pas su s'expliquer pourquoi le petit hôtel éveillait en lui un intérêt aussi ardent et presque physique.

Une étroite corniche à la hauteur du premier étage courait le long de la façade étroite dont la silhouette aux volutes flexueuses rappelait certains trumeaux au XVIIIe siècle. Et l'ombre portée dessous, qui allait en s'amenuisant sur les côtés, ressemblait de loin à une bouche incurvée par un sourire languissant et mystérieux adressé justement à lui, Ubaldo Resera. Il était indéniable que, par suite d'une de ces inexplicables harmonies ou disharmonies de lignes qui donnent une vie propre aux constructions parfaites, ces murs, ces fenêtres élégantes, ces cadences, ces courbes, ce toit fuyant surmonté de curieuses cheminées (qui ressemblaient à des chats ou à des hiboux aux aguets) exprimaient une personnalité solide, drue, compacte, excitante, effrontée, joyeuse et arrogante.

Derrière le masque de dignité aristocratique, que se cachait-il ? Quelles tentations inavouables ? Quels délicieux péchés ?

Sans comprendre ce qui lui arrivait, Resera, vaguement hébété, avec une certaine effervescence trouble dans ses sentiments et ses désirs, s'approcha. La porte d'entrée, haute et étroite, était fermée. Fixée par une punaise, une petite pancarte : « A vendre. Pour tous renseignements s'adresser à M. Leuterio Stella, rue Garibaldi n° 7 appartement n° 3. » Dans le fond de son cœur, Resera avait déjà pris sa décision.

« Aldo, lui dit sa femme, je ne sais pas ce que je donnerais pour savoir ce que tu as. Depuis quelque temps tu es tout changé. Tu es pensif, renfermé, on ne te voit presque plus à la maison. Et la nuit, quand tu dors, tu te plains et tu parles tout haut.

— Et qu'est-ce que je dis ? s'effara Resera.

— Tiens, tiens ! ça te préoccupe d'apprendre que tu parles en dormant ? Tu as peur ? Ah ! tu vois tu me caches quelque chose.

— Mais non, je t'assure, Henriette, je n'ai pas peur et tu te fais des idées. Je n'ai pas changé du tout... seulement je suis un peu fatigué, ça doit être ça.

— Et tu sais depuis quand tu n'es plus le même ? Depuis que tu t'es fourré dans la tête d'acheter cette maison ! Et tu veux que je te dise ? Eh bien, ça sera peut-être une affaire en or, comme tu le prétends, mais moi, ça ne me dit absolument rien qui vaille. Je trouve ton idée odieuse !...

— Odieuse... odieuse ! dit-il soudain tendre et persuasif. Elle est très belle, tu sais. Tu es casanière et tu t'es attachée à cet appartement, mais tu verras comme nous serons bien tout seuls, indépendants, dans cette maison dont nous serons les seuls maîtres. J'ai hâte que nous déménagions, moi ! »

Une étrange lueur brillait dans ses yeux. Sa femme le dévisagea, alarmée, puis éclata en sanglots. C'est seulement alors que Resera comprit : il était tombé amoureux d'une maison.

Contrairement à ce qui arrive d'habitude aux désirs

comblés, la joie d'habiter dans le petit hôtel particulier tant désiré demeura, dans les premiers temps, entière et presque excessive. En le voyant si content, sa femme qui avait soupçonné l'existence d'une rivale se rassura, mais c'est en vain qu'elle cherchait à s'accoutumer à cette maison ; sans en comprendre la raison, elle y éprouvait une insurmontable répugnance.

Resera, au contraire, jouissait des ineffables tendresses de l'amour réciproque. Parfaitement ! Il sentait que la maison était heureuse de sa présence, autant que lui-même d'y habiter. Le soir, en rentrant, il avait l'impression qu'elle le saluait avec un sourire spécial. Et le matin, lorsque, avant de tourner le coin de la rue, il se retournait pour lui jeter un dernier coup d'œil, elle aussi lui disait au revoir en se penchant même un peu, comme pour atténuer la distance qui les séparait.

Et pourtant, dans le fond, un pressentiment inquiétant qu'il n'arrivait pas à définir le rongeait.

Il commença à remarquer — un mois ne s'était pas encore écoulé — que la maison ne faisait plus attention à lui. Le matin quand il se retournait pour un dernier salut, avant de tourner le coin de la rue, elle ne le lui rendait plus, déjà distraite. Distraite pourquoi ? Passant prudemment la tête au coin de la rue, de loin, pour ne pas être remarqué, il se mit à l'épier en cachette ; et plus d'une fois il la surprit tandis qu'elle souriait et clignait de l'œil à des inconnus, parfois même de très basse classe. Et puis il remarqua que presque chaque jour une somptueuse automobile noire conduite par un chauffeur en livrée stationnait longuement sur la petite place et le type qui était assis à l'arrière, un quinquagénaire pléthorique, tourné vers la maison, faisait d'étranges signes de la main.

Jalousie, long supplice. C'était surtout la nuit que ses soupçons les plus monstrueux affluaient en se bousculant. A qui ces empreintes dans le jardin ? Que voulait ce milliardaire qui stationnait dans son auto noire ? Et ces bruits étranges dans le grenier, qui ressemblaient à des pas humains ? Et qui étaient ces noctambules qui, par couple, passaient et repassaient sans en avoir l'air devant la façade jusqu'aux premières lueurs de l'aube et, tout en bavardant, jetaient à la maison des regards effrontés.

Dans l'ombre du jardin, dissimulé derrière des arbustes, il épiait pour surprendre l'intrigue.

Eh quoi ! c'est la loi inhumaine de l'amour. Quel réconfort pouvait-il désormais trouver pour calmer sa peine qui était en soi une pure folie ? N'en croyant pas ses yeux tout d'abord, sa femme qui s'était inquiétée de tant d'horribles symptômes, commença finalement à comprendre, mais elle était incapable de haine. Son malheureux mari lui faisait pitié avant tout.

De lui-même, une nuit d'août, il mit un terme à cette situation intolérable. Vers deux heures du matin il réveilla sa femme.

« Vite, vite ! Viens, la maison brûle !

— Comment ? comment ? » balbutia-t-elle, ayant peine à croire une aussi heureuse nouvelle.

Et lui, modestement :

« Sans doute un court-circuit !... »

Elle brûla comme une boîte d'allumettes. A l'ombre d'un porche, de l'autre côté de la rue, on vit Resera sangloter longuement. Circonstance singulière : cette nuit-là, il soufflait un vent terrible. Les pompiers ne purent pour ainsi dire rien faire.

Attiré par le ululement des sirènes, l'évêque qui à cette heure-là étudiait encore, se pencha à son balcon, par curiosité. Il vit la lueur rouge au-dessus des toits, il sentit l'odeur de brûlé.

Le vent éparpillait sur la ville la poudre argentée des

cendres. Un petit morceau d'étoffe calcinée se posa sur la manche du prélat, on aurait dit l'aile fragile d'un papillon. Il eut un mouvement de désir, de répulsion, peut-être de peur. Il fit tomber la cendre de sa manche et la brossa énergiquement. « *Et ne nos inducas...* », murmura-t-il en se signant.

PAUVRE PETIT GARÇON !

Comme d'habitude, Mme Klara emmena son petit garçon, cinq ans, au jardin public, au bord du fleuve. Il était environ trois heures. La saison n'était ni belle ni mauvaise, le soleil jouait à cache-cache et le vent soufflait de temps à autre, porté par le fleuve.

On ne pouvait pas dire non plus de cet enfant qu'il était beau, au contraire, il était plutôt pitoyable même, maigrichon, souffreteux, blafard, presque vert, au point que ses camarades de jeu, pour se moquer de lui, l'appelaient Laitue. Mais d'habitude les enfants au teint pâle ont en compensation d'immenses yeux noirs qui illuminent leur visage exsangue et lui donnent une expression pathétique. Ce n'était pas le cas de Dolfi ; il avait de petits yeux insignifiants qui vous regardaient sans aucune personnalité.

Ce jour-là le bambin surnommé Laitue avait un fusil tout neuf qui tirait même de petites cartouches, inoffensives bien sûr, mais c'était quand même un fusil ! Il ne se mit pas à jouer avec les autres enfants car d'ordinaire ils le tracassaient, alors il préférait rester tout seul dans son coin, même sans jouer. Parce que les animaux qui ignorent la souffrance de la solitude sont capables de s'amuser tout seuls, mais l'homme au

87

contraire n'y arrive pas et s'il tente de le faire, bien vite une angoisse encore plus forte s'empare de lui.

Pourtant quand les autres gamins passaient devant lui, Dolfi épaulait son fusil et faisait semblant de tirer, mais sans animosité, c'était plutôt une invitation comme s'il avait voulu leur dire : « Tiens, tu vois, moi aussi aujourd'hui j'ai un fusil. Pourquoi est-ce que vous ne me demandez pas de jouer avec vous ? »

Les autres enfants éparpillés dans l'allée remarquèrent bien le nouveau fusil de Dolfi. C'était un jouet de quatre sous mais il était flambant neuf et puis il était différent des leurs et cela suffisait pour susciter leur curiosité et leur envie. L'un d'eux dit :

« Hé ! vous autres ! vous avez vu la Laitue, le fusil qu'il a aujourd'hui ? »

Un autre dit :

« La Laitue a apporté son fusil seulement pour nous le faire voir et nous faire bisquer mais il ne jouera pas avec nous. D'ailleurs il ne sait même pas jouer tout seul. La Laitue est un cochon. Et puis son fusil, c'est de la camelote !

— Il ne joue pas parce qu'il a peur de nous », dit un troisième.

Et celui qui avait parlé avant :

« Peut-être, mais n'empêche que c'est un dégoûtant ! »

Mme Klara était assise sur un banc, occupée à tricoter, et le soleil la nimbait d'un halo. Son petit garçon était assis, bêtement désœuvré, à côté d'elle, il n'osait pas se risquer dans l'allée avec son fusil et il le manipulait avec maladresse. Il était environ trois heures et dans les arbres de nombreux oiseaux inconnus faisaient un tapage invraisemblable, signe peut-être que le crépuscule approchait.

« Allons, Dolfi, va jouer, l'encourageait Mme Klara, sans lever les yeux de son travail.

« — Jouer avec qui ?

— Mais avec les autres petits garçons, voyons ! vous êtes tous amis, non ?

— Non, on n'est pas amis, disait Dolfi. Quand je vais jouer ils se moquent de moi.

— Tu dis cela parce qu'ils t'appellent Laitue ?

— Je veux pas qu'ils m'appellent Laitue !

— Pourtant moi je trouve que c'est un joli nom. A ta place, je ne me fâcherais pas pour si peu. » Mais lui, obstiné :

« Je veux pas qu'on m'appelle Laitue ! »

Les autres enfants jouaient habituellement à la guerre et ce jour-là aussi. Dolfi avait tenté une fois de se joindre à eux, mais aussitôt ils l'avaient appelé Laitue et s'étaient mis à rire. Ils étaient presque tous blonds, lui au contraire était brun, avec une petite mèche qui lui retombait sur le front en virgule. Les autres avaient de bonnes grosses jambes, lui au contraire avait de vraies flûtes maigres et grêles. Les autres couraient et sautaient comme des lapins, lui, avec sa meilleure volonté, ne réussissait pas à les suivre. Ils avaient des fusils, des sabres, des frondes, des arcs, des sarbacanes, des casques. Le fils de l'ingénieur Weiss avait même une cuirasse brillante comme celle des hussards. Les autres, qui avaient pourtant le même âge que lui, connaissaient une quantité de gros mots très énergiques et il n'osait pas les répéter. Ils étaient forts et lui si faible.

Mais cette fois lui aussi était venu avec un fusil.

C'est alors qu'après avoir tenu conciliabule les autres garçons s'approchèrent :

« Tu as un beau fusil, dit Max, le fils de l'ingénieur Weiss. Fais voir. »

Dolfi sans le lâcher laissa l'autre l'examiner.

« Pas mal », reconnut Max avec l'autorité d'un expert.

Il portait en bandoulière une carabine à air comprimé qui coûtait au moins vingt fois plus que le fusil. Dolfi en fut très flatté.

« Avec ce fusil, toi aussi tu peux faire la guerre, dit Walter en baissant les paupières avec condescendance.

— Mais oui, avec ce fusil, tu peux être capitaine », dit un troisième.

Et Dolfi les regardait émerveillé. Ils ne l'avaient pas encore appelé Laitue. Il commença à s'enhardir.

Alors ils lui expliquèrent comment ils allaient faire la guerre ce jour-là. Il y avait l'armée du général Max qui occupait la montagne et il y avait l'armée du général Walter qui tenterait de forcer le passage. Les montagnes étaient en réalité deux talus herbeux recouverts de buissons ; et le passage était constitué par une petite allée en pente. Dolfi fut affecté à l'armée de Walter avec le grade de capitaine. Et puis les deux formations se séparèrent, chacune allant préparer en secret ses propres plans de bataille.

Pour la première fois, Dolfi se vit prendre au sérieux par les autres garçons. Walter lui confia une mission de grande responsabilité : il commanderait l'avant-garde. Ils lui donnèrent comme escorte deux bambins à l'air sournois armés de fronde et ils l'expédièrent en tête de l'armée, avec l'ordre de sonder le passage. Walter et les autres lui souriaient avec gentillesse. D'une façon presque excessive.

Alors Dolfi se dirigea vers la petite allée qui descendait en pente rapide. Des deux côtés, les rives herbeuses avec leurs buissons. Il était clair que les ennemis, commandés par Max, avaient dû tendre une embuscade en se cachant derrière les arbres. Mais on n'apercevait rien de suspect.

« Hé ! capitaine Dolfi, pars immédiatement à l'attaque, les autres n'ont sûrement pas encore eu le temps d'arriver, ordonna Walter sur un ton confidentiel. Aussitôt que tu es arrivé en bas, nous accourons et nous y soutenons leur assaut. Mais toi, cours, cours le plus vite que tu peux, on ne sait jamais... »

Dolfi se retourna pour le regarder. Il remarqua que tant Walter que ses autres compagnons d'armes avaient un étrange sourire. Il eut un instant d'hésitation.

« Qu'est-ce qu'il y a ? demanda-t-il.

— Allons, capitaine, à l'attaque ! » intima le général.

Au même moment, de l'autre côté du fleuve invisible, passa une fanfare militaire. Les palpitations émouvantes de la trompette pénétrèrent comme un flot de vie dans le cœur de Dolfi qui serra fièrement son ridicule petit fusil et se sentit appelé par la gloire.

« A l'attaque, les enfants ! » cria-t-il, comme il n'aurait jamais eu le courage de le faire dans des conditions normales.

Et il se jeta en courant dans la petite allée en pente.

Au même moment un éclat de rire sauvage éclata derrière lui. Mais il n'eut pas le temps de se retourner. Il était déjà lancé et d'un seul coup il sentit son pied retenu. A dix centimètres du sol, ils avaient tendu une ficelle.

Il s'étala de tout son long par terre, se cognant douloureusement le nez. Le fusil lui échappa des mains. Un tumulte de cris et de coups se mêla aux échos ardents de la fanfare. Il essaya de se relever mais les ennemis débouchèrent des buissons et le bombardèrent de terrifiantes balles d'argile pétrie avec de l'eau. Un de ces projectiles le frappa en plein sur l'oreille le faisant trébucher de nouveau. Alors ils sautèrent tous sur lui et le piétinèrent. Même Walter, son général, même ses compagnons d'armes !

« Tiens ! attrape, capitaine Laitue. »

Enfin il sentit que les autres s'enfuyaient, le son héroïque de la fanfare s'estompait au-delà du fleuve. Secoué par des sanglots désespérés il chercha tout autour de lui son fusil. Il le ramassa. Ce n'était plus qu'un tronçon de métal tordu. Quelqu'un avait fait sauter le canon, il ne pouvait plus servir à rien.

Avec cette douloureuse relique à la main, saignant du nez, les genoux couronnés, couvert de terre de la tête aux pieds, il alla retrouver sa maman dans l'allée.

« Mon Dieu ! Dolfi, qu'est-ce que tu as fait ? »

Elle ne lui demandait pas ce que les autres lui avaient fait mais ce qu'il avait fait, lui. Instinctif dépit de la brave ménagère qui voit un vêtement complètement perdu. Mais il y avait aussi l'humiliation de la mère : quel pauvre homme deviendrait ce malheureux bambin ? Quelle misérable destinée l'attendait ? Pourquoi n'avait-elle pas mis au monde, elle aussi, un de ces garçons blonds et robustes qui couraient dans le jardin ? Pourquoi Dolfi restait-il si rachitique ? Pourquoi était-il toujours si pâle ? Pourquoi était-il si peu sympathique aux autres ? Pourquoi n'avait-il pas de sang dans les veines et se laissait-il toujours mener par les autres et conduire par le bout du nez ? Elle essaya d'imaginer son fils dans quinze, vingt ans. Elle aurait aimé se le représenter en uniforme, à la tête d'un escadron de cavalerie, ou donnant le bras à une superbe jeune fille, ou patron d'une belle boutique, ou officier de marine. Mais elle n'y arrivait pas. Elle le voyait toujours assis un porte-plume à la main, avec de grandes feuilles de papier devant lui, penché sur le banc de l'école, penché sur la table de la maison, penché sur le bureau d'une étude poussiéreuse. Un bureaucrate, un petit homme terne. Il serait toujours un pauvre diable, vaincu par la vie.

« Oh ! le pauvre petit ! » s'apitoya une jeune femme élégante qui parlait avec Mme Klara.

Et secouant la tête, elle caressa le visage défait de Dolfi.

Le garçon leva les yeux, reconnaissant, il essaya de sourire, et une sorte de lumière éclaira un bref instant son visage pâle. Il y avait toute l'amère solitude d'une créature fragile, innocente, humiliée, sans défense ; le désir désespéré d'un peu de consolation ; un sentiment pur, douloureux et très beau qu'il était impossible de définir. Pendant un instant — et ce fut la dernière fois — il fut un petit garçon doux, tendre et malheureux, qui ne comprenait pas et demandait au monde environnant un peu de bonté.

Mais ce ne fut qu'un instant.

« Allons, Dolfi, viens te changer ! » fit la mère en colère, et elle le traîna énergiquement à la maison.

Alors le bambin se remit à sangloter à cœur fendre, son visage devint subitement laid, un rictus dur lui plissa la bouche.

« Oh ! ces enfants ! quelles histoires ils font pour un rien ! s'exclama l'autre dame agacée en les quittant. Allons, au revoir, madame Hitler ! »

LE CASSE-PIEDS

L'homme consulta son carnet, entra d'un air décidé dans l'immeuble, monta au premier étage, là où était écrit : « Direction générale », et remplit une formule.

« *Monsieur* : Ernest LEMORA... *désire s'entretenir avec* : M. Lucio Fenisti... *Objet de la visite* : personnel. »

Personnel ? Fenisti resta perplexe. Le nom de Lemora lui était parfaitement inconnu. Et quand un étranger s'annonçait avec des « motifs personnels » il n'en sortait jamais rien de bon. La seule chose à faire était de l'envoyer se faire voir chez les Grecs. Oui mais si après ? S'il s'agissait vraiment de choses personnelles ! Il se souvint d'un vague cousin de sa femme, de deux petites amies aux habitudes peu recommandables, d'un vieux camarade d'école : ils étaient tous bien capables de le mettre dans le pétrin. Les embêtements, ce n'est pas ce qui manque dans la vie.

« Quel genre de type est ce Lemora ? demanda-t-il à l'huissier.

— A le voir, comme ça, pas mal.

— Quel âge ?

— Oh ! la quarantaine.

95

— Bon ! fais-le entrer. »

L'homme se présenta. Un complet gris décent. Une chemise blanche propre mais usagée. Un désagréable timbre nasal en prononçant les R, comme les Levantins. Les chaussures, comme ci comme ça.

« Je vous en prie, asseyez-vous.

— Excusez-moi, monsieur, commença l'homme d'une voix basse, en parlant avec précipitation, pardonnez-moi si je viens vous déranger si si je sais très bien tout le travail que vous avez... Mais je vous assure que je ne me serais pas permis de venir... ne serait-ce qu'une minute si le commandeur Limonta votre vieil ami n'est-ce pas ? ne m'av...

— Le commandeur Limonta ? »

Fenisti n'avait jamais entendu ce nom-là.

« Oui le commandeur Limonta assesseur au tribunal, allez donc voir mon ami Fenisti me dit-il c'est un homme qui voit loin peut-être que votre projet me dit-il mais d'ailleurs qui ne connaît pas vos qualités monsieur et je comprends que venir déranger une célébrité telle que vous... mais la vie hélas est bien dure certainement je n'ai pas la présomption mais qui sait monsieur et je pourrais peut-être me présenter le front haut si de malheureuses circonstances mais je ne vous ferai pas perdre votre temps monsieur pourtant si vous saviez ma femme est à l'hôpital et le commandeur Limonta...

— Limonta ? dit Fenisti qui perdait le fil.

— Oui l'assesseur au tribunal vous voyez monsieur je ne me serais pas permis ah si vous saviez mon petit garçon quelle croix si tout le monde ne vantait pas votre grand cœur et mon projet voyez-vous était déjà accepté par le ministère mais un de mes bons collègues qui était le cousin de la femme du sous-secrétaire vous me comprenez pas vrai vous savez comment vont ces choses... »

Fenisti l'interrompit :

« Excusez-moi... malheureusement mon temps est limité... (il regarda la pendule) bientôt je dois me rendre à une réunion... si vous vouliez bien en venir au fait et me dire en quoi je pourrais...

— Non monsieur, répliqua l'autre, comme la glu, je me suis mal exprimé et mon projet il s'agit vous comprenez de mon troisième fils qui a été frappé justement la semaine dernière de poliomyélite je sais que vous allez compatir un cas grave et rare dit le médecin un cas difficile alors j'éprouve un grand embarras et je suis vraiment mortifié monsieur si j'ai évoqué en vous involontairement...

— Involontairement quoi ? éclata Fenisti exaspéré.

— Oh je n'avais pas l'intention je vous en prie excusez-moi mais vous savez avec toutes ces préoccupations on ne se sent plus capable de parler au contraire monsieur, vous ne me croirez peut-être pas monsieur mais j'éprouve pour vous un sentiment... un sentiment je vous le jure une véritable affection oui oui de gratitude mais monsieur ne me regardez pas comme ça parce que alors le peu de courage... si cela ne tenait qu'à moi j'aurais voulu vous présenter mon projet mais je vois que et puis je ne sais pas ce qui m'arrive mais voyez-vous monsieur aujourd'hui je me sens tout intimidé devant une personnalité comme vous oui ma sainte femme me le dit toujours malheureusement elle est entrée à l'hôpital hier parce que voyez-vous monsieur moi qui vous parle monsieur je suis un homme qui a travaillé toute sa vie oui honnêtement je peux... »

Fenisti chercha à l'endiguer ; il avait la sensation de s'enliser dans une mer de nausée qui l'engourdissait lentement :

« Mais finalement... vous me disiez... votre projet...

— Une proposition oui oui au contraire monsieur je

vous remercie infiniment pour l'intérêt que vous montrez tout de suite mais vous êtes fatigué pas vrai ?

— Ouui, confirma Fenisti résigné et languissant.

— Ah la famille quelle belle et grande chose que la famille même le commandeur Limonta votre vieil ami un authentique ami dans certains cas l'amitié seulement quand surgissent des circonstances telles vous voyez monsieur elle sera opérée demain matin mais excusez-moi cher monsieur vous êtes peut-être impatient de connaître mon projet mais c'est hélas ! une opération délicate et le professeur m'a pris à part, eh je m'en rends bien compte une personnalité comme vous monsieur ne peut guère s'intéresser à moi qui viens ici.

— Pourquoi ? moi...

— Si si monsieur soyons objectifs un homme comme vous avec la responsabilité que vous avez monsieur une masse de travail pourquoi devrais-je vous préoccuper avec mes misères ? Si ce n'est pour la gratitude que j'éprouve un malheureux une nullité comme moi...

— Ne me dites pas...

— Non non monsieur c'est ma faute une sensation de honte absolument et puis il est normal de respecter certaines distances et tandis que je suis là à vous ennuyer peut-être que dans la salle d'attente il y en a beaucoup et plus importants que moi qui attendent peut-être une jolie dame et moi je suis assis ici comme si l'opération de ma femme enfin heureusement que l'hôpital de Lecce...

— De Lecce ?

— Oui monsieur la pauvre petite est là-bas mais moi aussi monsieur croyez-moi je ressens depuis quelques jours un bourdonnement dans l'oreille et puis une difficulté à respirer vous savez monsieur quand on est invalide de guerre Dieu seul sait... »

Lucio Fenisti se sentit défaillir. Un brouillard s'épaississait devant les yeux et derrière le visage de ce maudit qui parlait. Lentement sa main gauche chercha la poche arrière de son pantalon où se trouvait son portefeuille.

Une fois sorti de l'immeuble l'homme s'arrêta pour regarder le billet de dix mille lires qu'il ne possédait pas dix minutes avant. Il fit un rapide calcul mental, secoua la tête. Cela ne suffisait pas. Il poussa un soupir. Consulta son calepin. Traversa la place d'un pas rapide. Parcourut une partie de la grande avenue. Entra d'un air décidé dans un autre grand immeuble.

Mais là l'huissier l'avait repéré à temps à travers la baie vitrée. Par un signal convenu il donna l'alarme intérieure. Automatiquement le dispositif de sécurité défensive se déclencha. Les huissiers se précipitèrent devant les portes donnant accès à l'escalier, toutes les issues furent fermées, les nerfs de trois cents fonctionnaires de tous grades tendus. Car à de trop nombreuses reprises l'imposteur avait réussi à pénétrer, semant la consternation et la ruine.

Mais l'homme le savait. Pour la forme seulement il demanda à l'huissier s'il pouvait parler à M. Salimbene.

« Aujourd'hui M. Salimbene est absent, dit l'huissier.

— Et M. Smaglia ?

— M. Smaglia est en conférence.

— Et M. Bé ?

— M. Bé est souffrant.

— Oh ! le pauvre, s'apitoya l'homme, j'en suis vraiment navré. Serait-il possible... »

Il s'élança soudain. En un clin d'œil il avait aperçu Pratti, le sous-chef du personnel, qui traversait le hall d'entrée. Avant que l'autre ne s'en soit rendu compte, il était devant lui.

« Oh ! bonjour cher monsieur. Quel heureux hasard figurez-vous que je vous cherchais justement car voyez-vous cher monsieur une proposition... »

Pratti tenta de se dégager :

« Mais, vraiment, ce n'est pas pour dire... une journée très chargée... un tas de rendez-vous...

— Oh ! je vous en prie par pitié cher monsieur ne craignez pas que mais si vous voulez me permettre une petite minute je vous assure voyez-vous monsieur je ne me permettrais pas si l'ingénieur Bernozzi...

— L'ingénieur Bernozzi ? »

Pratti n'avait jamais entendu son nom.

« Mais oui l'ingénieur Bernozzi des Travaux publics vous devriez aller voir monsieur Pratti me disait-il c'est un homme aux vues très larges et il peut se faire que votre projet me disait-il mais d'ailleurs qui ne connaît vos mérites cher monsieur et je comprends je ne vous ferai pas perdre un temps précieux si vous saviez malheureusement ma femme est à l'hôpital et l'ingénieur Bernozzi... »

L'homme, une fois sorti, s'arrêta pour contempler le billet de cinq mille lires qu'il n'avait pas quelques minutes auparavant. Il l'ajouta à l'autre de dix mille, en les pliant avec soin. Il fit un rapide calcul mental. Secoua la tête. Cela ne lui suffisait pas. Il poussa un soupir. Se remit en route d'un pas vif. Il tourna à droite, parcourut une centaine de mètres. S'arrêta devant une église. Ses lèvres s'arrondirent en un sourire mielleux. Avec décision il monta les sept marches, ouvrit la porte, se trouva dans le temple.

Aussitôt son visage prit une expression de piété austère. Sa main droite trempa la pointe du médius dans l'eau bénite, puis fit le signe de la croix.

A petits pas silencieux l'homme s'approcha de l'autel.

Lorsqu'il l'entrevit dans la pénombre et qu'il l'eut reconnu, le Seigneur frémit et se dissimula derrière une colonne.

L'homme avança impavide, bien qu'avec un extrême respect, jusqu'à la colonne. Et puis il se retourna brusquement en cherchant.

Plus vif que lui, Dieu se glissa de l'autre côté. Mystérieusement, sa miséricorde infinie avait une limite cette fois-ci. Non, il ne se sentait pas capable de supporter une fois de plus les prières de cet homme-là.

L'individu alors se déplaça tout en cherchant encore. Mais il n'était pas de taille à lutter avec le Tout-Puissant. Et il s'en rendit bien compte dans sa sensibilité diabolique. Pas question d'un coup tordu. Il fallait s'y résigner.

Un imperceptible friselis courut parmi les saints titulaires des différentes chapelles latérales. Sur qui cela tomberait-il ?

D'un air indifférent, le fatal personnage parcourut la nef centrale à pas lents, comme un chasseur dans le bois, le fusil au creux du bras, prêt à tirer.

Il s'agenouilla si rapidement et d'une façon si inopinée devant la troisième chapelle, à droite, que saint Jérôme qui la présidait fut pris par surprise. Et il n'eut pas le temps de se dérober.

« O très vénéré saint Jérôme, commença l'homme en murmurant, ô toi pilier de l'Église savant docteur, ma femme à l'hôpital toi qui fais tant de miracles et dispense tant de grâces très aimable saint Jérôme toi qui avec une paternelle sollicitude l'opération demain matin ô toi céleste docteur mon fils la poliomyélite devant toi s'élève ô radieux docteur mon âme repentante en t'implorant... »

Les invocations sortaient à flots continus. Dix, quinze, vingt minutes sans reprendre souffle. Vingt-cinq minutes, trente, trente-cinq. L'écume aux lèvres saint Jérôme dit oui.

LE COMPTE

Le petit vieux fluet se leva de son siège, il pencha imperceptiblement sa minuscule tête d'oiseau et ses épaules, en un geste qui lui était propre. C'était une larve, un sous-alimenté, une mèche de lampe consumée, un pauvre malheureux.

Alors, tout tremblotant, il prit une enveloppe blanche qui était posée sur la table et la tendit d'une main incertaine à Joseph de Zintra le poète, qui attendait, debout devant lui. Sa bouche tenta même une vague ébauche de sourire et puis il dit :

« Ghh ghh ghl fisch ! »

Qui sait ce qu'il voulait exprimer ? il ne fit entendre que ce son-là.

C'était une toile d'araignée, une feuille morte, pire, c'était un être terriblement consumé et tout proche de l'inévitable fin, et pourtant il était en frac, un très beau frac recouvert de décorations, il était sanglé dans un merveilleux uniforme alourdi d'épaulettes, de pompons et de médailles, uniforme de général, d'amiral, uniforme de cavalerie, de parachutiste, de blindé, uniforme d'artillerie et de mitrailleur, uniforme l'un sur l'autre, et l'un dans l'autre, car il était Sa Majesté l'Empereur, Maître des Corps et des Ames, Président des Confédérations universelles, Chef suprême des extensions territoriales du Nord et du Sud, Lumière des Mondes, Soleil incarné, concentrant en lui de façon terrifiante la puissance qui dominait les trois quarts de la Terre, il en émanait une force démesurée.

La main tremblotante et ferme, le sourire grimaçant et radieux il tendit l'enveloppe blanche au poète Joseph de Zintra qui la prit en s'inclinant très bas comme il convenait dans un salut étudié auparavant.

Une trompette sonna, une larme brilla çà et là dans la foule, les applaudissements, les drapeaux flottant au vent, lueurs de flashes, allongements sournois des télé-caméras, comme autant de têtes de brontosaures, enfin la fanfare impériale attaqua l'hymne de l'Univers pour exalter les esprits.

C'est ainsi que prit fin la cérémonie pour la remise de son prix au poète Zintra, rien de plus ; alors il se sentit osciller sur les ondes suprêmes de la gloire, sensation divine disent ceux — et ils sont très rares — qui l'ont éprouvée.

Mais il se mêlait aussi à cette sensation la nausée de la grande chose espérée et obtenue, qui subitement se dégonfle comme un sac plein d'air, et il ne vous reste plus rien entre les doigts.

Suivi d'une escorte, il traversa la place du palais royal, encore des applaudissements çà et là, des déclics d'appareils photo, des jeunes filles qui se pressent autour de lui, le regard implorant, dans les seize-dix-sept ans, minces, désirables, et l'assaut des questions crétines et intellectuelles : « Mais quel est le sens caché de votre poème "Localité" ? Quel en est le substratum philosophique ? Et le message ? Parlez-nous de votre message ! Pensez-vous, maître, que seule l'humanité future sera en mesure de le recueillir ou bien croyez-vous que nous aussi ?... »

Et lui de répondre que bien sûr, que naturellement, mais certainement, tout en éprouvant le désir de les traiter à coups de pied dans le séant, mais il sourit pourtant et plaisante, flatté. La foule serrée des admirateurs le talonne, l'entraîne, il a l'impression de flotter au-dessus d'un fleuve électrique et heureux. Alors où allons-nous ? Cocktail-parties, banquets, conférences de presse, contrats pour des films, invitations chez la diva ? Oui, ce soir et puis demain, dans une succession sans fin de lumières, d'élégances, d'occasions, quelle barbe ! Oui mais en même temps quelle délicieuse flatterie du Moi.

La gloire ! Certes il a travaillé pour l'obtenir, pendant toute sa vie (oh ! après tout pas tellement, en y réfléchissant bien). Il a souffert, aussi, pendant d'innombrables nuits solitaires : le secret martyre de l'art, évidemment, refusé à la communauté des mortels. Mais, il faut bien l'avouer confidentiellement, si exaltant, plein d'orgueil, si commode, si honteusement facile comparé aux douleurs authentiques de l'existence comme les névralgies du trijumeau, la jalousie amoureuse, les humiliations honteuses du cancer. Mais c'est en cela — et il pensa repousser le remords — que consiste justement le privilège de l'art, accordé par Dieu comme la grâce janséniste, mystérieusement, sans raison apparente, à supposer qu'il y ait une raison.

A pied, le soir, dans une rue inconnue et très belle de la ville étrangère, toujours entouré du petit groupe désireux de lui arracher un reflet de gloire, cette sensation vertigineuse et folle, à la saveur si exquise. Les adolescentes, le grand éditeur, l'humoriste du *New Yorker*, le célèbre mécène de Hambourg au visage de momie, le roi des invertis d'Ile-de-France, deux étudiants à la barbe blonde et puis, en queue, un peu à gauche, un type obstiné qu'il avait remarqué fugitivement pendant la funeste cérémonie : un homme ni grand ni petit, plutôt pâle, avec un vêtement sombre, absolument insignifiant. Absolument ? Vraiment ? Comme Joseph conversait sans y attacher grande importance avec celui-ci et celui-là, tout en jetant un coup d'œil autour de lui, l'homme se mit à agiter quelque chose de la main droite, comme pour attirer l'attention, un bout de papier, un billet, un opuscule, une plaquette de ses vers à lui, Zintra, peut-être, ils avaient été tellement traduits dans toutes les langues du monde ! Et de temps à autre il appelait « Monsieur ! Monsieur ! » mais avec discrétion toutefois. Un de ces maudits chasseurs d'autographes et de dédicaces, voilà ce qu'il était, que le Ciel extermine cette engeance.

Patient, l'homme le suivait pas à pas. Jusqu'au moment où la nuit, qui s'était approchée à pas silencieux, s'abattit de tout son corps immense de ténèbres sur la ville et s'y appesantit, et les heures commencèrent leur galop impitoyable qui nous dévore, nous autres pauvres créatures sans défense (du haut des tours qui se perdent dans les nuées, hautes et noires, s'égrènent les heures).

Le moment qui disperse les joyeuses compagnies était arrivé, un à un ses amis lui souhaitèrent bonne nuit et Joseph de Zintra se retrouva devant la porte de l'ascenseur dans le hall du grand hôtel. Seul. Parce qu'il s'agit d'un hôtel de luxe qui a la splendeur des couronnements, et l'ascenseur étincelle de vernis et d'or tout comme le sourire du liftier, ravissant jeune garçon, et aux étages supérieurs attendent les couloirs silencieux avec des moquettes de pourpre épaisses comme ça, les portes massives qui se ferment avec des soupirs réprimés, les lumières qui brillent, les salles de bain d'archiduchesse, toutes les douceurs matérielles qui parlent de puissance et de milliards, à voix basse, en faisant allusion à de romanesques aventures, mais ici aussi, à un certain moment, bien que ruisselant de gloire, bien que s'appelant le poète Joseph de Zintra, l'étranger ressent un désir sauvage, de quoi ? de quelle chose ? Il ne réussit pas à comprendre et pourtant, de la tête aux pieds il est malheureux.

Avec cette espèce de trou qui s'élargissait en lui, Joseph de Zintra était sur le point d'entrer dans son appartement n° 43 quand, dans la pénombre aristocratique, une ombre. L'homme de tout à l'heure, agitant de la main droite un bout de papier, un opuscule, qui sait quoi, vêtu d'un complet sombre, très insignifiant.

« Excusez-moi, monsieur », c'est ce qu'il a dit.

Zintra se retourne pour le regarder. Et il sait, sans qu'il soit besoin d'autres explications, il sait confusément : ce n'était pas un admirateur importun, ni un collectionneur d'autographes et de dédicaces, ni un reporter, ni un fat impertinent, ni un intrus indélicat.

« Entrez, je vous en prie. »

Lorsqu'ils furent entrés dans la chambre, Zintra put voir ce que l'autre lui tendait : c'était une enveloppe de papier blanc, rigoureusement semblable à celle que Sa Majesté avait remise, sept heures avant au poète.

« Le compte, murmura l'inconnu.

— Le compte ? Le compte de quoi ? demanda Zintra, mais avec un pressentiment. Je vous en prie, je vous en prie, asseyez-vous. »

Mais l'autre ne s'est pas assis.

Alors Zintra s'aperçoit que l'autre est beaucoup plus grand que lui et qu'il a un visage puissant et fermé comme le coffre-fort des Rothschild.

« Tu es le poète de l'angoisse ? » L'homme parlait avec calme. « Ils t'ont appelé le maître de l'apocalypse ? »

Zintra en convint, intimidé.

« Tu as parlé en long et en large de peur, de cauchemar et de mort. Tu as fait pleurer des milliers et des milliers de créatures quand venait le soir. Avec tes mots tu déchirais, tu faisais souffrir. Tu as chanté les larmes, la solitude, le désespoir et le sang. Tu t'es complu aux choses cruelles de la vie, tu les transformais en art, comme vous dites. Ah ah ! Ta mine d'or, c'était la douleur et tu en as extrait célébrité, richesse, et aujourd'hui finalement le triomphe. Mais cette douleur ne t'appartenait pas. C'étaient les autres. Tu les regardais et puis tu écrivais.

— Mais avec compréhension, avec pitié », tenta de se défendre le poète.

L'autre secoua la tête.

« C'est peut-être vrai. Mais hélas ! ici sur la Terre il y une loi : tout se paie. Et toi...

— Moi ?

— L'art est le plus dispendieux des luxes. Et la poésie plus que tous les arts. Les pleurs et les douleurs grâce auxquelles tes vers devenaient des langues de feu, tu les as prises dans les malheurs des autres. Et chacun de tes chefs-d'œuvre est une dette. Tu croyais donc avoir tout pour rien ? Tu dois payer. Et maintenant, mon cher, c'est le moment.

— Comment ? mais comment puis-je ? balbutiait-il.

— C'est là-dedans », dit le messager avec une certaine pitié.

Et il lui tendit l'enveloppe.

« Qu'est-ce que cela signifie ? Qu'est-ce qu'il y a dedans ? »

Machinalement il la prit. Et l'autre disparut comme une ombre.

Il resta là immobile dans la splendeur du palace, l'homme heureux et fortuné qui faisait soupirer les femmes les plus étourdissantes et se tordre d'envie les hommes, le grand poète couronné et immortel. Il n'avait pas besoin, hélas ! d'ouvrir l'enveloppe. Il savait désormais ce qu'il y avait dedans !

Alors tout ce qu'il a passé son existence à décrire, et qui n'a jamais été vraiment sien, devient sa chose, la chair de sa chair. Tout d'un coup, ce qui a été sa vie jusqu'alors se défait, et se transforme en une fable lointaine et incroyable. Et il se moque pas mal de tout, de la gloire, de l'argent, des applaudissements, des honneurs, il s'en fiche bien d'être un homme encore alerte et fascinant, comme ils disent, et d'avoir derrière lui tant de jours de fêtes, et de se retrouver dans cette chambre d'hôtel qu'il n'aurait jamais osé imaginer auparavant. Une chose horrible et enflammée se tord dans sa poitrine.

Haletant, il ouvrit la fenêtre. Il voit la ville immense qui avait de la peine à s'endormir, qui ne pensait plus qu'à lui et qui ne pouvait rien faire pour lui. Il faisait froid. L'air était brumeux. Des mugissements assourdis, comme ouatés des automobiles. D'en bas des bribes de musique lui parvenaient, il lui sembla reconnaître le St. James' Infirmary, souvenir de sa jeunesse lointaine.

Il se jeta sur le lit. Qui pouvait l'aider ? C'en était fini pour toujours des choses tranquilles, honnêtes et sereines. Il s'aperçut qu'il sanglotait. C'était juste, il comprenait que c'était juste. Mais jamais il n'y avait pensé.

WEEK-END

Il y a un coin dans Milan où l'on ressent l'été des riches mieux que partout ailleurs dans la ville, mieux que dans les salons Louis XVI fermés, déserts et silencieux des palais de la via Gesù avec leurs tapis d'Aubusson, leurs toiles de Zais, du Canaletto et de Zucarelli, mieux que dans les loges de la Scala toutes tapissées d'ombre, mieux que dans les jardins seigneuriaux dans leur coma estival, mieux que dans les nights souterrains « fermés le dimanche » (où stagne ce relent spécial des carnavals finis à jamais), mieux que sur les terrasses du gratte-ciel où les moustiques morts flottent paresseusement sur la piscine tiède qui n'a pas un frémissement et où le soir, le cigare aux lèvres, le concierge monte arroser les plantes, et pendant que les gouttelettes bruissent sur les feuilles il s'assoit dans le petit fauteuil laqué blanc de la patronne, en pensant.

Il y a vraiment un endroit qui évoque avec force ceux qui sont au loin en train de s'amuser, les heureux de ce monde dans leur villa à pic sur la mer avec les récifs et l'embarcadère privé, ou dans leurs barques de quatre-vingts tonneaux entre deux îles, ou dans le grand palace exclusivement réservé à une clientèle spéciale, ou dans le pavillon de chasse perdu au milieu

111

des sapins de Styrie, ou dans le fjord Söjn ou dans le parc Zion, ou en équilibre sur le surf polynésien. Aujourd'hui vendredi, parce que le week-end des riches est déjà commencé le vendredi, quand ce ne serait qu'à titre de curiosité, vers deux heures et demie, trois heures, et je n'ai pas la moindre intention de plaisanter, quand le soleil tape le plus fort, entrez dans le Cimetière monumental.

C'est là que dorment coude à coude, pourrait-on dire, les grands du Milan industriel, les puissants, les redoutables, les légendaires, les infatigables qui tous les matins de l'année sans exception à sept heures précises donnaient l'exemple, et maintenant dorment enfin. Rassemblés dans ces quelques centaines de mètres carrés, vous trouverez là tous les arrière-grands-pères, grands-pères et pères du « boom ». Jamais ils n'ont été aussi seuls.

En ce très bel après-midi qui vous appelle à la mer, à la forêt, dans les prés, vous autres les magnats du fer, de l'acier, du textile, du papier, de la céramique, des appareils électroménagers, que faites-vous enfermés là-dedans ? Que faites-vous tout seuls, sans secrétaire, sans conseil d'administration, sans personnel permanent ou auxiliaire, sans femme, enfants ou parents ?

Peut-on vous demander, messieurs, si le poids de tant de marbre vous est léger ? Chapelles, cryptes, mastabas, pyramides, flèches, colonnades, anges, christs, saints, vierges, héros, titans et même des squelettes, spectres, bœufs, chevaux, femmes nues dans une forêt immobile et babylonienne de flèches, de coupoles, de tourelles, de simulacres de toutes sortes. Ici, hélas ! le régime de la concurrence a cessé entre les géants de l'acier et du coton. Concentrés en une foule chaotique de monuments tous plus orgueilleux et coûteux les uns que les autres, maintenant ils célèbrent, apparemment d'accord, une sorte d'amer triomphe.

Mais à quoi cela sert-il ? Le dernier groupe d'étrangers assujettis à l'excursion touristique en car vient à peine de partir, la figure atone et hébétés de chaleur, ils ont entendu sans écouter les explications du guide et puis ils se sont remis en route, les allées sont redevenues désertes, on n'entend pas un pas sur le gravier, il n'y a pas un souffle d'air.

Voici une chapelle de vingt mille ouvriers, pour cette crypte neuf hautes cheminées du côté de la porte Vigentina sans compter les magasins, les établissements satellites, les filiales, les succursales. Pour ce petit temple trois mille employés et seize mille vendeurs et vendeuses. Mais qui aujourd'hui se souvient de vous ?

Hier le majordome habillé de noir est venu arranger les tubéreuses et les glaïeuls sur l'ordre de Mme la comtesse, petite-fille du défunt titulaire, qui avait téléphoné de Maratea tout spécialement pour ça, délicate pensée. Et puis il est parti lui aussi.

Ils ont chaud, ils étouffent, ils sont mélancoliques, les fondateurs de ces petits empires, machines à tisser, hauts fourneaux, produits pharmaceutiques, scieries, câbles électriques, liqueurs, vêtements, huiles minérales, pneus, orangeades, grands magasins. En quelque endroit que le regard se pose, il voit, glacés ici dans la majesté de la mort, les noms qui du matin au soir nous poursuivent dans les journaux, sur les murs, à la télévision, sur les boîtes de bonbons, sur les tubes de dentifrice.

Ce matin, Foffino, le petit-fils, a-t-il fait trempette dans les eaux de l'Arbatax malgré la légère fièvre d'hier provoquée par la dentition ? La petite Adorée s'amuse-t-elle dans le château des cousins écossais ? Est-il exact que le remarquable Gianfausto, nouvel orgueil de la dynastie, a passé avec succès son baccalauréat à Rutgers, New Jersey ? Dans son triple cercueil de zinc suédois intact après tant d'années, le commandeur, l'ingénieur, le souverain dont est sorti toute cette manne n'en sait rien, il ne peut pas le savoir, personne ne vient, personne ne téléphone, personne ne tourne la clef dans la serrure en fer forgé signée Mazuccotelli.

Est-ce que par hasard les cris des enfants heureux qui sont de son sang arrivent jusqu'au sépulcre du grand-père célèbre ? Ou le coup élastique du driver sur la balle frappée par le petit-fils Pier Federico à Saint Andrews ? Ou le double rugissement des moteurs du Minorca lancé sur les eaux de Paleocastritza avec à son bord un quinquagénaire corpulent et extrêmement satisfait de sa personne qui porte le même nom que lui ? Ce serait une consolation. Non, ces bruits de joie et de vie ne parviennent pas jusqu'à la tombe pharaonique ; dans le vide, dans l'abandon, dans la touffeur torride des fins de semaine du mois d'août, le mausolée est encore plus misérable, solitaire et délaissé que la croix anonyme du vagabond trouvé un matin dans la vieille grange, à l'entrée d'un petit village de montagne.

Quand le matin, à huit heures précises, vous descendiez de votre auto devant la porte de votre usine, une vague de panique respectueuse se propageait de service en service, fonctionnaires, employés, coursiers rectifiaient la position. Heureux temps. Comment prétendre maintenant que Mme Marzia, avec son terrible épuisement nerveux, quitte son chalet de Saas-Fee pour venir saluer le grand-père ? De toute façon, elle le retrouvera à son retour dans des conditions identiques.

Dans le colombarium chic des concessions à perpétuité, au milieu de tant d'autres, il y a une pierre tombale qui semble dater d'hier. « Le 2 août 1915, dit-elle, frappé en plein front est tombé en héros — en combattant avec enthousiasme — sur le mont Pipar (cote 2 003) — sous-lieutenant au 8ᵉ alpins — déjà décoré de la valeur militaire — lors de la campagne de Libye. » Sur le mont Pipar, cote 2 003, une bande de touristes est allée aujourd'hui pique-niquer. A l'intérieur du pull-over que l'un d'eux portait il y avait une petite étiquette avec le même nom que celui qui est gravé sur l'architrave du gigantesque édifice qui se dresse là-bas à gauche. Les sandalettes de la fiancée portaient la même marque qui est écrite en caractère de bronze en haut de ce monolithe rébarbatif que l'on entrevoit dans le fond, neuvième division. La radio portative aussi, l'eau minérale, l'apéritif, les serviettes, les petites parts de fromage, les couverts, les matelas pneumatiques, les tranquillisants, la petite valise, le livre. A chaque objet de la joyeuse bande correspond ici une tombe, un tombeau, une crypte, un ange de luxe.

En fait, sous les pierres et les sculptures les fondateurs des lignées, les patriarches, les boss continuent encore à signer, de leurs noms très puissants ils signent l'eau, le vermouth, le fromage, les étoffes, les lainages, toutes nos petites choses quotidiennes.

Ils signent, mais par procuration seulement, désormais ils sont en dehors de la course. Vendue la villa que le commandeur avait fait construire en Brianze avec tant de satisfaction, transférée dans un nouvel immeuble la direction, redessinée même la glorieuse marque de fabrique parce que trop tarabiscotée. Ce n'est plus lui qui commande.

Est-ce que maintenant cette belle petite maison conçue par l'architecte A ne devrait pas lui suffire ? Sculptée par le sculpteur B, décorée par le peintre C, tant de millions pour le terrain, tant pour les tonnes de marbre, tant pour les quintaux de bronze, et c'étaient les beaux millions sonnants et trébuchants des années 30. Est-ce que cela ne devrait pas lui suffire pour le week-end ? Est-ce que la compagnie de toutes ces gracieuses petites statues, blanches madones, vierges, sylphides, naïades et dryades s'accrochant çà et là dans la crypte ne le satisfait pas ?

Est-ce qu'ils dorment ? Laissez-les dormir, certainement ils imaginent une Italie prospère et heureuse avec un incessant accroissement des indices de production et des dividendes, des usines toujours plus grandes, des ouvriers toujours plus contents, des bilans toujours plus positifs, un fisc toujours plus distrait. Personne en fait ne leur apporte ici les nouvelles, personne ne les informe de la conjoncture actuelle, personne ne leur téléphone, personne n'ouvre la petite grille et ne se penche pour les avertir. Pourquoi les décevoir ? Dodo, fais dodo, grand-père, nous courons, nous naviguons, nous volons, nous prenons des bains de soleil, nous dansons la bamba et le yabron, dors en paix, grand-père si considérable, au revoir, au revoir du bout des doigts.

Mais qui est là maintenant ? Qui vient d'arriver ?

Personne, ce n'est qu'un des gardiens qui fait son inspection habituelle.

Et ce coup-ci, qu'est-ce que c'était ? On a détaché une chaîne ? On a ouvert une grille ?

Non, c'est la tunique d'un saint François faite d'une feuille de bronze qui se dilate à la chaleur, grince et fait « tac... tac... »

Et cette voix ? Qui est-ce ? Qui murmure des prières ? Il y a donc une pieuse créature qui se souvient malgré la désolation du mois d'août ?

Personne. C'est la petite fontaine.

LE SECRET DE L'ÉCRIVAIN

Déchu et heureux.

Je n'ai pourtant pas encore touché le fond du puits, il me reste une petite marge à perdre, et j'espère bien pouvoir la savourer. Du reste, j'ai atteint un âge si avancé qu'il est probable que je n'ai plus longtemps à vivre.

Depuis de nombreuses années j'ai la réputation — une réputation qui s'est affirmée au fur et à mesure — d'être un écrivain fini ; dont le déclin est complet et irrévocable. A chaque œuvre que je publiais, on disait, ou du moins on pensait, que j'avais encore descendu une marche. Et il en fut ainsi de chute en chute, jusqu'à l'abîme actuel.

Tout cela c'est mon œuvre. Ce résultat catastrophique, je l'ai recherché avec patience et ténacité pendant plus de trente ans, selon un plan soigneusement préétabli.

Mais alors — demanderez-vous — cette faillite, c'est donc vous qui l'avez désirée ?

Précisément, mesdames et messieurs. J'avais remporté en tant qu'écrivain des succès fantastiques, je jouissais d'une renommée très étendue, en somme j'étais un homme arrivé. Mais je pouvais aller beaucoup plus loin encore, il aurait suffi que je le voulusse, pour obtenir sans la moindre difficulté une gloire mondiale.

Eh bien, non ! Je n'ai pas voulu.

Au contraire, j'ai préféré, au point où j'étais arrivé — une magnifique côte, une cime, on peut dire un Monta Rosa sinon un Himalaya — descendre peu à peu, parcourir à nouveau le chemin inverse franchi à grands bonds, vivre les étapes d'une pitoyable décadence ; pitoyable seulement en apparence, mes amis, parce que j'en tirais toutes sortes de consolations. Et ce soir, dans ces pages — que je glisserai dans une enveloppe scellée qu'on n'ouvrira qu'après ma mort — j'en explique la raison en révélant mon long secret.

J'avais déjà quarante ans et je naviguais à pleines voiles sur la mer du succès, quand un jour la lumière se fit en moi à l'improviste. Le sort que je me préparais, vers lequel je m'acheminais, un sort de gloire mondiale — je le répète — d'affirmations sensationnelles, d'honneurs, de popularité, de victoires confirmées dans le monde entier, m'apparut dans toute sa misérable désolation.

L'élément matériel de la gloire ne m'intéressait pas parce que j'étais plus riche que je ne pouvais le souhaiter. Et le reste ? Le bruit des applaudissements, l'ivresse du triomphe, la fascinante lumière pour laquelle tant d'hommes et de femmes ont déjà vendu leur âme au diable ? Chaque fois que j'en goûtais une miette, il me restait dans la bouche un goût amer et une certaine sécheresse. Après tout — me disais-je — quelle est la suprême manifestation de la gloire ? Tout simplement celle-ci : quelqu'un passe dans la rue et les gens se retournent et murmurent : Tu as vu ? c'est lui ! Tout est là, rien de plus, ah ! c'est vraiment une belle satisfaction ! Et cela, notez-le bien, n'arrive que dans des cas exceptionnels, celui des très grands personnages politiques ou d'actrices extrêmement célèbres. S'il s'agit d'un simple écrivain, il est bien rare, de nos jours, que quelqu'un le reconnaisse dans la rue.

Mais il y a aussi le côté négatif. Et ce n'était pas tant les empoisonnements quotidiens tels que rendez-vous, lettres, coups de téléphone des admirateurs, interviews, obligations, conférences de presse, photographes, radio, etc., qui irritaient mais bien le fait que chacun de mes succès qui m'apportait de si maigres satisfactions, causait un déplaisir profond à quantité de gens. Oh ! les têtes de certains amis et collègues, dans mes jours fastes ! comme elles me faisaient de la peine ! C'étaient de braves garçons, honnêtes et travailleurs, auxquels j'étais attaché par de vieux liens d'affection et d'habitude, alors pourquoi les faire autant souffrir ?

Tout d'un coup je mesurai la somme des douleurs que je répandais autour de moi à cause de ma ridicule frénésie d'arriver. Je confesse que je n'y avais jamais pensé. Et j'en éprouvai du remords.

Je compris aussi qu'en poursuivant mon chemin, j'aurais recueilli de nouveaux et toujours plus riches lauriers, mais par contre j'aurais fait souffrir beaucoup de cœurs qui ne le méritaient pas. Le monde est riche en peines de toutes sortes mais les morsures de l'envie sont parmi les blessures les plus sanglantes, les plus profondes, difficiles à guérir et dans l'ensemble dignes de pitié.

Réparer, voilà ce que je devais faire. Et c'est alors que je pris ma grande décision. Du sommet où j'étais parvenu, j'avais la possibilité, Dieu merci, de faire beaucoup de bien. Plus j'avais accablé mes semblables de mes succès, plus grandes étaient les consolations que je pouvais maintenant, par ma déchéance, leur offrir. Qu'est-ce que le plaisir en effet sinon la cessation de la douleur ? Et le plaisir n'est il pas directement proportionnel à la souffrance qui l'a précédé ?

Il me fallait donc continuer à écrire, ne pas ralentir le rythme de mon travail, ne pas donner l'impression d'une retraite volontaire, qui aurait été une mince consolation pour mes confrères, mais, dans une merveilleuse mystification, dissimuler mon talent en fleur, écrire des choses moins belles, feindre un amoindrissement de mes facultés créatrices. Et procurer à ceux qui attendaient de moi de nouveaux coups féroces, la joyeuse surprise de mon écroulement.

L'entreprise, apparemment simple, car le fait d'exécuter des choses insignifiantes ou mauvaises ne coûte pas la moindre fatigue habituellement, était en réalité difficile pour deux raisons.

D'abord, il fallait arracher aux critiques des jugements négatifs. Maintenant j'appartenais à la catégorie des écrivains célèbres, solidement cotés sur le marché esthétique. Le fait de parler en bien de moi entrait désormais dans un conformisme de stricte observance. Et les critiques, on le sait, une fois qu'ils ont placé un artiste sur la sellette, c'est toute une affaire pour les faire changer d'avis.

En somme, à supposer qu'ils se soient aperçus que je m'étais mis à écrire des idioties — mais s'en seraient-ils aperçus ? — les critiques seraient restés fermes sur leurs positions, continuant à me couvrir de louanges.

Deuxième point : le sang n'est pas de l'eau et cela me coûterait un grand effort de réprimer l'impulsion irrésistible de mon génie. Entre les lignes, même en m'astreignant à la platitude et à la médiocrité, cette lumière au pouvoir mystérieux pouvait encore filtrer. Revêtir une autre personnalité pour un artiste, est une lourde tâche, même si son intention est de faire une mauvaise imitation.

J'y suis parvenu toutefois. J'ai réprimé pendant des années ma nature impétueuse : j'ai su dissimuler, avec une subtilité qui à elle seule suffirait à témoigner de la grandeur de mon talent ; j'ai écrit des livres qui ne me ressemblaient pas, de plus en plus faibles, essoufflés, sans queue ni tête, à l'intrigue pauvre, aux caractères décousus, dans un style pénible. Un lent suicide littéraire.

Et les visages des amis et des confrères, à chaque nouveau livre, étaient un peu plus sereins et reposés. Je les soulageais progressivement du poids angoissant de l'envie, les pauvres ! Ils reprenaient confiance en eux, ils se retrouvaient en paix avec la vie, ils recommençaient à éprouver une véritable affection pour moi. Ils s'épanouissaient de nouveau. J'avais été pendant trop longtemps une écharde plantée au plus profond de leur chair. Maintenant j'étais en train d'extraire doucement cette épine empoisonnée et ils s'en trouvaient tout soulagés.

Les applaudissements s'affaiblirent, l'ombre tomba sur moi, et cependant je vivais plus heureux, je ne sentais plus autour de moi le souffle ambigu de l'admiration mais une onde de chaude bonté et de gratitude. Je retrouvai dans la voix des confrères cet accent clair, frais, généreux de jadis quand, tout jeunes encore, nous ne connaissions rien des misères de la vie.

Mais alors — me demanderez-vous — vous écriviez seulement pour quelques douzaines de confrères ? C'était là toute votre vocation ? Et le public ? l'immense multitude des contemporains et de la postérité dont vous pouviez consoler le cœur ? Votre art était donc si mesquin ?

Je répondrai : c'est vrai, la dette que j'estime avoir envers mes amis et confrères n'est qu'une bêtise comparée à celle que j'ai contractée envers l'humanité tout entière. Mais je n'ai rien soustrait à mon prochain, je n'ai rien enlevé au public inconnu éparpillé sur la surface du globe, aux générations de l'an 2000. En cachette, pendant toutes ces années, j'ai fait ce que le Tout-Puissant m'imposait, porté sur les ailes de l'inspiration divine, j'ai écrit mes vrais livres, ceux qui auraient pu m'élever au septième ciel de la gloire. Je les ai écrits et enfermés dans le grand coffre qui se trouve dans ma chambre à coucher. Il y en a douze volumes. Vous les lirez après ma mort. Alors, mes amis n'auront plus de raisons de se plaindre. On pardonne volontiers tout à un mort, même d'avoir créé des chefs-d'œuvre immortels. Ils se mettront à rire, mes amis, en hochant la tête avec bienveillance. « Il nous a bien eus, ce vieux chameau ! et nous qui le croyions retombé en enfance ! »

Quoi qu'il en soit, je...

A cet endroit le manuscrit s'interrompait. Le vieil écrivain n'avait pu aller plus loin car la mort l'avait surpris. On le trouva assis à son bureau. Sa tête blanche reposait immobile, dans un suprême abandon, à côté de sa plume brisée sur la feuille de papier. Ses proches, après avoir lu, allèrent ouvrir le coffre. Il contenait douze grosses chemises : dans chacune d'elles des centaines de feuillets. Sur les feuillets il n'y avait pas le moindre signe.

PETITES HISTOIRES DU SOIR

C'était encore l'après-midi, le soleil était assez beau. Dans la rue je rencontrai quelqu'un. « Bonjour », lui dis je. Il me regarda et répondit « Bonsoir. »

ANNIVERSAIRE

Aujourd'hui 16 octobre, j'ai cinquante-huit ans. C'est une chose épouvantable. Vous aussi un jour vous l'éprouverez.

En soi, ce serait un anniversaire comme tant d'autres, tout au plus, peut-être, un peu plus grave que les précédents à cause du chiffre. Seulement voilà, mon père est mort justement à cinquante-huit ans. Et le rapprochement est inévitable.

Des comparaisons du même genre me viennent instinctivement à l'esprit quand je visite les grands musées. Et ils provoquent en moi un vague malaise. En bas, sur le cadre on lit par exemple : Raphaël Sanzio, 1483-1520. Alors je calcule et je pense : Raphaël a vécu à peine trente-sept ans, à mon âge il serait mort depuis vingt et un ans déjà. Ou bien : Michelangelo Anierighi dit le Caravage, 1569-1609. A peine quarante ans de vie. Moi j'ai déjà bénéficié de dix-huit ans de plus. Vincent Van Gogh, 1853-1890 Trente-sept ans comme Raphaël. Amedeo Modigliani, 1884-1920, trente-six ans seulement. Si j'avais été lui, je serais déjà un cadavre depuis vingt-deux ans.

Ils n'ont pas perdu de temps, ces messieurs, ils sont nés, ils ont grandi, et rapidement ils sont partis pour toujours. Quelques saisons leur ont suffi pour conquérir la gloire immortelle. Et moi, qu'est-ce que j'ai fait de ma vie ? Ce n'est pas que je veuille me comparer à ces génies. Mais qu'est-ce que j'ai réussi à faire ? Comparé à l'un d'eux j'ai déjà eu le privilège de vingt ans supplémentaires ; comparé aux autres, de dix, de quinze. Et je reste là à me tourner les pouces, je regarde autour de moi, j'attends, comme si le beau côté de la vie était encore à venir et qu'il n'y eût aucune urgence. Arrivé à ce point j'éprouve une sensation de précipice sous mes pieds, le remords du temps gâché, le vertige du vide et de la vanité.

Ce petit jeu numérique dans les salles des grands musées est amer et décourageant. Pourtant il s'agit en général de personnages de l'antiquité ou de la légende et dans le fond très éloignés de moi. La confrontation avec son propre père est beaucoup plus forte et troublante.

Quand mon père mourut j'étais encore un petit garçon, et je me souviens à grand-peine de lui. Peut-être à cause de sa barbe qui naturellement le vieillissait d'une dizaine d'années, il m'apparaissait comme un homme très âgé, le prototype de la vieillesse, il me semblait qu'il avait eu une très longue vie, l'idée qu'un jour je pourrais atteindre le même âge était tout à fait invraisemblable.

Et me voici à l'affolante échéance qui dans le temps

me semblait une fable et qui, maintenant que je l'ai atteinte, suscite en moi des sentiments opposés. Je désirerais, je le confesse, vivre encore une éternité, toutefois la prétention de vivre plus longtemps que mon père me semble instinctivement presque illicite, un manque de respect, une avidité abusive. Tant pis pour moi si en toutes ces années j'ai produit si peu. En somme tout ce qui reste devant moi serait un supplément, un privilège immérité.

Mais en même temps je dois reconnaître toutefois que j'éprouve un autre sentiment antithétique. Vous allez rire, mais je ne constate aucune différence appréciable en moi, ma façon de vivre est toujours la même que lorsque j'avais trente ans. Il y a sans doute un amoindrissement de la quantité complexe d'énergies que je peux dépenser, mais la disponibilité qualitative est restée la même. Je m'explique : aujourd'hui je travaille à peine quatre heures d'affilée tandis que jadis je pouvais continuer pendant huit heures sans efforts. Mais je travaille de la même façon. Dans le temps je faisais quotidiennement sept à huit descentes à ski du Plateau Rouge, aujourd'hui je me contente de trois. Mais je skie de la même façon, probablement mieux même. J'ai donc l'absurde et scandaleuse sensation pourrais-je dire de ne pas être passé d'une catégorie dans l'autre, que la jeunesse n'est pas encore finie. Même si le miroir, la date de naissance, la façon dont me considère mon prochain sont, je le sais très bien, autant de démentis énergiques.

De sorte que selon les heures, aujourd'hui 16 octobre 1964, j'oscille entre la constatation résignée que, théoriquement du moins, mon tour est passé, et la confiance du lendemain infini, l'illusion, l'espoir, le terrible espoir !

125

LA CORNEILLE

Le grand industriel déclinait, il se sentait fatigué et découragé. Il se retira dans sa maison de campagne, un à un ses amis l'abandonnèrent. Assis dans son jardin il passait ses journées à observer et à écouter les corneilles qui nichaient dans les arbres environnants et il finit par en comprendre le langage. Il se mit à bavarder avec elles. Pendant des heures et des heures, chaque jour, il bavardait avec les corneilles. Un matin le grand industriel se trouva transformé en corneille. On lui attribua comme demeure un vieux nid en piteux état, mais étant donné son âge et son inexpérience il n'était pas en mesure de le réparer, et les autres corneilles se gardaient bien de lui offrir leur aide. Le nid se trouvait sur les branches d'un arbre proche de l'autostrade, la pluie pénétrait dans le nid. La nuit, trempé et glacé jusqu'aux os, les ailes tremblantes, le grand industriel voyait passer les grosses cylindrées avec ses collègues de jadis qui revenaient de Turin accompagnés de secrétaires très belles, après avoir traité des affaires colossales.

LA MAISON

Quand tu entreras dans la maison, les autres locataires viendront t'accueillir chaleureusement. Ce sont tous de bonnes gens sympathiques. Il t'aimeront bien. Ghilarduzzi, par exemple, quel brave garçon ! Et les Fossadoca, le mari et la femme, est-ce que ce ne sont pas des cœurs en or ? Tu lieras sans doute amitié avec le docteur Polpar, avec mademoiselle Mastorna, qui est professeur de piano, avec l'horloger Latrani, un peu avec tous en somme. Et tu te sentiras à l'aise, comme en famille, protégé contre les embûches de la vie par cette magnifique cuirasse d'affections.

Jusqu'au jour où tu entendras de l'autre côté de ta porte un bavardage sur le palier. Tu ouvriras : Geramini le dentiste et Mme Jugeri du troisième sont en train de ricaner.

« Comment ? Vous ne savez pas ? te diront ils. Vous n'avez rien entendu dire sur les Fossadoca ?

— Pourquoi ? Qu'est-il arrivé ?

— Il est arrivé que, te glisseront-ils à l'oreille, il est arrivé que bz, bz, bz, bz... Vous ne trouvez pas ça scandaleux ? »

Le jour d'après c'est Mlle Mastorna qui t'arrêtera.

« Comment ? vous ne savez pas ? Latrani.

— Qu'est-ce qui lui est arrivé ?

— ... Je ne l'ai pas vu de mes yeux vu, mais tout le monde raconte que bz, bz, bz, bz, bz, bz, bz... »

Et le lendemain Latrani te rapportera des choses horribles sur le compte de ladite demoiselle Mastorna, et celle-ci sur le compte du docteur Polpar et le docteur Polpar sur le compte de Mme Jugeri et ainsi de suite dans un enchevêtrement sans fin.

Jusqu'au moment où tu te rendras compte que la même chose arrive aussi pour toi. Mme Fossadoca en fait te dira :

« Faites attention à ce que vous dites à Latrani. Moi je ne m'y fierais pas. Vous savez ce qu'il raconte sur votre compte ?

— Quoi donc ?

— Eh bien, il dit partout que bz, bz, bz, bz... »

Et puis tu rencontres l'horloger Latrani.

« Si vous saviez, te confiera-t-il, quelle rage me prend quand j'entends parler de vous par ce Ghilarduzzi.

— Pourquoi ? Qu'est-ce qu'il disait ?

127

— Il disait que vous, bz, bz, bz, bz, bz... »

Et puis tu viens à savoir que la Jugeri elle aussi, et Polpar lui aussi et Fossadoca aussi, tous tes chers amis sans exception se mettent à te déchirer à belles dents à peine tu as le dos tourné. Et tu te rendras compte que même tes plus chers amis, qui plus qui moins, sont de belles vaches qui exultent à la moindre tuile qui te tombe dessus. Le péché originel dans toute sa luxueuse exubérance, même s'ils ont été baptisés.

Mais tu dois tenir bon, par charité. Malheur, malheur si tu te laisses entraîner, si tu réponds avec les mêmes armes. Ce sera le bon moment pour voir si tu te rappelles quelque chose des philosophes antiques. De ton côté, compassion et bonté, ce sont les seuls remèdes (si tu y parviens). Et qui sait si finalement les chers amis...

LE CHIEN

Rue Piave, à la fin de l'après-midi, le chien boxer trotte doucement devant son vieux maître qui bavarde avec un jeune homme. De temps en temps le chien s'arrête et regarde en l'air. Les arbres ? Il regarde, regarde. Non, non, ce ne sont pas les arbres. Maintenant qu'il n'y a plus d'arbres il regarde encore en l'air. Le ciel ? Mais son maître est derrière lui et il se remet de nouveau en route, lentement.

LA CHIROMANCIENNE

On demanda au condamné à mort quel était son dernier désir.

« Je voudrais consulter une chiromancienne, répondit-il.

— Quelle chiromancienne ?

— Amelia, dit-il, la chiromancienne du roi. »

Amelia, c'est un fait, était la meilleure de toutes et le roi avait en elle une telle confiance qu'il ne prenait jamais aucune décision sans l'avoir auparavant consultée.

Le condamné à mort fut donc conduit chez la chiromancienne qui ignorait à qui elle avait affaire. La femme étudia la paume de la main gauche et en souriant déclara :

« Tu as bien de la chance, mon garçon, tu auras une longue vie.

— Suffit ! » dit le condamné, et il se fit reconduire à la prison.

L'anecdote se répandit immédiatement et les gens s'esclaffèrent. Mais le matin suivant, quand l'homme fut amené au pied de l'échafaud, le bourreau qui avait déjà levé sa hache pour assener le coup fatal, la reposa et se mit à sangloter :

« Non, non ! criait-il, je ne peux pas ! Pensez si Sa Majesté venait à l'apprendre ! Je ne peux absolument pas ! » Et il jeta au loin la hache.

LA BATAILLE

C'était un magnifique combat à l'arme blanche, nous étions jeunes et forts, la fanfare sonnait, et on repoussait progressivement l'ennemi, on l'emportait peu à peu. C'était très beau. A l'improviste, pourtant, au moment où on s'y attendait le moins, l'un de nous tomba transpercé. Et puis ce fut un vrai massacre. On continuait à combattre de belle façon, en repoussant l'ennemi, et autour de nous ils tombaient un à un, fauchés. Et dans le tréfonds de notre cœur on s'en réjouissait lâchement parce que c'étaient les autres qui tombaient et pas nous ; nous, au contraire, en continuant le combat nous faisions toujours plus belle figure. Jusqu'au moment où tous les camarades furent abattus et où nous restâmes seuls. Et il n'y avait même plus d'ennemi à combattre.

Victoire ! victoire ! nous écriâmes-nous. Mais à quoi cela servait ?

CHASSEURS DE VIEUX

Roberto Saggini, administrateur d'une petite fabrique de papier, quarante-six ans, les cheveux gris, bel homme, arrêta son auto à quelques pas d'un bar-tabac encore ouvert, on ne sait trop par quelle chance. Il était deux heures du matin.

« Une minute, je reviens tout de suite », dit-il à la jeune femme assise près de lui. C'était un beau brin de fille, à la lumière des réverbères au néon son rouge à lèvres se détachait comme une fleur épanouie.

Devant le tabac plusieurs voitures étaient garées. Il avait dû s'arrêter un peu plus loin. C'était un soir de mai, l'air printanier était tiède et vif à la fois. Toutes les rues étaient désertes.

Il entra au bar, acheta ses cigarettes. Comme il était sur le pas de la porte et s'apprêtait à rejoindre sa voiture, un appel sinistre résonna.

Est-ce qu'il venait de la maison d'en face ? d'une rue latérale ? ou bien, ces créatures surgissaient-elles de l'asphalte ? Deux, trois, cinq, sept silhouettes rapides fondirent concentriquement en direction de la voiture. « Allez ! Tombez-lui dessus ! »

Et là-dessus, un coup de sifflet prolongé, modulé, la fanfare de guerre de ces jeunes canailles : aux heures

131

les plus imprévues de la nuit, ce signal tirait de leur sommeil des quartiers entiers et les gens, frissonnant, se pelotonnaient encore plus dans leur lit, en priant Dieu pour le malheureux dont le lynchage commençait.

Roberto mesura le danger. C'est à lui qu'ils en avaient. On vivait une époque où les hommes de plus de quarante ans y réfléchissaient à deux fois avant d'aller se promener en plein milieu de la nuit. Après quarante ans on est vieux. Et les nouvelles générations éprouvaient un total mépris pour les vieux. Un sombre ressentiment dressait les petits-fils contre les grands-pères, les fils contre les pères. Et ce n'est pas tout : il s'était créé des espèces de clubs, d'associations, de sectes, dominés par une haine sauvage envers les vieilles générations, comme si celles-ci étaient responsables de leur mécontentement, de leur mélancolie, de leurs désillusions, de leur malheur qui sont le propre de la jeunesse depuis que le monde est monde. Et la nuit, des bandes de jeunes se déchaînaient, surtout en banlieue, et pourchassaient les vieux. Quand ils parvenaient à en attraper un ils le bourraient de coups de pied, ils lui arrachaient ses vêtements, le fouettaient, le peinturluraient de vernis et puis l'abandonnaient ligoté à un arbre ou à un réverbère. Dans certains cas, tout à la frénésie de leur rite brutal, ils dépassaient la mesure. Et à l'aube, on trouvait au milieu de la rue des cadavres méconnaissables et souillés.

Le problème des jeunes ! Cet éternel tourment, qui depuis des millénaires s'était résolu sans drame de père en fils, explosait finalement. Les journaux, la radio, la télévision, les films y étaient pour quelque chose. On flattait les jeunes, on les plaignait, ils étaient adulés, exaltés, encouragés à s'imposer au monde de n'importe quelle façon. Jusqu'aux vieux qui, apeurés devant ce vaste mouvement des esprits, y participaient pour se créer un alibi, pour faire savoir — mais c'était bien inutile — qu'ils avaient cinquante ou soixante ans, ça oui, mais que leur esprit était encore jeune et qu'ils partageaient les aspirations et les souffrances des nouvelles recrues. Ils se faisaient des illusions. Ils pouvaient bien raconter ce qu'ils voulaient, les jeunes étaient contre eux, les jeunes se sentaient les maîtres du monde, les jeunes, en toute justice, réclamaient le pouvoir jusqu'alors tenu par les patriarches. « L'âge est un crime », tel était leur slogan.

D'où les chasses nocturnes devant lesquelles l'autorité, inquiète à son tour, fermait volontiers un œil. Tant pis pour eux après tout si des croulants, qui auraient mieux fait de rester chez eux au coin de leur feu, s'offraient le luxe de provoquer les jeunes avec leur frénésie sénile.

C'était surtout les vieux en compagnie de femmes jeunes qui étaient visés. Alors la jubilation des persécuteurs ne connaissait plus de bornes. Dans ces cas-là l'homme était ligoté et roué de coups tandis que, sous ses yeux, sa compagne était soumise, par ses contemporains, à de longues violences corporelles raffinées de tout genre.

Roberto Saggini mesura le danger. Il se dit : Je n'ai pas le temps d'arriver jusqu'à l'auto. Mais je peux me réfugier au bar, ces petits salauds n'oseront pas entrer. Elle, au contraire, elle aura le temps de fuir.

« Silvia, Silvia ! cria-t-il, démarre ! dépêche-toi ! vite ! vite ! »

Heureusement la fille comprit. D'un coup de hanche rapide elle se glissa devant le volant, mit le contact, passa en première et démarra à toute allure en emballant le moteur.

L'homme eut un soupir de soulagement. Maintenant

il devait penser à lui. Il se retourna pour trouver son salut dans le bar. Mais au même instant le rideau de fer fut baissé d'un seul coup.

« Ouvrez, ouvrez », supplia-t-il.

Personne ne répondit de l'intérieur. Comme toujours, quand un raid de jeunes se déclenchait, ils restaient tous tapis dans leur coin. Personne ne voulait voir ou savoir, personne ne voulait s'en mêler.

Il n'y avait plus un instant à perdre. Bien éclairés par des réverbères puissants, sept, huit types convergeaient vers lui, sans même courir, tant ils étaient certains de l'attraper.

L'un d'eux, grand, pâle, le crâne rasé, portait un tricot rouge foncé où se détachait un grand R majuscule blanc. « Je suis fichu », pensa Saggini. Les journaux parlaient de ce R depuis des mois. C'était le signe de Sergio Régora, le chef de bande le plus cruel qui soit. On racontait qu'il avait personnellement réglé leur compte à plus d'une cinquantaine de vieux.

La seule chose à faire était de se risquer. A gauche, au fond de la petite rue, s'ouvrait une large place où s'était installée une fête foraine. Le tout était de réussir à arriver sans encombre jusque-là. Après, dans le fouillis des boutiques, des caravanes, ce serait facile de se cacher.

Il partit à fond de train, il était encore un homme agile, et il vit, du coin de l'œil, une gamine courtaude qui débouchait sur sa droite pour lui couper le chemin, elle aussi portait un pull-over avec le R blanc. Elle avait un visage renfrogné extrêmement déplaisant et une bouche large qui criait : « Arrête-toi, vieux cochon ! » Sa main droite serrait une lourde cravache de cuir.

La gamine lui tomba dessus. Mais l'homme porté par son élan la renversa et elle se retrouva par terre avant d'avoir eu le temps de le frapper.

134

S'étant ainsi frayé un chemin, Saggini, avec tout le souffle qui lui restait, s'élança vers l'espace sombre. Un grillage entourait l'endroit de la fête foraine. Il le franchit d'un bond, courut là où les ténèbres lui semblaient le plus épaisses. Et les autres toujours derrière lui.

« Ah ! il veut nous échapper, le salaud ! s'écria Sergio Régora qui ne se pressait pas outre mesure, convaincu de tenir déjà sa proie. Et il ose nous résister par-dessus le marché ! »

Sa bande galopait à côté de lui :

« Oh ! chef, écoute ! Je voudrais te dire quelque chose... »

Ils étaient arrivés devant la foire. Ils s'arrêtèrent.

« Et t'as besoin de me dire ça maintenant ?

— J'voudrais bien m'tromper mais j'ai l'impression que c'type-là c'est mon paternel.

— Ton père ce salaud ?

— Vouais, on dirait bien que c'est lui.

— Tant mieux.

— Mais je...

— Oh ! tu vas pas la ramener maintenant, non ?

— Ben ! c'est que ça me paraît...

— Quoi ! tu l'aimes ?

— Oh ! ça non alors ! c'est un tel imbécile... Et puis un enquiquineur de première. Il en a jamais fini...

— Alors ?

— Ben ça me fait tout de même quelque chose, quoi, si tu veux savoir.

— Tu n'es qu'une andouille, un froussard, une lavette. T'as pas honte ? Le coup s'est encore jamais produit avec mon père mais je te jure que ça me ferait jouir ! Allez, allez, maintenant c'est pas tout, il faut le faire sortir de là. »

Le cœur battant, essoufflé par sa course, Saggini

s'était camouflé en se faisant le plus petit possible devant une grande banne, peut-être celle d'un cirque, complètement dans l'ombre, tâchant de se fondre sous les pans de toile.

A côté, à cinq, six mètres, il y avait une roulotte de romanichels avec sa petite fenêtre allumée. L'air fut déchiré d'un nouveau coup de sifflet des jeunes voyous. Dans la roulotte on entendit un remue-ménage. Et puis une grosse femme opulente et très belle se montra sur le pas de la petite porte, curieuse.

« Madame, madame, balbutia Saggini, de sa cachette incertaine.

— Qu'est-ce qu'il y a ? fit-elle méfiante.

— Je vous en supplie, laissez-moi entrer. Je suis poursuivi. Ils veulent me tuer.

— Non, non, on ne veut pas d'embêtements ici.

— Vingt mille lires pour vous si vous me laissez entrer.

— Quoi ?

— Vingt mille lires.

— Non, non. Ici on est des gens honnêtes nous autres. »

Elle se retira, referma la porte, on entendit le bruit du verrou intérieur. Et puis même la lumière s'éteignit.

Silence. Pas une voix, pas un bruit de pas. Est-ce que la bande aurait renoncé ? Une horloge lointaine sonna le quart de deux heures. Une horloge lointaine sonna la demie de deux heures. Une horloge lointaine sonna les trois quarts de deux heures.

Lentement, attentif à ne pas faire de bruit, Saggini se releva. Maintenant peut-être il allait pouvoir se tirer de là.

Soudainement un de ces maudits lui tomba dessus, et leva la main droite en brandissant une chose qu'on ne distinguait pas bien. Saggini, en un éclair, se souvint de ce que lui avait dit un ami, bien des années auparavant : si quelqu'un cherche la bagarre, il suffit d'un coup de poing au menton, mais l'important est de bondir de toutes ses forces au même moment en sorte que ce n'est pas seulement le poing mais tout le poids du corps qui frappe l'agresseur.

Saggini se détendit tandis que son poing rencontrait quelque chose de dur avec un sourd craquement. « Ah ! » gémit l'autre, s'affaissant lourdement sur le dos. Dans le visage contracté et douloureux qui se renversait en arrière, Saggini reconnut son fils. « Toi ! Ettore... » et il se pencha avec l'intention de le secourir.

Mais trois ombres débouchèrent.

« Il est là, le voilà, tapez-lui dessus à ce sale vieux ! »

Il s'enfuit comme un fou, bondissant d'une zone d'ombre à une autre, talonné par le halètement des chasseurs, toujours plus furieux et plus proche. Tout à coup un objet en métal heurta sa joue provoquant une atroce douleur. Il fit un écart désespéré, chercha une voie d'échappement, ils l'avaient acculé aux limites de la foire, qui ne pouvait plus lui offrir de salut.

Un peu plus loin, à une centaine de mètres les jardins commençaient. L'énergie du désespoir lui permit de franchir cette distance sans être rejoint. Et cette manœuvre désorienta même les poursuivants. L'alarme ne fut donnée qu'au dernier moment, alors qu'il avait déjà atteint la lisière d'un petit bois.

« Par là, par là, regardez-le, il veut se cacher dans le bois. Allez, allez sus au croulant ! »

La poursuite reprit. Si seulement il pouvait tenir jusqu'aux premières lueurs de l'aube il serait sauvé. Mais combien de temps encore à passer avant ! Les horloges, çà et là, sonnaient les heures, mais dans son angoisse fiévreuse il n'arrivait pas à compter les coups. Il descendit une colline, déboula dans une petite vallée, grimpa sur une rive, traversa une quelconque rivière, mais chaque fois qu'il se retournait et regardait derrière lui, trois, quatre de ces canailles étaient toujours là, implacables, gesticulant frénétiquement tout en le pourchassant.

Lorsque, ses dernières ? forces épuisées, il se jucha péniblement sur le rebord d'un vieux bastion à pic, il vit que le ciel, au-delà de la masse des toits, pâlissait. Mais il était trop tard désormais. Il se sentait complètement exténué. Le sang coulait à flot de sa joue balafrée. Et Régora était sur le point de le rattraper. Il devina dans la pénombre son ricanement blanc.

Ils se trouvèrent face à face tous les deux sur l'étroite arête herbeuse. Régora n'eut même pas à le frapper. Pour l'éviter Saggini fit un pas en arrière, ne trouva que le vide et tomba, roulant sur le versant à pic, tout en pierres et en ronces. On entendit un bruit mou puis un gémissement déchirant.

« Il n'y a pas laissé sa peau, mais on lui a donné la leçon qu'il méritait, dit Régora. Maintenant, il vaut mieux foutre le camp. On ne sait jamais, avec les flics. »

Ils s'en allèrent par petits groupes, en commentant leur chasse et en se tordant de rire. Mais elle avait duré longtemps cette fois. Aucun vieux ne leur avait donné autant de fil à retordre. Eux aussi ils se sentaient fatigués. Qui peut savoir pourquoi, ils étaient très las. Le petit groupe se disloqua. Régora partit d'un côté avec la gamine. Ils arrivèrent à une place illuminée.

« Qu'est-ce que tu as sur la tête ? demanda-t-elle.

— Et toi ? Toi aussi. »

Ils s'approchèrent l'un de l'autre, s'examinant réciproquement.

« Mon Dieu ! tu en as une figure ! Et tout ce blanc sur tes cheveux !

— Mais toi aussi, tu as une tête épouvantable. »

Une inquiétude soudaine. Cela n'était jamais arrivé encore à Régora. Il s'approcha d'une vitrine pour se regarder.

Dans le miroir il vit très distinctement un homme sur la cinquantaine environ, les yeux et les joues flasques, les paupières flétries, un cou comme celui des pélicans. Il essaya de sourire, il lui manquait deux dents, juste sur le devant.

Était-ce un cauchemar ? Il se retourna. La fille avait disparu. Et puis du fond de la place à toute allure trois garçons se précipitèrent sur lui. Ils étaient cinq, huit. Ils lancèrent un long coup de sifflet terrifiant.

« Allez, allez, tombez-lui dessus au croulant ! »

Maintenant c'était lui le vieux. Et son tour était arrivé.

Régora commença à courir de toutes ses forces, mais elles étaient faibles. La jeunesse, cette saison fanfaronne et sans pitié qui semblait devoir durer toujours, qui semblait ne jamais devoir finir. Et une nuit avait suffi à la brûler. Maintenant il ne restait plus rien à dépenser.

L'ŒUF

Dans le jardin de la villa Royale, la Croix Violette Internationale organisa une grande chasse à l'œuf réservée aux enfants âgés de moins de douze ans. Prix du billet, vingt mille lires.

Les œufs étaient cachés sous des meules de foin. Et puis on donnait le départ. Et tous les œufs qu'un enfant réussissait à découvrir étaient à lui. Il y avait des œufs de tous genres et de toutes dimensions : en chocolat, en métal, en carton, contenant de très beaux objets.

Gilda Soso, femme de ménage, en entendit parler chez les Zernatta, où elle travaillait. Mme Zernatta devait y conduire ses quatre enfants, ce qui faisait en tout quatre-vingt mille lires.

Gilda Soso, vingt-cinq ans, pas belle mais pas laide non plus, petite, menue, le visage vif, pleine de bonne volonté mais aussi de désirs réprimés — avec une fille de quatre ans en plus, une gracieuse créature sans père hélas ! — pensa y emmener la petite.

Le jour venu, elle mit à Antonella son petit manteau neuf, et son chapeau de feutre qui la faisait ressembler aux fillettes des patrons.

Gilda, elle, ne pouvait pas ressembler à une dame, ses vêtements étaient trop râpés. Elle fit quelque chose de mieux : avec une espèce de coiffe elle s'arrangea à peu près comme une nurse et si on ne la regardait pas sous le nez on pouvait très bien la prendre pour une de ces bonnes d'enfants de luxe, de celle qui sont diplômées de l'école de Genève ou de Neuchâtel.

C'est ainsi qu'elles se rendirent en temps voulu à l'entrée de la villa Royale. Là, Gilda s'arrêta, regardant tout autour d'elle comme si elle était une nurse qui attendait sa patronne. Et les voitures de maîtres arrivaient et déversaient les enfants riches qui allaient faire la chasse à l'œuf. Mme Zernatta arriva aussi avec ses quatre enfants et Gilda se retira à l'écart pour ne pas se faire voir.

Est-ce que Gilda se serait donné tout ce mal pour rien ? Le moment de confusion et de remue-ménage sur lequel elle comptait pour pouvoir entrer gratis avec la petite ne semblait guère devoir se produire.

La chasse à l'œuf commençait à trois heures. A trois heures moins cinq une automobile de type présidentiel arriva, c'était la femme d'un ministre important, venue tout exprès de Rome avec ses deux enfants. Alors le président, les conseillers et les dames patronnesses de la Croix Violette Internationale se précipitèrent à la rencontre de la femme du ministre pour lui faire les honneurs et la confusion désirée se produisit enfin, plus forte encore qu'elle ne l'avait souhaitée.

Ce qui permit à la femme de ménage Gilda camouflée en nurse de pénétrer dans le jardin avec sa fille, et elle lui faisait mille recommandations pour qu'elle ne se laissât pas intimider par les enfants plus âgés et plus rusés qu'elle.

On voyait dans les prés, irrégulièrement disposées, des meules de foin, grandes et petites, par centaines. L'une d'elles avait au moins trois mètres de haut, qui sait ce qui pouvait bien être caché dessous, rien peut-être.

Le signal fut donné par une sonnerie de trompette, le ruban qui marquait la ligne de départ tomba et les enfants partirent en chasse avec des hurlements indescriptibles.

Mais les enfants des riches intimidaient la petite Antonella. Elle courait çà et là sans savoir se décider et pendant ce temps-là les autres fouillaient dans les tas de foin, certains couraient déjà vers leur maman en serrant dans leurs bras de gigantesques œufs en chocolat ou en carton multicolores qui renfermaient qui sait quelles surprises.

Finalement, Antonella elle aussi, plongeant sa petite main dans le foin, rencontra une surface lisse et dure, à en juger d'après la courbure, ce devait être un œuf énorme. Folle de joie elle se mit à crier : « Je l'ai trouvé ! Je l'ai trouvé ! » et elle cherchait à saisir l'œuf mais un petit garçon plongea la tête la première, comme font les joueurs de rugby et immédiatement Antonella le vit s'éloigner portant sur ses bras une sorte de monument ; et il lui faisait par-dessus le marché des grimaces pour la narguer.

Comme les enfants sont rapides ! A trois heures on avait donné le signal du départ, à trois heures un quart tout ce qu'il y avait de beau et de bon avait déjà été ratissé. Et la petite fille de Gilda, les mains vides, regardait autour d'elle pour chercher sa maman habillée en nurse, bien sûr elle ressentait un grand désespoir mais elle ne voulait pas pleurer, à aucun prix, quelle honte avec tous ces enfants qui pouvaient la voir. Chacun désormais avait sa proie, qui plus qui moins, Antonella était seule à ne rien avoir du tout.

Il y avait une petite fille de six, sept ans qui peinait à porter toute seule ce qu'elle avait ramassé. Antonella la regardait ébahie.

« Tu n'as rien trouvé, toi ? lui demanda l'enfant blonde avec politesse.

— Non, je n'ai rien trouvé.

— Si tu veux, prends un de mes œufs.

— Je peux ? lequel ?

— Un des petits.

— Celui-ci ?

— Oui, d'accord, prends-le.

— Merci, merci, tu sais, fit Antonella, déjà merveilleusement consolée, comment tu t'appelles ?

— Ignazia », dit la blondinette.

A ce moment une dame très grande qui devait être la maman d'Ignazia intervint :

« Pourquoi as-tu donné un œuf à cette petite ?

— Je ne lui ai pas donné, c'est elle qui me l'a pris, répondit vivement Ignazia avec cette mystérieuse perfidie des enfants.

— Ce n'est pas vrai ! cria Antonella. C'est elle qui me l'a donné. »

C'était un bel œuf de carton brillant qui s'ouvrait comme une boîte, il y avait peut-être dedans un jouet ou un service de poupée ou une trousse à broderie.

Attirée par la dispute une dame de la Croix Violette tout habillée de blanc s'approcha, elle pouvait avoir une cinquantaine d'années.

« Eh bien, qu'arrive-t-il, mes chères petites ? demanda-t-elle en souriant, mais ce n'était pas un sourire de sympathie. Vous n'êtes pas contentes ?

— Ce n'est rien, ce n'est rien, dit la maman d'Ignazia. C'est cette gamine, je ne la connais même pas, qui a pris un œuf à ma fille. Mais cela ne fait rien. Qu'elle le garde. Allons, Ignazia, viens ! »

Et elle partit avec la petite.

Mais la dame patronnesse ne considéra pas l'incident comme clos.

« Tu lui as pris un œuf ? demanda-t-elle à Antonella.

— Non, c'est elle qui me l'a donné.

« — Ah ! vraiment ? Et comment t'appelles-tu ?

— Antonella.

— Antonella comment ?

— Antonella Soso.

— Et ta maman ? hein ? où est ta maman ? »

A ce moment précis Antonella s'aperçut que sa maman était présente. Immobile, à quatre mètres de là, elle assistait à la scène.

« Elle est là », dit la petite.

Et elle fit un signe.

« Qui ça ? Cette femme, là ? demanda la dame.

— Oui.

— Mais ce n'est pas ta gouvernante ? »

Gilda alors s'avança :

« C'est moi sa maman. »

La dame la dévisagea perplexe :

« Excusez-moi, madame, mais vous avez votre billet ? Est-ce que cela vous ennuierait de me le montrer ?

— Je n'ai pas de billet, dit Gilda en se plaçant aux côtés d'Antonella.

— Vous l'avez perdu ?

— Non. Je n'en ai jamais eu.

— Vous êtes entrée en fraude, alors ? Cela change tout. Dans ce cas, ma petite, cet œuf ne t'appartient pas. »

Avec fermeté elle lui enleva l'œuf des mains.

« C'est inconcevable, dit-elle, veuillez me faire le plaisir de sortir immédiatement. »

La petite resta là pétrifiée et sur son visage on pouvait lire une telle douleur que le ciel entier commença à s'obscurcir.

Alors, comme la dame patronnesse s'en allait avec l'œuf, Gilda explosa, les humiliations, les douleurs, les rages, les désirs refoulés depuis des années furent les plus forts. Et elle se mit à hurler, elle couvrit la dame d'horribles gros mots qui commençaient par p, par b, par t, par s et par d'autres lettres de l'alphabet.

Il y avait beaucoup de monde, des dames élégantes de la meilleure société avec leurs bambins chargés d'œufs étourdissants. Quelques-unes s'enfuirent horrifiées. D'autres s'arrêtèrent pour protester :

« C'est une honte ! C'est un scandale ! Devant tous ces enfants qui écoutent ! arrêtez-la ! »

— Allez, dehors, dehors, ma fille, si vous ne voulez pas que je vous dénonce », commanda la dame.

Mais Antonella éclata en sanglots d'une façon si terrible qu'elle aurait attendri même des pierres. Gilda était désormais hors d'elle, la rage, la honte, la peine lui donnaient une énergie irrésistible :

« Vous n'avez pas honte, vous, d'enlever son petit œuf à ma fille qui n'a jamais rien. Vous voulez que je vous dise ? Eh bien, vous êtes une garce. »

Deux agents arrivèrent et saisirent Gilda aux poignets.

« Allez, ouste, dehors et plus vite que ça ! »

Elle se débattait.

« Laissez-moi, laissez-moi, sales flics, vous êtes tous des salauds. »

On lui tomba dessus, on la saisit de tous les côtés, on l'entraîna vers la sortie :

« Suffit, maintenant tu vas venir avec nous au commissariat, tu te calmeras au violon, ça t'apprendra à insulter les représentants de l'Ordre. »

Ils avaient du mal à la tenir bien qu'elle fût menue.

« Non, non ! hurlait-elle. Ma fille, ma petite fille ! laissez-moi, espèces de lâches ! »

La petite s'était agrippée à ses jupes, elle était ballottée çà et là dans le tumulte, au milieu de ses sanglots elle invoquait frénétiquement sa maman.

Ils étaient bien une dizaine tant hommes que femmes à s'acharner contre elle :

« Elle est devenue folle. La camisole de force ! A l'infirmerie ! »

La voiture de police était arrivée, ils ouvrirent les portes, soulevèrent Gilda à bout de bras. La dame de la Croix Violette saisit énergiquement la fillette par la main.

« Maintenant tu vas venir avec moi. Je lui ferai donner une leçon moi, à ta maman ! »

Personne ne se rappela que dans certains cas une injustice peut déchaîner une puissance effrayante.

« Pour la dernière fois laissez-moi ! hurla Gilda tandis qu'on tentait de la hisser dans le fourgon. Laissez-moi ou je vous tue.

— Oh ! ça suffit ces simagrées ! emmenez-la ! ordonna la dame patronnesse, occupée à dompter la petite.

— Ah ! c'est comme ça, eh bien ! crève donc la première, sale bête, fit Gilda, en se débattant plus que jamais.

— Mon Dieu ! gémit la dame en blanc et elle s'affaissa par terre inanimée.

— Et maintenant, toi qui me tiens les mains, c'est ton tour ! » fit la femme de ménage.

Il y eut une mêlée confuse de corps puis un agent tomba du fourgon, mort, un autre roula lourdement au sol tout de suite après que Gilda lui eut jeté un mot.

Ils se retirèrent avec une terreur obscure. La maman se retrouva seule entourée d'une foule qui n'osait plus.

Elle prit par la main Antonella et avança sûre d'elle :
« Laissez-moi passer. »

Ils s'effacèrent, en faisant la haie, ils n'avaient plus le courage de la toucher, ils la suivirent seulement, à une vingtaine de mètres derrière elle tandis qu'elle s'éloignait. Entre-temps, dans la panique générale de la foule, des camionnettes de renforts étaient arrivées dans un vacarme de sirènes d'ambulances et de pompiers. Un sous-commissaire prit la direction des opérations. On entendit une voix :

« Les pompes ! les gaz lacrymogènes ! »

Gilda se retourna fièrement :

« Essayez un peu pour voir si vous en avez le courage. »

C'était une maman offensée et humiliée, c'était une force déchaînée de la nature.

Un cercle d'agents armés la cerna.

« Haut les mains, malheureuse ! »

Un coup de semonce retentit.

« Ma fille, vous voulez la tuer elle aussi ? cria Gilda. Laissez-moi passer. »

Elle avança imperturbable. Elle ne les avait même pas touchés qu'un groupe de six agents tombèrent raides en tas.

Et elle rentra chez elle. C'était un grand immeuble de la périphérie, au milieu des terrains vagues. La force publique se déploya tout autour.

Le commissaire avança avec un mégaphone électrique : cinq minutes étaient accordées à tous les locataires de la maison pour évacuer les lieux ; et on intimait à la maman déchaînée de livrer l'enfant, sous menace de représailles.

Gilda apparut à la fenêtre du dernier étage et cria des mots que l'on ne comprenait pas. Les rangs des agents reculèrent tout à coup comme si une masse invisible les repoussait.

« Qu'est-ce que vous fabriquez ? serrez les rangs ! » tonnèrent les officiers.

Mais les officiers eux aussi durent reculer en trébuchant.

Dans l'immeuble désormais il ne restait que Gilda avec son enfant. Elle devait être en train de préparer leur dîner car un mince filet de fumée sortait d'une cheminée.

Autour de la maison des détachements du 7e régiment de cuirassiers formaient un large anneau tandis que descendait le soir. Gilda se mit à la fenêtre et cria quelque chose. Un pesant char d'assaut commença à vaciller puis se renversa d'un seul coup. Un deuxième, un troisième, un quatrième. Une force mystérieuse les secouait çà et là comme des joujoux en fer-blanc puis les abandonnait immobiles dans les positions les plus incongrues, complètement démantibulés.

L'état de siège fut décidé. Les forces de l'O.N.U. intervinrent. La zone environnante fut évacuée dans un vaste rayon. A l'aube le bombardement commença.

Accoudée à un balcon, Gilda et la petite regardaient tranquillement le spectacle. On ne sait pourquoi mais aucune grenade ne réussissait à frapper la maison. Elles explosaient toutes en l'air, à trois, quatre cents mètres. Et puis Gilda rentra parce que Antonella effrayée par le bruit des explosions s'était mise à pleurer.

Ils l'auraient par la faim et la soif. Les canalisations d'eau furent coupées. Mais chaque matin et chaque soir la cheminée soufflait son petit filet de fumée, signe que Gilda faisait son repas.

Les généralissimes décidèrent alors de lancer l'attaque à l'heure X. A l'heure X la terre, à des kilomètres autour, trembla, les machines de guerre avancèrent concentriquement dans un grondement d'apocalypse.

Gilda parut à la fenêtre :

« Ça suffit ! cria-t-elle. Vous n'avez pas fini ? Laissez-moi tranquille ! »

Le déploiement des chars d'assaut ondula comme si une vague invisible les heurtait, les pachydermes d'acier porteurs de mort se contorsionnèrent dans d'horribles grincements, se transformant en monceaux de ferraille.

Le secrétaire général de l'O.N.U. demanda à la femme de ménage quelles étaient ses conditions de paix : le pays était désormais épuisé, les nerfs de la population et des forces armées avaient craqué.

Gilda lui offrit une tasse de café et puis lui dit :

« Je veux un œuf pour ma petite. »

Dix camions s'arrêtèrent devant la maison. On en tira des œufs de toutes les dimensions, d'une beauté fantastique afin que l'enfant pût choisir. Il y en avait même un en or massif incrusté de pierres précieuses, d'un diamètre de trente-cinq centimètres au moins.

Antonella en choisit un petit en carton de couleur semblable à celui que la dame patronnesse lui avait enlevé.

DIX-HUITIÈME TROU

Monsieur Stefano Merizzi, cinquante-quatre ans, directeur d'une entreprise pétrochimique, jouait au golf sur le terrain de Morisenda un après-midi d'été avec son ami Giacomo, sa fille Lucia et le comte Gianangelo Giunchi qui allait devenir son gendre. C'était une journée merveilleuse.

Merizzi était un homme corpulent, lourd et peu fait pour les exercices physiques, mais il pratiquait le golf, espérant que ce sport difficile et paisible le maintiendrait en forme. Nerveux de nature, il n'était arrivé au bout de sept ans de pratique à aucun résultat appréciable. Et c'était déjà beau s'il parvenait à boucler le tour avec une centaine de coups. Mais lui ne s'en souciait pas, désormais il était résigné, il marquait ses points sur le score davantage pour conjurer le sort que pour autre chose, et dans le fond il s'amusait. Son ami Introvisi était du même calibre. Sa fille Lucia et Giunchi au contraire étaient très forts, la première *handicap* dix, le second sept.

Pour donner un minimum d'intérêt à une partie à quatre avec des forces si disparates, ils décidèrent de jouer « à deux balles la meilleure ». Lucia prit son père comme partenaire.

Ce jour-là, peut-être à cause de la chaleur, Merizzi semblait très fatigué et il se traînait presque sur les prés merveilleux entourés de gigantesques décors d'arbres.

Pour commencer, comme presque toujours, Merizzi fit un misérable *drive* et la balle alla finir dans le fossé. Sa partenaire Lucia frappa la sienne avec trop de désinvolture. La balle fila tout droit avec force puis fut progressivement déportée sur le côté et tomba à environ cent quarante mètres, à la lisière du bois, dans un carré d'herbe laissé exprès inculte et sauvage. Giunchi au contraire se porta à une magnifique position, juste au milieu du *link*.

C'était à Lucia de jouer le coup suivant. Elle joua de façon désastreuse. La balle s'enfouit encore davantage au milieu des herbes sauvages. Imaginez-vous un peu comment Merizzi pouvait réussir maintenant, non pas à atteindre le *green* qui était à une centaine de mètres plus loin, mais plus simplement à faire sortir la balle de cette broussaille.

« Fer dix ? demanda le *caddy*.

— Donne-moi ce que tu veux, mon petit. De toute façon... »

D'habitude, justement parce qu'il avait conscience de sa propre infériorité, Merizzi avant de taper sur sa balle restait longtemps hésitant. Cette fois non, comme s'il était distrait, comme s'il n'y attachait plus d'importance, comme si le jeu lui était indifférent. Il se mit en position, leva son fer, le tint un instant en l'air, l'abaissa en le faisant tournoyer.

Est-ce qu'il toucherait la balle ? Est-ce qu'il frapperait la balle ? Est-ce qu'il ferait bouger la balle ? De combien aurait-il fait avancer la balle ? dix centimètres, cinquante centimètres, un mètre ? On entendit un tac métallique et sec, les regards étonnés des joueurs et des *caddies* suivirent la petite balle dont la trajectoire incurvée s'élevait très haut dans le ciel pour retomber désinvolte en plein milieu du *green*, à quinze centimètres du trou. Cela déclencha un bruyant éclat de rire. Le hasard et la chance, on veut bien, mais à ce point-là c'était un comble. Un champion du monde ne serait peut-être pas arrivé à une perfection semblable.

« Papa, tu sais que tu es sensationnel ? » lui cria Lucia après le dix-septième trou.

Si invraisemblable que ce soit, à la suite de son premier *drive* Merizzi ne s'était plus trompé une seule fois. Et la chose était d'autant plus étrange qu'on voyait très bien qu'il était fatigué, et qu'il semblait indifférent à cette sorte de miracle.

« Qu'est-ce qui t'arrive ? Comment l'expliques-tu ? demandait Introvisi. Tu te rends compte qu'aujourd'hui tu joues un bon huit de *handicap* ? »

Merizzi s'arrêta sur le bord de l'avant-dernier *green* après avoir joué avec une précision impressionnante. Il haletait. Il s'appuyait sur le *putter* comme un vieillard sur son bâton.

« Mon cher Giacomo, dit-il d'une voix basse, la vérité est que je ne m'intéresse plus à rien. Je me fiche complètement de tout, et du fond du cœur, or tu sais très bien qu'on ne joue correctement au golf que dans ces conditions-là, quand on est complètement détaché, du moins les types comme moi. Et aujourd'hui, je me fiche complètement de tout. »

Il agita la main devant ses yeux comme pour chasser quelque chose.

« Oh ! ces mouches ! dit-il. Ces maudites mouches !

— Quelles mouches ?

— Je ne sais pas, je n'en avais encore jamais vu ici, elles bourdonnent sans arrêt autour de moi depuis que nous avons commencé la partie.

— Je ne m'en suis pas aperçu », dit Introvisi et il se mit en route pour le trou suivant.

Le soleil était bas désormais et les ombres s'allongeaient sur les prés.

Merizzi le suivit péniblement. Au bout d'une dizaine de pas il s'arrêta en chancelant. Son ami s'en aperçut.

« Je ne te comprends pas. Aujourd'hui tu joues comme tu n'as jamais osé le rêver, tu joues comme un jeune homme, et tu te traînes comme s'il t'était arrivé un malheur. Peut-on savoir ce que tu as ?

— Ils m'ont trompé, dit Merizzi tristement.

— Qui ?

— Tous. La vie. Ma femme. Ma fille. Ils m'ont sucé, vidé, et ils continuent. Et maintenant ce type-là qui veut l'épouser. Le sang, peu à peu. Depuis combien de temps ? Jour après jour. Et puis les ouvriers, la commission intérieure. Et le Fisc. Et le comité d'assistance. Et les cousins. Et les parents pauvres. Et toute cette congrégation de parasites que tu connais bien... Et maintenant je suis fatigué, tu comprends ? Je me fiche de tout, plus rien ne m'intéresse. Je suis fatigué et c'est pour cela que je joue bien... Mais quelles saletés de mouches ! »

De la main il fit encore ce geste pour chasser les insectes. Pourtant Introvisi ne voyait rien.

Le dix-huitième et dernier trou à trois cent quatre-vingts mètres de là se trouve en haut d'une pente. On ne voit pas d'en bas le *green* qui se trouve juste de l'autre côté du sommet. Dans le *drive* du départ comme cela ne lui était encore jamais arrivé, Merizzi dépassa Lucia d'une quinzaine de mètres. Le phénomène avait quelque chose de monstrueux. Leurs adversaires en retard de quatorze points ne faisaient plus que les regarder maintenant. Merizzi frappa un deuxième coup, se dirigea vers la derrière partie de la pente, la plus raide, il s'en fallait encore de cent cinquante mètres avant d'arriver au *green*. Le « fer cinq » suivant de Lucia ne fut pas fameux. La balle s'arrêta en équilibre sur une touffe d'herbe à l'endroit où le pré était le plus abrupt.

L'homme fatigué se fit donner le numéro huit, et sans lambiner frappa la balle. Deux *caddies* s'étaient déjà rendus sur le *green* pour contrôler l'arrivée.

« Elle est tombée ici sur le *green*, d'une façon absolument parfaite, et puis elle a rebondi, on ne sait pas comment, de ce côté-là, vers le fossé », expliqua un garçon.

Le soleil à ce moment a disparu derrière la cime des chênes, le soir descend.

Au-delà du *green* le terrain se termine par un éboulis sauvage parsemé de buissons. Mais la balle était tombée auparavant juste au point précis, le coup était très beau, si elle a rebondi, ce doit être de bien peu, elle n'a pas pu aller très loin. Ils se mettent à sa recherche. Merizzi lui aussi, penché, tournaille çà et là en scrutant les herbes et les broussailles.

Le soir tombe, peu à peu les choses ressemblent toujours plus à des ombres, à des fantômes pensifs, au cœur de l'homme. Et du bois alentour de petites voix mystérieuses commencent à s'élever. Mais les cimes des plus hauts arbres sont encore éclairées par le soleil.

« Papa, papa, où es-tu ? » appelle Lucia soudain.

A ce moment Giunchi se penche pour ramasser quelque chose :

« A qui est ce fer ? »

Dans le pré inculte, pas très loin, il vient de trouver un *club*. C'est un fer numéro huit, il semble presque neuf.

Giunchi le tient levé pour le faire voir aux autres. Et puis il s'arrête, pétrifié, fixant le terrain derrière lui :

« Sainte Vierge ! »

Ils s'approchent intrigués. Au milieu du *rough* parmi

155

les herbes sauvages, presque plus hautes que lui, un énorme crapaud se tient immobile.

Il est tourné dans la direction du soleil qui se couche, on dirait qu'il aspire à cette dernière lumière. Il a dû être une bête merveilleuse, il a dû avoir des amours stupéfiantes, être très heureux, un prince peut-être, un roi bienveillant, un ami des fées, un petit dieu de la forêt. Et maintenant il meurt.

Il est entièrement recouvert d'une myriade de mouches qui le dévorent. Il a dû lutter longuement pour s'en débarrasser, mais elles était trop nombreuses, désormais il est à bout, harassé. Une myriade de méchantes mouches est en train de le dévorer et de le sucer, certaines sont immobiles, tout appliquées à leur supplice, d'autres tournent nerveusement entre les ver-rues, cherchant les points les plus tendres de la peau, d'autres encore volètent autour, formant une sorte de minuscule nuage gris qui rend incertains et estompe les contours du souverain. Il a lutté pour se libérer, mais elles étaient trop nombreuses. Et maintenant il doit mourir.

Mais c'est un long tourment, une peine désespérée, c'est la solitude. Demain il ne reverra plus le soleil, jamais plus il ne pourra le revoir, alors il en savoure la dernière réverbération pathétique entre les arbres, cette lumière qui fut jeunesse, espérances et amour.

Sous le hideux grouillement des mouches ses yeux brillent encore, sa bouche palpite en lents soupirs.

Les hommes l'entourent épouvantés. Ce n'est pour-tant qu'un crapaud, pourquoi sa vue les paralyse-t-elle ainsi ?

Tout à coup le moribond dans un suprême effort relève la tête, comme s'il recherchait un peu d'air. Pendant un instant son regard rencontre les yeux de Lucia.

Alors brusquement, comme s'il lui manquait quelque chose, la belle et élégante jeune femme se tourne vers les buissons en hurlant :

« Papa, papa, où es-tu ? »

Mais M. Merizzi est invisible.

Les hommes autour du crapaud reculent lentement.

LE VESTON ENSORCELÉ

Bien que j'apprécie l'élégance vestimentaire, je ne fais guère attention, habituellement, à la perfection plus ou moins grande avec laquelle sont coupés les complets de mes semblables.

Un soir pourtant, lors d'une réception dans une maison de Milan, je fis la connaissance d'un homme qui paraissait avoir la quarantaine et qui resplendissait littéralement à cause de la beauté linéaire, pure, absolue de son vêtement.

Je ne savais pas qui c'était, je le rencontrais pour la première fois et pendant la présentation, comme cela arrive toujours, il m'avait été impossible d'en comprendre le nom. Mais à un certain moment de la soirée je me trouvai près de lui et nous commençâmes à bavarder. Il semblait être un homme poli et fort civil avec toutefois un soupçon de tristesse. Avec une familiarité peut-être exagérée — si seulement Dieu m'en avait préservé ! — je lui fis compliments pour son élégance ; et j'osai même lui demander qui était son tailleur.

L'homme eut un curieux petit sourire, comme s'il s'était attendu à cette question.

« Presque personne ne le connaît, dit-il, et pourtant

159

c'est un grand maître. Mais il ne travaille que lorsque ça lui chante. Pour quelques clients seulement.

— De sorte que moi... ?

— Oh ! vous pouvez essayer, vous pouvez toujours. Il s'appelle Corticella, Alfonso Corticella, rue Ferrara au 17.

— Il doit être très cher, j'imagine.

— Je le pense, oui, mais à vrai dire je n'en sais rien. Ce costume il me l'a fait il y a trois ans et il ne m'a pas encore envoyé sa note.

— Corticella ? rue Ferrara, au 17, vous avez dit ?

— Exactement », répondit l'inconnu.

Et il me planta là pour se mêler à un autre groupe.

Au 17 de la rue Ferrara je trouvai une maison comme tant d'autres, et le logis d'Alfonso Corticella ressemblait à celui des autres tailleurs. Il vint en personne m'ouvrir la porte. C'était un petit vieillard aux cheveux noirs qui étaient sûrement teints.

A ma grande surprise, il ne fit aucune difficulté. Au contraire il paraissait désireux de me voir devenir son client. Je lui expliquai comment j'avais eu son adresse, je louai sa coupe et lui demandai de me faire un complet. Nous choisîmes un peigné gris puis il prit mes mesures et s'offrit de venir pour l'essayage, chez moi. Je lui demandai son prix. Cela ne pressait pas, me répondit-il, nous nous mettrions toujours d'accord. Quel homme sympathique ! pensai-je tout d'abord. Et pourtant plus tard, comme je rentrai chez moi, je m'aperçus que le petit vieux m'avait produit un malaise (peut-être à cause de ses sourires trop insistants et trop doucereux). En somme je n'avais aucune envie de le revoir. Mais désormais le complet était commandé. Et quelque vingt jours plus tard il était prêt.

Quand on me le livra, je l'essayai, pour quelques

secondes, devant mon miroir. C'était un chef-d'œuvre. Mais je ne sais trop pourquoi, peut-être à cause du souvenir du déplaisant petit vieux, je n'avais aucune envie de le porter. Et des semaines passèrent avant que je me décide.

Ce jour-là, je m'en souviendrai toujours. C'était un mardi d'avril et il pleuvait. Quand j'eus passé mon complet — pantalon, gilet et veston — je constatai avec plaisir qu'il ne me tiraillait pas et ne me gênait pas aux entournures comme le font toujours les vêtements neufs. Et pourtant il tombait à la perfection.

Par habitude je ne mets rien dans la poche droite de mon veston, mes papiers je les place dans la poche gauche. Ce qui explique pourquoi ce n'est que deux heures plus tard, au bureau, en glissant par hasard ma main dans la poche droite, que je m'aperçus qu'il y avait un papier dedans. Peut-être la note du tailleur ?

Non. C'était un billet de dix mille lires.

Je restai interdit. Ce n'était certes pas moi qui l'y avais mis. D'autre part il était absurde de penser à une plaisanterie du tailleur Corticella. Encore moins à un cadeau de ma femme de ménage, la seule personne qui avait eu l'occasion de s'approcher du complet après le tailleur. Est-ce que ce serait un billet de la Sainte Farce ? Je le regardai à contre-jour, je le comparai à d'autres. Plus authentique que lui c'était impossible.

L'unique explication, une distraction de Corticella. Peut-être qu'un client était venu lui verser un acompte, à ce moment-là il n'avait pas son portefeuille et, pour ne pas laisser traîner le billet, il l'avait glissé dans mon veston pendu à un cintre. Ce sont des choses qui peuvent arriver.

J'écrasai la sonnette pour appeler ma secrétaire. J'allais écrire un mot à Corticella et lui restituer cet argent qui n'était pas à moi. Mais, à ce moment, et je ne saurais en expliquer la raison, je glissai de nouveau ma main dans ma poche.

« Qu'avez-vous, monsieur ? Vous ne vous sentez pas bien ? » me demanda la secrétaire qui entrait alors.

J'avais dû pâlir comme la mort. Dans la poche mes doigts avaient rencontré les bords d'un morceau de papier qui n'y était pas quelques instants avant.

« Non, non, ce n'est rien, dis-je, un léger vertige. Ça m'arrive parfois depuis quelque temps. Sans doute un peu de fatigue. Vous pouvez aller, mon petit, j'avais à vous dicter une lettre mais nous le ferons plus tard. »

Ce n'est qu'une fois la secrétaire sortie que j'osai extirper la feuille de ma poche. C'était un autre billet de dix mille lires. Alors, je fis une troisième tentative. Et un troisième billet sortit.

Mon cœur se mit à battre la chamade. J'eus la sensation de me trouver entraîné, pour des raisons mystérieuses, dans la ronde d'un conte de fées comme ceux que l'on raconte aux enfants et que personne ne croit vrais.

Sous le prétexte que je ne me sentais pas bien, je quittai mon bureau et rentrai à la maison. J'avais besoin de rester seul. Heureusement la femme qui faisait mon ménage était déjà partie. Je fermai les portes, baissai les stores et commençai à extraire les billets l'un après l'autre aussi vite que je le pouvais, de la poche qui semblait inépuisable.

Je travaillai avec une tension spasmodique des nerfs dans la crainte de voir cesser d'un moment à l'autre le miracle. J'aurais voulu continuer toute la soirée, toute la nuit jusqu'à accumuler des milliards. Mais à un certain moment les forces me manquèrent.

Devant moi il y avait un tas impressionnant de billets de banque. L'important maintenant était de les dissimuler, pour que personne n'en ait connaissance.

Je vidai une vieille malle pleine de tapis et, dans le fond, je déposai par liasses les billets que je comptai au fur et à mesure. Il y en avait largement pour cinquante millions.

Quand je me réveillai le lendemain matin, la femme de ménage était là, stupéfaite de me trouver tout habillé sur mon lit. Je m'efforçai de rire, en lui expliquant que la veille au soir j'avais bu un verre de trop et que le sommeil m'avait surpris à l'improviste.

Une nouvelle angoisse : la femme se proposait pour m'aider à enlever mon veston afin de lui donner au moins un coup de brosse.

Je répondis que je devais sortir tout de suite et que je n'avais pas le temps de me changer. Et puis je me hâtai vers un magasin de confection pour acheter un vêtement semblable au mien en tous points ; je laisserai le nouveau aux mains de ma femme de ménage ; le mien, celui qui ferait de moi en quelques jours un des hommes les plus puissants du monde, je le cacherai en lieu sûr.

Je ne comprenais pas si je vivais un rêve, si j'étais heureux ou si au contraire je suffoquais sous le poids d'une trop grande fatalité. En chemin, à travers mon imperméable, je palpais continuellement l'endroit de la poche magique. Chaque fois je soupirais de soulagement. Sous l'étoffe le réconfortant froissement du papier-monnaie me répondait.

Mais une singulière coïncidence refroidit mon délire joyeux. Sur les journaux du matin de gros titres : l'annonce d'un cambriolage survenu la veille occupait presque toute la première page. La camionnette blindée d'une banque qui, après avoir fait le tour des succursales, allait transporter au siège central les versements de la journée, avait été arrêtée et dévalisée rue Palmanova par quatre bandits. Comme les gens accouraient, un des gangsters, pour protéger sa fuite, s'était mis à tirer. Un des passants avait été tué. Mais c'est surtout le montant du butin qui me frappa : exactement cinquante millions (comme les miens).

Pouvait-il exister un rapport entre ma richesse soudaine et le hold-up de ces bandits survenu presque en même temps ? Cela semblait ridicule de le penser. Et je ne suis pas superstitieux. Toutefois l'événement me laissa très perplexe.

Plus on possède et plus on désire. J'étais déjà riche, compte tenu de mes modestes habitudes. Mais le mirage d'une existence de luxe effréné m'éperonnait. Et le soir même je me remis au travail. Maintenant je procédais avec plus de calme et les nerfs moins tendus. Cent trente-cinq autres millions s'ajoutèrent au trésor précédent.

Cette nuit-là je ne réussis pas à fermer l'œil. Était-ce le pressentiment d'un danger ? Ou la conscience tourmentée de l'homme qui obtient sans l'avoir méritée une fabuleuse fortune ? Ou une espèce de remords confus ? Aux premières heures de l'aube je sautai du lit, m'habillai et courus dehors en quête d'un journal.

Comme je lisais, le souffle me manqua. Un terrible incendie provoqué par un dépôt de pétrole qui s'était enflammé avait presque complètement détruit un immeuble dans la rue de San Cloro, en plein centre. Entre autres, les coffres d'une grande agence immobilière qui contenaient plus de cent trente millions en espèces avaient été détruits. Deux pompiers avaient trouvé la mort en combattant le sinistre.

Dois-je maintenant énumérer un par un tous mes forfaits ? Oui, parce que désormais je savais que l'argent que le veston me procurait venait du crime, du sang, du désespoir, de la mort, venait de l'enfer. Mais insidieusement ma raison refusait railleusement d'admettre une quelconque responsabilité de ma part. Et alors la tentation revenait, et alors ma main — c'était tellement facile — se glissait dans ma poche et mes doigts, avec une volupté soudaine, étreignaient les coins d'un billet toujours nouveau. L'argent, le divin argent !

Sans quitter mon ancien appartement (pour ne pas attirer l'attention) je m'étais acheté en peu de temps une grande villa, je possédais une précieuse collection de tableaux, je circulais en automobile de luxe et, après avoir quitté mon emploi « pour raison de santé », je voyageais et parcourais le monde en compagnie de femmes merveilleuses.

Je savais que chaque fois que je soutirais de l'argent de mon veston, il se produisait dans le monde quelque chose d'abject et de douloureux. Mais c'était toujours une concordance vague, qui n'était pas étayée par des preuves logiques. En attendant, à chacun de mes encaissements, ma conscience se dégradait, devenait de plus en plus vile. Et le tailleur ? Je lui téléphonai pour lui demander sa note mais personne ne répondit. Via Ferrara on me dit qu'il avait émigré, il était à l'étranger, on ne savait pas où. Tout conspirait pour me démontrer que, sans le savoir, j'avais fait un pacte avec le démon.

Cela dura jusqu'au jour où dans l'immeuble que j'habitais depuis de longues années, on découvrit un matin une sexagénaire retraitée asphyxiée par le gaz ; elle s'était tuée parce qu'elle avait perdu les trente mille lires de sa pension qu'elle avait touchée la veille (et qui avaient fini dans mes mains).

Assez, assez ! pour ne pas m'enfoncer dans l'abîme, je devais me débarrasser de mon veston. Mais non pas en le cédant à quelqu'un d'autre, parce que l'opprobre aurait continué (qui aurait pu résister à un tel attrait ?). Il devenait indispensable de le détruire.

J'arrivai en voiture dans une vallée perdue des Alpes. Je laissai mon auto sur un terre-plein herbeux et je me dirigeai droit sur le bois. Il n'y avait pas âme qui vive. Après avoir dépassé le bourg, j'atteignis le gravier de la moraine. Là, entre deux gigantesques rochers, je tirai du sac tyrolien l'infâme veston, l'imbibai d'essence et y mis le feu. En quelques minutes il ne resta que des cendres.

Mais à la dernière lueur des flammes, derrière moi — à deux ou trois mètres aurait-on dit —, une voix humaine retentit : « Trop tard, trop tard ! » Terrorisé je me retournai d'un mouvement brusque comme si un serpent m'avait piqué. Mais il n'y avait personne en vue. J'explorai tout alentour sautant d'une roche à l'autre, pour débusquer le maudit qui me jouait ce tour. Rien. Il n'y avait que des pierres.

Malgré l'épouvante que j'éprouvais, je redescendis dans la vallée, avec une sensation de soulagement. Libre finalement. Et riche, heureusement.

Mais sur le talus, ma voiture n'était plus là. Et lorsque je fus rentré en ville, ma somptueuse villa avait disparu ; à sa place un pré inculte avec l'écriteau « Terrain communal à vendre. » Et mes comptes en banque, je ne pus m'expliquer comment, étaient complètement épuisés. Disparus de mes nombreux coffres-forts les gros paquets d'actions. Et de la poussière, rien que de la poussière, dans la vieille malle.

Désormais j'ai repris péniblement mon travail, je m'en tire à grand-peine, et ce qui est étrange, personne ne semble surpris par ma ruine subite.

Et je sais que ce n'est pas encore fini. Je sais qu'un jour la sonnette de la porte retentira, j'irai ouvrir et je trouverai devant moi ce tailleur de malheur, avec son sourire abject, pour l'ultime règlement de comptes.

LE CHIEN VIDE

C'était la veille de Noël, Nora était en train de disposer les santons de la crèche sur une petite console — cette année, elle n'avait vraiment pas envie de faire l'arbre, désespérée comme elle l'était — et ses mains plaçaient les bergers agenouillés, les moutons, les anges et les rois mages mais son esprit était ailleurs, sa pensée était toujours rivée à sa maudite blessure douloureuse, quand elle entendit un choc, un coup sourd et dur derrière elle.

Elle se retourna et vit avec stupeur Glub, son bulldog chéri, qui avançait en tanguant, en tendant son museau çà et là en quête de quelque chose.

« Glub, Glub ! » appela-t-elle, mais la bête ne se dirigea pas vers elle comme elle le faisait d'habitude, elle s'arrêta au contraire indécise, comme si elle n'avait pas compris.

Il y avait là quelque chose d'étrange. Nora s'approcha du chien, s'agenouilla, prit la grosse tête massive entre ses mains en lui disant : « Mais qu'est-ce que tu as, Glub ? » Et c'est alors qu'elle se rendit compte que le chien ne la voyait pas.

Depuis quelque temps elle avait remarqué qu'une sorte de reflet laiteux se formait dans les yeux de Glub.

167

Maintenant le voile avait envahi toute la pupille. Nora passa deux fois la main devant les yeux du chien, les paupières n'eurent pas un frémissement. Aveugle. Maintenant elle s'expliquait le coup qu'elle avait entendu. Glub, avançant à tâtons dans l'obscurité, s'était cogné au pied d'un guéridon.

C'est *lui* qui lui avait offert ce chien, il était le dernier lien vivant qu'elle conservait de lui. Il n'était plus là, il avait disparu, il l'avait abandonnée et c'est pour cela que Glub était le seul point d'appui auquel elle pouvait s'agripper pour continuer à vivre. Quand on les dit ces choses-là semblent absurdes et pourtant, dans l'existence, il en est très souvent ainsi !

La détresse la saisit. Elle se sentit encore plus terriblement seule qu'avant dans la grande maison, il n'y avait personne pour l'aider. Il lui sembla même que, soudain, l'immémorial grondement continu de la ville, cette sorte de mugissement profond et douloureux s'était arrêté. Et dans le silence exagéré de la salle Nora entendit tout à coup les pulsations de son propre cœur qui battait la chamade.

Il fallait appeler immédiatement un vétérinaire. C'était probablement une forme infectieuse, il fallait tout de suite y porter remède. Mais elle savait déjà que le vétérinaire n'y aurait rien compris, la dernière fois il avait examiné les yeux du chien avec perplexité, il avait fait vaguement allusion à une intoxication possible, il avait prescrit des antibiotiques, mais les antibiotiques n'avaient servi à rien. Et puis pour le trouver le vétérinaire : c'était la veille de Noël, l'humanité entière semblait être devenue folle, si on demandait quelqu'un, la réponse ne variait pas : « Certainement, madame, mais désormais après les fêtes. » Après les fêtes ?

En attendant elle allait et venait d'un bout à l'autre

de la pièce en appelant Glub pour vérifier si vraiment il ne voyait plus rien du tout. Parfois il lui semblait que le chien percevait au moins son ombre et venait à sa rencontre, d'autres fois au contraire il prenait une mauvaise direction et se cognait contre les meubles. Elle fut prise d'une immense pitié pour le chien et pour elle-même. Et elle pensa au lendemain soir, au terrible repas de Noël qui l'attendait, pour la première fois, toute seule dans la grande maison et dans les appartements voisins des voix, de la musique, des rires et Glub comme toujours couché près d'elle, qui lèvera son museau et la fixera sans la voir de ses pupilles opaques.

Alors une sorte de rage et de rébellion contre la cruauté des choses la saisit. Dût-elle mettre à feu et à sang Milan elle dénicherait bien un médecin ; au moins il lui dirait s'il y avait ou non de l'espoir. Dans son angoisse elle eut une idée saugrenue qui en temps normal lui aurait paru absurde : Si elle téléphonait au professeur Cleri ? Mais comment Cleri le prendrait-il ? Demander à un grand ponte comme lui d'examiner un chien, c'était une folie. Qu'importe. Qu'il s'offense s'il voulait, mais s'il n'avait pas un cœur de glace il comprendrait l'importance de la chose.

Étrange. Elle pensait déjà que personne ne lui répondrait au cabinet du professeur Cleri ou qu'on lui dirait que le professeur était sorti, ou que ce jour-là il ne recevait pas, ou qu'il n'avait pas un instant de libre et qu'il fallait prendre un rendez-vous pour après Noël, ou que le téléphone sonnait toujours occupé, ou qu'il était en dérangement, ou encore que juste ce matin-là le professeur Cleri était mort brusquement, la seule personne au monde qui pouvait l'aider. Et au contraire, fait incroyable, ce fut l'oculiste lui-même qui lui répondit. Il la reconnut tout de suite et il semblait qu'il savait déjà tout ce qui était arrivé, il ne fit aucune allusion à lui et quand elle chercha avec des circonlocutions maladroites à s'expliquer, pour éviter de l'offenser, il eut un bon rire au bout du fil et dit tout de suite : « Allons, dites la vérité, madame, vous n'avez pas le courage de m'avouer qu'il s'agit d'un chien... Mais alors vous m'estimez vraiment bien peu. J'ai beaucoup plus d'affection pour les chiens que pour les chrétiens... Il ne s'agit pas par hasard de votre beau bulldog ?... Ah ! si, c'est justement lui ? comment ? Il n'y voit plus ? Pauvre bête... Amenez-le-moi tout simplement. Attendez, pas maintenant car je dois me rendre à l'hôpital mais, voyons... à quatre heures et demie ce soir, je vous attends. »

Elle respira. Le soleil éclairait le velours violet d'un fauteuil avec une joie discrète. Le bruit de la ville, dehors, était comme la voix de Noël qui s'approchait, et Noël n'était plus à craindre, Noël redevenait cette chose douce et insouciante de jadis quand elle était petite fille. Non, non, il ne fallait pas se laisser aller comme ça à la première difficulté. Quel pénible caractère que le sien. Mais Dieu merci il y a encore de braves gens en ce monde, tous ne sont pas des salauds.

C'était une journée très froide et sereine. Inexplicablement, bien qu'il n'y eût pas un souffle de vent, l'air était transparent malgré les atroces fumées et vapeurs stagnant sur la ville. Nora chantait, à la maison, en attendant l'heure de porter Glub à l'oculiste, entre-temps le chien s'était ranimé. Dans certaines positions il semblait le même que l'an dernier, quand il triomphait charnellement, ressemblant à un dragon, à une outre, à un taureau, à un nuage, à un fantasme de l'imagination, quand sa beauté trouble et monstrueuse arrêtait les passants dans la rue.

A quatre heures et demie, lorsque Nora à grand-peine fit sortir le chien du taxi devant la porte du professeur, le jour tombait. Et les lueurs rougeâtres du couchant se reflétaient sur les immeubles les plus élevés tandis que s'allumaient, dans des perspectives délirantes et chaotiques, les guirlandes de Noël.

Nora n'y fit pas attention en entrant dans l'immeuble et elle se laissa porter par tous ces petits motifs de consolation qui se présentaient à elle. Parce que dans la salle d'attente bondée du professeur Cleri, les gens s'intéressèrent énormément à Glub et à ses ennuis, et puis le docteur arriva et avec bonté il fit passer le chien le premier, il écouta son histoire, regarda les yeux et dit qu'il ne fallait pas se décourager, ce n'était pas l'organe qui était atteint, tout provenait d'un affaiblissement général, et par conséquent il n'y avait pas lieu de désespérer. Le chien, dépaysé, donnait des signes d'inquiétude et craintif se serrait près de sa maîtresse.

Au fur et à mesure que le médecin parlait elle éprouvait une sensation d'indicible soulagement. Ce n'était donc pas la cécité, ce n'était pas la lente agonie de la bête traînant dans la maison sans boussole, humiliée par de continuelles collisions, ce n'était pas la fin de tout (parce que Nora sentait que lorsque Glub n'y serait plus, le dernier lien avec lui, l'aimé, disparaîtrait et la vie deviendrait un enfer). Non, Glub vivra, il retrouvera la vue, il recommencera à courir après la balle sur les pelouses du parc au milieu des éclats de rire des enfants.

A la fin de la visite, quand Nora redescendit et se trouva sur la petite place avec le chien en laisse, la nuit était complètement tombée. Le docteur Cleri maintenant examinait les autres malades, les patients qui attendaient ne pensaient plus à la bête mais recommençaient à se préoccuper de leur propre cas, et Nora sut qu'à ce moment il n'y avait plus une créature au monde qui s'occupât d'elle.

Il y avait sur la petite place une station-taxi mais, dans la frénésie de ce soir, les taxis ne venaient pas, tous étaient aspirés par le tourbillon fou de Noël. Nora se mit à attendre, le chien assis levait son museau vers elle, lui demandant ce qui arrivait.

Maintenant personne ne faisait plus attention au bulldog aveugle, personne ne faisait attention à elle, c'était une petite place du centre, avec tout autour des boutiques illuminées et çà et là des guirlandes d'ampoules qui s'allumaient et s'éteignaient nerveusement sur un rythme établi d'avance. A l'angle, le magasin d'un grand fourreur, c'était justement dans ce magasin-là que deux ans auparavant, pour Noël, il lui avait acheté son manteau de castor. Et à côté, l'enseigne d'un célèbre night club, combien de fois elle y était allée avec lui et puis toujours les mêmes discussions parce que lui, à une certaine heure, voulait rentrer dormir et elle au contraire voulait attendre le « numéro ». Tout, les maisons, les devantures, les enseignes, la publicité semblaient lui dire à elle Nora : « Tu te souviens ? tu te souviens ? Désormais tout est fini. »

Le taxi n'arrivait pas. Le froid la coupait comme avec des lames de glace. A un certain moment, le bulldog commença à geindre doucement à cause du froid. Il n'était plus une outre, il n'était plus un dragon, il n'était plus un nuage, il était un vieux monsieur affaibli, malade et fatigué que le monde avait oublié.

Désemparée elle regardait autour d'elle. D'où venait toute cette foule ? Elle semblait jaillir des abîmes secrets de la ville rien que pour la faire désespérer. Hommes, femmes, enfants, vieillards, jeunes gens formaient sur la petite place comme une ronde obsédante autour d'elle et ils avaient tous le visage excité, ils portaient tous des paquets multicolores, ils souriaient tous, ils étaient tous heureux, c'était Noël.

Ce Noël était une sorte de monstre, il avait enivré la ville, il entraînait les hommes et les femmes dans un remous, il les rendait tous heureux. Elle pensa à la maison vide et silencieuse qui l'attendait, aux coins obscurs ; honteuse, elle s'aperçut qu'elle pleurait, ses larmes roulaient sur ses joues mais personne ne fit attention à elle. Où était-il, lui ? Peut-être sur cette petite place, perdu dans la foule déchaînée, portant lui aussi des paquets et des babioles, heureux lui aussi, au bras d'une fille plus belle et plus jeune qu'elle. Le taxi ne venait pas, une heure au moins avait passé, le chien gémissait de froid, avec des plaintes caverneuses, et elle ne pouvait pas le consoler. Quelle chose horrible d'être étranger et sans un regard d'amour au cœur de la fête ! Alors finalement elle comprit que le pauvre Glub, le bulldog, ne pouvait lui servir à rien. Et même s'il recommençait à y voir clair, et même si au lieu de ses deux yeux il en avait eu cent pleins de lumière, il ne lui aurait servi à rien. Parce que Glub était simplement un chien qui dans le fond ne savait rien d'elle et de sa peine. Et de l'aimé lointain, il n'était rien resté dans le chien, même pas une parcelle, un souffle, une lueur. Le chien était vide.

Alors elle fut seule. Les passants la frôlaient, la bousculaient même parfois dans leur précipitation convulsive, mais aucun ne la regardait en face et ne s'apercevait qu'elle était malheureuse. Noël était solitude, désespoir. C'était un démon qui avec des dents de feu lui broyait le cœur.

DOUCE NUIT

Elle eut, dans son sommeil, un faible gémissement.

A la tête de l'autre lit, assis sur le divan, il lisait à la lumière concentrée d'une petite lampe. Il leva les yeux. Elle eut un léger frémissement, secoua la tête comme pour se libérer de quelque chose, ouvrit les paupières et fixa l'homme avec une expression de stupeur, comme si elle le voyait pour la première fois. Et puis elle eut un léger sourire.

« Qu'y a-t-il, chérie ?

— Rien, je ne sais pas pourquoi mais je ressens une espèce d'angoisse, d'inquiétude...

— Tu es un peu fatiguée du voyage, chaque fois c'est la même chose et puis tu as un peu de fièvre, ne t'inquiète pas, demain ce sera passé. »

Elle se tut pendant quelques secondes, en le fixant toujours, les yeux grands ouverts. Pour eux qui venaient de la ville, le silence de la vieille maison de campagne était vraiment exagéré. Un tel bloc hermétique de silence qu'il semblait qu'une attente y fût cachée, comme si les murs, les poutres, les meubles, tout, retenaient leur respiration.

Et puis elle dit, paisible :

« Carlo, qu'y a-t-il dans le jardin ?

— Dans le jardin ?

— Carlo, je t'en prie, puisque tu es encore debout, est-ce que tu ne voudrais pas jeter un coup d'œil dehors, j'ai comme la sensation que...

— Qu'il y a quelqu'un ? Quelle idée ! Qui veux-tu qu'il y ait dans le jardin en ce moment ? Les voleurs ? » Et il rit. « Ils ont mieux à faire, les voleurs, que de venir rôder autour de vieilles bicoques comme celle-ci.

— Oh ! je t'en prie, Carlo, va jeter un coup d'œil. »

Il se leva, ouvrit la fenêtre et les volets, regarda dehors, resta stupéfait. Il y avait eu de l'orage l'après-midi et maintenant dans une atmosphère d'une incroyable pureté, la lune sur son déclin éclairait de façon extraordinaire le jardin, immobile, désert et silencieux parce que les grillons et les grenouilles faisaient justement partie du silence.

C'était un jardin très simple : une pelouse bien plane avec une petite allée aux cailloux blancs qui formait un cercle et rayonnait dans différentes directions : sur les côtés seulement il y avait une bordure de fleurs. Mais c'était quand même le jardin de son enfance, un morceau douloureux de sa vie, un symbole de la félicité perdue, et toujours, dans les nuits de lune, il semblait lui parler avec des allusions passionnées et indéchiffrables. Au levant, à contre-jour et sombre par conséquent, se dressait une barrière de charmes taillée en arches, au sud une haie basse de buis, au nord l'escalier qui menait au potager, au couchant de la maison. Tout reposait de cette façon inspirée et merveilleuse avec laquelle la nature dort sous la lune et que personne n'est jamais parvenu à expliquer. Cependant, comme toujours, le spectacle de cette beauté expressive qu'on peut contempler, bien sûr, mais qu'on ne pourra jamais faire sienne, lui inspirait un découragement profond.

« Carlo ! appela Maria de son lit, inquiète, en voyant qu'il restait immobile à regarder. Qui est là ? »

Il referma la fenêtre, laissant les volets ouverts, et il se retourna :

« Personne, ma chérie. Il y a une lune formidable. Je n'ai jamais vu une semblable paix. »

Il reprit son livre et retourna s'asseoir sur le divan.

Il était onze heures dix.

A ce moment précis, à l'extrémité sud-est du jardin, dans l'ombre projetée par les charmes, le couvercle d'une trappe dissimulée dans l'herbe commença à se soulever doucement, par à-coups, se déplaçant de côté et libérant l'ouverture d'une étroite galerie qui se perdait sous terre. D'un bond, un être trapu et noirâtre en déboucha, et se mit à courir frénétiquement en zigzag.

Suspendu à une tige un bébé sauterelle reposait, heureux, son tendre abdomen vert palpitait gracieusement au rythme de sa respiration. Les crochets de l'araignée noire se plongèrent avec rage dans le thorax, et le déchirèrent. Le petit corps se contorsionna, détendant ses longues pattes postérieures, une seule fois. Déjà les horribles crocs avaient arraché la tête et maintenant ils fouillaient dans le ventre. Des morsures jaillit le suc abdominal que l'assassin se mit à lécher avidement.

Tout à la volupté démoniaque de son repas, il n'aperçut pas à temps une gigantesque silhouette sombre qui s'approchait de lui par-derrière. Serrant encore sa victime entre ses pattes, l'araignée noire disparut à jamais entre les mâchoires du crapaud.

Mais tout, dans le jardin, était poésie et calme divin.

Une seringue empoisonnée s'enfonça dans la pulpe tendre d'un escargot qui s'acheminait vers le jardin potager. Il réussit à parcourir encore deux centimètres avec la tête qui lui tournait, et puis il s'aperçut que son pied ne lui obéissait plus et il comprit qu'il était perdu. Bien que sa conscience fût obscurcie, il sentit les mandibules de la larve assaillante qui déchiquetaient furieusement des morceaux de sa chair, creusant d'atroces cavernes dans son beau corps gras et élastique dont il était si fier.

Dans la dernière palpitation de son ignominieuse agonie il eut encore le temps de remarquer, avec une lueur de réconfort, que la larve maudite avait été harponnée par une araignée-loup et lacérée en un éclair.

Un peu plus loin, tendre idylle. Avec sa lanterne, allumée par intermittence au maximum, une luciole tournaillait autour de la lumière fixe d'une appétissante petite femelle, languissamment étendue sur une feuille. Oui ou non ? Oui ou non ? Il s'approcha d'elle, tenta une caresse, elle le laissa faire. L'orgasme de l'amour lui fit oublier à quel point un pré pouvait être infernal une nuit de lune. Au moment même où il embrassait sa compagne, un scarabée doré d'un seul coup l'éventra irrévocablement, le fendant de bout en bout. Son petit fanal continuait à palpiter implorant, oui ou non ? que son assaillant l'avait déjà à moitié englouti.

A ce moment-là il y eut un tumulte sauvage à un demi-mètre de distance à peine. Mais tout se régla en quelques secondes. Quelque chose d'énorme et de doux tomba comme la foudre d'en haut. Le crapaud sentit un souffle fatal dans son dos, il chercha à se retourner. Mais il se balançait déjà dans l'air entre les serres d'un vieux hibou.

En regardant on ne voyait rien. Tout dans le jardin était poésie et divine tranquillité.

La kermesse de la mort avait commencé au crépuscule. Maintenant elle était au paroxysme de la frénésie. Et elle continuerait jusqu'à l'aube. Partout ce n'était que massacre, supplice, tuerie. Des scalpels défonçaient des crânes, des crochets brisaient des jambes, fouillaient dans les viscères, des tenailles soulevaient les écailles, des poinçons s'enfonçaient, des dents trituraient, des aiguilles inoculaient des poisons et des anesthésiques, des filets emprisonnaient, des sucs érosifs liquéfiaient des esclaves encore vivants. Depuis les minuscules habitants des mousses : les rotifères, les tardigrades, les amibes, les tecamibes, jusqu'aux larves, aux araignées, aux scarabées, aux mille-pattes, oui, oui, jusqu'aux orvets, aux scorpions, aux crapauds, aux taupes, aux hiboux, l'armée sans fin des assassins de grand chemin se déchaînait dans le carnage, tuant, torturant, déchirant, éventrant, dévorant. Comme si, dans une grande ville, chaque nuit, des dizaines de milliers de malandrins assoiffés de sang et armés jusqu'aux dents sortaient de leur tanière, pénétraient dans les maisons et égorgeaient les gens pendant leur sommeil.

Là-bas dans le fond, le Caruso des grillons vient de se taire à l'improviste, gobé méchamment par une taupe. Près de la haie la petite lampe de la luciole broyée par la dent d'un scarabée s'éteint. Le chant de la rainette étouffée par une couleuvre devient un sanglot. Et le petit papillon ne revient plus battre contre les vitres de la fenêtre éclairée : les ailes douloureusement froissées il se contorsionne, prisonnier dans l'estomac d'une chauve-souris. Terreur, angoisse, déchirement, agonie, mort pour mille et mille autres créatures de Dieu, voilà ce qu'est le sommeil nocturne d'un jardin de trente mètres sur vingt. Et c'est la même chose dans la campagne environnante, et c'est toujours la même chose au-delà des montagnes aux reflets vitreux sous la lune, pâle et mystérieuse. Et dans le monde entier c'est la même chose, partout, à peine descend la nuit : extermination, anéantissement, et carnage. Et quand la nuit se dissipe et que le soleil apparaît, un autre carnage commence, avec d'autres assassins de grands chemins, mais d'une égale férocité. Il en a toujours été ainsi depuis l'origine des temps et il en sera de même pendant des siècles, jusqu'à la fin du monde.

Maria s'agite dans son lit, avec de petits grognements incompréhensibles. Et puis, de nouveau, elle écarquille les yeux, épouvantée.

« Carlo, si tu savais quel terrible cauchemar je viens de faire. J'ai rêvé que là-dehors, dans le jardin, on était en train d'assassiner quelqu'un.

— Allons, tranquillise-toi un peu, ma chérie, je vais venir me coucher moi aussi.

— Carlo, ne te moque pas de moi, mais j'ai encore cette étrange sensation, je ne sais pas, moi, c'est comme si dehors dans le jardin il se passait quelque chose.

— Qu'est-ce que tu vas penser là...

— Ne me dis pas non, Carlo, je t'en prie. Je voudrais tant que tu donnes un coup d'œil dehors. »

Il secoue la tête et sourit. Il se lève, ouvre la fenêtre et regarde.

Le monde repose dans une immense quiétude, inondé par la lumière de la lune. Encore cette sensation d'enchantement, encore cette mystérieuse langueur.

« Dors tranquille, mon amour, il n'y a pas âme qui vive dehors, je n'ai jamais vu une telle paix. »

L'ASCENSEUR

Lorsque je pris l'ascenseur au trente et unième étage du gratte-ciel où j'habite, pour descendre, les petites lampes du vingt-septième et du vingt-quatrième étage étaient allumées sur le tableau. Signe qu'à ces étages l'ascenseur s'arrêterait pour prendre quelqu'un au passage.

Les deux valves de la porte se refermèrent et l'ascenseur commença à descendre. C'était un ascenseur très rapide.

En un clin d'œil il passa du trente et unième au vingt-septième étage. Au vingt-septième il s'arrêta. La porte s'ouvrit automatiquement, je regardai et ressentis quelque chose, là, en moi, à la hauteur du sternum, quelque chose comme un doux vertige viscéral.

Elle venait d'entrer, celle que depuis des mois et des mois je rencontrais dans les parages et qui chaque fois faisait battre mon cœur.

C'était une jeune fille d'environ dix-sept ans, je la rencontrais surtout le matin, portant un grand panier à provisions, elle n'était pas élégante mais pas négligée non plus, ses cheveux noirs rejetés en arrière étaient retenus par un ruban à la grecque sur le front. Deux choses étaient importantes en elle : le visage maigre,

181

...rte, aux pommettes très saillantes, à ...ute, ferme et dédaigneuse, un visage qui ...e sorte de défi. Et puis sa façon de marcher, ...emptoire, classique, avec une assurance arrogante de tout son corps, comme si elle était la maîtresse du monde.

Elle pénétra dans l'ascenseur ; cette fois elle n'avait pas son panier mais ses cheveux étaient toujours maintenus par ce bandeau grec, elle n'avait pas non plus de rouge à lèvres mais sa bouche ferme et dédaigneuse au modelé pulpeux n'en avait pas besoin.

Je ne sais même pas si elle me jeta un coup d'œil en entrant, avant de fixer avec indifférence la paroi opposée. Il n'y a aucun endroit au monde où les figures des gens qui ne se connaissent pas prennent une expression de crétinisme aussi intense que dans un ascenseur. Et la jeune fille avait, elle aussi, inévitablement une expression idiote, toutefois c'était une idiotie arrogante et excessivement sûre de soi.

Mais, en attendant, l'ascenseur s'était arrêté au vingt-quatrième étage et l'intimité entre elle et moi, cette intimité tout à fait occasionnelle, allait cesser. Les deux valves de la porte s'ouvrirent effectivement et un monsieur entra. Je lui aurais donné dans les cinquante-cinq ans. Plutôt décrépit, ni gros ni maigre, presque chauve, un visage buriné et intelligent.

La jeune fille se tenait raide, la pointe du pied droit légèrement tournée à l'extérieur, comme les mannequins quand elles se font photographier. Elle portait des sandales de vernis noir au talon très haut. Elle avait aussi un petit sac à main de cuir blanc ou en simili, un petit sac plutôt modeste. Et elle continua à fixer la paroi d'en face avec une suprême indifférence.

C'était un de ces exécrables types de femmes qui se laisseraient tuer sur place plutôt que de vous accorder un sourire. Qu'est-ce que pouvait bien espérer un timide comme moi ? Absolument rien. Et puis si elle était vraiment une domestique elle éprouverait pour ma personne toute la défiance arrogante des gens de maison envers les patrons.

Chose étrange, à partir du vingt-quatrième étage, l'ascenseur, au lieu de s'enfoncer avec son habituelle impétuosité élastique s'ébranla lentement et, toujours avec la même lenteur, commença à descendre. Je regardai l'avis fixé à une des parois de la cabine : « Jusqu'à quatre personnes grande vitesse, de quatre à huit personnes, petite vitesse seulement. » Automatiquement, quand le poids était considérable l'ascenseur ralentissait son allure.

« Curieux, me dis-je, nous sommes tout juste trois, et pas bien gros pourtant. »

Je regardai la jeune fille, j'espérais qu'elle daignerait au moins me rendre mon regard mais rien.

« Je ne suis pas gras, fit alors le monsieur à qui je donnais cinquante-cinq ans, en souriant avec bienveillance, mais je pèse quand même pas mal, vous savez.

— Combien ?

— Oh ! pas mal, pas mal. Et puis il y a aussi cette valise. »

Les deux valves de la porte avaient chacune un petit hublot vitré par lesquels on voyait défiler les portes fermées des étages et leurs numéros correspondants. Mais pourquoi l'ascenseur allait-il si lentement ? Il semblait atteint de paralysie.

Moi j'étais content. Plus il allait lentement et plus je resterais près d'elle. Nous continuions à descendre à une allure de limace. Et personne de nous trois ne parlait.

Une minute passa, puis deux. Un à un les étages défilaient derrière les hublots de la porte, de bas en haut. Il en était passé combien ? On aurait dû depuis longtemps être arrivé au rez-de-chaussée.

Et au contraire l'ascenseur continuait à descendre, avec une paresse impressionnante, mais il descendait.

Finalement elle regarda autour d'elle, comme si elle était inquiète. Puis elle s'adressa à l'inconnu :

« Qu'est-ce qui arrive ? »

L'autre placide :

« Vous voulez dire que nous avons désormais dépassé le rez-de-chaussée ? Oui, sûrement, mademoiselle. Cela arrive parfois. En effet, nous nous trouvons sous terre, vous constaterez qu'on ne voit plus de portes palières ? »

C'était vrai. De l'autre côté des hublots glissait une paroi rugueuse, d'un blanc sale.

« Vous voulez plaisanter ? fit la jeune fille.

— Non, non. Cela n'arrive pas tous les jours, mais aujourd'hui, oui.

— Et où va-t-on finir ?

— Qui le sait ? dit-il, énigmatique. De toute façon, j'ai l'impression que nous allons rester un petit moment enfermés ici. Cela vaudrait peut-être mieux que nous nous présentions. »

Il tendit la main droite à la jeune fille puis à moi.

« Vous permettez ? Schiassi.

— Perosi, dit la jeune fille.

— Perosi ?... osai-je en tendant à mon tour la main.

— Esther Perosi », fit-elle rétive.

Elle était effrayée.

Par un phénomène mystérieux, l'ascenseur continuait à s'enfoncer dans les entrailles de la terre. C'était une situation épouvantable, dans d'autres cas j'aurais été paralysé de terreur. Au contraire, je me sentais heureux. Nous étions comme trois naufragés sur une île déserte. Et il me semblait logique qu'Esther s'intéressât à moi. Je n'avais pas encore trente ans, je portais beau : comment cette petite amazone aurait-elle pu préférer cet autre vieux type délabré ?

« Mais où allons-nous, où allons-nous ? fit Esther en agrippant la manche de Schiassi.

— Allons, allons, du calme, ma fille, il n'y a pas de danger. Vous ne voyez donc pas comme nous descendons doucement ? »

Pourquoi ne s'était-elle pas cramponnée à moi ? C'était comme si elle m'avait donné une gifle.

« Mademoiselle Esther, fis-je, je dois vous dire une chose : vous savez que je pense tout le temps à vous ? Vous savez que vous me plaisez à en mourir ?

— Mais... comment ?... c'est la première fois que nous nous voyons, fit-elle sèchement.

— Je vous rencontre presque tous les jours, dis-je. Le matin quand vous allez faire les commissions. »

J'avais gaffé. De fait, Esther :

« Ah ! vous savez donc que je suis femme de chambre ? »

Je cherchai à réparer :

« Femme de chambre ? vous ? Non, je vous jure que j'étais bien loin même de me l'imaginer.

— Et alors que pensiez-vous que j'étais ? une princesse peut-être ?

— Allons, mademoiselle Esther, fit Schiassi, bonhomme. Il me semble que ce n'est pas le moment de vous chamailler. Désormais nous sommes tous logés à la même enseigne. »

Je lui fus reconnaissant mais en même temps il m'irritait :

« Mais vous, monsieur Schiassi, excusez mon indiscrétion, qui êtes-vous donc ?

— Qui le sait ? Je me le suis demandé bien souvent. Je suis polyvalent, dirons-nous. Commerçant, philosophe, médecin, comptable, ingénieur, en somme d'usage à préciser.

— Magicien aussi ? Vous ne seriez pas le diable, par hasard ? »

Je m'étonnais de me sentir aussi maître de moi dans cette situation cauchemardesque, de me sentir presque un héros. Schiassi éclata de rire. Mais l'ascenseur descendait toujours, je regardai ma montre, cela faisait déjà plus d'une heure.

Esther se mit à pleurer. Je la pris doucement par les épaules.

« Non, non, ne pleure pas, tu verras, tout va s'arranger.

— Et si...i... ça continue co... comme ça, demanda la jeune fille au milieu de ses sanglots, siiiii ça...aaa continue comme ça ?

Elle ne réussissait pas à dire autre chose.

« Non, non, mademoiselle, répondit Schiassi, nous ne mourrons ni de faim ni de soif. J'ai tout ce qu'il faut dans ma valise, pour au moins trois mois. »

Je le regardai avec inquiétude. Ainsi ce type savait donc tout dès le départ ? Était-ce lui qui avait combiné cette histoire ? Et s'il était réellement le diable ? Mais dans le fond qu'est-ce que ça pouvait bien faire qu'il soit le diable ou non ? Je me sentais si fort, si jeune, si sûr de moi.

« Esther, lui murmurai-je à l'oreille, Esther, ne me dis pas non. Qui sait combien de temps nous allons être emprisonnés ici. Esther dis-moi : est-ce que tu veux bien m'épouser ?

— T'épouser ? dit-elle et ce tutoiement m'emplit d'allégresse, mais comment peux-tu penser à m'épouser ?

— Si c'est cela qui vous tracasse, dit Schiassi, il faut que je vous dise, mes enfants, que je suis aussi prêtre.

— Mais toi, qu'est-ce que tu fais ? me demanda Esther enfin radoucie.

— Industriel. Je gagne pas mal. Tu peux avoir confiance, ma belle. Et je m'appelle Dino.

— Réfléchissez, mademoiselle, dit Schiassi, après tout, c'est une occasion.

— Et alors ? » insistai-je.

L'ascenseur continuait à descendre. Désormais nous avions sauté une dénivellation de je ne sais combien de centaines de mètres.

Esther fit une étrange petite grimace effrayée.

« Mais oui, Dino, après tout, tu ne me déplais pas, tu sais ? »

Je la serrai contre moi en la prenant par la taille. Je lui donnai, pour ne pas l'épouvanter, juste un petit baiser sur le front.

« Dieu vous bénisse », fit Schiassi en levant hiératiquement les mains.

A cet instant l'ascenseur s'arrêta. Nous restâmes en suspens. Qu'allait-il arriver ? Avions-nous touché le fond ? Était-ce une halte avant la catastrophique chute finale ?

Non. Au lieu de cela, avec un long soupir, l'ascenseur commença doucement à remonter.

« Laisse-moi, je te prie, Dino », dit soudain Esther, que je tenais toujours entre mes bras.

L'ascenseur remontait.

« Oh ! mais non, dit Esther comme je me montrais tendre, il n'en est plus question maintenant que le danger est passé... Si tu le veux vraiment, nous en parlerons à mes parents... Fiancés ? Il me semble que tu vas un peu vite... Mais enfin, c'était une plaisanterie, non ? J'espérais que tu l'aurais compris. »

L'ascenseur continuait à remonter.

« Non, n'insiste pas maintenant, je t'en prie... Oui,

oui, tu es amoureux... amoureux... Je sais, l'histoire habituelle... Oh ! mais à la fin est-ce qu'on ne vous a jamais dit que vous étiez un fameux casse-pieds ? »

On remontait à une vitesse vertigineuse.

« Me voir demain ? Et pourquoi devrions-nous nous voir demain ? Je ne vous connais même pas... Et puis si vous croyez que j'ai le temps... Pour qui me prenez-vous ? Vous en profitez parce que je suis une domestique, hein ? »

Je la saisis par le poignet.

« Esther, ne fais pas ça, je t'en supplie, sois gentille. »

Elle s'irrita.

« Laissez-moi... laissez-moi... Qu'est-ce que c'est que ces manières ? Vous êtes devenu fou ou quoi ? Vous n'avez pas honte ? Laissez-moi donc, je vous dis... Monsieur Schiassi, s'il vous plaît, voudriez-vous remettre à sa place cet individu ? »

Mais inexplicablement Schiassi avait disparu.

L'ascenseur s'arrêta. La porte s'ouvrit avec un soupir. Nous étions arrivés au rez-de-chaussée.

Esther se libéra d'une secousse.

« Fichez-moi la paix enfin... sinon je fais un tel scandale que vous vous en souviendrez toute votre vie. »

Un regard de mépris. Elle était déjà sortie. Elle s'éloigna, marchant très droite, et ses pas arrogants résonnèrent comme autant d'insultes pour moi.

LES DÉPASSEMENTS

J'étais sur le balcon à côté de ma mère et je regardais passer les gens (comme ils sont étranges les gens dans la rue quand ils ne s'aperçoivent pas qu'on les observe).

J'avais mangé, fumé, travaillé, fait tout mon devoir, j'étais encore bien jeune, et c'est pourquoi maman me permettait de rester sur le balcon à observer les hommes, les femmes, les jeunes filles (surtout les hommes, bien sûr, parce que j'étais un jeune garçon sérieux, entièrement consacré à ses études).

A un certain moment maman me dit :

« Celui-là, est-ce que ce n'est pas Batraci ? »

Je regardai : c'était bien Batraci, qui passait en dessous dans une voiture automobile à quatre roues pneumatiques, immatriculée MI 201, je vous dis cela afin que vous puissiez vous faire une idée de mon âge très avancé (l'âge seulement, entendons-nous, pour le reste... vous pensez !).

Je dis :

« C'est bien lui. »

Ma mère :

« Il a une belle voiture.

— Plutôt, répondis-je.

— Mais est-ce que vous n'êtes pas camarades de cours ?

— Oui, c'est mon camarade.

— Il a vraiment une magnifique automobile, n'est-ce pas ?

— Certes oui », et la tristesse m'envahit, moi immobile sur le balcon et lui qui voyageait en auto, alors qu'il avait mon âge.

« Ne te désole pas, dit ma mère, tu es encore un enfant, cela viendra bientôt aussi pour toi.

— Peut-être, mais en attendant pense à Batraci, à toute cette route qu'il est en train de parcourir. Jamais, au grand jamais, je ne le rattraperai.

— Qui sait ? dit maman en me dévisageant. Il arrive tellement de choses en ce monde. »

Et pourtant c'était peut-être mieux, jadis, quand je devais rester à la maison ; la situation est devenue plus difficile maintenant que je voyage moi aussi. J'ai les yeux fixés droit devant moi, il n'est plus question de savourer le paysage, je suis absorbé par la vitesse, absolument, complètement absorbé par ma conduite, il n'y a pas une minute à perdre. Qui sait pourquoi tous les autres sont tellement pressés ? Malheur si on s'attarde, ne serait-ce qu'un instant, on se trouve irrémédiablement distancé. Dans le temps, on n'éprouvait pas une telle hâte, on allait calmement.

Toutefois j'ai la possibilité de demander des informations à la gracieuse petite Maria qui a bien voulu m'accompagner.

« A droite, qu'est-ce que tu vois de beau ?

— A droite ? un chien, un passage à niveau, un écriteau où il y a écrit "coupons".

— Et à gauche ?

— A gauche, une église, une usine, une autre usine, une troisième usine, une quatrième encore et puis deux écriteaux avec "coupons".

190

— Et tu as vu celui qui nous a dépassés ?

— Oui, je l'ai vu, c'était ton ami Solzi.

— Et lui, tu crois qu'il m'a vu ?

— Oui, je pense bien qu'il t'a vu, il t'a même fait un geste de la main, comme ça, pour nous saluer quand il nous a doublés, mais plutôt dédaigneux.

— Et maintenant, qui est-ce qui est en train de nous doubler ?

— Maintenant, c'est Cirioli, ton vieux copain de régiment, il a une voiture qui ressemble à un squale.

— Sale tête, hein ? brave type pourtant, la crème des hommes, mais une tête à claque, une tête qui vous donne la nausée, pas vrai, Maria ?

— Quoi ?

— Tu ne trouves pas que Cirioli se... »

Elle coupe :

« Sais-tu qui est-ce qui nous dépasse maintenant ?

— Non.

— C'est Dox Pitoni, ton cousin à la mode de Bretagne si je ne me trompe pas.

— Mais il nous a dépassés il n'y a pas dix minutes.

— On voit qu'il y a pris goût... *repetita juvant*. Et tu sais qui, en ce moment, est en train de nous dépasser ?

— Oui, je l'ai aperçu dans le rétroviseur. Si je ne me trompe pas c'est Georges Nattas, ce saligaud...

— Mais dis donc, chéri, qu'est-ce que c'est que cette voiture qui laisse passer tout le monde ?

— C'est parce qu'elle n'est pas encore rodée, dis-je. C'est embêtant mais elle a un très long rodage.

— Qu'est-ce que c'est au juste comme voiture ?

— C'est une 2 200. Qui n'est dans le fond, il faut bien le reconnaître, qu'une nouvelle édition de la 2 100.

— Qui n'était elle-même, si je ne me trompe, qu'une variante de la 1 800.

— Exact. Et il est intéressant de noter que la 1 800 dérivait, avec de légères modifications, de la 1 500.

— Héritière directe de la glorieuse 1 400.

— Précisément. Mais dans le fond, il n'y a pas grande différence entre la 1 400 et la 1 300.

— On pourrait même dire qu'elles ne sont toutes les deux qu'un développement logique de la 1 100.

— Et comme la 1 100 était la sœur cadette de la 750...

— Tiens ? ça je l'ignorais. Ce que je savais par contre c'est que la 750 et la 600 étaient pratiquement la même chose.

— Eh ! si tu crois qu'il y avait une différence entre la 600 et la 500...

— Alors, pratiquement, la 500, la 600, la 750, la 1 100, la 1 200, la 1 300, la 1 400, la 1 500, la 1 800, la 2 100, la 2 200 sont la même voiture.

— C'est évident, non ?

— Alors c'est peut-être pour cela que ta guimbarde se traîne autant ? Parce qu'aujourd'hui elle se sent davantage une 500 qu'une 2 200 ?

— Non, je t'ai dit, c'est parce qu'elle est encore neuve, je ne peux pas forcer l'allure, il faut qu'elle se rode peu à peu. »

« Mais c'est merveilleux, chéri, comment as-tu fait pour devenir aussi bon conducteur ? Tu sais que maintenant tu les dépasses tous ?

— Question de tempérament. Et puis ce matin j'ai fait regonfler les pneus, j'ai fait mettre dedans de l'air de Saint-Moritz, ça coûte les yeux de la tête, mais il paraît que c'est sensationnel. Et puis j'ai fait changer le filtre à air.

— Fais-moi voir, je t'en prie, ouvre la bouche... davantage... fais "aaaah"... là, comme ça, bien. On voit très bien. Quel filtre magnifique. Certes, c'est autre chose, tout autre chose de voyager aujourd'hui.

— Tu as vu, je suis rodé maintenant ?

— Oui, mais ne va pas exagérer désormais, mon trésor. »

Dieu, comme j'étais adroit ! Je courais, je volais, j'étais le vent en personne, il suffisait que je fasse ça avec mon petit doigt et la machine filait comme si elle avait eu des fusées dans le derrière, les autres voitures semblaient toutes immobiles ; bornes mortes des deux côtés de la route.

« Dis-moi, Maria, qui était dans la voiture que nous venons de dépasser ?

— Ton cousin à la mode de Bretagne, Dox Pitoni.

— Et dans cette autre ?

— Je ne le jurerais pas, mais il me semble bien que c'était le vieux Batraci, il faisait un de ces nez.

— Et dans cette autre ?

— Ah ! je te le donne en mille.

— Qui ? Est-ce que par hasard c'était cet imbécile de Cirioli ? Ce serait trop beau.

— C'était justement lui, je te jure. Comment as-tu fait pour le deviner ? Et comment as-tu fait pour devenir un aussi merveilleux conducteur ? Tu sais que plus personne ne réussit à te suivre ? Hier tu conduisais comme une pantoufle mais aujourd'hui tu es... je ne trouve même pas un terme exact de comparaison.

— Je ne pourrais pas t'expliquer, Maria, c'est arrivé comme ça, subitement, je n'ai pas compris pourquoi ni comment.

— Maintenant, tu es vraiment remarquable.

— Oui, Maria, maintenant je sens que je suis vraiment étourdissant et c'est une sensation délicieuse. Mais dis-moi, qui se trouvait donc dans la Continental que nous avons dépassée en coup de vent il y a quelques instants ?

— Tu sais qui c'était ? Marcello Mastroianni !

— Et dans cette autre ?

— Je ne voudrais pas me tromper mais il me semble que c'était l'honorable Fanfani en personne.

— Et dans cette Rolls ?

— Ah ! cette fois j'ai très bien vu. C'était Sa Majesté la reine d'Angleterre avec ses enfants.

— Regarde donc maintenant cette espèce de bucentaure, je serais curieux de savoir... Tu as vu ?

— Impossible, les rideaux étaient baissés, mais sur la portière il y avait comme un écusson avec deux clefs. »

« Excuse-moi, trésor, mais était-ce nécessaire que tu te fasses faire une semblable réparation ?

— Est-ce que je sais ? Je suis allé, comme chaque année, pour une visite de contrôle, et puis, le type m'a dit tout à trac : "Vous savez, monsieur, il me semble entendre un bruit suspect là-dedans." Et moi je lui demande quel bruit ? Et il me répond : "Un bruit qui ne me plaît pas mais je ne peux pas vous dire encore d'où ça vient, il se peut que ce soit rien, une bêtise, mais ça pourrait aussi être quelque chose de sérieux, est-ce que je sais, moi ? par exemple un cylindre qui flanche, mais pour pouvoir le dire avec certitude il faut naturellement ouvrir et pour ouvrir c'est à vous de décider, monsieur, car ce n'est plus un travail de dix minutes et puis il y a la question des responsabilités" et ainsi de suite et moi comme l'homme me paraissait bien connaître son affaire, je lui ai dit que oui, qu'il ouvre, et moins d'une demi-heure après, ah ! Maria ! j'aurais voulu que tu vois le tableau, tous les écrous et les ressorts éparpillés autour, je pensais qu'il n'arriverait jamais à les remettre à leur place comme avant, qu'il faudrait au moins des années de travail, mais en deux jours, au contraire, tu as vu non ? ça valait la peine, tu entends comme ça tourne rond maintenant et quelles reprises ? Elle est comme neuve.

— Moi tu sais je pense que moins on se laisse toucher, moins on se fait ouvrir, moins on se fait tripoter et mieux ça vaut.

— Mais tu ne sens donc pas ce sprint qu'elle a maintenant, ces reprises ? Comme lorsqu'elle était neuve. Nous les dépassons encore tous. Tiens, par exemple, qui était dans cet immense paquebot jaune que nous venons de dépasser ?

— C'était la famille Kennedy au grand complet qui partait en week-end.

— Ah ! tu vois, tu dois bien reconnaître, Maria, que la réparation était nécessaire et que maintenant je file plus vite qu'avant.

— Oui, mais...

— Mais quoi ?

— Je ne sais pas, chéri, il me semble voir là-bas, à l'horizon, une voiture qui avance lentement, ça fait un moment que je l'observe, parfois il semble qu'elle perde du terrain, mais en réalité, peu à peu elle nous rattrape.

— Qu'est-ce que c'est comme voiture ?

— Hum... tantôt on dirait que c'est une grosse voiture, et tantôt on dirait une simple voiture de tourisme, mais elle continue à gagner du terrain, ça serait un peu fort qu'elle nous dépasse, dis-moi, mon chou, cela fait combien d'années que personne ne t'a dépassé ?

— Heu, je ne saurais pas te dire exactement, mais ça doit faire trente ans environ.

— Eh bien..., tu peux t'estimer heureux.

— Heureux... heureux... n'empêche qu'à présent il y a un salopard qui sous peu va me dépasser. Maria, tu ne peux pas voir par hasard quelle voiture c'est ? hein ? tu ne réussis pas à voir ?

— Si, si... attends... si... oh ! maintenant je le reconnais très bien, c'est le commandeur Horloge.

— Celui qui fait tic tac ?

— Justement. Et dans sa voiture il y a aussi la comtesse de Clepsydre, sa belle-mère.

— Celle qui tricote tout le temps et ne dit pas un mot ?

— C'est elle.

— Que le diable l'emporte ! Maudite famille ! Je le savais... je le savais bien que ça finirait comme ça. »

UBIQUITÉ

Je me tâte encore pour savoir si j'en parlerai ou non à mon directeur. Il vient de m'arriver une aventure fantastique et terrible.

Ce n'est pas que je n'aie pas confiance en mon directeur. Nous nous connaissons depuis tant d'années. Je sais qu'il m'aime bien. Il ne me ferait jamais une méchanceté. Loin de lui l'idée de désirer ma perte. Mais le journalisme est une maudite passion. Un jour ou l'autre, sans le vouloir, pour que le journal fasse belle figure, c'est sûr comme deux et deux font quatre, il me mettrait dans le pétrin.

Dans mon cas, on n'est jamais trop prudent. C'est déjà un risque d'écrire ces pages dans mon journal personnel. Si jamais il tombait sous les yeux de quelqu'un, et que le bruit s'en répandît, qui pourrait me sauver ?

Tout ça à cause d'une de mes vieilles marottes. J'ai toujours eu un faible pour la littérature « noire », la magie, les histoires de fantômes, les mystères. Ma petite bibliothèque ne contient rien d'autre.

Parmi les livres que je possède, il en est un, manuscrit, de plus de deux cents pages, grand format, qui a au moins deux siècles. Le frontispice, comme cela arrive souvent à beaucoup de vieux livres, a été arraché. Tout le reste est une succession ininterrompue de mots de trois, quatre et cinq lettres, en caractères latins cursifs, absolument incompréhensibles. Je prends une page au hasard : « Pra fbee silon its tita shi dor dor sbhsa cpu snun eas pioj umeno kai... »

Je l'ai déniché il y a plusieurs années, chez un vieux brocanteur de Ferrare qui n'y attachait aucune importance. Un spécialiste m'expliqua que ce livre n'était autre qu'un de ces « tabulari segreti » qui avaient commencé à se répandre au XVIIe siècle. Leur texte, à en croire les nécromanciens, était le fruit de révélation. Et leur secret consistait en ceci : dans la série interminable et monotone des mots dépourvus de sens, à un certain endroit se trouve une formule magique, apparemment semblable à tout le reste. Il suffit de la lire une fois à haute voix pour être investi de facultés surhumaines, celle de prédire l'avenir par exemple, ou de déchiffrer la pensée d'autrui. La difficulté réside dans l'identification de la formule au milieu de ce chaos illimité.

Vous allez penser que pour tomber juste sur les mots fatidiques, la chose la plus simple est de lire à haute voix le livre de la première à la dernière page ; même si on doit y passer des mois, de toute façon cela en vaut la peine.

Mais vous n'y êtes pas. La formule n'est valable que si, au cours de sa lecture, elle n'est pas précédée d'autres mots.

Il faut en somme commencer pile par le mot juste. C'est aussi difficile que de découvrir une aiguille dans une meule de foin, étant donné les dimensions du texte. Sans parler de l'éventualité que l'aiguille n'existe peut-être même pas.

Sur cent tabulaires secrets — me dit l'expert — il y

en a au moins quatre-vingt-dix-neuf en circulation qui sont des faux. Un autre prétendait même qu'il n'y en avait qu'un seul au monde et que tous les autres étaient des mystifications. De plus : il se demandait si cet unique exemplaire était encore efficace car la formule perd de son pouvoir quand on l'a utilisée une seule fois.

Quoi qu'il en fût, davantage pour conjurer le sort que pour autre chose, j'avais pris l'habitude, chaque soir, avant de me mettre au lit, d'ouvrir le livre au hasard et de lire, en commençant à un endroit quelconque de la page, deux lignes à haute voix.

Comprenez-moi bien, ce n'est pas que j'y croyais. C'était seulement une sorte de petit rituel propitiatoire. On ne sait jamais. Et puis ce n'était guère fatigant.

Eh bien, le soir du jeudi 17 mai de cette année, après que j'eus lu à haute voix mon passage vespéral choisi au hasard (malheureusement je ne me souviens plus lequel, parce que sur le moment je ne ressentis rien d'insolite et en conséquence je ne le notai pas) un changement survint en moi.

Je m'en aperçus quelques minutes plus tard. C'était comme une heureuse sensation de légèreté et de vivacité physique. J'en fus agréablement surpris. Je ne sais pas pourquoi, mais d'habitude je suis toujours tellement fatigué.

Mais, de toute façon, il était tard et il ne me restait rien de mieux à faire que de me mettre au lit.

Pendant que je défaisais ma cravate, je me souvins que j'avais oublié là-bas, dans mon bureau, le livre que je voulais lire au lit, précisément ce soir-là, *Capo Matapan*, de Ronald Seth, édité chez Garzanti.

Au même moment, je me retrouvai dans mon bureau.

Comment avais-je fait pour arriver jusque-là ? Je

sais bien que je suis étourdi de profession, mais il était absurde que je ne me souvienne pas être allé d'une pièce à l'autre. Et pourtant il en était ainsi.

Je ne m'en étonnai pas outre mesure, pourtant. Car il m'arrive de faire une chose en pensant à une autre.

Mais le phénomène se répéta dans l'immédiat sous une forme encore plus impressionnante. N'ayant pas trouvé le livre dans mon bureau, je me rappelai l'avoir oublié au journal.

Au même moment je me retrouvai au journal, rue de Solferino, 28. Au deuxième étage pour être précis, dans la pièce où je travaille, qui était dans l'obscurité.

J'allumai, regardai l'horloge : neuf heures vingt. Étrange. Avant d'enlever ma cravate, j'avais retiré ma montre, j'avais vu l'heure : neuf heures dix-huit. Impossible que tout cela se soit passé dans l'intervalle de deux minutes.

Bien. Mais cela ne me disait pas comment j'étais venu jusque-là ! Je ne me souvenais ab-so-lu-ment de rien. Je ne me rappelais pas être sorti de chez moi, je ne me rappelais pas avoir pris la voiture, je ne me rappelais pas le chemin suivi, je ne me rappelais pas être entré au journal.

Qu'est-ce qui m'arrivait ? Je sentis la sueur me couler dans le dos. Des doutes horribles se glissaient en moi. Une faiblesse cérébrale ? ou pis encore ? J'avais entendu parler de tumeurs au cerveau qui se révélaient par des symptômes de ce genre.

Et puis, tout d'un coup, il me vint une idée absurde, ridicule, insensée, qui avait pourtant cela de bon : qu'elle excluait l'hypothèse d'une maladie ; et pour cette raison elle était plutôt rassurante. De plus elle expliquait point par point ce qui m'était arrivé.

Voici l'idée : et si je m'étais transporté instantanément de chez moi au journal, par un phénomène surnaturel ? Et si ce soir j'étais tombé sur la formule magique et que j'eusse acquis le don légendaire de l'ubiquité ?

C'était une hypothèse puérile, une idiotie. Mais pourquoi ne pas tenter une expérience tout de suite ? Je pensai : je veux me retrouver chez moi.

C'est très difficile d'exprimer avec des mots le sentiment de l'être qui à l'improviste passe du monde réel que nous connaissons tous dans une sphère différente et mystérieuse. Je n'étais plus un homme, j'étais quelque chose de supérieur, je possédais un immense pouvoir, que personne n'avait jamais exercé.

Tout d'un coup, effectivement, je me retrouvai chez moi. C'était bien la preuve que j'étais véritablement en mesure de me déplacer d'un endroit à un autre avec une vitesse supérieure à celle de la lumière. Et aucun obstacle ne m'arrêtait. Je pouvais m'élancer d'un pays à un autre, je pouvais m'introduire dans les endroits les plus secrets et les plus défendus, je pouvais me glisser dans les chambres fortes des banques, dans la maison des puissants du jour, dans l'alcôve des plus belles femmes du monde.

Était-ce bien vrai ? Cela me semblait impossible. Je croyais rêver. Je ne réussissais pas encore à m'en persuader intimement. Je fis d'autres expériences. Je veux me trouver dans ma salle de bains, pensai-je. Et je fus dans ma salle de bains. Je veux me trouver place du Dôme. Et je m'y trouvai. Je veux me trouver à Shanghai. Et je fus à Shanghai.

Il y avait une longue route avec des baraquements, de mauvaises odeurs, le soleil allait se lever.

Nom d'une pipe, me dis-je, j'en ai mis du temps pour venir jusqu'ici. Et puis je me rappelai l'histoire des fuseaux horaires. Ici c'était l'aube, à Milan il n'était pas encore dix heures du soir.

Je vis, dans la rue, un fourmillement d'hommes et de femmes qui se hâtaient dans la même direction. Ils commençaient à me regarder d'un drôle d'air. Mon vêtement, certes, détonnait. Et puis un petit groupe d'individus à l'air inquisiteur se dirigea vers moi : deux d'entre eux étaient en uniforme. Je pris peur. Je pensai : Je veux être chez moi, à Milan. Et je fus chez moi.

Mon cœur battait à se rompre. Mais quelle exultation triomphale ! Un merveilleux avenir d'aventures, de surprises, de voluptés, de succès mondiaux s'ouvrait devant moi.

Je pensais à mon métier de journaliste. Enfoncé Stanley, enfoncé le vieux Luigi Barzini, enfoncés les bélinogrammes et les téléscripteurs. Un tremblement de terre au Colorado ? J'étais immédiatement sur place, de l'autre côté des cordons de la police, avec mon appareil photo. Dix minutes après je suis dans la salle de rédaction à écrire mon article. Une crise au Kremlin ? Tac ! je m'embusque derrière un meuble avec mon magnétophone, enregistrant la colère de Brejnev. Une scène de ménage chez Liz Taylor ? Y penser suffit et me voilà dans sa chambre à coucher, derrière un rideau, avec mon appareil enregistreur. Comparé au *Corriere* même le *New York Times* aurait fait figure de canard.

Je pensai aussi à la richesse. Oui, je pouvais entrer dans les banques, dans les boutiques des bijoutiers, dans les dépôts souterrains de Fort Knox, je pouvais emmener avec moi des milliards et des milliards. Mais je ne m'attardai pas à cette pensée. A quoi bon des milliards ? Pourquoi aurais-je dû voler ? Mon journal me fait un pont d'or. Mes pièces de théâtre me rapportent à elles seules, chaque année, des dizaines de millions. Et ma peinture ? Rien qu'avec mes tableaux je peux vivre en grand seigneur.

L'amour plutôt, la luxure. Aucune femme ne pourrait plus m'échapper, si méprisante fût-elle. Tiens, pourquoi ne pas en faire l'expérience immédiatement ? Je pensai : Je veux me trouver au lit avec A. S. (Je ne révèle pas le nom, car après tout je suis un gentilhomme.)

Et je m'y trouvai, parole d'honneur. Elle dormait toute seule. La chambre était dans l'obscurité, la lueur de quelque bec de gaz filtrait par les fentes des volets.

C'est alors que je me rendis compte que j'étais toujours habillé de pied en cap, avec mes chaussures et tout. Dans le lit d'une belle dame avec des chaussures ! Et je mesurai la folie que j'étais en train de commettre.

A ce moment-là l'adorable créature se tourna dans son sommeil et me heurta. Elle se réveilla, aperçut quelque chose et poussa un hurlement terrible. Je pensai : En vitesse à la maison !

Là, dans le calme des murs domestiques, je pris conscience finalement du terrible danger que je courais. Malheur si on avait appris qu'il existait un homme doué de mes prodigieuses facultés. Vous imaginez-vous la terreur des chefs d'État, des puissants, des généraux ? Savoir que d'une minute à l'autre je pouvais leur tomber sur le dos avec un poignard, et qu'il n'y avait aucune défense possible. Ma vie n'aurait pas valu un centime.

Eh bien, douze jours ont passé et je n'ai pas répété l'expérience. Je continue mon habituelle vie laborieuse, mais j'ai perdu la paix de l'âme. Une pensée me tourmente : serai-je capable de résister à la tentation d'exploiter mon pouvoir secret ? Ne me ferai-je pas voir çà et là dans le monde ? Ne finirai-je pas par me trahir ?

Même la perspective des femmes, quand j'y pense,

devient invraisemblable. En admettant que celle-ci, celle-là me voient apparaître devant elles tandis qu'elles sont au lit ou dans leur bain, pourquoi devraient-elles me tomber dans les bras ? Elles pourraient très bien pousser les hauts cris, appeler au secours, faire un scandale et il ne me resterait plus qu'à décamper en vitesse.

Quant aux succès journalistiques, ils seraient fatalement de courte durée. Après les premières performances à sensation, la panique se répandrait, on ferait des enquêtes, mon apparition, en n'importe quel point du globe, serait immédiatement signalée, on finirait par m'identifier. Et alors, adieu Dino Buzzati. Une balle dans la nuque, ou une petite dose de cyanure et on n'en entendrait plus parler !

Maintenant je me dis : D'accord, c'est très beau l'attachement au journal, l'amour du métier, le désir de réussir, mais si j'y laisse ma peau ? Si j'en parlais au directeur, je le sais, il m'utiliserait avec une extrême discrétion, de façon à ne pas attirer l'attention. Mais vous savez ce que c'est : aujourd'hui un doigt, demain le bras. Si un jour, pour le bien du journal, il me demandait un travail difficile, pourrais-je être assez lâche pour me dérober ? Je finirais par faire la navette entre Cap Canaveral, Oran, Moscou, Pékin et Buckingham Palace. Et à la fin on me prendrait sur le fait.

Non, quand le pouvoir est excessif, comme dans mon cas, il finit par se réduire à zéro : l'utiliser est excessivement risqué. Ainsi donc je possède un trésor immense mais hélas ! je ne peux en dépenser un centime. A moins que je ne désire mourir.

Ce qui fait que je resterai tranquille : je ne dérangerai personne, je n'éveillerai pas les belles dans leur sommeil, je n'espionnerai pas les grands de ce monde, je ne fouinerai dans aucune maison, je ferai semblant de rien.

Pardonnez-moi, monsieur le directeur, mais je préfère ne pas me risquer.

LE VENT

Je l'attendais au coin de la rue à six heures du soir.
C'était au croisement de la rue Michelangelo, du cours
des Martyrs, de l'avenue Reine-Marguerite, de la rue
Masolino da Panicale, de la rue Morandotti, du cours
du Seize-Août, de la rue Capua, de la rue Nascimbene,
de la rue Gozzi, de la rue Materdomini, de la rue
Crispi, du cours Roma, de la rue Pasquinelli, de la rue
Saint-Jacques, de la rue Palumbo, de la rue Sella, de la
rue Bra, de la rue ceci, de la rue cela. L'endroit où je
devais la rencontrer était tellement important pour moi
que toutes les rues que j'avais connues dans ma vie et
beaucoup d'autres dont je n'avais jamais entendu parler convergeaient à cet endroit.

Je l'attendais et il y avait du vent. Les enseignes en
fer grinçaient, les feuilles et les vieux bouts de papier
faisaient, en glissant sur le trottoir, un bruit plaintif. Il
y avait aussi du vent en moi ce soir-là, il ballottait mon
âme de-ci de-là et je ne comprenais pas ce qui m'arrivait : si c'était de la rage, de l'amour, du désespoir, de
la haine, de la pitié ou un désir de vengeance.

D'habitude elle me faisait attendre un quart d'heure
au minimum. Mais je prévoyais que cette fois elle
serait ponctuelle ; je n'en connaissais que trop la rai-

son. Comme toujours, en évitant de me faire remarquer, je guettais de tous côtés, anxieux de la voir. Deux minutes ne s'étaient pas écoulées depuis que six heures avaient sonné que mon cœur commençait à battre. Je l'aurais reconnue à des milliers de kilomètres même au milieu de la foule la plus dense. Mais comme toujours, elle fut à mes côtés sans que je l'aie vue venir, comme si elle avait jailli de terre. Elle allait de l'avant avec cette démarche altière et insouciante de la jeunesse que rien n'aurait pu arrêter, le monde entier était devant elle, anxieux, et l'attendait. Elle s'avança vers moi en souriant. Que pouvait-il y avoir de plus franc, de plus ingénu, de plus enfantin que ce sourire ?

Mais à peine m'eut-elle vu qu'elle devina avec la diabolique intuition des femmes, immédiatement, que je savais (le coup de téléphone inventé, l'empêchement mondain imprévu, l'automobile grise avec la plaque d'immatriculation suisse, et lui l'inconnu, le porc qui l'avait emmenée qui sait où). Je n'avais pas du tout le visage sombre, j'en suis certain, je parlais sur un ton très posé, je me mis même à plaisanter sur le petit chapeau qu'elle mettait pour la troisième fois en l'espace d'une semaine. Et pourtant elle comprit immédiatement.

Elle se suspendit à mon bras et nous nous mîmes en route. Le sourire avait disparu de ses lèvres. C'était elle, maintenant, qui avait un visage sombre. Moi je faisais celui qui ne voyait rien. Je continuais à parler, à plaisanter, sur les riens habituels. Déjà son bras serrait un peu moins le mien, déjà il s'apprêtait à s'en détacher.

« Où allons-nous ? » dit-elle avec un petit tremblement dans la voix.

Soulevée par le vent, une boucle de cheveux noirs s'agitait sur son front comme une petite brosse affolée.

« Mais, nulle part », dis-je.

Et c'était vrai parce que devant nous, où que nous nous dirigions, il n'y avait désormais plus que le vent, le néant noir et désolé des choses finies pour toujours.

« Écoute un peu », dit-elle finalement en se raccrochant à mon bras, parce qu'elle était capable de faire face aux situations les plus folles mais l'incertitude l'exaspérait. Pendant ces courts instants elle avait dû évaluer — j'imagine — ce que j'avais bien pu apprendre de cette vilaine histoire ; et elle échafaudait une manœuvre de défense. Le vent, en moi et autour de moi, devenait de plus en plus méchant. Je sentais siffler dans mes oreilles un gémissement qui devenait de plus en plus assourdissant.

Je me dominai et laissai passer quelques secondes. Les gens, je ne sais pourquoi, nous dévisageaient. Ils marchaient tous très vite, pressés peut-être par la bourrasque. Nous deux seulement nous marchions lentement. Je savourais à l'avance son mensonge. Je savais déjà qu'il serait parfait, construit de façon à ne pas laisser le plus faible interstice par où le doute aurait pu s'insinuer. Je savais que je me trouverais impuissant à l'affronter, et qu'une fois de plus je serais battu.

« Hein... Quoi donc ? dis-je.

— Écoute, chéri », répéta-t-elle.

Elle ne devait pas se sentir sûre d'elle. Qui sait quelle histoire encore plus parfaite elle devait être en train de ruminer.

Je me taisais. Je n'arrivais pas à comprendre comment je réussirais à me dominer aussi bien, moi qui suis habituellement si déplorablement faible.

« Je voulais te dire, commença-t-elle, qu'hier soir... »

Mais à ce moment une rafale rageuse nous atteignit et emporta le reste de sa phrase. A moins qu'elle ne l'ait pas terminée.

« Comment ? »

J'étais détaché et indifférent comme s'il s'agissait d'une conversation futile. Je jetai ma cigarette. Fumer, avec ce vent, c'était impossible.

« Hier soir, reprit-elle, et elle prenait une voix intime et affectueuse, en se blottissant contre moi, hier soir, tu sais, je ne suis pas allée où je t'avais dit... »

Une onde glacée déferla sur mon âme. Une désolation, une peur que je n'avais pas prévue : si au lieu de mentir, pour la première fois elle me disait la vérité ? Que pouvais-je faire ? Qu'allais-je faire ? Je sentis que mon visage pâlissait, devenait terreux et prenait une expression de désarroi. Mais elle ne me voyait pas, elle parlait en regardant devant elle, vers ce vide immense.

« Mon Dieu, suppliai-je lâchement en moi-même, faites qu'elle me raconte un mensonge, qu'elle me raconte des histoires encore une fois, qu'elle me tranquillise. »

Mais elle était désormais lancée. Et elle glissait toujours plus vite vers le précipice de la sincérité. Évidemment elle pensait que je savais déjà tout, alors qu'en réalité je ne possédais que quelques fragments de soupçons. C'est pour cela qu'elle ne se risquait pas à mentir. A ce moment nous longions les jardins et de longs mugissements provenaient de la masse désormais noire des arbres.

« Je suis allée danser avec Terlizzi, dit-elle après une longue pause. Tu le connais ? »

Mon bras auquel elle s'appuyait était devenu inerte. Si je le connaissais... Cet imbécile qui se donnait des airs...

« Non, jamais entendu son nom », dis-je.

Nous marchions justement contre le vent. Son bras se détacha du mien.

« Si elle me confesse tout, pensai-je, cela signifie

que désormais elle ne m'aime plus, si elle m'était tant soit peu attachée encore, qui sait les merveilleuses craques qu'elle aurait imaginées. »

Quelque chose de nouveau était en train de s'élaborer en moi : une sorte de cube de pierre glacée qui se gonflait. Je retrouvai une voix suffisamment calme et atone pour demander :

« Et après ?

— Comment, et après ? » fit-elle sans plus de tremblements dans la voix, sûre d'elle au contraire, avec cette détermination crâne d'aller jusqu'au fin fond des choses ; et il y avait même, me semblait-il, un soupçon d'ironie.

Nous marchions séparés. Je ne savais plus de quel côté nous nous dirigions. Et elle ne me le demandait plus.

« Après être allée danser, je veux dire. Après, qu'est-ce que tu as fait ? »

Pourquoi se mit-elle à rire ? Quelle méchanceté l'inspira aussi maladroitement ? D'ailleurs comment pouvait-elle prévoir ? Moi-même je me connaissais si peu. Je n'aurais jamais pensé que dans un cas pareil je serais capable de me dominer autant.

Elle rit et le vent, par un hasard singulier, se déchaîna à l'improviste. Il nous assaillit de front, il semblait qu'il était fermement décidé à nous arrêter, il nous criait aux oreilles : « Arrêtez-vous, arrêtez-vous, retournez en arrière, il en est encore temps. » Les vêtements plaquaient au corps sous la violence de l'air, comme peints sur des corps nus. Mais moi toujours têtu. Et elle ne protestait pas. Pour avancer nous tenions le front penché, comme des buffles qui chargent. Chaque pas coûtait un effort.

Il y avait aussi, dans cette lutte contre le vent, une exaltation perverse. Nous nous sentions intensément vivants, dramatiques, différents.

Jusqu'au moment où il souffla vraiment trop fort et où il nous brisa, c'est du moins l'impression que nous ressentîmes. Comme si le souffle de la tramontane lacérait, déchiquetait en les éparpillant au fur et à mesure en petits morceaux nos personnes, nos paroles, nos gestes, notre pauvre histoire, tout ce qui nous entourait comme du simple papier.

Voici le pont qui était si romantique dans les jours lointains, mais oui, au crépuscule. Et maintenant on dirait un fant...

« Et après ? » répétai je et je ne reconnaissais pas ma voix. Le pont était haut, il était fort, sombre, métallique, convenable à la fatalité. Nous allions nous y engager quand le vent nous tomba dessus tête baissée. Elle s'appuya au reb...

« Tu veux vraiment le savoir ? Tu le veux vraiment ? et elle essaya de rire, bien que la violence de l'air lui déformât les j...

— Mais oui, criai-je, sans cela elle ne m'aurait pas entendu, je voudrais sav... »

Je ne comprenais plus qui j'étais, je ne m'en souvenais absolument plus. Le fleuve roulait en bas. Mais la voix de l'eau, ce murmure aimé était perdu dans le vrombissement de l'air, dans l...

Je me retins moi aussi au parapet pour ne pas être entraîné. J'attendais ses paroles, extraordinairement imp... Les pans de mon imperméable me fouettaient les jambes, on aurait dit des drapeaux furieux. Alors, brus... Elle me regarda d'une étrange façon.

« Où crois-tu donc que nous som...

— Tu le sais très bien ce que je crois. »

Je la saisis par le bras et elle s...

« Aooo Aooo » je n'entendis rien d'autre. Et puis le voum voum d...

« Quoi ? quoi ? » hurl...

Elle cria elle aussi, sur l... libre, heur... on aurait dit... me planter ce poignard justement ici, à l'...

Je la tenais. Elle ne résista pas. Son visage était vic... Soudain elle eut une expression de petite fille, elle pâlit, deux grands yeux épouv...

Quelque chose en moi impossible de résister, comme une gig... pincettes de fer lib...

Elle gémit :

« Non non, pleura-t-elle. Ce n'est p... »

Elle gémit :

« Ce n'est pas vr... »

Elle g...

Ce fut tellement facile. Je n'y cr... son petit visage se renv... en arr... puis en... pendant une inf... de sec... cette adorable pâleur sur le fond ténébreux de l'... Au milieu des raf... on entend ... le p... le pl... plouf.

TEDDY BOYS

Les garçons du faubourg se sont monté la tête. Ils ne se résignent pas à appartenir à la plèbe, où Dieu les a fait naître. Ils voudraient s'élever, se transformer en messieurs, traiter d'égal à égal avec les gens comme moi, je veux dire les hommes bien, qui ont du sang dans les veines. Ils n'arrivent pas à comprendre, les malheureux, quel abîme nous sépare.

Ils se sont mis à nous singer, se procurant, qui sait avec quels procédés et quels sacrifices, des vêtements à peu près semblables à ceux que nous portons, je dis « à peu près » parce que, vus de loin quelquefois, on pourrait s'y tromper et il y a des imbéciles qui leur donnent de grands coups de chapeau quand ils les rencontrent. Mais de près... Il faut être aveugle pour ne pas les reconnaître, ces rustres. Non, ces pourpoints ridiculement étroits ou grotesquement bouffants, ces chausses qui retombent en accordéon, ces bottes éculées. Et puis l'épée ! Parce que tous ces drôles paradent avec, au côté, l'arme qui est le symbole de la chevalerie et que la loi interdit à des manants comme eux. Il paraît même que dans certaines cours ces voyous tiennent des écoles d'armes, instruits par quelque vieux lansquenet décati. Pour être, en tout et partout, comme nous.

Jusque là, ça peut encore passer. Mais leur effronterie en est arrivée au point que la nuit, par groupes de deux ou trois, ils osent sortir de leur quartier infect et flâner à proximité de l'Ile Haute, l'antique centre de la ville, réservé aux faibles nobles. Certains se risquent même entre les vénérables murs de nos palais, dans un geste de défi ostentatoire.

Malheureusement les gardes grand-ducaux qui effectuent les rondes, les guerriers falots qui devraient protéger pendant la nuit le calme et la décence sont de pauvres couards. Lorsqu'ils voient s'approcher d'un pas arrogant ces voyous, ils s'esquivent, et se dissimulent dans les corridors et les fossés.

Et alors ? Alors pour préserver la dignité de ces endroits qui nous appartiennent depuis des siècles nous avons dû intervenir, nous autres, fils de l'aristocratie. Nous aussi, par groupes de deux ou trois, et nous montons la garde.

C'est ainsi qu'en l'an de grâce 1686 le divertissement a commencé. Un soir, trois voyous, dans les seize, dix-sept ans, camouflés en seigneurs, débouchèrent place de la Consolation. Fabrizio Cortezani, Franz de la Hurthe et moi-même, Lionetto Antelami, nous nous tenions dans l'ombre d'un portique. Quand ces trois types passèrent près de nous, Fabrizio poussa un grand éclat de rire. Comme ils ne nous avaient pas aperçus, ils sursautèrent.

« Eh quoi ? dit Fabrizio, vous avez eu peur ? Trois costauds comme vous ?

— Va-t'en au diable ! fit le plus gros des trois qui avait une figure de palefrenier, est-ce que tu voudrais nous chercher querelle par hasard ? Allez, ouste ! mon petit, déloge de là avant qu'il ne soit trop tard. »

Et il se planta, les jambes écartées, la main droite sur la poignée de son épée.

« Fils de..., répond Cortezani, nous sommes ici chez nous, et tu le sais. File, et plus vite que ça. »

Franz et moi nous nous tenons à l'écart, savourant par avance la scène. Et pour dire la vérité, les deux compagnons du faquin s'écartent afin de laisser le champ libre. Pourquoi ? Parce qu'ils veulent agir comme de vrais gentilshommes : voilà où en arrive le snobisme de ces va-nu-pieds.

A la lueur parcimonieuse d'une lanterne les épées jettent des éclairs. C'est un duel en bonne et due forme. Le lourdaud est au moins le double de Fabrizio. Mais à quoi servent les muscles et la viande ? La distance est telle. Que peut espérer un rustre contre un fils de seigneur ?

Ce fut tellement rapide que nous ne nous en rendîmes même pas compte. L'imbécile avait à peine attaqué avec une feinte ou quelque chose d'approchant que la lame de Fabrizio l'avait déjà perforé de part en part. On vit très bien le fer ressortir dans son dos.

Il s'écroula avec un bruit sourd. Il gémissait. Les deux autres avaient disparu.

Ce fut le premier. Par la suite, de nuit en nuit, ces rencontres devinrent bien vite une plaisante habitude. Régler leur affaire à ces babouins était un jeu pour nous autres rompus aux finesses de l'escrime depuis notre tendre enfance, avec les maîtres les plus célèbres de l'école de Naples et de l'école espagnole.

Chaque soir des types nouveaux que l'on découvrait le matin, çà et là, étendus dans une flaque de sang.

Naturellement tous ne possédaient pas le courage suffisant pour se mesurer avec nous. Il y en avait un par exemple, maigre et contrefait, au visage très pâle, habillé tout en noir. Cinq fois au moins il m'avait vu expédier dans les règles de l'art son compagnon. Et sans insister il filait alors le long des murs. « Eh ! toi, lui criai-je, ça t'a plu l'exercice ? Tu ne veux pas essayer à ton tour ? » Il se retournait un moment et me regardait. Quelle haine dans ses yeux ! C'était le meilleur des compliments. Des yeux enfoncés, ronds, ténébreux. Il me regardait. Et puis, pfuuit... Il devait avoir appris à me connaître maintenant. Il savait même sûrement mon nom. Et il avait dû remarquer que lorsque j'ai une épée en main, le sort de mon adversaire est déjà réglé.

J'avoue qu'on pouvait s'attendre au pire de la part de ce type-là : une attaque par-derrière ou un assaut à quatre contre un. Mais, je le répète, ces jeunes gueux respectaient inexplicablement la règle du jeu. Toujours un contre un. Et c'était cela qui nous faisait enrager, comme s'ils disaient : « Qu'est-ce que vous croyez ? vous pensez que vous êtes les seuls à être des seigneurs ? Quitte à en mourir, nous aussi, nous sommes des gentilshommes. »

Cependant le jeunot dont je parlais me fuyait. Des regards par en dessous, ça oui, lourds de malédictions. Mais ensuite, il prenait ses jambes à son cou. Ah ! comme j'aurais aimé pouvoir lui enseigner dans les viscères certaines finesses de l'escrime. Après il les aurait retenues pour l'éternité.

Comment le sort pouvait-il me refuser la chance de me trouver face à face avec lui ? Il n'était ni grand, ni gros, ni robuste. Et pourtant aucun de ces dignes compères n'avait un aspect plus irritant que le sien.

Mais non. Rien. Peut-être ce soir ? Qui marche dans la rue des Catorti ? Il est deux heures. Jusqu'à présent la nuit a été morne. Le comte Marchetto Salvan est reparti. Il n'y a plus que le jeune marquis Degli Strazzi qui soit resté pour me tenir compagnie, ici, au coin du palais des Prieurs (endroit privilégié où j'ai déjà étendu raides six ou sept de ces valets d'écurie).

Qu'est-ce que vous voulez parier que c'est mon maigrichon noiraud ? Nous nous figeons tous les deux, immobiles, comme deux pierres, à l'extrémité du boyau. La ruelle des Catorti est sombre, mais on distingue pourtant à contre-jour, la silhouette du jeune barabba.

Désormais il n'est guère qu'à une dizaine de mètres. Quelle figure pâle ! On dirait un mort. Ses yeux épient, ils ressemblent à deux cavernes remplies de haine. Ça fait plaisir de voir quelqu'un qui a peur à ce point là. Mais alors pourquoi vient-il ? Pourquoi a-t-il envie de mourir ?

Trois mètres nous séparent, deux mètres. Il est là, tout près. Je pourrais le saisir au collet si seulement j'allongeais le bras.

D'un air indifférent je fais un pas en avant, lui barrant le chemin.

« Hé ! José, demandé-je à Degli Strazzi, pourrais-tu m'expliquer comment il se fait que ce petit pou m'a donné une bourrade ? »

Nous sortons tous les deux de la ruelle pour aller à l'air libre. Et nous l'attendons.

« Tu es ivre ? lui fait Degli Strazzi d'un ton doucereux. Pourquoi as-tu marché sur les pieds d'un gentilhomme ? »

Le voici devant nous finalement éclairé par la lanterne du palais Ormea. Petit, misérable, vil. Des haillons noirs le recouvrent, avec des prétentions seigneuriales. Et quelle figure ! Des siècles d'abjection et de souffrances ont marqué son front bas, son nez tordu, ses lèvres épaisses.

« Je... je... balbutie le pauvre hère, je n'ai pas m...

— Demande pardon tout de suite à mon ami le comte et nous te laissons filer », fait en souriant le jeune marquis.

Le type hésite. On dirait qu'il est cloué sur place par la terreur. Mais est-ce que c'est de la terreur ?

Finalement il se décide enfin :

« Ben... Je vous demande pardon si...

— A genoux, fais-je, à genoux. »

Alors il me fixe de ses yeux de damné. Il se raidit. Il fait un bond rapide de côté, et jaillit du boyau. Il recule de deux pas, met la main à l'épée.

« Tu es bien sûr de toi, comte ? » demande-t-il d'une voix rauque.

Les fers sortent des fourreaux avec une sorte de sifflement. J'attendais ce moment depuis des semaines. Mais j'irai lentement. Je veux m'amuser. Lui laisser jusqu'au bout l'illusion. Quel jeu, quel jeu délicieux !

Nous tombons en garde tous les deux. Je me sens jeune et heureux. Aussitôt que les lames se touchent je mesure immédiatement sa faiblesse.

« Répugnant personnage, lui dis-je, m'explique-ras-tu pourquoi tu veux mourir ?

— Pour elle, répondit-il.

— Pour elle qui ?

— Pour elle, répéta-t-il, et de la main gauche il montre une fenêtre où, accoudée, Giuliana, ma maî-tresse, assiste à la scène.

— Chien, bâtard, tu ne le répéteras pas deux fois ! » hurlai-je en pointant devant ses yeux mon épée.

J'avais envie de pousser la plaisanterie à son point extrême avant de le transpercer. Son insolence me fait changer d'idée. Non, je ne peux plus attendre.

Je lui porte une double botte grecque, une de mes spécialités. Naturellement, il n'y était pas préparé. Il se démène frénétiquement. J'ai la sensation que mon épée s'enfonce...

Non. Par une contorsion grotesque ce cafard s'est sauvé de justesse.

« Ah ! ça ne t'a pas plu ? Essaie donc celle-ci... »

J'ai perdu mon calme. L'idée de le voir encore vivant devant moi m'est insupportable.

Mais son épée, dans un mouvement de terreur frénétique, réussit encore, qui sait comment, à dévier ma lame.

Étrange. Il me semble plus grand qu'il y a seulement quelques instants. Presque aussi grand que moi. Ses lèvres épaisses se sont entrouvertes, laissant voir les dents. On dirait qu'il rit.

« Ah ! tu ris, mon gaillard ? »

Je bondis, parant son coup avec une foudroyante rapidité, impossible qu'il s'en sorte cette fois.

C'est absurde, c'est invraisemblable. Dieu seul sait comment il a pu parer ma botte. Juste au dernier moment, avec une contorsion comme je n'en ai jamais vu, il échappe à l'estocade.

Il rit à gorge déployée, le misérable. Maintenant il est grand, très grand, il me dépasse d'une bonne tête. Et il me dévore de ses effroyables yeux, enfoncés, ténébreux, ronds comme ceux des têtes de mort. Il n'a pas deux jambes mais trois, quatre, davantage, très longues, minces, très rapides. Il n'a pas une épée, mais deux, cinq, cinquante épées qui sifflent avec de féroces moulinets. Du coin de l'œil j'interroge mon compagnon. Il est appuyé au mur, immobile, avec une expression très étrange.

L'horrible araignée me talonne. Je pare, pare. Une crampe me raidit le poignet. Est-ce que je vais résister ? Je m'essouffle. Il faut en finir vite. Je vais recourir au coup du Sarrasin. Cette botte n'est guère orthodoxe, mais dans les cas extrêmes... Là...

Une pointe de feu dans la poitrine, à l'intérieur, toujours plus profonde. Mais qui donc éteint les lumières ? Pourquoi cette obscurité ?

LE PETIT BALLON

Un dimanche matin, après avoir écouté la messe, deux saints du nom d'Oneto et de Segretario, assis confortablement dans deux fauteuils de cuir noir de type Miller, regardaient en bas, sur la terre, ce que ces sacripants d'hommes étaient en train de manigancer.

« Dis-moi, Segretario, fit saint Oneto après un long silence, toi, quand tu étais vivant, est-ce que tu as été quelquefois heureux ?

— Quelle idée ! répondit son ami en souriant. Mais personne sur terre ne peut être heureux ! » En disant cela il tira de sa poche un paquet de Marlboro.

« Une cigarette ?

— Volontiers, merci, dit saint Oneto, quoique d'habitude le matin je ne fume pas, mais aujourd'hui c'est un jour de fête... Et pourtant, vois-tu, le bonheur, moi je pense que... »

Segretario l'interrompit :

« A toi personnellement... ça t'est arrivé ?

— A moi non. Et pourtant je suis convaincu...

— Mais regarde-les, regarde-les donc ! s'écria saint Segretario en montrant ce qui se passait en bas. Ils sont des milliards et des milliards, aujourd'hui c'est dimanche et la matinée, qui est le meilleur moment de la journée, n'est pas encore finie, c'est une journée magnifique avec un soleil splendide, pas trop chaude, il souffle même un délicieux petit vent frais, les arbres sont en fleur et les prés idem, c'est le printemps et par-dessus le marché ils sont en plein miracle économique, ils devraient donc être contents, non ? Eh bien, fais-m'en voir un, un seul, au milieu de tous ces milliards d'hommes, qui soit content, je n'en demande pas plus. Et si tu me le fais voir, je t'invite à un de ces dîners...

— Parfait », dit Oneto, et il se mit à chercher attentivement çà et là dans le fourmillement infini des êtres humains, en bas.

Il se rendait bien compte qu'il était absurde d'espérer trouver du premier coup ; il faudrait au minimum plusieurs jours de travail. Mais on ne sait jamais.

Avec un petit sourire ironique, Segretario l'observait (une ironie très gentille, bien sûr, autrement quel saint ce serait...).

« Nom d'une pipe, je le tiens peut-être..., fit tout à coup Oneto en se redressant sur son fauteuil.

— Où ça ?

— Sur cette place — et il montra un petit village des collines, tout à fait insignifiant — là, au milieu de tous ces gens qui sortent de l'église... tu vois cette petite fille ?

— Celle qui a les jambes arquées ?

— Oui, tout juste... mais attends un peu que... »

La petite Noretta, quatre ans, avait effectivement les jambes un peu arquées, maigres et fragiles, comme si elle avait été malade. Sa maman la tenait par la main et l'on voyait tout de suite que la famille devait être pauvre ; pourtant la petite avait une mignonne robe blanche des dimanches avec des garnitures de dentelle au crochet ; qui sait combien de sacrifices elle avait coûtés.

Mais au bas des marches de l'église il y avait des marchands et des marchands de fleurs, un vendeur de médailles et d'images pieuses, et puis il y avait aussi un marchand de ballons, une grappe merveilleuse de globes multicolores qui ondoyait avec grâce au-dessus de la tête de l'homme au moindre souffle de vent.

Devant l'homme aux ballons, la fillette s'était arrêtée, retenant par la main sa maman, et maintenant, avec un petit sourire de séduction désarmante, elle levait les yeux vers elle et dans ce regard il y avait un tel désir, une telle envie, un tel amour, que même les puissances de l'enfer n'auraient pu y résister. Il n'y a que les regards des enfants pour posséder une si terrible puissance, peut-être parce qu'ils sont petits, faibles et innocents (et puis aussi les regards de certains chiots maltraités).

Et c'est justement pour cela que saint Oneto, qui s'y connaissait, avait repéré la petite fille, en se tenant le raisonnement suivant : le désir d'avoir un ballon est tellement irrésistible chez cette enfant que, si Dieu le veut, sa maman la contentera et elle sera inévitablement heureuse, peut-être seulement pour quelques heures, mais enfin, elle sera heureuse. Et si cela arrive comme je le pense, je gagne mon pari avec Segretario.

Saint Oneto pouvait suivre la scène qui se déroulait en dessous sur la place du village mais il ne pouvait pas entendre ce que la petite disait à sa maman ni ce que celle-ci lui répondait ; à cause d'une étrange contradiction que personne n'a jamais réussi à expliquer : les saints réussissent à voir parfaitement depuis le paradis ce qui se passe sur la terre, comme s'ils avaient un puissant télescope incorporé à leurs yeux, mais les bruits et les voix de la terre ne parviennent pas au paradis (excepté de rares exceptions que nous verrons plus tard) : il se peut que cette disposition ait pour raison de protéger le système nerveux des saints du tapage sauvage de la motorisation.

La maman voulut continuer, tirant par la main la petite fille et un instant saint Oneto eut peur que tout finisse là, suivant l'amère loi de la désillusion si répandue parmi les hommes.

Car à la terrifiante prière qui était dans les yeux de Noretta même les armées blindées du monde entier n'auraient pu résister, mais la misère, elle, aurait pu résister, parce que la misère n'a pas de cœur et ne s'attendrit pas sur le malheur d'une enfant.

Heureusement il voit la petite Noretta se hausser sur la pointe des pieds, en fixant toujours les yeux de sa maman et l'intensité de ses regards implorants augmente encore, si possible. Il voit la maman parler à l'homme aux ballonnets et lui remettre quelques sous, il voit l'enfant faire un signe du doigt et l'homme détache de la grappe un des plus beaux ballons, bien gonflé et en bonne santé, d'un superbe jaune vif.

Noretta maintenant marche à côté de sa maman et continue à contempler, incrédule, le ballon qui avec de gentils bonds la suit en flottant dans l'air, retenu par son fil. Alors saint Oneto donna un petit coup de coude à saint Segretario, en lui faisant un malicieux sourire entendu. Et saint Segretario lui aussi sourit parce qu'un saint est bien heureux de perdre un pari si cela signifie un grain de peine en moins pour les hommes.

Qui es-tu petite Noretta avec ton ballon tandis que tu traverses le village en ce dimanche matin ? Tu es la jeune épousée rayonnante qui sort de l'église, tu es la reine triomphante après la victoire, tu es la divine cantatrice portée en triomphe par la foule en délire, tu es la femme la plus riche et la plus belle du monde, tu es l'amour partagé et heureux, les fleurs, la musique, la lune, les forêts et le soleil, tout cela à la fois, parce qu'un ballonnet de caoutchouc pneumatique t'a rendue heureuse. Et tes pauvres petites jambes ne sont plus malades, ce sont de robustes jambes de jeune athlète qui sort couronné des Olympiades.

Tendant le cou depuis leur fauteuil les deux saints continuèrent à la regarder. La mère et la fille arrivèrent à leur maison dans un faubourg misérable perché sur la colline, la maman entra dans la maison pour les besognes domestiques, Noretta avec son ballon s'assit sur un muret de pierres le long de la ruelle, regardant alternativement le ballon et les gens qui passaient : elle tenait à ce que le monde la vît et enviât son merveilleux bonheur ! Et, bien que la rue enfermée entre de hautes et sombres bâtisses ne fût jamais touchée par le soleil, le visage de l'enfant, qui en soi n'était pas beau, irradiait tellement qu'il illuminait vivement les maisons d'alentour.

Parmi d'autres, un groupe de trois garçons passa. C'étaient des garnements endurcis et pourtant eux aussi furent contraints de regarder la petite fille qui leur sourit. Alors l'un d'eux, comme si c'était la chose la plus naturelle du monde, retira la cigarette allumée qu'il avait à la bouche et du bout toucha le ballon qui fit *pac* en explosant et le fil qui se tenait tout droit en direction du ciel retomba sur la main de Noretta, un petit bout de membrane ratatinée encore attaché à son extrémité.

Sur le moment, elle ne comprit pas ce qui était arrivé et elle regarda pétrifiée les trois garnements qui s'enfuyaient en ricanant. Et puis elle se rendit compte que le ballon n'existait plus, l'unique joie de sa vie lui était enlevée à jamais. Son petit visage eut deux ou trois curieuses crispations avant de se déformer dans la grimace d'un sanglot désespéré.

C'était une douleur démesurée, une chose sauvage et

terrible et il n'y avait pas de remède. Nous avons dit que, pour la bonne règle, il ne parvenait jamais dans les suaves jardins du Paradis la moindre rumeur de l'humanité : ni fracas des moteurs, ni sirènes, ni coups de feu, ni hurlements, ni explosions atomiques. Et pourtant les sanglots de la petite fille y arrivèrent et y résonnèrent d'une façon effroyable d'un bout à l'autre. Car il est vrai que le Paradis est le lieu de la paix éternelle et de la joie, mais jusqu'à un certain point. Comment justement les saints pourraient ils ignorer les souffrances de l'homme ?

Ce fut un coup pour les bienheureux occupés à leurs vertueuses délectations. Une ombre passa dans ce royaume de lumière et les cœurs se serrèrent. Qui pourrait jamais payer la douleur de cette enfant ?

Saint Segretario regarda son ami Oneto sans mot dire.

« Quelle cochonnerie de monde ! » grommela saint Oneto, et avec humeur, il jeta violemment la cigarette qu'il venait d'allumer.

Celle-ci, en dégringolant vers la terre, laissa derrière elle un long sillage bizarre. Et quelqu'un en bas parla de soucoupes volantes.

SUICIDE AU PARC

Il y a neuf ans, mon ami Stéphane, qui est depuis trente-quatre ans mon collègue, fut atteint par le virus de l'automobile.

Stéphane avait bien une 600 mais jusqu'alors il n'avait présenté aucun des symptômes de cette terrible maladie.

Son cours en fut rapide. Comme lors des grandes et funestes amours qui s'emparent de l'homme, Stéphane en quelques jours seulement devint l'esclave de son idée fixe et ne savait plus parler d'autre chose.

L'automobile. Non pas la petite voiture d'usage quotidien à laquelle on ne demande que de rouler tant bien que mal, mais la voiture de race, symbole de succès, affirmation de la personnalité, domination du monde, agrandissement de soi-même, instrument d'aventures, emblème, en somme, du bonheur codifié de notre temps.

Le désir ensuite, l'envie folle, l'idée fixe, l'obsession d'une voiture d'élite, très belle, puissante, ultime, difficile, surhumaine, à faire se retourner les milliardaires dans la rue.

Était-ce un sentiment de vanité, puéril ou idiot ? Je ne saurais le dire. Je ne l'ai pas éprouvé. Et il est

229

toujours téméraire de juger le cœur des autres. Dans le monde d'aujourd'hui des milliers d'hommes sont contaminés par cette maladie ; leur souci n'est pas la sérénité d'une famille, un travail riche de satisfactions et rémunérateur, la conquête de l'aisance ou du pouvoir, un idéal d'art, un dépassement spirituel. Non, pour eux, leur rêve suprême, c'est la hors-série comme ci et comme ça sur laquelle divaguent pendant des heures dans le bar à la mode, les fils à papa bronzés et les petits industriels arrivés. Seulement Stéphane gagnait peu et l'objet de ses délires quotidiens restait abominablement lointain.

Avec son idée fixe Stéphane se tourmentait, cassait les pieds de ses amis et inquiétait Faustina, sa femme, une gentille et gracieuse petite créature, trop amoureuse de lui.

Combien de soirs, chez lui, j'ai dû assister à de longues et pénibles conversations.

« Elle te plaît ? » demandait-il anxieux en tendant à Faustina un dépliant publicitaire de je ne sais quelle incroyable voiture.

Elle jetait à peine un coup d'œil, juste pour dire, car elle savait comment ça allait se passer.

« Oui, elle me plaît, répondait-elle.

— Elle te plaît vraiment ?

— Mais oui.

— Elle te plaît vraiment beaucoup ?

— Je t'en prie, Stéphane », et elle lui souriait comme on le fait à un malade irresponsable.

Alors lui, après un long silence :

« Tu sais combien elle coûte ? »

Faustina tentait de plaisanter :

« J'aime mieux ne pas le savoir.

— Pourquoi ?

— Tu le sais mieux que moi, mon trésor. Parce

qu'un semblable caprice, nous ne pourrons jamais nous le permettre.

— Voilà ! » Stéphane se cabrait. « Toi... rien que pour me contrarier... avant même de savoir...

— Moi te contrarier ?

— Oui, oui, parfaitement, on dirait que tu le fais exprès, ma parole... Tu sais que c'est mon faible, tu sais combien j'y tiens, tu sais que ce serait ma plus grande joie... et toi, au lieu de me donner de l'espoir, tu n'es capable que de te moquer...

— Tu es injuste, Stéphane, je ne me moque pas du tout de toi.

— Avant même de savoir ce que coûte cette voiture, tu te braques tout de suite contre. »

Et ça durait des heures...

Je me souviens qu'un jour, tandis que son mari ne pouvait nous entendre, Faustina me dit : « Croyez-moi si vous le voulez, cette histoire de voiture est devenue une croix pour moi. A la maison désormais c'est le seul sujet de conversation, du matin au soir Ferrari, Maserati, Jaguar, que le diable les emporte ! comme s'il allait les acheter le lendemain... Je ne sais plus quoi en penser, je ne le reconnais plus, vous vous souvenez, vous aussi, quel garçon merveilleux Stéphane était jadis ? Quelquefois je me demande s'il n'a pas un grain. Vous croyez que ce serait possible ? Nous sommes jeunes, nous nous aimons. Nous avons de quoi vivre gentiment. Pourquoi devons-nous nous empoisonner l'existence ? Je vous jure que pour en finir, pour le voir enfin heureux avec sa maudite « horssérie » je vous jure que je serais presque disposée à... ne m'en demandez pas plus... » et elle éclata en sanglots.

Folie ? Aliénation mentale ? Qui sait. J'aimais bien Stéphane. Peut-être que la voiture dont il rêvait représentait à ses yeux quelque chose que nous ne pouvons comprendre, quelque chose qui allait au-delà de la consistance concrète d'une automobile aussi belle et parfaite soit-elle, comme un talisman, comme la clef qui ouvre les portes réticentes du destin.

Jusqu'au jour où Stéphane m'apparut — je ne l'oublierai jamais, nous nous étions donné rendez-vous à Saint-Babylas — m'apparut donc au volant d'une automobile comme je n'en avais encore jamais vu. Elle était bleue, longue, basse, neuve, à deux places, souple et sinueuse, toute tendue et ramassée vers l'avant. A vue d'œil cinq millions au bas mot ; où Stéphane pouvait-il avoir pêché cet argent ?

« C'est à toi ? » lui demandai-je.

Il fit signe que oui.

« Fichtre ! Mes compliments. Alors tu l'as eue finalement ?

— Bah ! tu sais... à force de faire des économies de-ci, de-là... »

Je tournai autour de la voiture pour la regarder. Je n'en reconnaissais pas la marque. A l'extrémité du coffre il y avait une espèce d'écusson avec un entrelacs compliqué d'initiales.

« Qu'est-ce que c'est comme voiture ?

— Anglaise, dit-il, une occasion formidable. Une marque presque inconnue, une variante de la Daimler. »

Tout y était merveilleux, même pour moi qui n'y connais pas grand-chose ; la ligne, le grain de la carrosserie, le relief hardi des roues, la précision des finitions, le tableau de bord qui ressemblait à un autel, les sièges de cuir luisant et noir, doux comme le vent d'avril.

« Allez, monte, dit-il, que je te la fasse essayer. »

Elle ne rugissait pas, elle ne pétaradait pas, elle

exhalait seulement des soupirs, une respiration d'athlète délicieuse à entendre, et à chaque soupir les maisons sur les côtés fuyaient en arrière comme affolées.

« Qu'est-ce que tu en dis ?

— Stupéfiant, répondis-je, ne trouvant rien de mieux. Et dis-moi, Faustina, qu'est-ce qu'elle en pense ? »

Pendant un bref instant son visage se rembrunit. Il se tut.

« Pourquoi ? Faustina n'est pas d'accord ?

— Non, répondit-il. Faustina est partie. »

Silence.

« Elle est partie. Elle a dit qu'elle n'en pouvait plus de vivre avec moi.

— La raison ?

— Oh ! va donc comprendre les femmes ! » Il alluma une cigarette. « Je me figurais qu'elle était amoureuse de moi pourtant.

— Je pense bien qu'elle t'aimait.

— Et pourtant elle est partie.

— Où ? Elle est retournée dans sa famille ?

— Sa famille n'en sait rien. Elle est partie. Je n'ai plus eu de nouvelles. »

Je le regardais. Il était un peu pâle. Mais tout en me parlant il étreignait voluptueusement le cercle du volant, il caressait le pulpeux levier de changement de vitesse, son pied sur l'accélérateur allait et venait avec la tendresse de celui qui effleure un corps aimé. Et la voiture, à chaque geste palpitait de façon juvénile, glissait avec souplesse. Nous sortîmes de la ville et Stéphane prit l'autoroute de Turin où l'on arriva en moins de trois quarts d'heure. Une course folle ; toutefois, contrairement à mon habitude, je n'avais pas peur, tant cet engin vous donnait une sensation de domination. De plus : il semblait que la machine s'abandonnât à la volonté de Stéphane, interprétant et anticipant ses désirs secrets. Et pourtant Stéphane me mettait en colère. Il avait sa voiture, bon, son désir frénétique était assouvi, parfait. Mais Faustina cette adorable femme l'avait planté là. Et il n'en faisait pas un drame.

Quelque temps après, je dus partir et fus absent assez longtemps. A mon retour, comme cela arrive, ma vie s'organisa de façon différente. Je revis Stéphane, oui, mais pas aussi souvent qu'avant. Lui, entre-temps, avait trouvé un nouveau travail, il gagnait bien sa vie, il courait le monde avec sa hors-série. Et il était heureux.

Les années passèrent. Stéphane et moi nous continuions à nous voir mais comme ça, en passant. A chaque rencontre je lui demandais des nouvelles de Faustina et il me disait qu'elle avait bel et bien disparu pour toujours, je lui demandais des nouvelles de sa voiture et il me répondait que oui, bien sûr, c'était toujours une bonne voiture, mais elle commençait à donner des signes d'usure, à tout bout de champ il fallait la conduire au garage et il n'y avait guère de mécaniciens capables de comprendre quelque chose à ce moteur étranger.

Et puis je lus cette nouvelle sur le journal :

ÉTRANGE FUITE D'UNE AUTOMOBILE

A 17 heures hier, une automobile bleue, de type coupé, que son propriétaire avait laissée pour un moment devant un bar de la rue Moscova s'est mise en route toute seule.

Après avoir traversé le cours Garibaldi puis la rue Montello, à une vitesse croissante, la voiture a tourné à gauche, puis à droite, en empruntant la rue Elvezia et enfin elle s'est jetée contre les vieilles ruines du château des Sforza qui se dressent devant le parc. Elle prit feu et fut entièrement carbonisée.

Il reste à expliquer comment cette voiture, abandonnée à elle-même, a pu parcourir cet itinéraire en zigzag sans rencontrer d'obstacles malgré la circulation intense ; et comment elle a pu accélérer de plus en plus son allure.

Parmi les personnes présentes, il y en a peu qui ont remarqué cette voiture sans chauffeur. Quelques-unes ont pensé que le conducteur, pour faire une farce, s'était baissé sous le volant, en contrôlant la route au moyen d'un rétroviseur. Leurs témoignages concordent effectivement : cette voiture ne semblait pas abandonnée à elle-même mais conduite avec décision et très habilement. On a remarqué qu'elle avait évité d'un cheveu, par un brusque écart, un cyclomoteur qui débouchait de la rue Canonica.

Nous ne donnons ces détails qu'à titre d'information. Des épisodes de ce genre ne sont pas rares et il s'en est même produit plusieurs dans notre ville. Il n'y a pas besoin de recourir à des hypothèses surnaturelles pour les expliquer.

Quant au propriétaire de la voiture, identifié grâce à la plaque minéralogique, il s'agit de Stéphane Ingrassia, quarante-cinq ans, agent de publicité, domicilié au n° 12 de la rue Manfredini. Il a confirmé qu'il avait bien laissé l'auto non gardée devant le bar de la rue Moscova mais il nie avoir laissé le moteur en marche.

Lorsque j'eus fini de lire, je me précipitai à la recherche de Stéphane. Je le trouvai chez lui, plutôt bouleversé.

« C'était elle ? » demandai je.

Il fit signe que oui.

« C'était Faustina ?

— Oui, c'était Faustina, pauvre petite. Tu l'avais compris, toi ?

— Je ne sais pas. Je me le suis demandé parfois, mais je trouvais cela tellement absurde...

— Absurde, oui, dit-il en se cachant la figure dans ses mains. Pourtant dans le monde il arrive que l'amour fasse de ces miracles... Une nuit, il faut que je te le dise... il y a neuf ans... une nuit que je la tenais dans mes bras... Une chose terrible et merveilleuse. Elle s'est mise à pleurer et à trembler et elle se raidissait et puis elle s'est mise à gonfler... Et elle a eu juste le temps de sortir dans la rue. Autrement elle n'aurait jamais pu passer par la porte après. Heureusement, dehors, il n'y avait personne. Une question de minutes. Et puis elle était là qui m'attendait au bord du trottoir, flambant neuve. Le vernis avait la même odeur que son parfum préféré. Tu te souviens comme elle était belle ?

— Et alors ?

— Je suis un salaud, une ordure... Ensuite elle a vieilli, le moteur tirait mal, à chaque instant il y avait des pannes. Et puis personne ne la regardait plus dans les rues. Alors j'ai commencé à penser : est-ce qu'il ne serait pas temps de la changer ? Je ne pourrais pas continuer encore longtemps avec cette ferraille... Tu comprends quel cochon, quel dégoûtant j'étais ? Et tu sais où j'allais hier quand je me suis arrêté rue Moscova ? Je l'emmenais chez un revendeur de voitures et je voulais en acheter une nouvelle ; c'est abominable, pour cent cinquante mille lires j'allais vendre ma femme alors qu'elle avait sacrifié sa vie pour moi... Maintenant tu sais pourquoi elle s'est tuée. »

LA CHUTE DU SAINT

Après le repas, les saints ont l'habitude de se promener le long d'une vaste galerie surélevée — surélevée de milliards d'années-lumière — entre deux murs de cristal encadrés d'aluminium. Il n'y a pas de plafond à proprement parler. Le plafond, c'est le ciel des cieux et rien d'autre. De toute manière, là-haut il ne pleut pas.

Sur le mur de gauche — si vous prenez cette direction — s'ouvrent de nombreuses baies de cristal par lesquelles entre l'air ineffable du Paradis, dont une seule bouffée nous plongerait, nous autres malheureux encore vivants, dans une félicité telle que nous ne pourrions la supporter avec nos seules forces ; et par lesquelles pénètrent aussi, quoique très lointains, les chants des bienheureux qui ressemblent un peu, quand ce ne serait que pour vous donner une idée, à certaines chansons villageoises qu'on entend chez nous, à la campagne, vers le crépuscule et qui vous serrent le cœur, mais naturellement des millions et des millions de fois plus belles.

Le mur de droite, au contraire, est plein. Toutefois, à travers le cristal, on peut jeter un coup d'œil sur l'univers qui est en dessous, glacé ou brûlant, avec ses myriades de nébuleuses qui roulent l'une sur l'autre dans un mouvement éternel. Au-delà, on aperçoit les astres, principaux et secondaires, même les planètes et leurs satellites respectifs dans leur moindre détail ; parce que la faculté de vision des saints, une fois qu'ils sont parvenus là-haut, ne connaît plus de limites.

Naturellement aucun des saints ou presque ne regarde de ce côté. Comment pourraient-ils s'intéresser aux choses du monde, eux qui en sont à jamais libérés ? On ne devient pas saint pour rien. Mais si l'un d'eux, au hasard de la marche, tout en bavardant, s'approche de la baie de droite et d'aventure y porte son regard pour contempler les étoiles, leurs annexes et leurs voisines, son geste ne tire pas à conséquence, personne ne s'étonne ou ne se scandalise, au contraire. La contemplation de la création est même conseillée par certains Pères de l'Église comme un moyen de fortifier la foi.

Il arriva donc que saint Ermogène ce soir-là — nous écrivons soir par la force de l'habitude, histoire de préciser, car là-haut il n'y a ni soir ni matin mais une immuable gloire de plénitude et de lumière — donc saint Ermogène, en bavardant avec un ami, s'approcha de la baie de droite et jeta un coup d'œil.

Saint Ermogène était un vieillard d'une grande distinction (était-ce sa faute à lui s'il était né au sein d'une famille aristocratique et s'il avait vécu, avant d'être ravi par Dieu, en seigneur ?). Les autres saints se moquaient gentiment du soin qu'il prenait à draper élégamment autour de son corps éthéré son manteau paradisiaque, avec un mouvement que Phidias en ses jours les plus inspirés n'aurait même pas imaginé. Parce qu'il ne faut pas croire que les faiblesses humaines n'existent plus au Ciel, ces faiblesses sans lesquelles la plus sainte des saintetés serait une aride lumière au néon insignifiante à en pleurer.

Ermogène donc, sans en être conscient, cligna un instant des yeux dans l'intention de revoir l'endroit d'où il était venu, cette terre déchirée, rugueuse, dissolue, cette vieille maison de l'homme. Et vraiment sans l'avoir cherchée, entre mille et mille choses de la terre, il vit une pièce.

La pièce se trouvait dans le centre de la ville, elle était grande mais plutôt nue, les gens qui y habitaient étaient pauvres. Il y avait une grande lampe au centre, et sous cette lampe huit jeunes gens disposés comme suit : juchée sur le dossier d'un divan, une fille de vingt ans environ, un air de possédée et très belle, sur le divan deux jeunes gens, deux autres se tenaient debout en face, absorbés ; les trois derniers, deux filles et un garçon, étaient accroupis à leurs pieds par terre et une histoire de Jerry Mulligan sortait d'un tourne-disque usagé. L'un d'eux parlait, un des deux qui étaient assis sur le divan et il racontait des choses sur lui, des choses idiotes, absurdes, sur ce qu'il ferait un jour, et qui le mèneraient à d'autres très belles, grandes et pures. A ce qu'on pouvait comprendre, il était peintre et il parlait des affaires qui lui tenaient au cœur, qui relevaient exclusivement de son travail mais avec une telle force d'attente, d'espoir et d'amour que même les autres, par similitude d'âme, pensaient, chacun, avec une intensité passionnée à leurs propres rêves, ingénus peut-être ou insensés ; mais par une sorte de charme, tous, à cet instant, à cette heure, étaient entraînés et attirés vers les jours et les années qui allaient venir, vers la mystérieuse lumière qui à cette heure profonde de la nuit coulait lentement sur le rebord noir des derniers toits, la lueur d'avant l'aube, la lumière du jour à venir, qui viendra, le grand, le merveilleux destin, qui est justement là et qui attend.

Saint Ermogène n'avait jeté qu'un petit coup d'œil, un tout petit coup d'œil, mais cela avait suffi.

Saint Ermogène, avant de jeter un regard sur son ancienne patrie terrestre, avait une certaine expression... Quand il se retourna de nouveau vers l'ami avec lequel il était en train de bavarder, il avait le même visage qu'avant mais pourtant totalement différent. Si l'un de nous l'avait regardé il ne se serait aperçu de rien. Mais l'ami était un saint et par conséquent très sensible à ces choses. Il lui dit :

« Ermogène, qu'as-tu ?

— Moi ? rien », répondit Ermogène, et ce n'était pas un mensonge, un saint qui dirait des mensonges, cela n'existe pas ; mais seulement il n'avait pas encore compris ce qui lui était arrivé.

Toutefois, au moment même où il prononçait ces deux mots (« Moi ? rien »), Ermogène se sentit soudain sauvagement malheureux. Les autres tout de suite le regardèrent, parce que les saints sentent immédiatement lorsque l'un d'eux cesse d'être bienheureux.

Avec une piété toute chrétienne cherchons ce qui se passe en lui. Pourquoi le saint est-il malheureux ? Pourquoi la béatitude éternelle lui a-t-elle été enlevée ?

Il a vu, pendant un très court instant, c'est vrai, il a vu des jeunes, garçons et filles, à la porte de la vie, il a reconnu l'espoir terrible de ses vingt ans qu'il croyait oublié, il a retrouvé la force, l'élan, les pleurs, le désespoir, la puissance encore verte de la jeunesse, avec cet immense avenir disponible.

Et lui il est là-haut, dans l'Empyrée, où rien n'est plus désirable, où tout est béatitude aujourd'hui et demain, toujours la même béatitude, et après-demain aussi, et le jour d'après encore. Heureux, jusque-là, infiniment, et pour l'éternité. Mais...

Mais la jeunesse n'est plus. On n'est plus inquiets,

incertains, impatients, anxieux, pleins d'illusions, fiévreux, amoureux, fous.

Ermogène se tenait immobile, il était pâle, ses compagnons s'éloignèrent de lui, effrayés. Il n'était plus des leurs. Il n'était plus un saint. Il était un malheureux. Ermogène laissa retomber ses bras.

Dieu qui par hasard passait par là l'aperçut et s'arrêta pour lui parler. Il lui tapota l'épaule :

« Qu'est-ce qui t'arrive, mon vieil Ermogène ? »

Ermogène fit un signe du doigt :

« J'ai regardé en bas, j'ai vu cette pièce... ces jeunes gens...

— Est-ce que tu regretterais la jeunesse par hasard ? lui dit Dieu. Est-ce que tu voudrais être l'un d'eux ? »

Ermogène fit signe que oui de la tête.

« Et pour être l'un d'eux tu renoncerais au Paradis ? »

Ermogène fit signe que oui.

« Mais sais-tu quel est leur destin ? Ils rêvent de gloire et ils ne la connaîtront peut-être pas, ils rêvent de richesse et ils souffriront de la faim, ils rêvent d'amour et ils seront trompés, ils font des projets et peut-être demain seront-ils morts.

— Ça ne fait rien, dit Ermogène, en ce moment ils peuvent espérer n'importe quoi.

— Mais les joies que ces garçons et ces filles espèrent, toi ici tu les possèdes déjà, Ermogène, et d'une façon illimitée. De plus tu as la certitude que personne ne pourra te les enlever de toute éternité. Est-ce que ton désespoir n'est pas un peu fou ?

— C'est vrai, Seigneur, mais eux — il montra en bas les jeunes gens inconnus — ils ont encore tout devant eux, que l'avenir soit bon ou mauvais ils ont l'espoir, est-ce que je m'explique ? le merveilleux espoir. Tandis que moi... moi... quel espoir puis-je avoir, moi, saint et bienheureux, baignant dans la gloire des Cieux ?

— Eh ! je le sais bien ! soupira le Tout Puissant avec une vague mélancolie. Ça, vois-tu, c'est le grave inconvénient du Paradis : il n'y a plus d'espoir. Heureusement — et il sourit — au milieu de toutes les distractions que nous avons ici, habituellement personne ne s'en aperçoit.

— Et alors ? demanda Ermogène qui n'était plus saint.

— Tu voudrais que je te réexpédie en bas ? Tu veux tout recommencer depuis le début, avec tous les risques que cela comporte ?

— Oui, Seigneur, pardonne-moi mais je voudrais justement cela.

— Et si tu faiblissais cette fois ? Si la grâce désormais ne te soutenait pas ? Si tu perdais ton âme ?

— Tant pis, Seigneur, mais ici désormais je serais à jamais malheureux.

— Eh bien, alors va. Mais souviens-toi, mon fils, que nous t'attendons tous ici. Et reviens-nous sain et sauf. »

Il lui donna une petite poussée et Ermogène fut précipité dans l'espace, il se retrouva, jeune adolescent dans la pièce avec les autres, semblable à eux, en blue-jean et blouson et toutes sortes d'idées confuses sur l'art dans la tête, et des angoisses, des envies de rébellion, des désirs, des tristesses, du vague à l'âme. Heureux ? pas du tout. Mais dans le fin fond de son être il y avait quelque chose de très beau qu'il ne réussissait pas à saisir, qui était tout à la fois souvenir et pressentiment et qui l'appelait comme une lumière allumée à l'horizon lointain. Ici-bas se trouvaient le bonheur, la paix de l'âme, l'épanouissement de l'amour. Et cet appel c'était la vie, et cela valait la peine de souffrir pour l'atteindre. Mais y arriverait-il jamais ?

« Vous permettez ? dit-il en avançant dans la pièce, la main tendue. Je m'appelle Ermogène. J'espère que nous deviendrons amis. »

ESCLAVE

Sans le faire exprès, par pur hasard, en ouvrant la porte de chez lui avec sa clef, Luigi ne fit aucun bruit.

Il en profita, pour le plaisir de faire une surprise, et avança doucement à pas de loup.

A peine entré, il avait senti que Clara était à la maison. Là-dessus il ne se trompait jamais. On sait comment la présence d'une femme transforme l'atmosphère environnante. Il en éprouva un sentiment de consolation. Il l'aimait tant que chaque fois qu'il rentrait, si absurde que ce soit, il avait peur qu'entre-temps elle ne soit partie pour toujours.

Il arriva au bout du vestibule sans avoir fait grincer le plancher, continua avec moins de risque sur les carreaux du couloir. Tout doucement il tendit le cou pour explorer la cuisine.

Ah ! Clara était là. Il la voyait de dos, à moins de deux mètres de lui. Debout, sans soupçonner le moins du monde la présence de Luigi, elle était occupée à apprêter quelque chose sur la table. Rien qu'en regardant sa nuque il comprit qu'elle souriait. Quelle chère, quelle merveilleuse créature ! Elle préparait sans doute un de ses plats préférés et elle était tout heureuse en savourant à l'avance sa satisfaction.

Soudain, elle se déplaça sur le côté, maintenant elle se présentait à Luigi de trois quarts, il apercevait la courbure ferme de sa joue, l'extrémité des cils, le bout de son nez si spirituel et impertinent, l'ébauche de ses lèvres ; qui effectivement étaient retroussées par un sourire (ou était-ce l'effort de l'attention ?).

Du visage adoré son regard glissa sur les mains maintenant visibles. Luigi put enfin voir ce que Clara faisait.

Sur un plateau recouvert d'un dessus de broderie, une douzaine de petits gâteaux feuilletés avec une demi-cerise confite au milieu étaient disposés ; justement ceux qu'il savourait avec tant de plaisir : ils semblaient parfaitement terminés. Pourtant Clara continuait à les manipuler comme pour leur donner une touche finale.

Mais quelle curieuse opération ! Avec deux doigts de la main gauche Clara détachait les cerises confites, et à cet endroit même, avec une espèce de petite poire ou de petit flacon qu'elle tenait dans la main droite, elle laissait tomber — c'est du moins ce qu'il lui sembla — une pincée de poudre blanche. Ensuite elle reposait la cerise à sa place en la fixant bien sur le feuilleté.

Comme Clara l'aimait ! Quelle autre femme aurait jamais eu pour lui qui était un homme déjà vieux au physique plutôt ingrat autant d'amoureuses attentions ? Et quelle fille splendide, quel type chic et intéressant ! tous l'enviaient sûrement.

Méditant sur sa chance quasiment incroyable, Luigi était sur le point de révéler sa présence, quand il fut frappé par l'exceptionnelle concentration de Clara dans laquelle il y avait — il le remarqua seulement maintenant — quelque chose de furtif, comme quelqu'un qui fait une chose défendue. Et soudain — coup de tonnerre dans un matin de soleil — il fut assailli par un soupçon horrible : et si par hasard la poudre de la petite poire était du poison ?

Au même moment, par une association d'idées foudroyante, une foule de menus épisodes auxquels il n'avait pas fait attention lui revinrent à la mémoire ; maintenant, mis bout à bout, ils prenaient un aspect inquiétant. Certaines froideurs de Clara, certains gestes de contrariété, certains regards ambigus, certaines insistances insolites pour qu'il mange davantage, pour qu'il reprenne de tel ou tel plat.

Avec un sursaut d'indignation Luigi cherche à repousser la pensée monstrueuse. Comment imaginer une pareille absurdité ? Mais la pensée revient aussitôt avec un élan encore plus méchant. Et puis, tout d'un coup, ses rapports avec Clara se présentent sous un aspect nouveau, qu'il n'avait encore jamais considéré. Est-il possible qu'une femme comme Clara l'aime vraiment ? Quel motif, sinon l'intérêt, peut la retenir à ses côtés ? En quoi consistent les preuves de son affection ? Les câlineries, les petits sourires, les attentions gastronomiques ? C'est tellement facile pour une femme de simuler. Et dans son cas l'attente impatiente d'un héritage somptueux n'est-elle pas instinctive ?

A ce moment précis, Luigi pousse un soupir, elle se retourne brusquement et pendant une fraction de seconde, mais peut-être encore moins, peut-être même n'est-ce pas vrai, peut-être est-ce un jeu de son imagination surexcitée, le visage aimé a une expression de terreur, mais immédiatement, avec une rapidité incroyable, il se reprend, s'ouvrant de nouveau au sourire.

« Dieu ! quelle peur tu m'as faite ! s'écrie Clara, mais pourquoi ces plaisanteries, mon trésor ? »

Lui :

« Qu'est-ce que tu étais en train de faire ?

— Tu le vois, non ? Tes petits gâteaux...

— Et cette petite poire, qu'est-ce que c'est ?

— Quelle petite poire ? »

Clara montre ses mains ouvertes pour faire voir qu'elle n'a rien, le flacon a disparu qui sait où.

« Mais si, cette poudre que tu mettais...

— Quelle poudre ? Tu as des visions, chéri ? Je posais les cerises confites... Mais toi ? dis-moi plutôt : qu'est-ce que t'a dit le médecin ?

— Bah ! j'ai l'impression qu'il n'y comprend pas grand-chose... Il parle de gastrite... de cholécystite... Le fait est que mes douleurs ne passent pas... et je me sens chaque jour un peu plus faible.

— Oh ! vous autres, les hommes, il suffit que vous ayez un bobo de rien du tout pour que vous vous laissiez aller... Voyons, un peu de courage, ces petits malaises tu les avais aussi dans le passé.

— Oui, mais jamais douloureux comme cette fois.

— Oh ! chéri, si c'était quelque chose de sérieux, tu n'aurais plus d'appétit. »

Il la scrute, il l'écoute. Non. C'est impossible qu'elle mente, c'est impossible qu'elle joue la comédie. Mais la petite poire ou la petite fiole, il l'a vue clairement, où est-elle passée ? Avec une rapidité de prestidigitateur Clara a-t-elle réussi à la cacher sur elle ? Sur la table de la cuisine il n'y a rien, rien non plus sur les autres meubles, par terre non plus, ni dans la boîte aux ordures.

Maintenant il se demande : et pourquoi Clara voudrait-elle m'empoisonner ? Pour hériter de moi ? Mais comment peut-elle savoir qu'elle est mon héritière universelle ? Je ne lui en ai jamais soufflé mot. Et le testament, elle ne l'a pas lu.

Ne l'a-t-elle pas lu vraiment ? Un nouveau doute.

Luigi entre précipitamment dans son bureau, il ouvre un tiroir, il en sort une boîte, de la boîte il tire une enveloppe fermée qui porte la suscription : Testament.

L'enveloppe est cachetée. Mais Luigi l'approche de la lampe pour mieux voir. Étrange, à la lumière frisante on remarque une bavure le long du rabat mobile : comme si l'enveloppe avait été ouverte à la vapeur puis refermée avec de la colle.

Une angoisse le prend. Peur de mourir ? Peur d'être tué ? Non pire. La terreur de perdre Clara. Parce que Luigi comprend qu'elle veut le tuer. Et c'est fatal qu'il réagisse d'une façon ou d'une autre. La démasquer ? La dénoncer ? La faire arrêter ? Leur union se brisera de toute façon. Mais sans elle, sans Clara, comment Luigi pourra-t-il vivre ?

Le besoin frénétique de lui parler, d'avoir une explication et en même temps l'espoir obstiné de s'être trompé, que tout ne soit qu'une lubie, que le poison n'existe pas (mais dans le fond de son cœur il sait très bien qu'il existe).

« Clara », appelle-t-il.

Sa voix depuis l'office :

« Allons, Luigi, viens, c'est servi.

— Je viens », répond-t-il.

Il passe dans la salle à manger et s'assied. Il y avait une soupe au riz et à la tomate.

« Clara, dit-il.

— Qu'y a-t-il ? fait-elle avec un sourire.

— Je dois te dire une chose.

— Comme tu es mystérieux...

— Il y a quelques instants, quand je suis entré, et que tu étais en train de préparer les gâteaux, et que je t'ai vue... en somme j'ai besoin de te le dire... un besoin absolu... »

Elle le regarde toujours en souriant : était-elle innocente ? Était-ce la peur ? Était-ce l'ironie ?

« Quand je suis entré, poursuivit-il, je t'ai vue pendant que tu travaillais et tu tenais à la main un machin, une espèce de petite poire, et il m'a semblé qu'avec ce truc tu mettais quelque chose sur les gâteaux.

— Tu as eu la berlue, fit-elle très tranquillement.

— J'aime mieux ça.

— Pourquoi ? »

Elle avait un tel accent de sincérité qu'il se demanda si par hasard il n'avait pas rêvé. Mais la fièvre le harcelait.

« Écoute, Clara, je ne me sentirai pas tranquille si je ne te dis pas tout... Quand je t'ai vu faire cette chose...

— Mais peut-on savoir quelle chose enfin ? Tu rêves ?...

— Laisse-moi finir... pendant un instant... c'est ridicule, je le sais... »

En lui-même il tremblait, tandis que le moment inévitable approchait, c'était peut-être la dernière fois qu'il parlait avec Clara, la dernière fois qu'il la voyait, et cette pensée le faisait devenir fou ; et pourtant il lui était impossible de se taire, impossible.

« ... Pendant un instant... une idée absurde... ne me regarde pas comme ça... je préfère être sincère... le soupçon m'est venu que tu...

— Que je quoi ?... et le sourire se changeait en un rire ouvert.

— Il y a de quoi rire, je le sais... le soupçon, figure-toi, que tu voulais m'empoisonner... »

En le fixant dans les yeux, Clara continuait à rire mais ce n'était pas un rire joyeux, il était glacé, c'était une lame de métal affilée. Et puis elle serra les dents ; et sa voix était chargée de haine.

« Ah ! c'est comme ça ? Tu en es là ?... C'est ça ta confiance ? Ça ton amour ?... Ça fait déjà pas mal de temps que je t'observe... Et dire que je te faisais des petits gâteaux... Et maintenant tu viens me dire qu'ils sont empoisonnés, hein ? »

Il était éperdu :

« Écoute, Clara, ne te mets pas en colère, ne...

— Ah ! ils sont empoisonnés mes gâteaux ? Tu as peur pour ta petite santé, monsieur a peur d'avoir bobo ? Alors tu sais ce que je vais faire ? Je vais les jeter aux ordures. »

Se levant de table elle prit le plateau avec les feuilletés et se dirigea vers la cuisine en criant toujours plus haut :

« Je vais les jeter aux ordures... Mais je ne resterai pas une minute de plus dans cette baraque. Il y a déjà pas mal de temps que j'en ai plein le dos. Je m'en vais... je m'en vais. Et j'espère bien grâce à Dieu ne te revoir jamais. »

Atterré, Luigi la suivit :

« Non, Clara, je t'en supplie, ne fais pas cela, je plaisantais, je t'en supplie, donne-moi tes petits gâteaux.

— Non, fit-elle, maintenant je ne te les donnerais pas, même si tu devais en crever. »

Pour la retenir il la prit par la taille. Elle s'arrêta impassible.

« Sois gentille, donne-moi les petits gâteaux. »

Clara se tourna, tenant haut le plateau. Il tendit la main.

« Je t'ai dit nooon. Je les jette aux ordures. Et puis je m'en vais, tu as compris ? »

Il se jeta à genoux, lui étreignant les jambes :

« Clara, je t'en supplie, gémissait-il, tu ne peux pas t'en aller, tu ne peux pas, Clara, sois gentille, donne-moi les gâteaux.

— Demande pardon, fit-elle victorieuse, toujours le plateau levé.

— Oui. Clara, pardonne-moi.

— Dis : "pardonne-moi" trois fois.

— Pardonne-moi, pardonne-moi, pardonne-moi.

— Je t'en donnerai un, dit la femme.

— Non, je les veux tous.

— Bon, mange, alors, mais à genoux », et elle abaissa son plateau.

Clara était encore là, Clara ne partirait pas. Avec un abject soulagement de tout son être, Luigi prit un petit gâteau et mordit voracement dedans. La mort était un paradis, puisqu'elle venait d'elle.

LA TOUR EIFFEL

C'était le bon temps quand je travaillais à la construction de la tour Eiffel. Et je ne savais pas que j'étais heureux.

La construction de la tour Eiffel fut une chose grandiose et très belle. Aujourd'hui vous ne pouvez plus vous en rendre compte. La tour Eiffel telle qu'elle est désormais n'a plus grand-chose de commun avec ce qu'elle était alors. A commencer par les dimensions. Elle s'est comme rétrécie. Moi quand je passe dessous, je lève les yeux et je regarde. Mais j'ai de la peine à reconnaître le monde où j'ai vécu les plus beaux jours de ma vie. Les touristes entrent dans l'ascenseur, montent à la première plate-forme, montent à la deuxième plate-forme, s'exclament, rient, prennent des photographies, avec des pellicules en couleurs. Les pauvres... ils ne savent pas, ils ne pourront jamais savoir.

On lit dans les guides que la tour Eiffel mesure trois cents mètres de haut, plus vingt mètres en comptant l'antenne radio. C'est ce que disaient aussi les journaux de l'époque, avant qu'on ne commence les travaux. Et trois cents mètres ça semblait déjà une folie au public.

Trois cents mètres, tu parles. Moi je travaillais alors aux ateliers Rungis, près de Neuilly. J'étais un bon ouvrier mécanicien. Un soir, comme je rentrais chez moi, un monsieur en haut-de-forme qui pouvait avoir dans les quarante ans m'arrête dans la rue.

« Est-ce que c'est bien à M. André Lejeune que je parle ?

— Oui, c'est moi, mais vous, qui êtes-vous ?

— Je suis l'ingénieur Gustave Eiffel et je voudrais vous faire une proposition. Seulement, avant, il faut que je vous montre quelque chose. Ma voiture est là. »

Je monte dans la voiture de l'ingénieur, il me conduit à un grand hangar qui s'élevait dans un terrain vague de la périphérie. Là il y avait une trentaine de jeunes gens qui travaillaient en silence devant de grandes tables à dessin sans lever les yeux de leur travail et daigner nous accorder un regard.

L'ingénieur me conduit dans le fond de la salle où, appuyé contre le mur, se dresse un tableau qui faisait bien deux mètres de haut et sur lequel une tour était dessinée.

« Je construirai pour Paris, pour la France, pour le monde, cette tour que vous voyez. En fer. Ce sera la tour la plus haute du monde.

— Haute de combien ? demandai-je.

— Le projet officiel prévoit une hauteur de trois cents mètres. Mais ça c'est le chiffre dont je suis convenu avec le gouvernement, pour ne pas les épouvanter. Ce sera finalement beaucoup plus haut.

— Quatre cents ?

— Mon garçon, faites-moi confiance, maintenant je ne peux rien vous dire. Ne nous emballons pas. Mais il s'agit d'une merveilleuse entreprise et c'est un honneur que d'y participer. Je suis venu personnellement vous chercher parce que l'on m'a dit que vous étiez un excellent mécanicien. Combien gagnez-vous chez Runtiron ? »

Je lui dis quel était mon salaire.

« Si tu viens chez moi, dit l'ingénieur en me tutoyant brusquement, tu gagneras trois fois plus. »

J'acceptai.

Mais l'ingénieur ajouta à voix basse :

« J'oubliais un détail, mon cher André. Je tiens beaucoup à ce que tu sois des nôtres, mais auparavant tu dois me promettre quelque chose.

— J'espère que ce n'est pas quelque chose de déshonorant, hasardai-je, un peu impressionné par son air mystérieux.

— Le secret, dit-il.

— Quel secret ?

— Peux-tu me donner ta parole d'honneur de ne parler à personne, pas même avec les tiens, de notre travail ? De ne raconter à âme qui vive ce que tu feras et comment tu le feras ? De ne révéler ni chiffres, ni mesures, ni données ? Penses-y bien, penses-y avant de toper là. Parce qu'un jour ce secret te pèsera peut-être. »

Il y avait un formulaire imprimé, avec le contrat de travail, où était écrit l'engagement de respecter le secret. Je signai.

Le chantier comptait des centaines d'ouvriers, peut-être des milliers. Non seulement je ne les connus jamais tous mais je ne les vis même pas tous car on travaillait par équipes, sans solution de continuité et il y avait trois jours par vingt-quatre heures.

Une fois terminées les fondations de ciment, nous commençâmes, nous autres mécaniciens, à monter les poutres d'acier. Entre nous, dès le début nous nous parlions peu, peut-être à cause du serment prêté. Mais à quelques bribes de phrases saisies par-ci par-là, je compris que mes camarades n'avaient accepté l'engagement qu'en raison du salaire exceptionnel. Personne, pour ainsi dire, ne croyait que la tour serait jamais terminée. Ils pensaient que c'était une folie, au-dessus des forces humaines.

Les quatre gigantesques pieds une fois solidement rivés en terre, la charpente de fer s'éleva pourtant à vue d'œil. Au-delà de l'enclos, autour du vaste chantier, la foule stationnait jour et nuit pour nous contempler tandis que nous joutions là-haut, minuscules insectes suspendus à notre toile d'araignée.

Les arches du piédestal furent fortement soudées, les quatre colonnes vertébrales se dressèrent presque à pic et puis se fendirent pour n'en former qu'une seule qui s'amincissait au fur et à mesure qu'elle s'élevait. Le huitième mois, on arriva à la cote 100 et un banquet fut offert à tout le personnel dans une auberge des bords de la Seine.

Je n'entendais plus de paroles de découragement. Un étrange enthousiasme au contraire s'était emparé des ouvriers, des chefs d'équipe, des techniciens, des ingénieurs, comme si on avait été à la veille d'un événement extraordinaire. Un matin, c'étaient les premiers jours d'octobre, nous nous trouvâmes plongés dans le brouillard.

On pensa qu'une couche de nuages bas stagnait sur Paris, mais ce n'était pas ça. Tout autour l'air était serein. « Hé ! vise un peu ce tube-là », me dit Claude Gallumet, le plus petit et le plus débrouillard de mon équipe, qui était devenu mon ami. D'un gros tube de caoutchouc fixé à la charpente de fer sortait de la fumée blanchâtre. Il y en avait quatre, un à chaque coin de la tour. Il en sortait une fumée dense qui peu à peu formait un nuage qui ne montait ni descendait, et sous ce grand parasol d'ouate, nous, nous continuions à travailler. Mais pourquoi ? A cause du secret ?

Un autre banquet nous fut offert par les constructeurs quand on arriva à la cote 200, et même les journaux en parlèrent. Mais autour du chantier la foule ne stationnait plus, ce ridicule chapeau de brouillard nous cachait complètement à leurs regards. Et les journaux louaient l'artifice : cette condensation de vapeurs — expliquaient-ils — empêchait les ouvriers travaillant sur les structures aériennes de remarquer l'abîme qui était au-dessous d'eux ; et cela leur évitait d'avoir le vertige. Grosse sottise : tout d'abord parce que nous étions désormais parfaitement entraînés au vide ; et même en cas de vertige, il ne nous serait pas arrivé malheur car chacun de nous portait une solide ceinture de cuir qui était rattachée, au fur et à mesure, par une corde, aux charpentes environnantes.

250, 280, 300... deux ans avaient passé. Étions-nous à la fin de notre aventure ? Un soir on nous réunit sous la grande voûte en croix de la base et l'ingénieur Eiffel nous parla. Notre engagement — dit-il — touchait à sa fin, nous avions donné des preuves de ténacité, de bravoure, de courage et l'entreprise nous remettait une prime spéciale. Celui qui le désirait pouvait partir. Mais lui, l'ingénieur Eiffel, espérait qu'il se trouverait des volontaires disposés à continuer. Continuer quoi ? L'ingénieur ne pouvait pas nous l'expliquer, qu'on lui fasse seulement confiance, cela en valait la peine.

Comme beaucoup d'autres, je restai. Et ce fut une sorte de folle conjuration qu'aucun étranger ne soupçonna parce que chacun de nous resta plus que jamais fidèle au secret.

Et c'est ainsi qu'à la cote 300, au lieu d'ébaucher la charpente de la coupole terminale, on dressa de nouvelles poutres d'acier les unes au-dessus des autres en direction du zénith. Barre sur barre, fer sur fer, poutrelle sur poutrelle, et des boulons et des coups de marteau, le nuage tout entier en résonnait comme une caisse harmonique. Nous autres, nous étions au septième ciel.

Jusqu'au moment où, à force de monter, nous émergeâmes de la masse du nuage qui resta au-dessous de nous, et les gens de Paris continuaient à ne pas nous voir à cause de ce bouclier de vapeurs, mais en réalité nous planions dans l'air pur et limpide des sommets. Et certains matins venteux nous apercevions au loin les Alpes couvertes de neige.

Nous étions désormais si haut que la montée et la descente des ouvriers finissaient par prendre plus de la moitié de l'horaire de travail. Les ascenseurs n'existaient pas encore. De jour en jour le temps de travail effectif s'amoindrissait. Le moment allait venir où, à peine arrivés au sommet, il nous faudrait entreprendre la descente. Et la tour cesserait de croître, même d'un seul mètre.

Il fut alors décidé qu'on installerait là-haut, entre les travées de fer, de petites baraques pour nous, comme des nids, qu'on ne verrait pas de la ville parce qu'elles seraient cachées par le nuage de brouillard artificiel. Nous y dormions, nous y mangions, et le soir nous jouions aux cartes quand nous n'entonnions pas les grands chœurs des illusions et des victoires. Nous descendions à la ville par roulement et seulement les jours de fête.

C'est alors que nous commençâmes à soupçonner la merveilleuse vérité et à comprendre lentement la raison du secret. Nous ne nous sentions plus des ouvriers mécaniciens, mais bel et bien des pionniers, des explorateurs, nous étions des héros, des saints. Peu à peu nous prenions conscience que la construction de la tour Eiffel ne serait jamais terminée, maintenant nous nous expliquions pourquoi l'ingénieur avait exigé ce piédestal démesuré, ces quatre pattes de fer cyclopéennes qui semblaient absolument disproportionnées. La construction ne cesserait jamais et jusqu'à la fin des temps la tour Eiffel continuerait à grimper en direction du ciel, dépassant les nuages, les tempêtes, les sommets du Gaurisankar. Tant que Dieu nous prêterait force nous continuerions à boulonner les poutres d'acier l'une sur l'autre, toujours plus haut, et après nous nos fils continueraient, et personne dans cette ville toute plate de Paris n'en saurait rien, le pauvre monde ne se douterait de rien.

Bien sûr, en bas, tôt ou tard ils perdraient patience, il y aurait des protestations et des interpellations au Parlement, comment se faisait-il donc qu'ils n'en finissaient pas de construire cette fichue tour ? Désormais les trois cents mètres prévus étaient atteints alors qu'attendait-on pour construire la coupole ? Mais nous trouverions des prétextes, nous aurions réussi sans aucun doute à placer un homme à nous au Parlement ou dans les ministères, nous parviendrions à mettre l'affaire en sommeil, les gens se résigneraient, et nous autres toujours plus haut dans le ciel, exil sublime.

En bas, au-dessous du nuage blanc, un bruit de fusillade retentit. Nous descendîmes un bon bout de chemin, nous traversâmes le nuage, nous nous penchâmes à la limite inférieure de la brume, regardant à la longue-vue vers le chantier, les forces de police, les gendarmes, les gardes républicains s'avançant. Il y avait là des escadrons, des bataillons, des armées, que le diable les emporte et les dévore !

Ils nous envoyèrent un messager parlementaire : rendez-vous et descendez immédiatement. O les fils de chiens ! Ultimatum de six heures, après quoi, ils ouvriraient le feu avec des fusils, des mitrailleuses, des canons légers, ça sera assez bon pour vous, espèces de bâtards.

Un judas sordide nous avait donc trahis. Le fils de l'ingénieur Eiffel, parce que l'aïeul était déjà mort et enterré depuis longtemps, était pâle comme un linge. Comment pouvions-nous combattre ? Pensant à nos chères familles, nous nous rendîmes.

Ils défirent le poème que nous avions élevé au ciel, ils amputèrent la flèche à trois cents mètres de hauteur, ils y plantèrent sous notre nez cette espèce de chapeau informe que vous voyez encore aujourd'hui, absolument minable.

Le nuage qui nous cachait n'existe plus, ils firent même un procès aux assises de la Seine, à cause de ce nuage. La tour avortée a été toute vernie en gris, il en pend de long drapeaux qui flottent au soleil, aujourd'hui c'est le jour de l'inauguration.

Le Président arrive en redingote et chapeau haut-de-forme, dans la calèche impériale tirée par quatre chevaux. Comme des baïonnettes, les sonneries de fanfares jaillissent à la lumière. Les tribunes d'honneur sont fleuries de dames en grand tralala. Le Président passe en revue le détachement des cuirassiers. Les vendeurs d'insignes et de cocardes circulent dans la foule. Soleil, sourires, bien-être, solennité. De l'autre côté de l'enceinte, perdus dans la foule des pauvres hères, nous autres, les vieux ouvriers fatigués de la tour, nous nous regardons l'un l'autre, et des larmes coulent dans nos barbes grises. Ah ! jeunesse...

JEUNE FILLE QUI TOMBE... TOMBE

Marta, dix-neuf ans, se pencha en haut du gratte-ciel et, apercevant au-dessous d'elle la ville qui resplendissait dans le soir, elle fut prise de vertige.

Le gratte-ciel était en argent, suprême et heureux en ce beau soir très pur, tandis que le vent étirait de légers flocons de nuages, çà et là, sur un fond d'azur absolument incroyable. C'était en effet l'heure à laquelle les villes sont saisies par l'inspiration et celui qui n'est pas aveugle en a le souffle coupé. De ce faîte aérien la jeune fille voyait les rues et la masse des immeubles se contorsionner dans le long spasme du crépuscule et là où finissait la blancheur des maisons, commençait le bleu de la mer qui d'en haut semblait en pente. Et comme de l'orient venaient les voiles de la nuit, la ville devint un doux abîme grouillant de lumières ; et qui palpitait. Il s'y trouvait les hommes puissants et les femmes plus puissantes encore, les fourrures et les violons, les voitures d'onyx, les enseignes phosphorescentes des boîtes de nuit, les portiques des palais éteints, les fontaines, les diamants, les antiques jardins taciturnes, les fêtes, les désirs, les amours et au-dessus de tout cela cet enchantement bouleversant du soir qui fait rêver de grandeur et de gloire.

En voyant toutes ces choses, Marta se pencha exagérément par-dessus la balustrade et s'abandonna dans le vide. Elle eut la sensation de planer dans l'air mais elle tombait. Étant donné l'extraordinaire hauteur du gratte-ciel, les rues et les places, tout au fond, en bas étaient extrêmement lointaines, qui sait combien de temps il faudrait pour y arriver. Mais la jeune fille tombait.

Le soleil, qui n'était pas encore complètement couché, fit de son mieux pour illuminer la petite robe de Marta. C'était un modeste vêtement de printemps acheté en confection et bon marché. Mais la lumière lyrique du coucher de soleil le magnifiait et le rendait presque chic.

Aux balcons des milliardaires, des mains galantes se tendaient vers elle, en lui offrant des fleurs et des verres.

« Un petit drink, mademoiselle ?

— Gentil petit papillon, pourquoi ne t'arrêtes-tu pas une minute parmi nous ?... »

Elle riait, tout en voletant, heureuse (mais en attendant elle tombait toujours) :

« Non, merci, mes amis. Je ne peux pas. Je suis pressée d'arriver.

— D'arriver où ? lui demandaient-ils.

— Ah ! ne me le demandez pas », répondait Marta et elle agitait les mains en un salut familier.

Un grand jeune homme brun, très distingué, allongea le bras pour la saisir. Elle lui plaisait. Mais Marta s'esquiva adroitement :

« Comment osez-vous, monsieur ? »

Et elle trouva le temps de lui donner du bout des doigts une pichenette sur le nez.

Les gens de la haute s'occupaient donc d'elle et cela la remplit de satisfaction. Elle se sentait fascinante, à la mode. Sur les terrasses fleuries, au milieu des allées et venues des valets en blanc et des bouffées de chansons exotiques, on parla pendant quelques minutes, peut-être moins, de cette jeune fille qui passait (de haut en bas, suivant un chemin vertical). Certains la jugeaient belle, d'autres comme ci comme ça, tous la trouvaient intéressante.

« Vous avez toute la vie devant vous, lui disaient-ils, pourquoi vous pressez-vous autant ? Vous avez bien le temps de courir et de vous essouffler. Arrêtez-vous un moment auprès de nous, ce n'est qu'une modeste petite réunion entre amis, mais j'espère que vous vous y plairez quand même. »

Elle s'apprêtait à répondre mais déjà l'accélération due à la pesanteur l'avait portée à l'étage inférieur, à deux, trois, quatre étages plus bas ; comme on tombe joyeusement quand on a à peine dix-neuf ans !

Certes la distance qui la séparait du bas, c'est-à-dire du niveau de la rue, était immense ; moins qu'il y a un instant, bien sûr, mais toutefois elle demeurait encore considérable.

Entre-temps, cependant, le soleil s'était plongé dans la mer, on l'avait vu disparaître transformé en champignon rougeâtre et tremblotant. Ses rayons vivifiants n'étaient plus là pour illuminer le vêtement de la jeune fille et en faire une comète séduisante. Heureusement que les fenêtres et les terrasses du gratte-ciel étaient presque toutes éclairées et leurs reflets intenses la frappaient en plein, au fur et à mesure qu'elle passait devant.

Maintenant Marta ne voyait plus uniquement à l'intérieur des appartements des compagnies de gens sans souci, de temps en temps il y avait aussi des bureaux où des employées en blouses noires ou bleues étaient assises devant de petites tables, en longues files. Plusieurs d'entre elles étaient jeunes comme elle, parfois même davantage et, fatiguées désormais de la journée, elles levaient de temps en temps les yeux de leur occupation et de leurs machines à écrire. Elles aussi la virent et quelques-unes coururent à la fenêtre.

« Où vas-tu ? Pourquoi une telle hâte ? Qui es-tu ? lui criaient-elles, et on sentait dans leurs voix quelque chose qui ressemblait à de l'envie.

— On m'attend en bas, répondait-elle. Je ne peux pas m'arrêter. Excusez-moi. »

Et elle riait encore en voltigeant avec légèreté le long du précipice, mais ce n'étaient plus les éclats de rire d'avant. La nuit était sournoisement descendue et Marta commençait à sentir le froid.

A ce moment, en regardant en bas, elle vit à l'entrée d'un immeuble un vif halo de lumières. De longues automobiles noires s'arrêtaient (à cause de la distance elles n'étaient guère plus grandes que des fourmis) et il en descendait des hommes et des femmes pressés d'entrer. Il lui sembla discerner dans ce fourmillement le scintillement des bijoux. Au-dessus de l'entrée flottaient des drapeaux.

Il était évident qu'on donnait là une grande fête, exactement celle dont Marta rêvait depuis qu'elle était petite fille. Il ne fallait surtout pas la manquer. Là-bas l'attendait l'occasion, la fatalité, le roman, la véritable inauguration de la vie. Est-ce qu'elle arriverait à temps ?

Avec dépit elle s'aperçut qu'à une trentaine de mètres plus bas une autre jeune fille était en train de tomber. Elle était bien plus belle qu'elle et portait une petite robe de cocktail qui avait de la classe. Qui peut savoir pourquoi elle descendait à une vitesse très supérieure à la sienne, au point qu'en quelques instants elle la distança et disparut en bas, en dépit des appels de

264

Marta. Elle allait — c'est sûr — arriver à la fête avant elle, c'était peut-être un plan calculé d'avance pour la supplanter.

Et puis Marta se rendit compte qu'elles n'étaient pas les seules à tomber. Tout au long des flancs du gratte-ciel d'autres jeunes femmes glissaient dans le vide, les visages tendus dans l'excitation du vol, agitant les mains comme pour dire : Nous voici, nous sommes ici, c'est notre heure, accueillez-nous et faites-nous fête, est-ce que le monde n'est pas à nous ?

C'était donc une compétition. Et elle n'avait qu'une pauvre petite robe de rien du tout, tandis que les autres exhibaient des modèles de grands couturiers et que certaines même serraient sur leurs épaules nues de larges étoles de vison. Marta, qui était tellement sûre d'elle quand elle avait commencé son vol, sentait maintenant une sorte de frisson sourde au plus profond de son être, peut-être était-ce simplement le froid, mais peut-être aussi la peur, l'angoisse de s'être trompée depuis le début sans espoir d'y remédier.

La nuit était presque complètement tombée maintenant. Les fenêtres s'éteignaient l'une après l'autre, les échos de musique se raréfiaient, les bureaux étaient vides, aucun jeune homme ne se penchait plus à la fenêtre pour lui tendre la main. Quelle heure était-il ? L'entrée de l'immeuble, en bas — entre-temps elle s'en était approchée et pouvait en distinguer désormais tous les détails d'architecture — était toujours illuminée, mais le va-et-vient des automobiles avait cessé. De temps à autre, au contraire, de petits groupes sortaient par la grande porte et s'éloignaient d'un pas fatigué. Et puis les lampes de l'entrée, elles aussi, s'éteignirent.

Marta sentit son cœur se serrer. Hélas ! elle n'arriverait pas à temps pour la fête. Jetant un coup d'œil en l'air, elle vit le sommet du gratte-ciel dans toute sa cruelle puissance. C'était la nuit noire, les fenêtres encore allumées étaient rares et disséminées aux derniers étages. Au-dessus du gratte-ciel la première lueur de l'aube s'allongeait lentement.

Dans un office du vingtième étage un homme sur la quarantaine était en train de siroter son café matinal en lisant le journal tandis que sa femme faisait le ménage dans la pièce. Une pendule sur le buffet marquait neuf heures moins le quart. Une ombre passa soudain devant la fenêtre.

« Alberto, cria la femme, t'as vu ? Une femme qui vient de passer...

— Comment qu'elle était ? fit-il sans lever les yeux de son journal.

— Une vieille, répondit sa femme, une pauvre vieille toute décrépite. Elle avait l'air épouvantée.

— Toujours comme ça, grommela l'homme. A ces étages-ci, on ne voit passer que des vieilles. Les belles filles on ne peut les reluquer que tout là-haut vers le cinq centième étage. C'est pas pour rien que ces appartements-là coûtent si cher.

— Oui, mais ici, au moins, observa sa femme, on entend quand elles s'écrasent par terre.

— Cette fois-ci on ne l'aura même pas entendue », dit-il en secouant la tête après avoir tendu l'oreille quelques instants.

Et il but une autre gorgée de café.

LE MAGICIEN

Un soir que je rentrais à la maison, fatigué et déprimé, je rencontrai le professeur Schiassi (on l'appelle comme ça, mais professeur de quoi ?). Ce type, que je connais depuis une éternité, que je rencontre de temps à autre dans les coins les plus étranges et les plus divers, prétend avoir été mon camarade de classe, et pourtant, honnêtement, moi je ne m'en souviens pas.

Qui est-il ? Que fait-il ? Je n'ai jamais réussi à le comprendre. Il a un visage maigre, anguleux et un sourire en coin d'une rare ironie. Mais sa caractéristique principale est qu'il donne à tout le monde l'impression qu'on l'a déjà vu ou connu quelque part, même si en réalité on le voit pour la première fois. Il y en a qui prétendent que c'est un magicien.

« Qu'est-ce que tu fais ? me demanda-t-il après les salutations d'usage. Tu écris toujours ?

— C'est mon métier, dis-je, immédiatement frappé d'un complexe d'infériorité.

— Tu n'en as pas encore marre ? insista-t-il, et son sourire narquois lui balafrait encore plus le visage à la lumière immobile des réverbères. Je ne sais pas moi, mais j'ai l'impression que vous autres, écrivains, vous êtes de plus en plus hors du temps. Oui, vous les écrivains ; mais les peintres aussi et les sculpteurs et les musiciens également. Un sens d'inutilité, de jeu qui est une fin en soi. Tu comprends ce que je veux dire ?

— Je comprends.

— Oui, vous les écrivains, vous les peintres et tous les autres vous vous préoccupez désespérément de découvrir les nouveautés les plus absurdes et les plus invraisemblables pour faire sensation, mais le public devient de plus en plus rare et indifférent. Et, excuse ma sincérité, un beau jour, la place sera complètement vide devant vous.

— Possible », dis-je humblement.

Mais Schiassi avait l'intention de retourner le fer dans la plaie.

« Dis-moi un peu une chose. Quand, par exemple, tu vas dans un hôtel, qu'ils prennent ton état civil et qu'ils te demandent quelle est ta profession et que tu réponds écrivain, est-ce que tu ne trouves pas ça un peu ridicule ?

— C'est vrai, dis-je. En France c'est différent, mais chez nous c'est tout à fait ça.

— Écrivain... écrivain, s'esclaffa-t-il. Mais comment veux-tu qu'ils te prennent au sérieux ? A quoi sert un écrivain dans le monde d'aujourd'hui ?... Et... dis-moi une autre chose, je te demande d'être sincère. Quand tu entres dans une librairie et que tu vois...

— Et que je vois les murs entièrement tapissés jusqu'au plafond de toutes sortes de livres, des milliers et des milliers, tous sortis au cours des derniers mois... — c'est ça que tu veux dire — et que je pense que je suis en train d'en écrire un autre moi aussi, les bras m'en tombent, comme si dans un immense marché, où il y a des montagnes de fruits et de légumes partout pendant des kilomètres et des kilomètres, un type arrivait pour vendre une minuscule pomme de terre, c'est ça que tu veux dire ?

— Exactement, fit Schiassi, et il ajouta un petit rire pernicieux.

— Heureusement, osai-je, il y a encore des gens qui nous lisent, il y en a encore qui achètent nos livres. »

A ce point, mon ami, si l'on peut dire, se pencha ostensiblement pour examiner mes chaussures.

« Il s'y connaît, ton bottier ? » demanda-t-il.

Dieu soit loué, pensai-je. Maintenant nous passons à un autre sujet. Parce que rien n'est plus ingrat que de s'entendre dire des vérités, quand les vérités nous déplaisent.

« Sensationnel, répondis-je. C'est un merveilleux artisan, il travaille avec une telle conscience et un tel goût que les chaussures qu'il fait ne s'usent pour ainsi dire jamais.

— Bravo ! s'écria le salaud. Et je parie qu'il gagne moins que toi.

— C'est possible.

— Et tu ne trouves pas ça dégoûtant ?

— Je ne sais pas, dis-je. Sincèrement je ne me le suis jamais demandé.

— Comprenons-nous bien, fit encore Schiassi, ce n'est pas ce que tu écris me déplaise, moi je ne te cherche pas de crosses ; mais que toi et des milliers d'autres vous passiez votre vie à écrire des histoires qui n'ont jamais existé, et qu'il y ait des éditeurs pour les imprimer et des gens pour les acheter, et que vous fassiez fortune, et que les journaux en parlent, et que des critiques par-dessus le marché en discutent en long et en large dans des articles interminables, et que ces articles soient imprimés, et que l'on en papote dans les salons... tout ça pour des histoires inventées de fond en comble... Mais est-ce que ça ne te semble pas, à toi aussi, une folie à l'époque de la bombe atomique et des spoutniks ? Comment une telle farce peut-elle encore se poursuivre ?

— Je ne sais pas. Tu as peut-être raison, dis-je plus désemparé que jamais.

— Vous aurez toujours moins de lecteurs, toujours moins... s'emporta Schiassi. Littérature, art ?... tout ça, c'est des grands mots... Mais l'art au jour d'aujourd'hui ne peut être qu'une denrée, comme un bifteck, un parfum, un litre de vin. De quel art s'occupent les gens ? Regarde la marée montante qui est en train de tout submerger. De quoi est-elle faite ? De chansons, de chansonnettes, de paroliers, de musiquette... bref d'une marchandise d'usage courant. Voilà la gloire. Tu as beau écrire, toi, des romans très intelligents et même géniaux, le dernier des yéyés t'écrasera sous le poids de ses triomphes. Le public va droit au solide, à ce qui lui donne un plaisir matériel, palpable, immédiat. Et qui ne lui coûte pas de fatigue. Et qui ne fasse pas travailler le cerveau... »

Je fis signe que oui de la tête. Je n'avais plus de forces et ne trouvais plus d'arguments pour le contredire. Mais Schiassi n'en avait pas assez.

« Il n'y a encore que quarante ans, un écrivain, un peintre, un musicien pouvaient être des personnages importants. Mais maintenant... Il n'y a plus que quelques vieilles cariatides qui résistent à la destruction... Un Hemingway... un Stravinski... un Picasso... la génération des grands-pères et des arrière-grands-pères, quoi... non, non, ce que vous faites n'intéresse plus personne... Toi-même, est-ce que tu vas aux expositions d'art abstrait ? Est-ce que tu lis les articles de la critique là-dessus ? Folie, pure folie, conspiration d'une secte de survivants qui réussissent encore à s'imposer çà et là par roublardise et à vendre, par hasard, un tableau aberrant pour deux millions. Les derniers frémissements, oui, voilà les ultimes sursauts d'une agonie irrémédiable. Vous autres artistes, vous suivez un chemin et le public un autre et ainsi vous vous éloignez toujours plus, et un jour viendra où la distance sera telle... vous pourrez crier, il n'y aura pas un chien pour vous écouter... »

A ce moment, comme il arrive parfois, quelque chose passa dans la rue minable où nous nous trouvions tous les deux. Une chose indéfinissable qui n'était pas le vent car l'air continuait à stagner, ni un parfum parce que l'atmosphère empestait toujours l'essence, ni une musique parce qu'on n'entendait rien d'autre que le vrombissement intermittent des voitures. Qui sait ce que c'était, une onde de sentiments et de souvenirs secrets, une mystérieuse puissance ?

« Et pourtant..., dis-je.

— Et pourtant quoi ? »

Le sourire oblique de Schiassi éclaira son visage.

« Et pourtant, dis-je, même quand il n'y aura plus personne pour lire les histoires que nous écrivons tant bien que mal, même quand les expositions resteront désertes et que les musiciens joueront leurs compositions devant des rangées de fauteuils vides, les choses que nous ferons, pas moi, mais ceux qui font mon métier...

— Allez, courage, courage...., me harcelait, sarcastique, mon ami.

— Oui, les histoires que l'on écrira, les tableaux qu'on peindra, les musiques que l'on composera, les choses stupides, folles, incompréhensibles et inutiles dont tu parles seront pourtant toujours la pointe extrême de l'homme, son authentique étendard.

— Tu me fais peur », s'écria Schiassi.

Mais je ne sais pas pourquoi, j'étais incapable de

m'arrêter. J'éprouvais une de ces rages ; et elle jaillissait de moi sans que je réussisse à la maîtriser.

« Oui, dis-je, ces idioties dont tu parles seront encore ce qui nous distinguera le plus des bêtes, aucune importance si elles sont suprêmement inutiles, peut-être au contraire justement à cause de ça. Plus encore que la bombe atomique, les spoutniks et les rayons intersidéraux. Et le jour où ces idioties auront disparu, les hommes seront devenus de pauvres vers nus et misérables, comme au temps des cavernes. Parce que la différence qu'il y a entre une termitière ou une digue de castors et les miracles de la technique moderne est une minuscule différence, une pauvre petite chose comparée à ce qui sépare cette même termitière de... de...

— D'une poésie hermétique de dix vers, par exemple ? suggéra Schiassi d'un air malin.

— Mais oui, d'une poésie, même si elle est apparemment indéchiffrable, même de cinq vers seulement. Même de la seule intention de l'écrire, c'est sans importance si la tentative est ratée... je me trompe peut-être mais c'est seulement dans cette direction que se trouve notre unique voie de salut... Et si... »

Ici Schiassi s'épanouit en un long éclat de rire tonitruant. Étrange, il n'avait pas un son antipathique. Je m'arrêtai tout interdit.

Alors il me donna une grande claque sur l'épaule.

« Ah ! tu as enfin compris, bougre d'imbécile. »

Je balbutiai :

« Qu'est-ce que tu entends par là ?

— Rien, rien, répondit Schiassi et son visage maigre s'illumina comme sous l'effet d'une phosphorescence interne. Je te voyais si abattu, ce soir, tu me semblais si découragé. Alors, tout simplement, j'ai cherché à te sortir un peu de là et à te remonter le moral. »

C'était vrai. Suggestion ou non, je me sentais tout autre maintenant : libre et passablement sûr de moi. J'allumai une cigarette, tandis que Schiassi s'éloignait là-bas comme un fantôme.

LA BOÎTE DE CONSERVES

Il dit :

« Vous savez, faites attention, mademoiselle, pour que ça marche vous devez appuyer sur le bouton de droite. C'est un juke-box nouveau modèle, de type américain. »

Elle lui fit un petit merci mécanique et puis elle le regarda, elle ne s'était pas encore aperçue de sa présence, il était à côté d'elle mais elle ne l'avait pas remarqué et maintenant elle le regardait. Cela ne dura qu'une seconde.

A l'intérieur du juke-box les mécanismes avaient accompli leur manœuvre moelleuse triant les disques, çà et là, comme des enfants avec délicatesse et précision, puis le nouveau disque commença à tourner. On entendit un tintement comme celui d'une clochette en fer-blanc.

Il dit :

« La "Boîte de conserves" Bon, nous avons les mêmes goûts à ce que je vois. »

(Et il rit.) Elle resta silencieuse.

« Pas mal, ce Gianni Meccia. Mais dites-moi, mademoiselle, est-ce qu'il vous plaît vraiment beaucoup ? »

Elle continuait à se taire.

Pour la deuxième fois elle détourna les yeux et le regarda rapidement. Il était là qui l'observait de toute sa hauteur, merveilleusement maître de lui. Elle détourna immédiatement son regard.

Il dit :

« Je plaisantais, vous savez. Sincèrement cette "Boîte de conserves" moi je la trouve plutôt minable. Mais maintenant que vous l'avez choisie... Elle vous plaît vraiment beaucoup ? Pas vrai ?

— Je ne sais pas », laissa-t-elle échapper.

Et lui :

« Et alors pourquoi l'avez-vous choisie ?

— Je ne sais pas, laissa-t-elle échapper.

— Moi je sais, dit-il, c'est parce que la "Boîte de conserves" vous plaît énormément.

— Pourquoi ? laissa-t-elle échapper.

— Je m'en vais, mademoiselle, dit-il. Je vous ennuie, je le vois, mais ça me faisait plaisir d'écouter, tout simplement.

— Si ce n'est que pour ça, laissa-t-elle échapper, restez donc. »

Il se tut. Le disque était fini, la clochette de fer-blanc se perdit dans le lointain. A l'intérieur du juke-box il y eut encore tout un remue-ménage mécanique tranquille et inéluctable et puis le disque de la « Boîte de conserves » fut glissé à sa place exacte et tout redevint immobile.

Il fit mine de s'en aller, mollement, on voyait qu'il hésitait.

« Vous n'avez mis que la "Boîte de conserves" ? » fit-il.

Elle ne répondit pas et se prépara à s'en aller.

« Attendez, mademoiselle, dit-il, je vais vous faire jouer une autre fois la chanson de la "Boîte de conserves", je vois bien qu'elle vous plaît beaucoup et moi je sais pourquoi. »

Elle s'arrêta un instant, incertaine, ce ne fut qu'un instant mais maintenant elle ne pouvait plus s'en aller comme avant, quelque chose était changé et elle laissa échapper :

« Pourquoi ?

— La "Boîte de conserves" vous plaît énormément, dit-il, parce que c'est votre portrait tout craché.

— Moi je ressemble à une boîte de conserves ? »

Elle essaya de prendre un air offusqué.

Il rit, avec quelle simplicité riait-il :

« Vous une boîte de conserves, oh ! là ! là ! Mais vous êtes au contraire celle qui donne des coups de pied dedans, la fait rouler, la fait rebondir çà et là sans aucune pitié.

— Moi ?

— Vous.

— Dans la chanson on ne dit pas si c'est un homme ou une femme.

— Bah ! il est clair que ça ne peut être qu'une femme, il n'y a que vous autres pour être capables de... »

Et puis il dit :

« Étudiante, je parie. »

Elle fit signe que oui mais ne répondit pas.

Il attendait la demande symétrique qui ne vint pas. Alors il sourit. Il avait une bonne tête de plus qu'elle. Et puis :

« Moi je suis chef-monteur. Une partie qui ne vous intéresse pas j'imagine. »

Elle continuait à se taire.

« Je vous dégoûte peut-être ? plaisantait-il. Vous n'êtes pas habituée à ça, pas vrai ?

— Pourquoi ? dit-elle et pour la première fois elle sourit. Qu'est-ce que vous vous imaginez ? »

Sans s'en apercevoir ils étaient sortis ensemble du café. Ils marchaient côte à côte. Mais elle hâta le pas

« Écoutez, mademoiselle. Est-ce que nous pouvons nous revoir quelquefois ? »

Elle se tut.

« Dites-moi : vous avez peur ? »

Elle leva les yeux et le regarda. Une fourgonnette passa dans un bruit d'enfer.

Elle balbutia :

« Oh ! mon Dieu... ces engins, je les déteste. »

Et lui, du tac au tac :

« Je parie que vous avez un très joli prénom.

— Non, au contraire il est affreux.

— Votre prénom ne pourra jamais être affreux. Même pas si vous vous appeliez Cleofe. »

A ce moment il lui sembla qu'elle dominait la situation.

« Mais comment avez-vous fait pour deviner ?

— Cleofe, murmura-t-il, gentille Cleofe.

— Non, non, je vous en prie. Je m'appelle Luisella.

— Ah ! je me disais aussi... Mais où courez-vous comme ça maintenant ?

— A la maison.

— Alors, ce soir, on se voit ?

— Je ne sors jamais le soir.

— Demain après-midi, alors ? Je finis de travailler à cinq heures.

— L'après-midi je suis prise.

— Tous les après-midi ?

— Oui, tous les après-midi. Et maintenant je vous quitte parce que c'est ici l'arrêt de mon tram.

— Eh bien, alors, demain, mademoiselle Luisella, vers cette heure-ci, j'irai écouter la "Boîte de conserves" là, au bar.

— Amusez-vous bien alors. Bonsoir. »

Et puis il lui dit :

« Vous voulez savoir ce que j'ai fait ces jours-ci ?

— Non, je ne suis pas curieuse pour un sou.

— J'ai continué à rebondir çà et là. Pourquoi vous amusez-vous à me faire ricocher et rebondir comme ça ? Posez votre oreille un instant contre mon épaule. Je vous en prie, rien qu'un instant. Vous n'entendez pas ?

— Quoi ?

— Dlen, dlen, le bruit que je fais en roulant.

— Vous avez envie de plaisanter ?

— Je ne plaisante pas du tout.

— Mais pourquoi allons-nous dans cette rue ? Je n'aime pas le noir. Retournons.

— Houm ! quel bon parfum tu as, Luisella. »

Elle ne répondit pas.

« Comme tu sens bon, Luisella. »

Elle ne répondit pas.

« Seigneur... comme je roule... Tiens, mets ta main là, s'il te plaît, là, sur ma poitrine, tu ne sens pas comme ça bat ?

— Non, Alfredo, non, je t'en supplie, je ne veux pas.

— Un moment, un moment seulement... »

Elle dit :

« Oh ! »

Et puis il dit :

« Non, excuse-moi, mais demain je ne peux pas.

— Mais tu m'avais promis...

— Je n'y vais pas pour m'amuser, tu sais. C'est pour mon travail. »

Elle resta silencieuse.

« Qu'est-ce que tu as ? dit-il. Pourquoi fais-tu cette tête-là ?

— C'est ça, dis-le que ma tête ne te plaît pas.

— Allons, viens mon amour, mon petit amour.

— Oh ! Alfredo, pourquoi es-tu comme ça ? »

Et puis il dit :

« Allô ? Allô ?

— Bonjour, dit-elle.

— Bonjour.

— Quel ton. Ça te déplaît que je téléphone ?

— Non, mais tu sais bien, Cocchi, qu'ici, pendant les heures de travail... »

Elle se tut.

« Allô, allô », fit-il.

Sa voix était devenue comme du verre.

« Qui est cette Cocchi ?

— Comment ? Eh bien, quoi cette Cocchi ?

— Tu m'as prise pour une autre. Qui est cette Cocchi ?

— Mais c'est toi... Un petit surnom qui m'est venu à l'esprit, comme ça... Ça te déplaît ?

— Qu'est-ce que c'est que cette histoire ? Je n'ai jamais été Cocchi pour toi. Tu me racontes des histoires. Tu m'as prise pour une autre, voilà la vérité.

— Je t'en prie, Luisella, tu sais très bien qu'ici je ne peux pas parler. »

Et puis il lui dit :

« Excuse-moi, je suis un peu en retard.

— Un peu ? Presque vingt minutes. Alors que tu sais parfaitement que je déteste attendre ici, au coin de la rue. Avec tous ces crétins qui passent... et qui me prennent pour une de ces filles qui font le trottoir.

— C'est de la faute de mon carburateur. Il s'est bloqué à mi-chemin. Il faudra que je me décide à changer mon vélomoteur.

— Où étais-tu hier soir ?

— Au ciné.

— Avec qui ?

— Avec ma sœur et son fiancé.

— Quel ciné ?

— A l'Excelsior.

— Qu'est-ce qu'on y donnait ?

— Ce qu'on y donnait ? Je ne m'en souviens même pas. Ah ! si... *Horizon en feu*.

— Ça fait au moins une semaine qu'*Horizon en feu* n'est plus à l'affiche. Où es-tu allé hier soir ?

— Oh ! mais enfin, si je te dis que j'ai vu *Horizon en feu*... Tu sais, Luisella, que tu commences à me...

— A te fatiguer ? C'est ça que tu voulais dire ? Tu en as assez de moi, voilà la vérité. Mais dis-le, dis-le donc, décide-toi enfin... Et moi qui...

— Luisella, je t'en supplie, maintenant tu ne vas pas te mettre à pleurer...

— Voilà... je le sav... je le savais que... va, va-t'en, laisse-moi... laisse-moi je te dis... »

Et puis il ne dit plus rien, il ne disait plus rien.

Elle faisait les cent pas dans la pièce en fumant. Sa mère, assise dans un coin, la regardait.

« Qu'est-ce que tu as, Luisella ? dit-elle. Ces derniers temps tu es bien nerveuse. Qu'est-ce qui t'est arrivé, Luisella ?

— Rien je te dis. Je ne me sens pas très bien, c'est tout. Et puis j'ai tout le temps mal à la tête.

— Pourquoi n'as-tu plus confiance en ta maman, Luisella ? Si tu as des ennuis, de la peine...

— Mais qu'est-ce que tu vas t'imaginer là ? J'ai seulement mal à la tête, je te dis.

— Alors pourquoi ne veux-tu pas que nous allions voir le docteur ?

— Les docteurs ne comprennent jamais rien. Est-ce que le téléphone ne vient pas de sonner ?

— Non, je n'ai rien entendu.

— Mais si, c'est le téléphone. Allô... allô... allô... allô... aaaaallô...

— Mais c'est devenu une idée fixe, ce téléphone. Peut-on savoir qui doit te téléphoner ? »

Elle se tut un instant :

« Et pourtant j'avais entendu sonner. »

Oui, oui, quelque chose tintait. Comme pour l'appeler. Elle tendit l'oreille. C'était en bas, dans la rue. Quelqu'un qui marchait. Et puis de temps à autre un bruit, comme une boîte de fer-blanc qui rebondissait. Tout en marchant, l'homme donnait des coups de pied dans quelque chose de métallique, une boîte de conserves vide, ou je ne sais quoi du même genre. La boîte en métal rebondissait çà et là, en roulant. Elle aussi rebondissait çà et là, en roulant. La rue était déserte, mouillée et dans une demi-obscurité.

Atone, elle regardait fixement une petite table, il y avait les objets habituels et un journal plié. Un titre annonçait : « Débat animé à l'O.N.U. sur la question du Congo. » Qu'était l'O.N.U. ? Que signifiaient ces lettres ? Et le Congo ? Comment des gens pouvaient-ils s'intéresser à des idioties pareilles ? Quel sens cela avait-il ?

Le bruit métallique passa juste sous la fenêtre. A chaque coup de pied que l'homme donnait en bas, dans la rue, répondait au plus profond d'elle-même un coup sourd qui la brisait. Elle se sentait cogner là et là sauvagement, et il n'y avait rien à quoi elle pût s'accrocher.

Sa mère la regarda épouvantée. De la jeune fille provenait, dlen, dlen, un tintement de fer-blanc.

L'AUTEL

Le père Stefano Armandi, envoyé par Rome en mission au couvent de Dosoley, Massachusetts, se trouva obligé de passer un jour à New York où il n'était encore jamais allé.

Le père Stefano avait à peine trente-quatre ans, il était de santé fragile et n'avait pour ainsi dire jamais voyagé, toutefois on l'avait choisi à cause de son zèle et de sa foi.

Son ordre avait une petite maison sur la 67e Avenue W. Dans l'après-midi, le père Stefano décida de sortir de cette 67e Avenue et d'aller tout seul voir de près finalement ces fameux gratte-ciel.

Ce n'était pas difficile de trouver son chemin, car à chaque croisement il y avait des plaques métalliques portant le numéro de la rue, mais c'était une journée de pluie fine, continue et de brouillard. Et clandestinement, dans cette humidité obscure, le soir approchait.

De sorte que le jeune père se sentit encore plus misérablement seul qu'il ne l'avait supposé. En effet, dès le jour où on lui avait parlé de cette mission en Amérique, il avait eu très peur de souffrir de la solitude, ce qui n'est pas bien pour un prêtre.

Alors il éprouva le besoin urgent d'un appui amical

et il consulta la carte de Manhattan qu'il portait sur lui, l'église-cathédrale St. Patrick n'était pas loin, et c'était une excellente occasion pour visiter le célèbre vieux sanctuaire qu'il fallait absolument voir.

Tout en marchant sous la pluie fine, sans parapluie, le père Stefano pensait à certaines choses bancales de la vie, et, absorbé dans ses réflexions, il avançait distrait, la tête penchée sans lever les yeux pour regarder autour de lui et il ne s'était pas aperçu que, chemin faisant tandis que les numéros décroissaient, les maisons s'élevaient de plus en plus.

Lorsque les deux flèches gothiques de St. Patrick lui apparurent, il fut rasséréné et, pressé d'entrer, il ne remarqua pas les sinistres ombres verticales flanquées de tours qui pesaient sur le temple en se reflétant sur les trottoirs luisants de pluie.

La cathédrale, à l'intérieur, était très propre et presque déserte. La lumière laiteuse du jour qui déclinait en cette fin d'après-midi n'entrait pas. On aurait dit qu'il faisait nuit dans la cathédrale, les ampoules électriques et les tubes au néon étaient allumés. L'intérieur de l'édifice paraissait beaucoup plus grand qu'on ne l'aurait supposé du dehors, une véritable église gothique de style européen, à première vue on pouvait même penser qu'on allait retrouver cette intimité typique familiale, si plaisante et poétique, propre à certaines petites églises de montagne.

Mais le père Stefano n'avait pas fait une dizaine de pas qu'il éprouva un sentiment d'angoisse, car il ne trouvait pas ce qu'il venait chercher en ce lieu. Il y avait bien les colonnes, les arcs en ogive, l'autel, le tabernacle, les cierges, les images, les croix, l'odeur d'encens, et pourtant le plus important ne s'y trouvait pas. Comme si ce jour-là Dieu ne voulait rien savoir du père Stefano. Il ne songea pas à aller jeter un coup d'œil là-bas dans le fond où s'appesantissaient certaines ombres, lieu somptueux et humble, entre la nef et l'autel, où il aurait pu constater la présence de Dieu.

C'est alors, comme il se retournait pour regagner la sortie — il ne lui restait rien d'autre à faire — que le père Stefano aperçut le pape.

Tout vêtu de blanc, le Saint-Père était assis sur un petit trône au pied d'une colonne, près de l'entrée, et un intense éclairage électrique le faisait resplendir comme si la lumière émanait de lui. Curieux que le père Stefano, en entrant dans l'église, ne s'en fût même pas aperçu. Ou alors quand Stefano était arrivé, le pape n'était pas encore là et il était entré subrepticement tandis que lui, Stefano, furetait alentour en quête de Dieu ?

C'était quand même étrange qu'il n'y eût pas à côté du pape des cardinaux, des prélats, des monsignori, des officiers en uniforme anachronique, la cour habituelle. Pie XII était assis tout seul, ses mains aristocratiques et diaphanes reposant sur ses genoux dans un geste de mansuétude, de dignité et d'autorité ; et il souriait avec douceur.

Sur le moment, le père Stefano fut tellement surpris qu'il crut à une sorte de miracle. Ce n'est que quelques secondes après qu'il réalisa que Pie XII était mort depuis pas mal de temps et que même son successeur était mort lui aussi...

Le respect avec lequel le père Stefano s'approchait du Saint-Père se glaça tout d'un coup : il s'agissait d'un mannequin de cire représentant, en grandeur naturelle et avec un réalisme méticuleux, le pape Pacelli, pire même, car les rides, les plis, les cernes, les veines, tous les signes de la vieillesse avaient été atténués et estompés comme sur les photographies retouchées. Et le rose vif de ses joues faisait penser aux coûteux cadavres embaumés des instituts de beauté pour morts.

Un grand globe de verre protégeait de la poussière le sinistre simulacre ; devant lui, l'un à droite, l'autre à gauche, deux petits tableaux encadrés. Sur le premier, écrite en caractères gothiques, il y avait une prière en anglais. Sur le second on lisait : « Le pape Pie XII. Chaque pièce du vêtement dont est revêtue l'effigie du Saint-Père fut portée par lui le dernier jour qui précéda sa fatale maladie et a été authentifiée à Castel Gandolfo après sa mort. Pendant son pontificat Sa Sainteté portait très souvent cet anneau et cette croix pectorale que lui avait offerts S. E. le cardinal Francis Spellman. »

En passant devant lui, le père Stefano a l'impression que le pape de cire le fixe intensément, en le suivant longuement du regard à travers ses lunettes cerclées d'or. Il se retrouve tout de suite dehors. Après cette étrange rencontre, il a besoin d'air, de mouvement, de vie, il s'enfuit sous la pluie fine, et il est encore plus seul qu'avant.

Il tourne le coin de la rue, longe les maisons, traverse l'avenue, maintenant il passe devant le bloc suivant, il ne sait pas où il va, il ne sait pas ce qu'il veut, il se sent frustré, solitaire et malheureux comme il ne l'a encore jamais été. Mais arrivé au bout du deuxième bloc, là où le mur cesse, le père Stefano tourne les yeux vers la droite. Et il voit.

Il se trouve dans le fond d'une vallée très étroite entourée de hauts sommets dont on ne sait où ils finissent parce qu'à un certain point ils se perdent dans le plafond effiloché des nuages. Les pics sont tellement sauvages et abrupts qu'ils effraient, mais ce soir on y célèbre une fête, et des myriades infinies de lumières brillent tout au long des crêtes.

Il se retrouva sur une route d'une importance fabuleuse, non que cette route fût exceptionnellement large, au contraire. Mais les maisons qui la bordaient vous coupaient la respiration. Le père Stefano les regardait de bas en haut lentement, mais il était bien vite fatigué et il n'arrivait plus à suivre cet à-pic vertigineux. C'était absurde. C'était impossible que des hommes tout seuls, sans intervention surnaturelle, aient construit ces fenêtres suspendues dans le ciel, impossible qu'ils aient travaillé et bâti si haut. Et ses yeux étaient parvenus à un quart, à peine à un tiers de la hauteur totale, il en restait encore un bon morceau avant d'arriver au plafond de nuages et qui sait à quelle hauteur les tours continuaient à s'élever là-dedans, cachées dans la brume, d'où filtraient les lumières phosphorescentes dans la sombre citerne.

Il se retrouva dans Park Avenue, au centre de la plus épaisse forêt humaine de New York, entre les terribles séquoias d'acier, de cristal, de volonté, d'or, de glace et de diamants. D'un côté et de l'autre, alignés, les fantômes vitrés gravés dans le ciel, à gauche le Building de la First National City Bank, la flèche inspirée du Seagram Building bâti en lumière rose, le Sheraton East Building, le Grolier Building, le St. Bartholomew Building, le General Electric Building couronné d'une bizarre couronne de flammes, le célèbre Waldorf Astoria et sa tour, le vieux gnome Park Lane Hotel qui compte à peine douze étages, le Chemical Bank New York Trust Building déjà aérien mais encore en chantier. A droite la Lever House, rivale en beauté du Seagram, le vénérable Racket Club, et puis une hallucinante muraille de vitres, Hannover Trust, Union Carbide, Marine Midland Trust Company. Et dans le fond, pour compléter le décor, Grand Central Station avec ses quarante étages, semblable à un trône, à une cyclopéenne horloge à poids, derrière laquelle le mur démesuré de la Pan American, perdue dans les nuages, ressemble à une aube d'argent.

Il se retrouva dans une salle comme il n'en avait encore jamais imaginé, même lorsque tout enfant il lisait des contes de fées ; c'était un abîme, un délire, un triomphe. Il éprouvait de la joie à la regarder. Il avait entendu dire que les gratte-ciel étaient nés à cause du manque d'espace — l'île de Manhattan ne pouvant contenir plus que sa surface. Quelle ridicule explication, bonne pour les enfants ! L'impulsion était venue de bien autre chose : de l'orgueil, des illusions, des songes de l'homme. Car ce n'était pas la beauté des immeubles considérés l'un après l'autre qui l'émouvait mais bien le chef-d'œuvre collectif définitif et absolu réalisé par les millions de vies qui fourmillaient là-dedans. Il chercha une comparaison, un point de repère, mais il n'en trouva pas. Si, peut-être Venise. Ce n'est qu'à Venise qu'une suprême fantaisie avait réussi à s'incarner avec une telle puissance lyrique.

Il se retrouva dans la plus grande église du monde, dans la cathédrale des cathédrales. Il y avait peut-être un soupçon de vérité dans la foi hérétique grâce à laquelle, mystérieusement désignés par un Dieu calviniste, les justes voyaient triompher aussi leurs entreprises profanes, et leurs frénétiques palais se transformer ainsi en gloire au Tout-Puissant ? Le Seagram Building n'était-il pas un autel ? Tout comme le Colgate, le Banker's Trust, le Waldorf ? Le Grand Central n'était-il pas l'autel principal et la Pan American le vitrail de l'abside derrière lequel une lumière éternelle resplendit ?

Le père Stefano repoussa cette idée blasphématoire. Mais plus il restait planté là à regarder, et plus il lui semblait retrouver ce qu'il avait perdu peu de temps auparavant devant le pape de cire. Certes la victoire du monde terrestre se trouvait bien là, dans le ventre de ces termitières transparentes où les hommes s'affairaient à conquérir dollars, femmes et pouvoir, c'était la vanité des vanités, l'éternelle course de tous les temps derrière le vent. Et pourtant, là, dans Park Avenue, au milieu des voiles mouillés de brume qui flottaient le long des à-pics, méduses opalescentes dans le cœur de la galaxie, il y avait aussi le labeur, l'espoir déçu, l'angoisse, les larmes et le sang. Oui, là aussi se trouvait Dieu. Le père Stefano ne se sentait plus frustré ni seul. Dieu était autour de lui, il pouvait s'accrocher à Lui, et vraiment à ce moment-là Grand Central devint l'autel pour la messe sans nom d'un prêtre qui y croyait. Par-dessus le grondement continu des voitures on entendait comme un chœur très lointain qui sortait des gratte-ciel, une musique triste et triomphale. Et la fuite des fumées et des brouillards dans le divin abîme était la contorsion de nos âmes en attente d'être sauvées.

LES BOSSES DANS LE JARDIN

Quand la nuit est tombée, j'aime me promener dans le jardin. Ne croyez pas je sois riche. Un jardin comme le mien, vous en avez tous. Et plus tard vous comprendrez pourquoi.

Dans l'obscurité, mais ce n'est pourtant pas complètement l'obscurité parce qu'une douce réverbération provient des fenêtres allumées de la maison, dans l'obscurité je marche sur la pelouse, mes chaussures enfoncent un peu dans l'herbe, et ce faisant je pense, et tout en pensant je lève les yeux pour regarder si le ciel est serein, s'il y a des étoiles, je les observe en me posant des tas de questions. Pourtant certaines nuits je ne me pose pas de questions, les étoiles sont là-haut, au-dessus de moi, parfaitement stupides et ne me disent rien.

J'étais un petit garçon lorsque, au cours de ma promenade nocturne, je butai sur un obstacle. Ne voyant pas ce que c'était, j'allumai une allumette. Sur la surface lisse de la pelouse, il y avait, chose étrange, une protubérance. Peut-être le jardinier aura fait quelque chose, pensai-je, je lui demanderai demain matin.

Le lendemain, j'appelai le jardinier, il se nommait Giacomo. Je lui dis :

« Qu'est-ce que tu as fait dans le jardin, il y a comme une bosse sur la pelouse, hier soir j'y ai buté et ce matin je l'ai vue comme le jour se levait. C'est une bosse oblongue et étroite, elle ressemble à un tumulus mortuaire. Veux-tu me dire ce que cela signifie ?

— Elle ne ressemble pas seulement à un tumulus mortuaire, monsieur, dit le jardinier Giacomo, c'en est vraiment un. Parce qu'hier, monsieur, un de vos amis est mort. »

C'était vrai. Mon meilleur ami Sandro Bartoli était mort en montagne, le crâne fracassé, il avait vingt et un ans.

« Tu veux dire que mon ami a été enseveli ici ? dis-je à Giacomo.

— Non, répondit-il, votre ami, M. Bartoli — il s'exprimait ainsi parce qu'il était de la vieille génération et pour cette raison encore respectueux — a été enseveli au pied de la montagne que vous savez. Mais ici dans le jardin la pelouse s'est soulevée toute seule, parce que c'est votre jardin, monsieur, et tout ce qui vous arrivera dans la vie aura sa répercussion ici.

— Allons, allons, je t'en prie, ce sont d'absurdes superstitions, lui dis-je, tu vas me faire le plaisir d'aplanir cette bosse.

— Je ne peux pas, monsieur, répondit-il, et des milliers de jardiniers comme moi ne réussiraient pas davantage à aplanir cette bosse. »

Après cela on ne fit rien et la bosse demeura ; je continuai le soir, lorsque la nuit était tombée, à me promener dans le jardin et de temps à autre il m'arrivait de buter sur la bosse mais guère souvent car le jardin était assez grand ; c'était une bosse large de soixante-dix centimètres et longue d'un mètre quatre-vingt-dix, l'herbe y poussait et elle devait s'élever d'environ vingt-cinq centimètres au-dessus du niveau du pré. Naturellement, chaque fois que je butais dedans, je pensais à lui, au cher ami perdu. Mais peut-être était-ce l'inverse. Peut-être allai-je buter sur la bosse justement parce qu'à ce moment-là j'étais en train de penser à mon ami. Ces histoires-là sont plutôt difficiles à comprendre, à éclaircir.

Par exemple il pouvait se passer deux ou trois mois sans que je rencontre, dans l'obscurité, pendant ma promenade nocturne, ce petit relief. Dans ce cas son souvenir me revenait alors, je m'arrêtais et dans le silence de la nuit, à voix haute je demandais :

« Tu dors ? »

Mais il ne répondait pas.

Il dormait effectivement, mais loin d'ici. sous les falaises, dans un cimetière de montagne, et au fur et à mesure que les années passaient personne ne se souvenait plus de lui, personne ne lui portait de fleurs.

Toutefois de longues années passèrent et voilà qu'un soir, au cours de ma promenade, juste à l'angle opposé du jardin, je butai dans une autre bosse.

Il s'en fallut de peu que je ne m'étale de tout mon long ; il était minuit passé, tout le monde était allé dormir mais mon irritation était telle que j'appelai : « Giacomo... Giacomo », pour le réveiller. Une fenêtre s'alluma, Giacomo se pencha au-dehors.

« Qu'est-ce que c'est encore que cette bosse ? criai-je. Tu as bêché par là ?

— Non, monsieur. Mais entre-temps, un de vos collègues que vous aimiez bien est parti, dit-il. Il s'appelait Cornali. »

Quelque temps plus tard, je trébuchai sur une troisième bosse et, bien qu'il fût déjà nuit noire, j'appelai aussi cette fois Giacomo qui était en train de dormir. Je savais très bien désormais ce que signifiait cette bosse mais je n'avais pas reçu de mauvaises nouvelles ce jour-là et j'étais anxieux de savoir. Giacomo, toujours flegmatique, apparut à la fenêtre :

« Qui est-ce ? demandai-je. Quelqu'un est mort ?

— Oui, monsieur, dit-il. Il s'appelait Giuseppe Patanè. »

Et puis quelques années passèrent à peu près tranquilles mais à un certain moment la multiplication des bosses dans la pelouse du jardin reprit de plus belle. Il y en avait des petites, mais il en était poussé aussi de gigantesques qu'on ne pouvait pas enjamber d'un pas et il fallait monter d'un côté pour redescendre de l'autre, comme si c'était des petites collines. Il y en eut deux très importantes à bref intervalle l'une de l'autre, et point n'était besoin de demander à Giacomo ce qui était arrivé. Là-dessous, dans ces deux tumuli hauts comme des bisons étaient enfermés de très chers moments de ma vie cruellement terminés.

Pour cette raison, chaque fois que dans l'obscurité je butai contre ces deux terribles monticules, toutes sortes de souvenirs douloureux se ravivaient en moi et je restai là, comme un enfant effrayé, appelant mes amis un par un. J'appelais Cornali, Patanè, Rebizzi, Lo Longanesi, Mauri, j'appelais tous ceux qui avaient grandi avec moi, qui pendant de longues années avaient travaillé avec moi. Et puis à voix encore plus haute : Negro ? Vergani ? Comme si je faisais l'appel... Mais personne ne répondait.

Peu à peu donc, mon jardin qui jadis était lisse et d'accès facile s'est transformé en champ de bataille, il y a toujours de l'herbe certes mais le pré monte et descend dans un labyrinthe de monticules, de bosses, de protubérances, de reliefs et chacune de ces excroissances correspond à un nom, chaque nom correspond à un ami, chaque ami correspond à une tombe lointaine et à un vide en moi.

Et puis cet été il en est apparu une si haute que lorsque j'en fus tout près, son profil me masqua la vue des étoiles, elle était grande comme un éléphant, comme une petite maison, c'était épouvantable pour y monter, une véritable escalade, il fallait l'éviter et en faire le tour.

Ce jour-là aucune mauvaise nouvelle ne m'était parvenue et c'est pourquoi cette nouveauté dans le jardin m'étonnait beaucoup. Mais cette fois aussi je sus tout de suite ; c'était le plus cher ami de ma jeunesse qui était parti, entre lui et moi il y avait eu tant de vérités, nous avions découvert ensemble le monde, la vie et les plus belles choses, ensemble nous avions exploré la poésie, les peintures, la musique, la montagne et il était logique que pour contenir tout ce matériel infini comme résumé et synthétisé dans les termes les plus brefs, il fallait une vraie petite montagne.

A ce moment j'eus un mouvement de rébellion. Non, cela ne pouvait pas être, me dis-je épouvanté. Et une fois encore j'appelai les amis par leur nom. Cornali, Patanè, Rebizzi, Longanesi, Mauri, Negro, Vergani, Segàla, Orlandi, Chiarelli, Brambilla. Arrivé à ce point il y eut une sorte de souffle dans la nuit qui me répondait « oui », je jurerais qu'une sorte de voix me disait « oui », une voix qui venait d'un autre monde, mais peut-être était-ce seulement la voix d'un oiseau de nuit car mon jardin plaît aux nocturnes.

Maintenant, n'allez pas me dire, je vous en prie : « Pourquoi rabâchez-vous des histoires aussi tristes, la vie est déjà si brève et difficile en soi, qu'il est idiot de se l'empoisonner de propos délibéré ; après tout, ces tristesses ne nous regardent pas, elles ne concernent que toi, seulement toi. » Je vous réponds non, hélas ! elles vous regardent vous aussi. Il serait bon, je le sais, qu'elles ne vous regardent pas. Parce que cette histoire des bosses dans la pelouse arrive à tout le monde et chacun de nous, je m'explique enfin, est propriétaire d'un jardin où se produisent ces phénomènes douloureux. C'est une vieille histoire qui se répète depuis le début des siècles et qui se répétera pour vous aussi. Et ce n'est pas une petite parabole littéraire, les choses sont bel et bien ainsi.

Je me demande évidemment, si dans un jardin quelconque surgira un jour une bosse qui me concernera, oh ! juste une petite bosse de troisième ordre, à peine une ondulation de la pelouse que l'on n'arrivera même pas à voir quand le soleil est au zénith. Quoi qu'il en soit, il y aura une personne au monde, au moins une, qui y butera.

Il peut se faire qu'à cause de mon fichu caractère je meure solitaire comme un chien au fond d'un vieux corridor désert. Et pourtant une personne ce soir-là butera sur la petite bosse poussée dans son jardin et butera aussi la nuit suivante et chaque fois elle pensera, excusez mon illusion, avec une nuance de regret à un certain type qui s'appelait Dino Buzzati.

PETITE CIRCÉ

Il y a un an à peu près, je m'aperçus à quel point mon ami Umberto Scandri était en train de changer. Umberto avait trente-six ans ; typographe, éditeur, il peignait aussi de façon intéressante. Intellectuel comme il n'est pas permis. Et pourtant son visage ressemblait plutôt à celui d'un boxeur : large, solide, sympathiquement renfrogné ; mais ses petits yeux pétillaient d'intelligence et de bonté. Un cœur candide mais en même temps un tempérament fort et autoritaire.

Bien qu'il fût plus jeune que moi, une très belle amitié était née entre nous, faite de confiance et de songes communs. C'est un hasard de travail qui nous avait rapprochés ; et puis nous avions pris l'habitude de nous retrouver presque chaque soir, bien qu'Umberto fût marié. Mais sa femme était une douce créature si effacée.

Bien. Il y a à peu près un an nos rencontres commencèrent à s'espacer. Umberto avait des travaux urgents, des rendez-vous d'affaires, toujours quelque nouveau prétexte. Les rares fois où je réussissais à le coincer, il semblait dans la lune, nerveux, anxieux, intolérant. Lui qui était d'habitude si gai et expansif. On aurait dit qu'il avait la fièvre.

Je comprenais bien qu'un souci le tourmentait. Mais je ne posais pas de questions. Si lui, qui était si sincère de nature, ne parlait pas, cela voulait dire qu'un motif grave lui imposait le silence. Et cela n'aurait pas été généreux de ma part d'insister pour savoir.

Jusqu'au soir où — place de la République, je m'en souviens, il pleuvait — il m'attrapa par la manche et d'une voix que je ne reconnaissais pas, comme apeurée, on aurait dit une voix d'enfant, il me dit :

« Il m'est arrivé un malheur. »

Hélas ! j'avais déjà compris, mais je fis semblant de rien.

« Qu'est-ce qui t'arrive ? »

Il me regarda, implorant, comme s'il attendait un pardon préventif.

« Une femme, murmura-t-il.

— Je m'en doutais. »

L'homme dans la fleur de l'âge, sûr de soi, plein d'énergie et d'idées, remarquable pour son ardeur et la rapidité de ses décisions devant le danger et l'adversité était devenu cette pauvre larve qui tremblait.

« Mais, est-ce qu'elle t'aime ?

— Non.

— Et alors ?

— C'est justement pour ça. »

Il me raconta avec un luxe de détails inutiles et fastidieux qui elle était, comment elle le traitait et comment lui ne réussissait plus à vivre sans elle ; bref une de ces pitoyables histoires comme il y en a des milliers dans notre misérable monde.

Seulement Umberto était conscient de la situation absurde, lui amoureux et elle qui s'en fichait éperdument. Il disait qu'elle était belle, oui, mais il ne cherchait pas, comme le font les hommes dans ce cas-là, à la transformer en déesse. Au contraire, il la décrivait cruelle, calculatrice, astucieuse, avide d'argent, avec un cœur aussi dur qu'une pierre. Mais il ne réussissait pas à y renoncer. Je demandai :

« Crois-tu vraiment que tu n'arriverais pas à la plaquer ?

— Maintenant non.

— Mais tu comprends pourtant bien qu'une femme pareille tu...

— Elle me conduit à ma perte, c'est ça que tu veux dire. Bien sûr que j'en ai conscience, mais... »

Deux jours plus tard je fis sa connaissance. Elle était dans le studio de mon ami, assise sur le divan. Très jeune, un visage vif et mobile de petite fille, une peau lisse encore tendue par l'inexprimable fraîcheur de l'âge, des cheveux noirs et longs roulés qui lui faisaient une étrange coiffure 1800, le corps d'une adolescente. Belle ? Je ne sais pas. Certes un type insolite, à la fois vulgaire et chic. Mais il y avait entre son aspect et les choses que m'avait racontées Umberto une contradiction insurmontable. Tout en elle disait la gaieté, l'insouciance, la joie de vivre, un abandon ingénu aux sollicitations de la vie ; ou du moins c'est ce qu'il semblait.

Avec moi elle fut très gentille. Elle babillait en me regardant et ses lèvres s'ouvraient en sourires malicieux. Elle forçait même un peu dans ce sens, comme si elle avait eu l'intention de me conquérir. Et elle ne prêtait pas plus attention à Umberto que s'il n'avait pas été là. Umberto, qui, à ses pieds, la contemplait d'un air idiot, avec un sourire forcé sur les lèvres.

Avec un geste d'une merveilleuse impudeur, Lunella ajusta sa jupe, laissant entrevoir plus qu'il n'était permis. Et puis elle pencha la tête, provocante, en petite écolière impertinente :

« Savez-vous qui je suis ? Je suis le cyclone, me

dit-elle, je suis la trompette marine, je suis l'arc-en-ciel. Je suis... je suis une délicieuse enfant. »

Et elle riait, apparemment heureuse.

A ce moment précis, je sentis derrière les coquetteries enfantines une capacité de mensonge illimitée et très contrôlée. Je ne saurais expliquer pourquoi. Presque une sensation physique.

Elle se tourna enfin vers Umberto.

« Mocci, demanda-t-elle avec le plus enjôleur des sourires, voyons, dis-moi : mon petit écureuil... »

Umberto secoua la tête mi-heureux mi-embarrassé.

« Allons, Mocci, dis-moi : mon petit écureuil à moi... »

Je la regardai. Avec une expression idiote Umberto murmura :

« Mon petit écureuil...

— A moi, l'encouragea-t-elle.

— Mon petit écureuil à moi », articula l'homme vaincu.

Et alors Lunella plissant ses lèvres gracieuses pour mimer peut-être quelque héros du monde animal de Walt Disney : « Squiiz... squiiz », minaudait-elle en jouant à la petite fille. Il y avait une telle ironie dans son regard, une telle froide jouissance de possession que je sentis un frisson me courir le long de l'épine dorsale.

Plus tard, lorsqu'elle fut sortie, je demandai à Umberto :

« Pourquoi la laisses-tu t'appeler Mocci ? Tu te rends compte où tu en es et à quel point elle t'a avili ?

— Oh ! fit-il, il faut l'excuser.. C'est une telle enfant ! »

Et puis je ne les revis plus ni lui ni elle pendant des mois. Qu'était-il arrivé ? Je téléphonais : rien. J'allais chez lui : rien. Ce maudit amour l'avait complètement absorbé. Dommage, un homme si remarquable et si bon.

Mais il y a quelques jours sa femme me fit appeler. J'y allai. Elle me raconta ce que je savais déjà. Elle pleura. Elle me supplia de l'aider. Depuis quinze jours elle n'avait pas vu Umberto et il n'avait pas mis non plus les pieds au bureau. Il semblait s'être volatisé. Il devait lui être arrivé quelque chose. Je promis de faire des recherches.

Des recherches ? La première idée qui me vint à l'esprit fut Lunella. J'irais chez elle. Elle saurait sûrement quelque chose, elle me raconterait peut-être des mensonges du premier au dernier mot mais de toute façon cela valait mieux que rien. Heureusement j'avais son adresse.

J'y allai à trois heures de l'après-midi. Si elle avait su que j'allais venir elle ne se serait pas mieux préparée. Une petite robe toute simple, mais remplie d'intentions avec un décolleté embarrassant. Elle semblait parfaitement à son aise. Elle était en forme, joyeuse, légèrement excitée même.

Elle vivait dans un de ces classiques petits appartements pour femmes seules, qui pleines d'illusions font fausse route, avec des meubles en faux rococo, la télévision, le tourne-disques, des imitations de tapis persans et aux murs d'atroces paysages dans d'énormes cadres dorés. Elle m'offrit un whisky et mit un disque de Joe Sentieri.

« Dites-moi, lui demandai-je en entrant tout de suite dans le vif du sujet, qu'est devenu Umberto ?

— Umberto ? fit-elle étonnée. Je voudrais bien le savoir moi aussi. Il y a des mois... Oh ! plus de deux mois que je ne l'ai pas vu. Un type sympa, mais quel casse-pieds. Figurez-vous qu'il était tombé amoureux de moi, vous l'aviez deviné, non ? Et puis de but en

blanc, pffft... mais pourquoi continuer à se dire vous...
Ça te déplaît qu'on se tutoie ? Ça facilite tellement la
conversation.

— Vous ne l'avez pas vu depuis deux mois ? fis-je,
guère convaincu.

— Bobi, Mocci ! » cria-t-elle à ce moment sans me
répondre.

A son appel deux chiens firent irruption dans le
salon. Un petit caniche nain et un boxer. Le boxer était
plutôt gras et mou et, je ne sais pourquoi, il me sembla
l'avoir déjà vu quelque part.

Ils se précipitèrent tous les deux sur Lunella qui, en
riant, cherchait à les tenir en respect.

« Allons, allons, soyez sages, ça suffit. »

Ils étaient tous les deux frénétiques. Avidement ils
cherchaient à lui lécher le cou, les joues, la bouche.
Elle se leva et alla prendre un petit bâton rouge verni,
d'environ un mètre de long.

« A quoi ça sert ?

— Eh pardi ! à les dresser. »

Je remarquai que le boxer ne me regardait pas. Il
semblait même plutôt gêné par ma présence. Il reculait
si je cherchais à le toucher. Curieux. Les boxers
d'habitude regardent toujours bien en face.

« Tu sais, Dino, fit Lunella, et, s'installant sur le
divan elle s'appuya contre moi pour que je sente tout
son corps mais juste un instant, tu sais que Mocci est
vraiment un bon chien.

— Ah ! oui ? dis-je. Mais excusez-moi, Umberto...

— Regarde je t'en prie, insista-t-elle, regarde
comme il est intelligent. »

Elle souleva le couvercle d'une boîte en porcelaine
pleine de gâteaux. Elle en prit un de la main gauche, le
tint juste au-dessus du museau du boxer haletant.

« Bien, Mocci, attends. »

Le chien leva le museau vers le gâteau et fit mine de le croquer. Elle, vivement, lui donna un coup de baguette sur le nez. Le chien reprit sa position, en remuant intensément la queue.

Alors, de la main gauche elle plaça le gâteau en équilibre sur le nez du chien. Et de la droite elle brandit menaçante sa baguette.

« Attends, Mocci, reste sage. »

Le gâteau en équilibre sur le nez, le boxer restait immobile et deux filets de bave coulaient de part et d'autre de sa gueule.

« Attends, je te dis. »

L'attente dura une bonne minute. A la fin le boxer ne résista plus et chercha à attraper le biscuit. Rapide comme la foudre elle lui assena un coup sec de sa baguette. Le biscuit tomba par terre.

« Non mais regarde comme ils sont gourmands », me dit-elle tout heureuse.

Le petit caniche, anxieux lui aussi, suivait intensément la scène.

Finalement le boxer eut son biscuit qu'il avala en une bouchée. Mais Lunella le mit de nouveau à l'épreuve.

« Allons, Mocci, donne la papatte. Allons, donne-moi la papatte, et après tu auras une caresse. »

Le boxer, son regard désespérément fixé sur le sien, souleva la patte droite. Un coup sec de la baguette la lui fit baisser.

« Pas celle-là ; l'autre. »

Et le boxer tendit la patte gauche. Lunella s'amusait énormément.

« Pourquoi l'avez-vous appelé Mocci ? demandai-je. Est-ce que vous n'appeliez pas Umberto comme cela aussi ?

— Oui. Mais c'est un pur hasard... Ou qui sait, c'est

peut-être un signe que, dans le fond, j'aimais bien Umberto... »

Et elle me regardait en riant, avec sa curieuse expression à la fois candide et effrontée.

Ensuite elle se tourna vers le petit caniche.

« Allons Bobi, viens voir ta petite maman. »

Elle le prit dans ses bras, le caressa, il se laissait dorloter.

Le boxer jaloux se hérissa.

« Mocci, Mocci », dis-je.

Mais rien, il avait juré de m'ignorer celui-là.

« Curieux, dis-je il a une cicatrice au coin de l'œil, gauche. Exactement comme Umberto.

— Vraiment ? fit Lunella hilare. Je ne l'avais pas remarqué. »

Le boxer ne remuait plus la queue. Sa maîtresse continuait à câliner l'autre, Mocci fit un bond et cherlcha à mordre la patte de son rival.

Lunella bondit sur ses pieds, exaspérée.

« Sale cabot — et elle lui lança un coup de pied de toutes ses forces sur le museau —, tu es jaloux, hein ? Va coucher, tout de suite, espèce de voyou », et vlan un autre coup de pied rageur.

Le boxer implora sa maîtresse du regard puis se retira et alla se cacher sous une table.

« Tu as vu ce sale chien ? dit la petite garce sans pitié. Mais il a eu son compte. Il faut les traiter comme ça, sinon ils deviennent les maîtres. Aussitôt qu'ils font une bêtise il faut les corriger d'importance et surtout les frapper sur le nez, là où ça leur fait le plus mal. Après ils deviennent des petits anges. »

Et elle riait, victorieuse.

Accroupi sous la table, tremblant, le boxer finalelment me regarda. C'était le regard d'une créature afflilgée, vaincue, éteinte, détruite, humiliée mais qui se souvient encore toutefois de l'orgueil de sa jeunesse perdue.

Il me regardait. Et ses larmes coulaient. Oh ! ces pupilles, cette expression, cette âme... Comme il me regardait. Pauvre Umberto...

L'ÉPUISEMENT

Ce sera vraiment une belle journée aujourd'hui.

Par les fentes des volets on aperçoit une lumière qui devrait être celle du soleil. Je suis un avocat, je suis un peintre, je suis un comptable ou quelque chose du même genre, en somme je suis moi.

Je suis un homme en bonne santé sur le point de commencer la journée.

En sortant de mon sommeil, j'étirai le bras droit noblement sans accorder d'importance aux préoccupations morales qui le matin nous appellent rageusement, de toute urgence, au travail, à nos maudits postes de travail.

Mais je n'avais même pas eu le temps d'étirer complètement mon bras que j'entendis sonner.

La sonnette de la porte.

D'abord un coup normal. Puis un second coup, plus appuyé et agaçant. C'était peut-être une lettre recommandée, un télégramme, ou le releveur des compteurs (et alors je pensai à la mélancolie des télégraphistes, des facteurs, des commis qui courent çà et là de par le monde en portant nos affaires, tout au long de leur vie ; et nous ne connaissons même pas leur nom).

Qui cela peut-il bien être ? nous demandâmes-nous, parce qu'une telle question est instinctive quand on entend à l'improviste sonner à sa porte. Mais je ne voyais pas, à vrai dire, l'utilité d'une visite si matinale.

Bah ! de toute façon...

Il était à peine huit heures, j'avais une râpe dans la gorge, comme si la veille j'avais fumé un volcan. Ayant ouvert la porte je me trouvai devant un type avec une grande sacoche de cuir noir en bandoulière. L'ignoble sonnette avait appelé en italien, elle avait fait drin, drin, j'avais donc très bien compris.

Au même instant ma magnifique confiance en moi allait au diable. Le monde environnant qui se précipitait furieux comme les chutes du Niagara m'avait agrippé avec ses crochets féroces.

J'étais encore une fois emporté par le courant. Et tout autour, de part et d'autre, les choses du monde, les choses qui arrivent me frôlaient à toute allure.

Quelles belles choses, effectivement, se produisent tous les jours, satellite artificiel nain lancé de Cap Canaveral, un désespéré menace de se lancer dans le vide du haut d'un toit, piano à vendre d'occasion, Mig en rase-mottes.

C'était bien, à huit heures, le releveur des compteurs du gaz, de l'électricité, de tous ces machins domestiques.

Sur le paillasson de ma porte, le journal du matin, le concierge l'y avait gentiment déposé à une heure encore nocturne.

L'uniforme du releveur des compteurs était râpé mais très net et bien brossé.

Il passa rapidement, m'effleurant à peine, un projet soviétique pour le Sud-Vietnam, un garçonnet tue sa petite cousine en jouant avec la carabine du grand-père, une auto piégée explose tuant deux hommes qui étaient à bord, bloqués par la grève deux cent mille voyageurs attendent.

Je m'étais proposé une bonne journée, joyeuse à défaut d'autre chose, avec toutes ces montagnes blanches entrevues dans le lointain un instant par la fenêtre de la cuisine, recouvertes de neige et de soleil.

Le contrôleur entra, ouvrit la portière, regarda, nota, salua, jeune femme attaquée par un voyou à Bogliasco, à Genève un agent de police est attaqué à coups de hache, mannequin condamné pour une organisation de call-girls. Au revoir et au plaisir monsieur le releveur des compteurs de gaz et d'électricité.

Dehors, le ululement d'une sirène augmenta, perfora les oreilles, s'estompa. Pompiers, ambulance ou police ? Feu, sang ou crime ? Tout de suite après, une deuxième sirène.

La lame de mon rasoir ne coupait plus, j'avais oublié d'en acheter d'autres, je remarquai au plafond de la salle de bains une tache d'humidité, je me rappelai que je devais payer la note du peintre. Le type d'en dessus fit brailler sa radio au maximum avec Milva. Behawi Bebawi, Claire remet au tribunal deux lettres mystérieuses, le père et ses trois enfants ensevelis sous les décombres. Comme j'enfilai ma chemise, le bouton du col sauta (comme d'habitude, le fil avait été brûlé par le super-extra-détersif), garnison sud-vietnamienne exterminée par les rebelles.

Au grand croisement de la place de la République, je me trouvai arrêté dans un embouteillage, à droite et à gauche des hommes immobiles au volant, tous les visages tournés du même côté, avec une expression hébétée. Un maniaque blesse sa femme, son fils et se suicide, taxe supplémentaire envisagée sur le sucre. Et puis tous se mirent à jouer de l'avertisseur ensemble, sans raison, avec une de ces rages...

Par la fenêtre de mon bureau où le soleil n'arrive pas, je voyais les bureaux de l'immeuble vitré d'en face, où le soleil n'arrive pas. Aux premier, deuxième, troisième étages, à tous les étages, des hommes et des femmes assis qui prenaient des feuilles de papier, qui écrivaient sur ces feuilles, qui appliquaient contre leur oreille le récepteur du téléphone, en ouvrant et fermant la bouche et puis replaçaient le récepteur et puis le reprenaient et l'appliquaient contre leur oreille, en ouvrant et en fermant la bouche, et plus ils répétaient cette manœuvre et plus leur nez se préoccupait, hommes comme femmes, et puis aussi les rides de leur front et leur lèvre supérieure s'alourdissaient à vue d'œil. Je me rendis compte que moi aussi j'étais assis, que je prenais des feuilles, que je soulevais le récepteur du téléphone et ainsi de suite et malgré moi mon nez, mon front, ma lèvre supérieure et tout le reste étaient de plus en plus préoccupés.

Mais quand je me levais je pouvais voir aussi les gens qui allaient et venaient dans la rue, ils semblaient tous chercher fiévreusement quelque chose. Que cherchaient-ils ? Peut-être recherchent-ils aide-comptable, employé de banque, chef de rayon, chef de bureau, chef de central mécanographique ? Peut-être qu'on recherche magasinier, opérateur offset, expert électrotechnicien, industriel compétent, chimiste compétent, tisserand compétent. On recherche première comptable, secrétaire, sténodactylo, traductrice de vingt, vingt-sept, vingt-huit ans ?

Je m'assis devant l'important personnage qui m'avait fait appeler. Je lui dis : « Monsieur le directeur, je d... » Le téléphone sonna, il répondit. Lorsqu'il eut fini je dis : « Monsieur le directeur, il est nécessaire que j... » Je voulais dire « je » mais l'autre moitié resta en chemin. Le téléphone avait sonné, il répondit.

Lorsqu'il eut fini je lui dis : « Monsieur le directeur il faut que je vous explique. Il y a deux ans... » Le téléphone sonna terriblement, il répondit. Combat aérien avec des Mig chinois, un soldat U.S.A. poignardé dans le dos, cinquante mille lires pour voir la Callas, nous avons la douleur d'annoncer le décès, après une longue maladie, du docteur Socrate de Garibaldis, chev. comm. on. chev. de gr. cr. sen. à vendre quartier Corvetto sous-sols très clairs, mutuelle foncière. Maintenant je devais téléphoner mais c'était occupé. Hold-up de dix millions, dans un journal du Minnesota. Un Milan trop nerveux, ils ont tous les jambes tremblantes. Un ouvrier jaloux étrangle sa femme pendant son sommeil. J'essayai de téléphoner, mais c'était occupé, occupé, occupé...

Quand je sortis pour retourner chez moi, ma petite voiture qui m'attendait au coin de la rue ressemblait au camelot qui vend des horoscopes tant elle était constellée de contraventions. Johnson confirme sa décision de continuer, Saragat confirme l'obligation de l'État de. Un bandit attaque au marteau une bijouterie. A vendre distributeurs automatiques chewing-gum, plaquettes, boules, on vend neuf, d'occasion. Mise aux enchères de la voiture utilisée par le pape à Bombay. Malaise chez les socialistes. Agitation chez les catholiques français. Mais tout au long du chemin du retour, un camion gigantesque qui me barrait perpétuellement la route.

A la maison, Maria me demanda gentiment : « Tu voudrais aller me chercher un Coca-Cola ? » J'y allai. Mais à la cuisine, devant le Frigidaire, je trouvai une longue file d'attente. Je dus me mettre à la queue, bien qu'étant le patron. Quelques femmes ricanaient. Chaque fois que l'inspecteur général préposé à la distribution, après avoir longuement examiné les papiers d'identité, ouvrait la porte du Frigidaire, je lorgnais avidement pour voir s'il restait assez de bouteilles. Dans la file il y avait un monsieur gros et gras qui, à un certain moment, se trouva mal ; pour le ranimer, moi et un autre, nous le transportâmes près de la fenêtre pour qu'il puisse respirer de l'air frais ; et nous perdîmes notre place dans la queue. Pendant ce temps-là la pluie se mit à tomber, j'avais oublié, là-bas dans l'armoire de la chambre à coucher, mon imperméable et mon parapluie. J'avais froid. Les bijoux de Lollobrigida placés sous séquestre par le fisc, enfant de six ans enlevé et tué par ses ravisseurs, abandonné par celle qu'il aimait il la tue puis se poignarde en plein cœur. Dehors la sirène de la police passa puis tout de suite après celle des pompiers, et puis le din din d'un prêtre qui allait porter l'extrême-onction. L'âge de Claire Bebawi dévoilé : elle rougit.

Il était tard, le téléphone sonna, c'était quelqu'un que j'avais oublié. Le téléphone sonna, c'était Sergio, mon vieil ami, qui avait le cafard ce soir et avait envie de parler, parler. Quand il eut fini, j'étais fatigué, je me dirigeai vers ma chambre à coucher.

Je ne pouvais pas avancer, les automobiles, en stationnement autorisé ou non, formaient, sur trois files, de hautes murailles tout autour du couloir et il en sortait une vibration métallique, elles aussi tremblaient de peur d'être pénalisées, traînées en justice, enlevées, détruites. Un complot contre Fidel Castro déjoué, la paysanne grecque qui avait empoisonné quatre membres de sa famille est fusillée, il est décapité par une scie mécanique, industriel, la quarantaine, épouserait belle jeune fille, vingt-cinq, vingt-huit ans, corsetière pouvant collaborer corsetterie, disposant capitaux, alerte dans la ville par suite de grondements souterrains suspects.

QUIZ AUX TRAVAUX FORCÉS

Dans ce grand pénitencier qui se trouve à la périphérie de la ville, réservé aux condamnés aux travaux forcés, il y a une règle, en apparence humaine, mais en réalité plus que cruelle.

A chacun de nous autres, les condamnés à perpétuité, est accordée l'autorisation de se présenter une seule fois en public et de parler à l'assistance pendant une demi-heure. Le détenu, tiré de sa cellule, est conduit sur un balcon du bâtiment extérieur, où se trouvent la direction et les bureaux. Devant lui s'étend la vaste place de la Trinité et c'est là que se réunit la foule pour écouter. Si à la fin du discours la foule applaudit, le condamné est libéré.

Cela peut paraître une indulgence exceptionnelle. Mais ne l'est pas. D'abord la faculté de s'adresser au public n'est accordée qu'une seule fois, je veux dire une seule fois dans la vie. En second lieu, si la foule répond « non » — comme c'est presque toujours le cas — la condamnation se trouve en un certain sens confirmée par le peuple lui-même et pèse encore davantage sur l'âme du détenu ; pour qui les jours d'expiation deviennent encore plus sombres et amers, après.

Et puis il y a une autre circonstance qui transforme

cet espoir en tourment. Le prisonnier en fait ne sait pas quand cette permission de parler lui sera accordée. La décision est entre les mains du directeur du pénitencier. Il peut arriver que l'homme soit conduit sur le balcon à peine une demi-heure après être arrivé à la prison. Mais il n'est pas exclu qu'on le fasse attendre de longues années. Quelqu'un qui avait été condamné à la prison à vie très jeune fut conduit au fatidique balcon alors qu'il était un vieillard décrépit et presque incapable de parler. On ne peut donc se préparer avec le calme nécessaire à une épreuve si difficile. Certains pensent : peut-être vont-ils m'appeler demain, peut-être ce soir, peut-être dans une heure. C'est le début de l'inquiétude et avec elle les projets se bousculent, les idées les plus désespérées s'emberlificotent dans un enchevêtrement neurasthénique. Et il ne sert à rien d'en parler avec les compagnons d'infortune pendant l'heure trop brève de la promenade quotidienne. Généralement on n'échange aucune confidence réciproque sur ce qui devrait être le sujet principal des rencontres de notre malheureuse communauté. Généralement, chacun nourrit l'illusion d'avoir découvert le grand secret, l'argument irrésistible qui déclouera le cœur avare de la foule. Et il craint de le révéler aux autres pour ne pas être devancé : logique dans le fond que les gens qui se sont laissé émouvoir par un raisonnement, restent sceptiques et méfiants s'ils l'entendent répéter une seconde fois.

Les expériences de ceux qui ont fait leur discours sans succès pourraient être un élément utile pour savoir comment se régler. On pourrait au moins écarter les systèmes qu'ils avaient adoptés. Mais les « collés » ne parlent pas. C'est en vain que nous les supplions de nous raconter ce qu'ils ont dit, comment a réagi la foule. Ils sourient ironiquement et ne soufflent mot. On dirait qu'ils pensent — « Je resterai toute ma vie en taule, restez-y donc vous aussi ; je ne veux pas vous aider d'aucune façon » — de vrais salauds.

Toutefois il est fatal que, malgré tous ces mystères, nous apprenions quelques petites choses. Mais dans ces vagues ragots, on ne trouve aucun élément utile. Il en ressort, par exemple, que dans ces discours à la foule les condamnés reviennent toujours sur deux arguments : leur propre innocence et le désespoir de leur famille ; ce qui est évident. Mais de quelle façon ont-ils développé ce sujet ? A quel langage ont-ils recouru ? Ont-ils invectivé ? Ont-ils supplié ? Se sont-ils mis à pleurer ? Personne ici ne le sait.

Mais la perspective la plus décourageante est la foule même de nos concitoyens. Nous sommes des gibiers de potence, je n'en discute pas, mais ceux qui sont dehors, les hommes et les femmes libres, ne plaisantent pas non plus. A l'annonce qu'un condamné va parler du haut du balcon, ils accourent sur la place non pas dans l'esprit de quelqu'un qui va devoir exprimer un jugement grave dont dépend l'existence d'un homme, mais uniquement pour s'amuser, comme s'ils allaient à une fête. Et ne croyez pas que ce public soit composé exclusivement de la lie des bas-fonds ; il y a aussi de nombreuses personnes d'une moralité exemplaire, des fonctionnaires, des gens qui ont une profession libérale, des ouvriers accompagnés de toute leur famille. Leur attitude est exempte de commisération et de pitié, même de simple compréhension. Eux aussi sont là pour se divertir. Et nous déjà, avec nos défroques rayées et la tête à moitié rasée, nous sommes tout ce qu'on peut imaginer de plus grotesque et de plus abject. Le malheureux qui apparaît au balcon ne trouve pas devant lui — comme on pourrait le penser — un silence respectueux et intimidé, mais des sifflets, des lazzi obscènes, des éclats de rire. Et alors, qu'est-ce qu'un homme, déjà ému et tremblant, peut faire devant un parterre semblable ? C'est une entreprise désespérée.

On raconte bien, dans des termes de légende, que dans le passé il y a eu des condamnés qui ont réussi à surmonter l'épreuve. Mais ce ne sont que des bruits qui courent. Ce qu'il y a de certain c'est que depuis neuf ans, c'est-à-dire depuis que je suis emprisonné, personne ne s'en est tiré avec succès ici. Une fois par mois environ, depuis cette époque, l'un de nous a été conduit au balcon pour parler. Mais après, tous ont réintégré leur cellule. La foule les avait sauvagement sifflés.

Les gardiens viennent de m'annoncer que c'est mon tour. Il est deux heures de l'après-midi. Dans deux heures je devrai me présenter devant la foule. Mais je n'ai pas peur. Je sais déjà, mot pour mot, ce qu'il convient que je dise. Je crois bien avoir trouvé la réponse juste au terrible quiz. J'ai médité longtemps : pendant neuf ans, alors vous pensez... Je ne me fais aucune illusion sur le public, il ne sera pas mieux disposé que celui qui a écouté mes malheureux compagnons.

On ouvre la porte de la cellule, on me fait traverser tout le pénitencier, je monte deux étages, j'entre dans une salle très imposante, je sors sur le balcon. Derrière moi on ferme les volets. Je suis seul devant la foule.

Je n'arrivais pas à tenir les yeux ouverts tant il y avait de lumière. Et puis je vis les juges suprêmes. Il y avait au moins trois mille personnes qui me fixaient avidement.

Et puis un long sifflement, affreusement vulgaire, ouvrit la salve infâme. La vue de mon visage blafard et décharné provoquait une ineffable jouissance à en juger par les rires, les provocations, les moqueries. « Hou, le gentilhomme. Attention, voilà l'innocent qui parle. Fais-nous rire au moins, raconte-nous des histoires. Et il y a ta vieille maman qui t'attend, pas vrai ? Et tes gosses, ça te ferait tant plaisir de revoir tes mioches ? »

Les mains appuyées à la balustrade je restai impassible. J'aperçus, juste au-dessous du balcon, une fille qui me parut très belle ; des deux mains elle écarta le décolleté généreux de sa robe pour que je puisse bien voir. « Alors beau gosse, je te plais ? hurlait-elle. Ça te dirait bien hein ? » Et de ricaner.

Mais moi j'avais mon plan en tête, le seul qui pouvait encore me sauver. Je ne me laissai pas déconcerter, je tins bon, je ne réclamai pas le silence, je ne bougeai pas le petit doigt.

Et je me rendis compte, avec un soulagement indicible, que mon attitude les étonnait. Évidemment, les camarades qui m'avaient précédé sur le balcon avaient adopté une autre tactique, peut-être en réagissant, en élevant la voix, en implorant qu'on les écoute, et ils avaient ainsi perdu leur chance.

Comme je demeurai immobile et muet comme une statue, l'ignoble charivari s'apaisa peu à peu. Il y eut encore quelques sifflets çà et là, isolés, puis le silence.

Rien. Je m'imposais un terrible effort sur moi-même et je continuai à me taire.

Finalement une voix presque courtoise et sincère :

« Mais parle, parle donc. On t'écoute. »

Alors finalement je me décidai.

« Pourquoi devrais-je parler ? dis-je. Je suis venu ici parce que c'est mon tour. Uniquement pour cela. Je n'ai pas l'intention de vous émouvoir. Je ne suis pas innocent. Je n'ai nulle envie de revoir ma famille. Je n'ai aucun désir de sortir d'ici. Je vis heureux dans cette prison. »

Un murmure indistinct s'éleva. Et puis un cri isolé :

« Allez, ne nous raconte pas d'histoires.

— Je suis plus heureux que vous, dis-je. Je ne peux pas vous révéler comment, mais quand je le veux, j'emprunte un passage secret que personne ne connaît et, de ma cellule je peux aller dans le jardin d'une très belle propriété ; je ne vous révélerai certes pas non plus laquelle, il y en a tellement alentour. Là on me connaît et on m'aime bien. Et puis là il y a aussi... »

Je fis une brève pause. Je regardais la foule. Tous ces gens étaient tous désorientés et déçus. Comme s'ils voyaient leur proie leur échapper.

« Il y a aussi une merveilleuse jeune femme qui m'aime, dis-je.

— Ça suffit, ça suffit », cria quelqu'un exaspéré.

Savoir que j'étais heureux devait lui causer une douleur extrême.

« Laissez-moi donc tranquille, m'écriai-je, je vous en prie, braves gens. Ayez pitié de moi. Ne m'enlevez pas d'ici. Sifflez, je vous en prie, sifflez. »

Un frémissement passa sur la multitude, un souffle de haine envers moi, je le sentis distinctement. Le simple fait de penser que j'avais peut-être dit la vérité, que j'étais vraiment bien content là où j'étais, les angoissait. Mais ils hésitaient encore.

Je me penchai sur le parapet, faisant vibrer pathétiquement ma voix :

« Ne me dites pas non, vous qui avez bon cœur, m'écriai-je. Qu'est-ce que ça vous coûte ? Allons, mes bons messieurs, sifflez donc ce pauvre prisonnier heureux. »

Une voix chargée de méchanceté passa sur la foule.

« Ah ! non hein ! Ça serait trop facile ! »

Et puis un applaudissement, un autre, dix, cent. Un

immense applaudissement monta, avec une force croissante.

Je les avais eus, les salauds. Derrière moi on ouvrait
les volets.

« Allez va, me dit-on, tu es libre. »

IAGO

Nous sommes ici pour votre perte, pour vous faire damner. Nous sommes les pensées, les idées mauvaises, les tentations, les manies, les peurs, les soupçons. Moi par exemple.

Moi, je suis une des plus parfaites salopes qui soient. Je suis une femelle. Le monde est rempli de pestes comme nous. Les campagnes aussi, les vallées éloignées, les déserts, il suffit qu'il s'y trouve un homme, un seul. Mais ici, nous nous bousculons. La ville est notre royaume et notre rêve. Vous passez, tout en plaisantant et en riant, mais nous sommes derrière vous, nous entrons en vous à votre insu par les oreilles et vous ne le savez pas, vous ne nous voyez pas, vous ne le soupçonnez même pas, nous sommes si petites. Dans une demi-heure vous ne serez plus que des malheureux.

Imaginez un minuscule nuage de moucherons microscopiques, un nuage pas plus grand qu'une tête d'épingle et dans ce nuage une myriade de petits esprits pas plus gros que des points et tourbillonnant infatigablement comme les molécules d'un gaz. Je suis un de ces moucherons, le plus petit, peut-être : le plus maudit. Comment pourriez-vous me voir ? Ni en pleine lumière ni au microscope. Je vous pénètre impunément, quand et comme il me plaît. Si telle est mon envie, je vous enlèverai la paix, je vous ferai perdre l'appétit, le sommeil, le désir de travailler et de vivre, je peux vous faire pleurer comme des enfants. Vous réduire à l'état de chiffes, vous conduire à l'abjection, au crime et pire. Mon nom est Jalousie.

Vous voulez que je vous le démontre ? Une petite preuve expérimentale sans la moindre préparation, juste pour vous donner une idée ? Je vous laisse choisir le sujet.

Ce beau jeune homme, dites-vous, celui qui est en train de parler avec une jeune fille au coin de la rue ? Très bien. Vous allez voir.

Je ne nie pas que vous avez bien choisi. C'est la première fois que je le vois cet homme-là et tout laisserait supposer qu'il est tranquille, serein, sinon parfaitement heureux.

Un garçon solide, maître de la situation. A en juger par l'élan avec lequel la jeune fille se serre contre lui, lui jette les bras autour du cou et l'embrasse, il semble qu'elle en soit amoureuse. A en juger par son élan...

Je ne nie pas les faits n'est-ce pas ? Si j'ai fait un pari téméraire, vous rirez bien à mes dépens.

Mais maintenant, attention. La fille est montée dans un taxi après un dernier tendre salut, ces deux-là se sont séparés, la pendule électrique du carrefour marque minuit et demi, c'est le moment d'intervenir. A tout à l'heure, les amis.

Et maintenant à nous deux, jeune homme. Nous allons commencer. Tu dois avoir dans les trente-quatre, trente-cinq ans, tu es bien mis, habillé comme on doit l'être, un visage sympathique, même si ton nez est un peu renfrogné, tu ne dois pas manquer d'argent, il est même curieux que tu n'aies pas ton auto, quand ça ne serait que pour aller te promener avec ta fiancée. Je suis désormais dans ta tête, dans la profondeur de la matière grise, y pénétrer a été pour moi un jeu d'enfant. Tout a l'air tranquille là-dedans. Les rouages, si je puis m'exprimer ainsi, tournent selon un rythme régulier, un travail d'administration routinière en somme, on dirait même que les neurones sont un peu somnolents. Et quand je pense à l'enfer que ce sera bientôt, ici... Il y a de quoi s'amuser.

« Ça valait peut-être mieux après tout », dis-je.

J'ai une petite voix très faible, mais extrêmement insinuante. Il réagit :

« Que je l'accompagne, tu veux dire ? A quoi bon, Bruna est une fille à la page. Et puis est-ce que c'est ma faute si cette andouille de fourgonnette a démoli ma bagnole ? Et puis elle habite rue Novara, à l'autre bout de la ville. Mille cinq cents balles aller et retour, au bas mot. Et puis c'est elle qui a insisté, non ? Inutile de me raccompagner, trésor, m'a-t-elle dit, tu es fatigué, demain tu dois aller travailler. Non vraiment, elle n'a pas voulu.

— Oui, mais tu l'aurais vue de tes propres yeux rentrer chez elle.

— Comment ?

— Eh bien oui, quoi, au moins tu serais sûr qu'elle est bien rentrée chez elle.

— Ne me fais pas rire — pour le moment il est encore faraud — Bruna est une fille bien.

— Tiens, c'est curieux alors, je fais.

— Qu'est-ce qui est curieux ?

— Est-ce que tu n'as pas dit qu'elle habitait rue Novara ?

— Oui.

— Pour aller rue Novara le taxi aurait dû aller par là, en prenant le cours Monforte. Et au contraire il a pris le boulevard périphérique.

— Qu'est-ce que ça signifie ? Avec les travaux qu'ils sont en train de faire pour le métro, on ne peut plus passer par Saint-Babylas.

— Pas vrai. Ils ont enlevé le sens interdit maintenant.

— Ils l'ont peut-être enlevé mais les taxis préfèrent continuer à éviter le centre. Pour aller plus vite.

— Mais est-ce que tu l'as entendue dire « rue Novara » au chauffeur ?

— Non. J'avais déjà refermé la portière, je ne pouvais pas entendre.

— Alors tu ne peux pas savoir si elle a dit rue Novara ou une autre rue.

— Qu'est-ce que tu veux insinuer ? »

(Je l'ai accroché le beau petit monsieur, je ne pensais pas que ce serait aussi facile.)

« C'est bien simple, j'explique. Au lieu de retourner chez elle ta Bruna a pu aller ailleurs.

— Mais je la connais bien, Bruna. Qu'est-ce qu'elle irait faire à cette heure-ci ?

— Ingénu, va. Mais justement à cette heure-ci.

— Et avec qui ?

— Oh !... tu le demandes ? Une fille comme elle n'a que l'embarras du choix. Qui sait tous ceux qui papillonnent autour d'elle quand tu as le dos tourné. Combien d'occasions. Une fille comme Bruna fait sensation.

— Ce soir, à dire vrai, elle n'était pas en beauté, il faut le reconnaître.

— Une mine de papier mâché.

— Depuis quelques jours elle a des cernes sous les yeux...

— Ça la fatigue évidemment.

— Oui, ils la font trimer à la boutique.

— Au magasin ou... ailleurs ?

324

— Ailleurs où ça ?

— Eh bien, tu viens de dire qu'elle avait les yeux cernés.

— Oh ! ça suffit. Tu paries si Bruna...

— Possible, mais le taxi aurait dû prendre le cours Monforte si elle retournait directement rue Novara. »

Le jeune homme a ralenti le pas, il fume cigarette sur cigarette et lorsque les voitures passent il les regarde comme s'il soupçonnait quelque chose.

« Si tu te sens tellement inquiet...

— Inquiet, tu parles, reprend-il touché. Bruna m'aime bien.

— Bruna est d'une beauté plutôt tapageuse et elle tient à être remarquée, et si elle y tient cela veut dire qu'elle désire plaire et si elle désire plaire cela signifie que...

— Tu me casses les pieds. Et moi, comme un imbécile qui t'écoute...

— Je m'en vais si tu veux.

— Non, écoute... Qu'est-ce que tu me disais tout de suite ? Finis ta phrase.

— Je disais que si tu veux te tranquilliser... Mais toi, maintenant, pourquoi viens-tu de te retourner pour regarder cette voiture ?

— Quelle voiture ?

— Une Maserati, je crois. Tu la connais ?

— Pourquoi devrais-je la connaître ?

— Il y avait un couple dedans.

— Ah oui ?

— Tu as vu toi aussi ?

— Non je te répète.

— Ça vaut mieux. Comme ça tu ne rumineras pas de mauvaises pensées.

— Et pourquoi devrais-je ?

— Avec ton imagination. Tu serais bien capable de croire que la fille qui était dans la voiture était Bruna.

— Mais puisque je te dis que je n'ai même pas regardé.

— Je ne te donne pas tort. Entre chien et loup ; comme ça, en passant on pouvait s'y tromper. Les mêmes cheveux bouffants. Tant mieux si tu n'as pas vu, comme ça tu ne te feras pas d'idées. Après tout il y en a des dizaines de mille coiffées de cette façon.

— Tu es une garce. Tu sais très bien que j'ai vu.

— Ça t'a fait un coup au cœur. »

Il allume une autre cigarette. La jette aussitôt. Il veut, ne veut plus. Maintenant, il marche à grandes enjambées.

« Oh ! calme-toi, remets-toi, lui dis-je. Qu'est-ce que tu as dans le crâne maintenant ? Si elle était avec un autre, comment veux-tu qu'elle soit passée justement ici où elle courait le risque de te rencontrer ?

— Mais toi, est-ce que tu as reconnu son visage ?

— J'ai seulement entrevu une masse de cheveux. Rien d'autre. Juste l'espace d'un éclair. D'ailleurs, si tu veux te tranquilliser... Tu n'as qu'à rentrer chez toi et téléphoner.

— Je ne peux pas. Elle ne veut pas qu'on lui téléphone la nuit. Le téléphone est dans la chambre à coucher de sa tante.

— Téléphone quand même.

— Et qu'est-ce que je lui dirai ?

— A qui ?

— A la tante pardi.

— Je n'y crois guère, moi, à cette tante. Ça te paraît vraisemblable cette histoire qu'elle garde le téléphone dans sa chambre ? C'est plutôt Bruna qui a inventé cette histoire pour ne pas être embêtée pour...

— Comment ?

— Pour éviter des contrôles pendant la nuit.

— Qu'est-ce que tu dis ?

— Et puis, en mettant les choses au pire, tu raccroches. Qui pourra savoir que c'est toi ? »

Il est arrivé devant la porte de son immeuble. Ses mains tremblent tandis qu'il cherche ses clefs dans sa poche, tant son inquiétude est grande. Désormais il est en mon pouvoir, j'en ferai ce que je veux. Il me fait presque pitié ce pauvre idiot.

Il est entré dans la maison. Il court au téléphone. Il a soulevé le récepteur. Avant de faire le numéro il reste là, incertain comme s'il allait ouvrir une boîte d'explosifs. Et puis il se décide.

De vagues cliquetis lointains et mystérieux et puis le signal que la ligne est libre. Peee... peeee peeeee... Dans son cerveau, où je suis nichée, c'est un vrai tumulte. Des machins qui vont et viennent, se cognent, se croisent, se mélangent, palpitent dans un battement cardiaque précipité. Pee... peeee... peeeee... Personne ne répond.

Il reste planté là, le récepteur à l'oreille, il n'arrive pas à se décider. De l'autre côté, personne ne répond. Moi je triomphe. S'il y avait quelqu'un à la maison, à cette heure-ci il se serait manifesté. Au lieu de cela, rien. Il est pétrifié.

« Sois calme, je lui susurre, ne t'agite pas. »

Évidemment le téléphone n'est pas dans la chambre de la tante. Les portes sont fermées. Et la tante n'entend pas.

« Et elle ?

— Elle non plus elle n'entend pas. Cela fait déjà plus d'une demi-heure que tu l'as quittée. Tu penses, elle doit être déjà au lit et endormie.

— Oui, mais en tout cas ça veut dire qu'elle m'a menti, le téléphone n'est pas dans la chambre de sa tante. Pourquoi m'a-t-elle menti ?

— N'en fais pas un drame. Les femmes, toutes sans

exception, ont leurs petits mensonges, pour se défendre contre la vie.

— Mais voyons l'appartement ne peut pas être si grand que d'une pièce à l'autre on n'entende pas sonner le téléphone ?

— Allons n'y pense plus. Va te coucher, maintenant. Il est une heure et demie, ou presque. Demain tu dois aller travailler.

— C'est pourtant curieux. Quelqu'un devrait répondre.

— Dis-moi plutôt, cette tante, tu l'as déjà vue ?

— Non.

— Tu es sûr qu'elle existe ?

— Tu voudrais insinuer que... Tais-toi maudite. »

Il est entré dans sa chambre. Entre deux cigarettes il se déshabille. Il fait les cent pas. Et puis il se jette sur son lit, étendu sur le dos, les yeux grands ouverts regardant le plafond.

Je viens le chatouiller.

« Dis-moi.

— Hein ? Quoi ? fait-il.

— A quoi penses-tu ?

— A rien. J'ai sommeil.

— Non, tu penses à ce qu'elle doit être en train de faire en ce moment précis.

— Je ne pense à rien.

— Et tu l'imagines déjà avec le type de la Maserati. Un élégant pied-à-terre, lui étendu sur un divan, un abat-jour discret dans un coin, les verres de whisky, le tourne-disques. Pas vrai ? Et elle assise sur ses talons à...

— A quoi ?

— Ne te tourmente donc pas. Tu sais bien que Bruna t'aime bien. Ta petite Bruna est tout bonnement en train de dormir toute seule dans son petit lit. Et elle

328

n'entend pas le téléphone qui sonne. Ce type à la Maserati elle ne sait même pas qu'il existe. Si tu laisses aller ton imagination maintenant... Assise sur ses genoux, c'est comme ça que tu l'imagines ? En train de l'enlacer ? Sa bouche collée contre la sienne ? Allons, arrête de penser à ça. Tu es en bonne voie de perdre la raison si tu continues. »

Il est allongé sur son lit, rigide, ses yeux continuent à fixer le plafond, là où une fissure dans le crépi fait penser à la tête d'un chien. Il est deux heures moins cinq. Où est Bruna en ce moment ? Que fait-elle ?

« Dors, lui dis-je. Ta Bruna dort elle aussi. Elle ne fait rien de mal. Elle n'est pas assise sur les genoux de l'autre, elle ne se laisse pas étreindre, elle ne se fait pas embrasser, ses vêtements n'ont pas lentement glissé... Quelles idées. Et tout ça parce que le taxi au lieu de prendre le cours Monforte a emprunté le boulevard périphérique ? A cause de ses cernes sous les yeux ? A cause de son insistance à ne pas se faire raccompagner chez elle ? A cause de la fille aux cheveux crêpés qui est passée en voiture ? A cause du téléphone qui ne répond pas ? »

Et voilà votre beau jeune homme servi sur un plat. Regardez comme il respire avec peine. Les yeux fixés sans le voir au plafond, là où une fissure du plâtre dessine comme une tête de chien. Je l'ai bien arrangé. Et ce n'était qu'un petit travail improvisé, juste pour vous donner un aperçu. Regardez-le bien, ce petit trésor, il y a deux heures il était joyeux et sûr de soi. Suis-je ou non une belle garce ? Pensez-vous qu'il parviendra à s'endormir cette nuit ?

PROGRESSIONS

A un récent congrès littéraire on s'est livré, par jeu, à un exercice de progressions : c'est-à-dire qu'il fallait obtenir, en quelques lignes, un résultat narratif en développant, justement par progression, un sujet au choix. Dans une communication, la tendance à la prolixité, commune à de nombreuses productions modernes, avait été soulignée, et un des congressistes, dans sa réponse, avait invité ses collègues à démontrer que la synthèse était encore disponible dans leurs instruments de travail ; et il signalait la technique de la progression comme l'une des plus utiles pour obtenir des effets de concentration expressive, que l'on peut retrouver d'ailleurs en dehors de certaines poésies classiques d'une extrême brièveté — chez plusieurs écrivains occidentaux, de Shakespeare à Gioacchino Belli, de Lee Masters à Prévert. Sans compter — disait-il — qu'elle coïncide avec le sens de la vie, qui dans tous les domaines peut être représenté par une courbe qui part de zéro pour y retourner. Plusieurs acceptèrent le défi. Et voici quelques-uns des exemples proposés :

— Mon petit ange.

— Dodo mon trésor dodo.

— Allons veux-tu te tenir bien petit cochon.

— C'est à vous que je m'adresse, oui vous l'âne au troisième rang.

— Un crétin, voilà ce que tu es et rien d'autre.

— C'est à cette heure que tu rentres à la maison mon petit ?

— Non je vous en prie, monsieur, laissez-moi. Que dirait madame votre maman si...

— Allons, debout, feignant.

— Que diable avez-vous fabriqué là, sergent ?

— Mes félicitations, docteur.

— A quoi penses-tu mon chou ?

— Et pour ce procès, il y a des chances... maître ?

— Ça suffit, maintenant, monstre.

— Il ne vous sera pas échappé, mon cher collègue...

— Allez, vite un bécot, mon gros minou.

— Préférez-vous que nous arrivions à une conciliation, monsieur ?

— Par ici, je vous en prie, monsieur le député.

— Maintenant, mon chou, il faut que je te laisse.

— Si vous me permettez, monsieur le président.

— Oh ! dis, grand-père, tu me l'offres ?

— Comment ça va mon vieux ?

— Vous vous souvenez peut-être, maître ?

— Et quand j'appuie ici, est-ce que ça vous fait mal Excellence ?

— Que la paix soit avec toi, frère en Christ !

— Le pauvre, partir comme ça !

LE DÉTERSIF :

Excusez-moi, madame, de vous déranger à cette heure, juste une minute, une toute petite minute car hélas ! nous autres représentants, nous n'avons pas d'horaire, toujours à courir dans les escaliers, non je vous le répète, madame, une minute seulement, une petite démonstration-cadeau madame, il s'agit d'un nouveau type de détersif vraiment révolutionnaire, de grâce, je vous en prie madame, un détersif géant, ah ah ! vous aussi vous êtes stupéfaite, mais tout le monde est stupéfait, ah ah ! car ce n'est pas par ses dimensions qu'il est géant, certes madame, ce serait plutôt le contraire même, il suffit d'une pincée, une pincée seulement vous dis-je là, avez-vous quelques effets à laver par hasard madame ? si vous le permettez nous pouvons faire l'expérience dans la cuisine ou dans la salle de bains, et voilà, regardez madame quelle blancheur ? une pincée, mais non, mais vous êtes vraiment un peu nerveuse n'est-ce pas madame, permettez-moi petite madame, si, si, sois gentille ma jolie, sois sage poupée, allons, laisse-toi faire, ne crie pas, tais-toi, tais-toi nom de Dieu. Maintenant tu ne dis plus rien hein ? Allez, va tu peux te relever, qu'est-ce que tu attends, je t'ai dit que tu pouvais te relever. Qu'est-ce que tu as ? Mon Dieu qu'est-ce que j'ai fait.

LES JEUNES :

Lucio Gilardoni : « ... Oui, en 1905, la classe de fer... nous autres les jeunes... la vieille génération... notre problème à nous les jeunes... eh bien quoi, je vais téléphoner non ? sinon ma pleurnicheuse de mère... les exigences sacro-saintes de la jeunesse... Mariani ? Oh !

il doit avoir au moins cinquante ans, ce vieux schnock... »

Salvatore Benenzi : « Oui, en 1925, la classe de fer... nous autres les jeunes... la vieille génération... notre problème à nous les jeunes... eh bien quoi, je vais téléphoner, non ? autrement la vieille... les exigences sacro-saintes de la jeunesse... Gilardoni ? Il doit avoir au moins cinquante ans, ce vieux gâteux... »

Gustavo Scicoli : « Oui, de 45, la classe de fer... la vieille génération, notre problème, à nous autres les jeunes... je vais téléphoner non ? sans cela l'ancêtre... les exigences sacro-saintes de la jeunesse... Benenzi ? un croulant, il doit avoir au moins cinquante piges, il est complètement gaga...

UN COUP À LA PORTE :

Toc toc, qui cela peut-il bien être ? Papa avec les cadeaux de Noël ?

Toc toc, qui cela peut-il bien être ? Ce doit être lui, je le parierais. Il a beau vieillir, mon Giorgio, il est toujours aussi taquin.

Toc toc, qui cela peut-il bien être ? Tonino qui rentre à cette heure-ci ? Oh ! ces enfants...

Toc toc. Ce doit être le vent. Ou bien les esprits ? Ou bien les souvenirs ? Qui pourrait venir me voir ?

Toc toc toc.

Toc toc.

Toc.

L'IDÉAL :

Non mais regarde-moi celui-là comme il court. Il est fou ou quoi ? Il ne s'arrête plus. Et pourtant personne ne le poursuit. A moins qu'il ne coure après ce nuage rouge, là-bas. Il n'y a pas d'autres explications. Quel imbécile !

Est-ce que vous ne le trouvez pas affreux ce nuage rouge ? Vraiment hideux. Pourtant, quand on le regarde bien il n'est pas si horrible dans le fond. Pas très joli, non, mais... acceptable après tout. Il est même assez ingénieusement modelé. Ses formes sont plutôt majestueuses. Que vous dirais-je d'autre. Finalement il ne me déplaît point. Observez-le tandis qu'il navigue majestueusement, regardez comme il flotte, comme il se déforme lentement. Est-ce qu'il ne semble pas nous appeler ? N'est-il pas désirable ? N'est-il pas beau ? Avouez-le mais avouez-le donc qu'il est superbe. Merveilleux. Un rêve.

Non, les enfants, laissez-moi. Est-ce qu'on a besoin de bagages ? Allez, allez, il est épouvantablement tard. Mon Dieu donne-moi la force nécessaire. Comme tu es loin nuage rouge, cher petit nuage. Hop hop ! galope, galope. Tu es ma vie, petit nuage, tu seras ma vie. Quand te rejoindrai-je ?

LE CAUCHEMAR :

Le grand express intercontinental Paris-Berlin-Düsseldorf-Varsovie-buru buru buru (les mots sont incompréhensibles) est en partance sur le quai cinq... Mon Dieu, nous y voilà enfin... Tu as bien tout pris, chéri ?... Toutes ces valises ?... Mais combien de temps penses-tu donc rester absent ? Qui sait si nous nous reverrons, non, non, quelque chose me dit que... Et je t'en prie, aussitôt que tu seras arrivé... Les voyageurs pour le Great Eastern en voiture... les voyageurs pour... Mon Dieu, nous y voilà... Tu as bien tout pris, chéri ? Toutes ces valises ? Mais combien de mois penses-tu donc rester absent ? Qui sait si nous nous reverrons, non, non, quelque chose me dit que... Et je t'en prie, aussitôt que tu seras arrivé ? Dernier appel : le vol 268 de la compagnie Air France en direction d'Istanbul-Karachi-Calcutta-Bangkok-Hong Kong est annoncé, messieurs les voyageurs sont priés de se présenter à la porte n° 9, merci... Mon Dieu nous y voilà... Tu as bien tout pris, chéri ? Toutes ces valises ? Mais combien d'années comptes-tu donc rester absent ? Qui sait si nous nous reverrons, non, non, quelque chose me dit que... Messieurs en voiture... Mais que fais-tu, chéri ? Pourquoi ? Comment ? Tu ne pars plus ?... Alors c'était seulement un mauvais rêve ?

UNE JEUNE FILLE :

Elle marchait, jeunette et solitaire, en faisant claquer ses talons avec arrogance. Jeunesse. Elle ne se retourna même pas. Elle ouvrit la porte de la direction, je suis venue à la suite de votre annonce, dit-elle, voici mes diplômes.

Non merci, ce soir cela m'est vraiment impossible, et demain soir aussi je regrette, merci beaucoup, elle alluma une cigarette. Oui, merci monsieur, bien qu'habituellement je ne boive pas, non absolument à dix heures, dix heures et demie au plus tard je dois être rentrée à la maison. Quelle splendeur, il est sensationnel, quels feux, si tu savais comme j'en avais envie, tu es vraiment un amour. Allô, allô, mais bien sûr que si voyons, je t'aurais appelé avant de partir. Elle eut juste le temps de cacher la lettre avant qu'il n'entre. Au coin de la rue Babilonia elle l'aperçut comme il lui faisait de grands signes, bouleversé, mais elle fit semblant de ne pas le voir et appuya sur l'accélérateur. Elle sonna la femme de chambre : Adeline, descendez les valises, je vous prie, faites bien attention à la boîte à chapeau, mon téléviseur portatif est dedans, et si cet enquiquineur téléphone...

CHASSE AU TRÉSOR :

La scène représente une immense arène pleine de foule. Sur le terrain, désert, des centaines de trappes de forme circulaire fermées par des couvercles munis d'une poignée comme des plaques d'égout. Elles sont disséminées irrégulièrement. Dans une de ces cavités il y a le trésor. Une trompette retentit. Le premier chercheur entre.

Le public (qui sait, lui, où se trouve le trésor, guide par ses cris le chercheur qui tournaille, incertain) :... froid... très froid... pôle nord... froid... tiède... un peu plus chaud... plus froid... tiède, plus chaud... tiède... chaud... très chaud... brûlant... feu, (avec un cri assourdissant) tu brûles...

Le chercheur : (Il s'arrête, soulève le couvercle qui se trouve devant lui. Une bouffée de fumée en sort, puis un diable qui saisit le chercheur et l'entraîne dans les profondeurs de l'enfer.)

Le public (exultant) : C'était une blague, c'était une blague.

(La trompette sonne. Entre le deuxième chercheur.)...

LA VENDETTA :

Il était à l'étranger, très loin, il reçut trois télégrammes. Il ouvrit le premier : on avait détruit sa maison. Il ouvrit le second : on avait tué sa femme. Il ouvrit le troisième : on avait tué ses enfants. Il se laissa tomber lourdement. Puis il se releva lentement. Sans un sou, il se mit en route à pied. Son allure s'accélérait. D'heure en heure il pédalait plus vite. L'aiguille de son compteur oscillait entre le 180 et le 190. Le vrombissement de l'armée des blindés qu'il commandait remplissait la campagne et les vallées. En cette limpide journée de soleil la plaine fleurie fut obscurcie par l'ombre d'une immense flotte de missiles messagers de mort, pilotée par lui. Là-bas il aperçut son ennemi. Il arrêta sa bicyclette, mit pied à terre, essuya la sueur de son front. Un arbre donnait de l'ombre, un oiseau chantait. Il s'assoit sur le bord du chemin, les pieds fatigués. Il regarde devant lui les prés, les champs, les bois, les montagnes, les mystérieuses montagnes. Quelle chose inutile qu'une vendetta.

LES DEUX CHAUFFEURS

Quand j'y repense après tant d'années, je me demande ce que pouvaient bien se dire les deux chauffeurs du fourgon tandis qu'ils transportaient le cercueil de ma mère au cimetière lointain.

C'était un long voyage, plus de trois cents kilomètres, et bien que la route fût libre, le char funeste avançait lentement. Nous, les enfants, nous suivions en voiture à une centaine de mètres, le compteur oscillait entre 70-75, c'est peut-être parce que ces fourgons sont construits pour aller lentement mais moi je pense qu'ils traînent ainsi parce que c'est la coutume, comme si la vitesse était une insolence envers les morts, quelle absurdité, moi j'aurais juré que cela aurait fait plaisir au contraire à ma mère, de rouler à 120 à l'heure, quand cela n'aurait été qu'à cause de la vitesse, elle aurait eu l'illusion qu'il s'agissait de l'habituel voyage estival insouciant pour retrouver notre maison de Belluno.

C'était une étonnante journée de juin, le premier triomphe de l'été, et tout autour les campagnes superbes, qu'elle avait traversées qui sait combien de fois et que maintenant elle ne pouvait plus voir. Le grand soleil était désormais haut au-dessus de l'autostrade, et

339

là-bas loin devant nous se formaient des mirages, on aurait dit qu'il y avait eu de l'eau, on avait l'impression que les voitures, dans le lointain, flottaient dans l'air.

Le compteur oscillait entre 70-75, le fourgon devant nous semblait immobile, des voitures libres et heureuses glissaient le long de son flanc à toute allure, emportant des hommes et des femmes bien vivants et aussi des filles splendides à côté de beaux jeunes gens dans des hors-série décapotées, leurs cheveux flottant au vent de la course. Jusqu'aux camions qui nous doublaient, même ceux qui avaient une remorque, tant le fourgon mortuaire avançait lentement et je pensais que cela était stupide et que maman, au contraire, aurait apprécié comme une gentillesse d'être transportée une fois morte dans une merveilleuse grand-sport flambant rouge, accélérateur au plancher, après tout cela n'aurait été que lui accorder un petit supplément de vie authentique tandis que ce traînassement sur le bord de l'asphalte ressemblait trop à l'enterrement.

Et c'est pourquoi je me demandais de quoi pouvaient parler les deux chauffeurs : il y en avait un qui devait bien mesurer un mètre quatre-vingt-cinq, un grand gaillard au visage débonnaire, mais l'autre aussi était robuste, je les avais entrevus au départ, ce n'étaient absolument pas des types pour ce genre de travail, un camion chargé de tôles leur aurait beaucoup mieux convenu.

Je me demandais de quoi ils pouvaient bien parler parce que c'était le dernier discours humain, les ultimes paroles de la vie que ma mère pouvait entendre. Et ces deux-là, je ne veux pas dire qu'ils étaient des vauriens, mais dans un voyage aussi long et monotone, ils ressentaient certes le besoin de bavarder ; le fait que derrière leur dos, à quelques centimètres d'eux, gisait maman n'avait pas la moindre importance pour eux et on le comprend, ils étaient habitués, sans quoi ils n'auraient pas fait ce métier-là.

C'étaient les dernières paroles humaines que maman pouvait entendre, parce que tout de suite après l'arrivée, la cérémonie à l'église du cimetière commencerait et à partir de ce moment-là, les sons et les paroles n'appartiendraient plus à la vie mais ce seraient les sons et les paroles de l'au-delà qui commenceraient.

De quoi parlaient-ils ? de la chaleur ? du temps qu'ils mettraient pour revenir ? de leurs familles ? du match de football ? Se montraient-ils les meilleures auberges échelonnées le long du parcours, furieux de ne pouvoir s'y arrêter ? Discutaient-ils automobile avec la compétence d'hommes de la partie ? Dans le fond, les chauffeurs de fourgons mortuaires appartiennent eux aussi au monde du moteur et les moteurs les passionnent. Ou bien se confiaient-ils leurs aventures amoureuses ? Tu te souviens de la grosse blonde dans le bar près de la pompe où on s'arrête toujours pour prendre de l'essence ? Oui, celle-là. Non, raconte. Tu blagues, je ne te crois pas. Je te jure... Ou bien se racontaient-ils des histoires dégoûtantes ? Est-ce que ce n'est pas un usage établi entre deux hommes qui pendant des heures et des heures voyagent seuls en auto ? Car ces deux-là étaient sûrement convaincus d'être seuls ; la chose enfermée dans le fourgon derrière leur dos n'existait même pas, ils l'avaient complètement oubliée.

Est-ce que maman entendait leurs plaisanteries et leurs rires gras ? Oui, certainement elle les entendait et son cœur tourmenté se serait toujours davantage, non qu'elle méprisât ces deux hommes mais c'était vraiment trop bête que dans ce monde qu'elle avait tant aimé les dernières voix entendues fussent les leurs et non celles de ses enfants.

341

Nous étions alors, je m'en souviens, presque arrivés à Vicence et la chaleur de midi pesait, faisant trembloter les contours des choses, je pensais combien j'avais vraiment peu tenu compagnie à maman dans les derniers temps. Et je sentis au milieu de la poitrine cette pointe douloureuse que l'on appelle habituellement remords.

A ce moment précis — qui sait comment car jusqu'alors le ressort de ce misérable souvenir ne s'était pas détendu —, l'écho de sa voix commença à me persécuter, quand, le matin, j'entrais dans sa chambre avant d'aller au journal :

« Comment ça va ?

— Cette nuit j'ai pu dormir, répondait-elle (je pense bien, à force de piqûres).

— Je vais au journal.

— Au revoir. »

Je faisais deux pas dans le couloir et la question redoutée me rattrapait :

« Dino. »

Je revenais.

« Tu rentres pour déjeuner ?

— Oui.

— Et pour dîner ? »

« Et pour dîner ? » Mon Dieu, quel désir innocent, immense et en même temps minuscule tenait dans cette question. Elle ne réclamait rien, elle ne prétendait à rien, elle demandait seulement une information.

Mais moi j'avais des rendez-vous idiots, j'avais des filles qui ne m'aimaient pas et qui dans le fond se fichaient pas mal de moi, et la seule idée de retourner à huit heures et demie dans la maison triste empoisonnée par la vieillesse et la maladie, déjà contaminée par la mort, me répugnait absolument, pourquoi ne devrait-on pas avoir le courage de confesser ces horribles sentiments quand ils sont vrais ? Je répondais alors : « Je ne sais pas encore, je te téléphonerai. » Et je savais que je téléphonerais non. Et elle, tout de suite, comprenait que je téléphonerais non et dans son « au revoir » il y avait un profond désarroi. Mais j'étais un fils égoïste comme savent l'être seulement les fils.

Je n'éprouvais aucun remords, sur le moment, je n'avais aucun regret, aucun scrupule. Je me disais : je téléphonerai. Et elle comprenait très bien que je ne viendrais pas dîner.

Vieille, malade, presque éteinte, consciente que sa fin approchait rapidement, maman se serait contentée, dans sa tristesse, que je vienne dîner à la maison. Même sans lui adresser la parole, bourru et de mauvaise humeur à la rigueur à cause de mes maudits soucis de toute espèce. Mais elle, de son lit, car elle ne pouvait plus quitter son lit, elle aurait su que j'étais là, de l'autre côté du mur, dans la salle à manger et elle se serait consolée.

Et moi au contraire... je me baladais dans Milan, en riant et en plaisantant avec mes amis, idiot, criminel que j'étais, pendant que les bases mêmes de ma vie, mon unique véritable soutien, la seule créature capable de me comprendre et de m'aimer, l'unique cœur capable de souffrir de mes souffrances (et je n'en trouverais jamais un autre, dussé-je vivre encore trois cents ans) s'éteignait doucement.

Deux mots avant le dîner lui auraient suffi, moi assis sur le petit divan et elle étendue sur son lit, quelques phrases sur ma vie, sur mon travail. Et puis après le repas, elle m'aurait laissé aller volontiers où je voulais, elle n'aurait pas été fâchée, au contraire, si j'avais eu des occasions de me distraire. Mais avant de sortir dans la nuit je serais rentré dans sa chambre pour un dernier salut.

« Tu as déjà fait ta piqûre ?

— Oui, cette nuit j'espère que je dormirai bien. »

Elle ne demandait pas plus. Et moi, dans mon répugnant égoïsme je ne lui ai même pas accordé cela. Parce que j'étais le fils et dans mon égoïsme de fils je me refusais à comprendre combien je l'aimais. Et maintenant, comme dernier souvenir du monde, elle a les bavardages, les plaisanteries et les rires de deux chauffeurs inconnus. Voilà le dernier cadeau que lui concède la vie.

Mais maintenant il est tard, terriblement tard. Il y a presque deux ans que la pierre a été posée qui ferme la petite crypte souterraine où, dans le noir, l'un sur l'autre, sont placés les cercueils des parents, des aïeux, des ancêtres. La terre a déjà comblé les interstices, de minuscules petites herbes tentent de percer çà et là. Et les fleurs, placées il y a quelques mois dans le vase de cuivre, sont désormais méconnaissables. Non, ces jours pendant lesquels elle était malade et consciente de sa fin imminente, ne pourront plus jamais revenir. Elle se tait, elle ne me fait pas de reproches, elle m'a même probablement pardonné parce que je suis son fils. Elle m'a même sûrement pardonné. Et pourtant quand j'y repense, je ne trouve plus le repos.

Chaque véritable douleur est écrite sur des tables d'une substance mystérieuse en comparaison desquelles le granit est du beurre. Et une éternité ne suffit pas pour les effacer. Dans des milliards de siècles, la souffrance et la solitude que maman a subies par ma faute existeront encore. Et je ne peux plus rien y changer. Expier seulement, en souhaitant qu'elle me voie.

Mais elle ne me voit pas. Elle est bel et bien morte, elle ne survit pas, ou pour mieux dire, il ne reste plus de son corps que des débris horriblement humiliés par les ans, par la maladie, par la décomposition et par le temps.

Rien ? Il ne reste donc rien, plus rien de maman ?

Qui sait ? De temps en temps, surtout dans l'après-midi quand je me trouve seul, j'éprouve une sensation étrange. Comme si quelqu'un entrait en moi qui ne s'y trouvait pas quelques instants avant, comme si une essence indéfinissable m'habitait, qui ne serait pas mienne et pourtant profondément mienne, et comme si je n'étais plus seul, et que chacun de mes gestes, chacune de mes paroles eût comme témoin un mystérieux esprit. Elle ? Mais l'enchantement dure peu, une heure et demie, guère plus. Et puis la journée recommence à me broyer sous ses roues impitoyables.

les... ns, par la mélodie, par la décomposition et par le temps.

Rien ? Il ne reste donc rien, plus rien de nous ? Qui sait ? De temps en temps, autant dans l'épaisseur quand je me trouve seul, j'éprouve une sensation étrange. Comme si quelqu'un entrait en moi qui ne s'y trouvait pas quelques instants avant, comme si une essence indéfinissable m'habitait, qui ne serait que moi-même et prolongé, amplifié, et comme si j'étais plus vaste, et que chacun de mes gestes, chacune de mes paroles, eût comme tenu un mystérieux... ajouté ? Mais l'agrandissement dure peu, une heure et demie, guère plus. Et puis, la journée recommence à brouiller et tous ses rares inappréciables...

VOYAGE AUX ENFERS DU SIÈCLE

I

UN SERVICE DIFFICILE

Un coursier entra dans mon bureau et me dit que le directeur désirait me parler. Il était dix heures et demie et à cette heure-là le directeur n'était certainement pas déjà au journal.

« Le directeur est arrivé ? demandai-je.

— Je ne crois pas. D'habitude il vient à midi.

— Mais alors qui vous a dit de m'appeler ?

— C'est le secrétaire de rédaction qui a téléphoné. »

Curieux. D'habitude, au journal les choses se passaient beaucoup plus simplement, à la bonne franquette, sans tant de messages. Il était dix heures et demie et c'était une de ces habituelles matinées grises de Milan, d'un moment à l'autre la pluie pouvait se remettre à tomber.

Sur le coup de midi, le directeur arriva, je me présentai à lui. Nous étions le 37 avril, il recommençait à pleuvoir. Dans le grand bureau la lumière était allumée.

Il sourit, me fit asseoir, il était très bien disposé.

Il me dit :

« Mon cher Buzzati, mais on ne vous voit presque jamais. A quoi dois-je le plaisir ?...

— On m'a dit que vous m'aviez fait demander.

— Moi, je vous ai demandé ? Quelqu'un doit avoir mal compris. Non, je ne vous ai pas fait appeler, mais je suis content que vous soyez ici aujourd'hui. »

Le directeur est toujours cordial mais certains jours il l'est encore davantage et cela veut dire alors qu'il mijote quelque chose. Nous tous à la rédaction, nous éprouvons une vague inquiétude quand le directeur est plus aimable qu'à l'accoutumée.

Il était assis devant son grand bureau, presque complètement vierge de paperasses comme c'est l'habitude chez ceux qui ont beaucoup de travail. Il se passa lentement la main sur les lèvres, dans un geste de relaxation.

« Ah ! dit-il, vous avez raison, Buzzati. Maintenant je me souviens. Je vous avais effectivement fait demander. Hier. Mais ce n'était pas important.

— Quelque reportage en vue ?

— Non, non, maintenant je ne m'en souviens même plus. »

Il semblait absorbé dans une autre pensée, il fit une pause et puis :

« Alors ? Comment ça va, mon cher ? Mais je crois qu'il est superflu de vous le demander, vous avez une mine superbe. »

Où voulait-il en venir ? Le téléphone sonna.

« Allô ! dit-il, oh ! bonjour... précisément... pourquoi ? mais la semaine prochaine... Ce n'est pas si urgent... l'important est de bien choisir. »

Je fis mine de m'en aller, il me retint d'un geste. Et il continua à téléphoner.

« C'est possible... mais il y a reportage et reportage... Dans ce cas particulier... non et non... mais puisque je te dis que non... oui, c'est justement le nom auquel j'avais déjà pensé moi-même... (long silence) à

l'occasion je crois que ce serait aussi... naturellement...
Je lui parlerai dès que possible... d'accord... au revoir,
mon cher. »

Tout en parlant dans le téléphone il me regardait
mais sans que sa volonté y participât. Distraitement,
comme il aurait regardé un mur ou un meuble.

Méfiant comme je le suis, je me demandai si ce
n'était pas de moi qu'il était en train de parler, le
hasard se divertit souvent à de tels petits jeux. Mais il
n'y avait aucune allusion personnelle dans son regard.
Il me regardait distraitement, en pensant à d'autres
qu'à moi. Il portait un complet bleu marine, une chemise blanche, une cravate bordeaux, il était élégant.

Il reposa le récepteur :

« C'était Stazi de Rome, m'informa-t-il gentiment.
On parlait du nouveau poste de correspondant à
Chypre... Vous êtes au courant, n'est-ce pas ? que nous
avons l'intention d'envoyer un correspondant fixe à
Chypre ?... du moins jusqu'à ce que...

— Je ne savais pas.

— Qu'est-ce que vous pensez de Fossombroni ?

— Eh bien..., répondis-je, personnellement je ne le
connais guère. Mais il me semble un garçon très bien.

— Encore un peu vert, cependant on pourra en tirer
quelque chose de bien. »

A ce moment-là il glissa ses pouces dans les entournures de son gilet, geste un peu vieux style, comme
quelqu'un qui se décide enfin à affronter le problème.
Mais en affectant de plaisanter, toutefois, comme si en
réalité le problème n'existait pas.

« Et alors, mon cher Buzzati ?

— Est-ce que vous penseriez à moi pour Chypre ? »
Il éclata de rire avec complaisance.

« A Chypre ? Non, je ne vous vois vraiment pas
là-bas... Si vous deviez partir je verrais quelque chose
de plus, heu... de plus... »

Je me levai pour prendre congé. Cependant au moment de refermer la porte, comme je me retournais un instant j'entrevis une dernière fois le directeur dans la fente des battants. Son regard, qui m'avait accompagné jusqu'à la porte, me suivait toujours, mais le visage, de souriant qu'il était, s'était subitement figé dans une concentration fixe ; exactement comme le maître du barreau qui regarde s'éloigner son client avec qui il a plaisanté jusqu'alors et qu'il sait condamné d'avance.

A ce moment je sus : la prémonition d'une chose insolite et suspecte perçue dans le message du coursier n'avait pas été arbitraire ; quelque chose se préparait bel et bien (en fermentant) pour moi, peut-être contre moi, et ce n'était pas simplement un nouveau travail, une nouvelle charge, un voyage lointain, ce n'était pas non plus une nouvelle mesure ou une sanction, c'était, je le pressentais, une décision qui pourrait bouleverser ma vie.

« Il t'a fait appeler, toi aussi ? me demanda à ce moment Sandro Ghepardi qui m'avait vu sortir du bureau directorial, pendant qu'il attendait dans le couloir.

— Pourquoi "moi aussi" ? Tu as été appelé, toi ?

— Pas seulement moi, mais nous tous. Ghelfi, Damiani, Pospichil, Armerini. Il ne manquait plus que toi.

— Qu'est-ce qui se passe ?

— Oh ! il doit y avoir une histoire dans l'air. Et plutôt mystérieuse.

— Pourquoi ?

— Boh... il y a une espèce de fièvre ici, comme au moment de... »

La porte du directeur s'ouvrit, il parut sur le seuil et en silence nous regarda.

« Ciao, Ghepardi, dis-je à mon collègue et je le quittai.

— Ciao. »

Je hâtai le pas, descendis le grand escalier et j'allais... quand d'en haut une voix :

« Monsieur Buzzaaaati ! »

Je me retournai. La voix (mais je ne voyais pas qui c'était) :

« Le directeur, M. le directeur, monsieur, M. le directeur voudrait vous voir. »

Il y eut un bruit sourd dans la profondeur délicate et dolente de mon Moi le plus profond. Je sentis que la main velue du destin m'effleurait.

Descendant les escaliers, dans mon dos, un pas précipité et rythmé, oh ! ce pas, je le savais depuis que j'étais enfant, qu'il m'aurait rejoint et exposé au danger.

Il dit :

« Le directeur veut vous voir. »

Il était assis à son grand bureau directorial et il me regardait dans les yeux.

Il dit :

« Buzzati, il y a une chose.

— Un reportage ? où ?

— Il se peut que... »

Il se tut. Croisa ses doigts comme pour un moment difficile et important. Moi j'attendais.

« Il se peut que... je ne me fais pas d'illusions, non, mais... remarquez que j'en doute fort moi-même... l'occasion se présente peut-être...

— De quoi ? »

Il se cala dans son fauteuil, puis, décidé, se lança :

« Mon cher Buzzati, est-ce que par hasard vous ne voudriez pas faire une belle enquête sur les travaux du métropolitain ?

353

— ... politain ? » fis-je en écho, ahuri.

Il alluma une cigarette après m'en avoir offert une.

« Lors des travaux du métropolitain, dit-il, on aurait découvert... un ouvrier, un certain Torriani... par hasard, au cours des forages... du côté de Sempione... eh bien, en somme... »

Je le regardais et commençais à être effrayé.

Je demandai :

« Qu'est-ce que je devrais faire ? »

Il continua :

« Par hasard... pendant qu'ils creusaient... il dit qu'il a trouvé... qu'il a trouvé par hasard... »

Il semblait hésiter, embarrassé.

« Par hasard... l'encourageai-je.

— ... trouvé par hasard (il me fixa terriblement)... moi-même j'ai peine à le croire...

— Monsieur le directeur, dites-moi... »

Je n'en pouvais plus.

« La porte de l'Enfer, il dit qu'il a trouvé une espèce de petite porte. »

On raconte que des hommes costauds et très forts, placés en face de ce qu'ils ont désiré le plus fortement au cours de leur existence, quand cela se présente, se mettent à trembler, et deviennent de pitoyables créatures affolées et indécises.

Et pourtant je demandai :

« Et on peut y entrer ?

— Il paraît que oui.

— L'Enfer ?

— L'Enfer.

— Les Enfers ?

— Les Enfers. »

Il y eut un silence.

« Et moi ?

— Ce n'est qu'une proposition... une simple suggestion... je me rends très bien compte...

354

« Personne d'autre n'est au courant ?

— Personne.

— Mais nous, comment l'avons-nous su ?

— Par hasard. La femme de ce Torriani est la fille d'un de nos vieux expéditeurs.

— Il était seul quand il a fait cette découverte ?

— Non, il y en avait un autre.

— Et l'autre n'a pas parlé ?

— Sûrement pas.

— Pourquoi ?

— Parce qu'il est entré pour fureter par curiosité. Et il n'est pas revenu.

— Et moi je devrais... ?

— Je le répète il ne s'agit que d'une simple suggestion... En fin de compte est-ce que vous n'êtes pas un spécialiste de ce genre d'affaires ?

— Et tout seul ?

— Cela vaut mieux. Tout seul vous vous ferez moins remarquer. Il faut se débrouiller. Il n'existe pas de laissez-passer. Et notre journal n'a aucune relation là-bas. Que nous sachions à quoi nous en tenir au moins.

— Pas de Virgile ?

— Non.

— Mais là-bas, comment comprendront-ils que je ne suis qu'un simple touriste ?

— Il faudra vous débrouiller. Ce Torriani dit... lui il a juste jeté un coup d'œil de l'autre côté... il dit qu'à première vue, tout est comme chez nous, les êtres sont en chair et en os, pas du tout comme ceux de Dante. Habillés comme nous. Et il dit que c'est une ville comme les nôtres, avec lumière électrique et automobiles, en sorte qu'il doit être assez facile de s'y glisser, de se confondre au milieu des autres, mais par contre il sera peut-être difficile de se faire reconnaître comme étranger...

« — Alors, dites-moi, je devrai me laisser rôtir ?

— Sottises. Qui parle encore de feu dans les Enfers ? Non je vous le répète : en apparence tout est comme ici, y compris les maisons, les bars, les cinémas, les boutiques. C'est vraiment le cas de dire que le diable n'est pas si...

— Et... et le camarade de ce Torriani, alors, pourquoi n'est-il pas revenu ?

— Qui sait ? Il s'est peut-être perdu. Il n'a peut-être plus retrouvé son chemin pour rentrer... il peut aussi s'y être trouvé si bien...

— Une autre chose encore : pourquoi justement à Milan et pas dans le reste du monde ?

— Là je vous arrête, ce n'est pas vrai. Il paraît au contraire qu'il y a plusieurs de ces petites portes, oui, plusieurs dans chaque ville, seulement personne ne les connaît... ou personne n'en parle. Quoi qu'il en soit, vous devez admettre que journalistiquement parlant ce serait une affaire sensationnelle !

— Journalistiquement... Mais qui nous croira ? Il faudrait se renseigner. Rapporter au moins des photographies. »

Je haletais. Je me rendais compte que la fameuse porte était en train de s'ouvrir. Je ne pouvais décemment pas refuser, cela aurait été une ignoble désertion. Mais j'avais peur.

« Écoutez, Buzzati, n'anticipons pas. Moi non plus je ne suis pas entièrement persuadé. Il y a pas mal de points obscurs dans cette histoire à part son invraisemblance générale... Pourquoi n'iriez-vous pas voir ce Torriani ? »

Il me tendit un bout de papier. C'était son adresse.

II

LES SECRETS DU « MM »

Et c'est ainsi que j'allai chez ce Torriani, qui travaillait aux forages du métropolitain milanais, et qui avait découvert par hasard dans les souterrains une petite porte communiquant avec l'Enfer.

Comme me l'avait dit le directeur, la femme de Torriani était la fille d'un vieil expéditeur de notre journal : je connaissais donc l'adresse.

Ce Fulvio Torriani habitait dans un immeuble qui donnait sur une voie privée : rue San Remo 32, du côté de la Porte Vittoria, avec sa femme et ses deux enfants. C'est lui qui vint m'ouvrir.

« Je vous en prie, entrez, monsieur le professeur, dit-il en montrant la porte de la salle de séjour, mais je crains que...

— Je ne suis pas professeur, dis-je, excusez-moi de vous déranger. On m'a chargé de... »

Il était plutôt grand et costaud. Environ quarante ans. Complet grisaille, chemise blanche, mains maigres et soignées, une règle à calcul dépassait de la poche de son veston.

Ce type-là un ouvrier ? En fait il n'était pas ouvrier mais expert-géomètre attaché à l'une des entreprises chargées d'effectuer les forages. Un visage ouvert et impérieux de padouan, un sourire facile, des poignets épais de pugiliste. Rien de l'homme des ténèbres.

— Asseyez-vous... Non, vous serez mieux dans ce fauteuil... je dois vous dire tout de suite que...

— Attendez un instant avant de dire non, monsieur Torriani, nous voudrions seulement... »

Maintenant il riait :

« Je ne sais même pas comment un bruit semblable a pu courir.

— Pourquoi ? Ce n'est pas vrai ? »

Je ressentis un immense soulagement. Alors tout cela n'était qu'une blague, et le reportage tombait à l'eau.

« C'est incroyable, croyez-moi. Je n'ai parlé avec personne, ma femme n'a parlé à personne. Dieu seul sait comment ce bruit a pu se propager. Et avec des détails encore... Comme l'histoire de mon camarade qui serait entré pour fureter et ne serait pas revenu.

— Qui était votre camarade ?

— Mais justement je n'en avais pas, je n'en ai jamais eu.

— Excusez-moi, cher monsieur Torriani, mais il doit y avoir quand même un petit grain de vérité dans cette histoire sinon... »

Il me dévisagea amusé :

« Un petit grain de vérité ? Ah ! ah ! elle est bien bonne celle-là. »

Et il éclata d'un rire qui respirait l'équilibre et la bonne santé.

Alors je me levai, je me sentais délicieusement léger, comme lorsqu'on va chez le médecin avec une peur terrible et qu'il vous dit que ce n'est rien. Je finissais par me demander comment mon directeur avait pu prendre au sérieux une semblable absurdité, et comment moi-même j'avais pu y croire. L'Enfer à

Milan : La porte de l'Hadès dans la capitale du miracle économique ? J'avais envie d'allumer une cigarette.

« Eh bien, il ne me reste qu'à m'excuser pour le dérangement... Vous savez, dans notre métier de journalistes...

— Je vous en prie, vous ne m'avez pas du tout dérangé, au contraire, je suis ravi d'avoir fait votre connaissance. »

A ce moment, en tournant la tête, je remarquai sur un guéridon une vieille édition de *La Divine Comédie* illustrée par Doré. Le livre était ouvert à la page où l'on voit dans le lointain Dante et Virgile qui s'approchent, au milieu d'un chaos de rochers sinistres, vers la bouche noire de l'abîme.

Ce fut comme un écho, comme un crochet qui me happait. Dans mon dos la voix agréable de Torriani qui me raccompagnait jusqu'à la porte :

« Ça s'est passé pendant la nuit, disait la voix. On travaillait sans arrêt par équipe. Une excavatrice Grandhopper venait juste de passer et on commençait à déblayer la tranchée quand...

— Mon Dieu ! Mais alors c'est donc vrai ?

— Allons, allons, professeur, il n'y a pas de quoi faire une pareille figure. Si vous y tenez vraiment, je pourrai vous montrer l'endroit précis. »

Bien qu'il ne crût pas un mot de cette histoire, l'ingénieur Roberto Vicedomini du métropolitain de Milan, qui est l'amabilité en personne, consentit à nous accompagner, Torriani et moi-même, à la station de la place Amendola. Les pluies de la Foire d'Échantillons avaient cessé et une très belle lune, à peine sur son déclin, resplendissait. L'horloge électrique de la place marquait une heure cinquante minutes. Il s'en fallait de dix minutes qu'il ne fût l'heure fatale. Un gardien ouvrit le portail en fer de l'escalier central et alluma les lampes.

En bas, tout semblait bel et bien terminé et on s'attendait d'un moment à l'autre à voir la foule se précipiter. Mais pour l'instant il y régnait une solitude impressionnante.

« Très bien, dis-je en essayant de me donner du courage. Je trouve cette installation d'un goût parfait. »

L'ingénieur Vicedomini se tourna vers Torriani avec ironie.

« Et alors ? où est-ce ? »

Le géomètre répondit :

« Au bout du quai A. »

L'entrée et la sortie des voyageurs sont contrôlées par des tourniquets et des guichets. Les tourniquets d'entrée sont rotatifs, avec trois pales disposées à cent vingt degrés. Le voyageur introduit le billet dans une fente. Un dispositif électronique contrôle que le billet est bien valable, l'annule, débloque le tourniquet et le bloque à nouveau une fois le voyageur passé. L'introduction d'un billet périmé actionne une sonnerie d'alarme.

Mais actuellement les tourniquets d'entrée ne tournaient pas, les billets n'étaient pas introduits dans les fentes, les dispositifs électroniques ne contrôlaient rien et on n'entendait pas de sonneries d'alarme parce que tout était en attente, le grand carrousel n'avait pas encore commencé.

Nous descendîmes, nous parcourûmes le quai jusqu'à l'extrémité nord-ouest. Comme nous n'étions plus qu'à deux mètres, Torriani posa son index sur un des panneaux d'aggloméré moucheté rouge et gris sombre qui recouvrent les murs jusqu'à une certaine hauteur.

« Ici, exactement », dit-il.

Et il n'avait plus tellement envie de rire.

« Mais maintenant tout est fermé, tout est obturé.

— On peut facilement enlever ces panneaux. C'est prévu pour cela. Derrière il passe une multitude de câbles et on peut avoir besoin d'y faire des réparations. N'est-ce pas, monsieur l'ingénieur ? »

L'ingénieur approuva.

« Mais, derrière ce panneau, dis-je, cette fameuse petite porte aura été murée j'imagine.

— Aux trois quarts seulement, expliqua Torriani. Dans le bas on a installé un portillon métallique ; à quatre pattes on peut s'y glisser. »

L'ingénieur le dévisagea :

« Mon cher Torriani, vous réalisez la gravité de ce que vous dites là ?

— Je pense que oui, monsieur l'ingénieur. »

Un silence sépulcral et une immobilité absolue régnaient dans la station flambant neuve. Seul un mystérieux ronronnement provenait par intermittence de la profondeur obscure des tunnels.

« Et vous soutenez qu'il existe ici un passage, un boyau, un couloir, enfin tout ce que vous voudrez ?

— Exactement.

— Et aucun de ceux qui travaillaient ici ne s'en est aperçu ?

— Bien sûr que si qu'ils s'en sont aperçus, mais ils ont tous cru qu'il s'agissait d'une ancienne galerie, comme il y en a pas mal autour du château Sforza. Moi, au contraire, je suis entré pour voir.

— Vous tout seul ?

— Oui. D'autant plus qu'au bout de deux mètres un éboulement avait presque complètement obstrué le passage et ce n'était pas facile de passer.

— Et de l'autre côté ? » demanda l'ingénieur, plus sceptique que jamais.

A l'extrémité de chaque quai, du côté de l'arrivée des trains, il y avait deux caméras de télévision aux distances focales différentes : l'une permettait de voir tout le quai, la seconde agrandissait la partie la plus éloignée. Le choix entre les deux caméras est fait, selon la nécessité, par le chef de station qui a deux écrans devant lui, un pour chaque quai. Mais en ce moment le chef de station n'était pas en train de choisir entre les deux distances focales. Parce qu'il n'y avait pas de chef de station, il n'y avait pas de cohue de voyageurs ; des voyageurs, il n'y en avait qu'un qui se préparait à partir pour un pays trop lointain.

« Après avoir fait une vingtaine de mètres, dit Torriani, j'ai vu dans le fond un peu de lumière. Il y avait un petit escalier étroit qui montait.

— Et vous êtes monté ?

— Oui, monsieur.

— Et vous vous êtes retrouvé où ? En pleine Foire aux Échantillons ?

— Non dans une rue que je n'avais jamais vue, encombrée de voitures. Immobiles. Un tel embouteillage qu'elles n'avançaient plus. Sur les trottoirs la foule allait et venait comme si... Vous savez les fourmis quand on a donné un coup de pied dans leur fourmilière...

— Et c'est tout ça votre Enfer ? C'était tout bonnement une rue du voisinage que vous ne connaissiez pas.

— Impossible. Et puis, voyez-vous, monsieur, quand je me suis glissé dans le boyau il était deux heures du matin, et de l'autre côté, là-bas, il faisait grand jour. Et quand je suis retourné sur mes pas, dix minutes plus tard au grand maximum, j'ai retrouvé la nuit. Alors si ce n'est pas l'Enfer...

— Et si c'était le purgatoire ? Est-ce que ça sentait le soufre ? Avez-vous vu des flammes ?

— Pas la moindre flamme. Le feu se trouvait plutôt dans les yeux de ces malheureux. »

L'ingénieur maintenant semblait offensé, comme si l'autre se payait sa tête.

« Ça suffit maintenant. Voyons plutôt ce portillon. Dépêchons-nous, mon cher Torriani. Notre Buzzati attend avec impatience de suivre vos traces. »

Torriani se dirigea vers l'escalier d'accès. « Anselmooo ! » rugit-il d'une voix de taureau, et les cavités souterraines répercutèrent son appel en écho caverneux.

Un type en bleu avec une sacoche de cuir en bandoulière apparut immédiatement là-haut.

Torriani lui fit signe. Celui-là était un ouvrier. Il manipula le panneau sur les côtés et le panneau bougea, s'ouvrant comme un petit pont-levis. Les viscères apparurent, tout un embrouillamini de câbles gainés de rouge, de jaune, de noir, de blanc, selon les circuits.

« Voilà », dit Torriani en montrant un portillon de fer à ras du sol, de forme circulaire, avec une charnière en haut et trois écrous en saillie fixés par trois boulons comme les hublots des navires.

« Mais ceci n'est qu'un banal pertuis de contrôle pour les égouts ! s'écria l'ingénieur. Allons, Torriani, faites ouvrir et vous entendrez le bruit de l'eau. Et Dieu sait quelle puanteur... »

L'ouvrier dévissa les trois boulons et souleva la plaque.

Nous nous penchâmes. Là-dedans il faisait complètement noir.

« Ce n'est pas le bruit de l'eau qu'on entend, dis-je.

— Je pense bien que ce n'est pas de l'eau », fit Torriani satisfait.

L'ingénieur murmura quelque chose et se retira. Confusion, embarras, peur peut-être.

De quoi était composé le son qui provenait des profondeurs du boyau ? Que signifiait ce terrible bruit ? Dans ce chœur incohérent et fou il me semblait distinguer de temps en temps des cris et des paroles humaines à peine perceptibles (pour une confession fulgurante en deux-trois secondes désespérées, après une longue vie de péchés à l'arrivée inopinée de la mort ?) Ou bien était-ce le rugissement des voitures, ou leur sanglot, ou la lamentation et le miserere des vieilles mécaniques accidentées et malmenées, de l'homme ? Une cataracte d'horribles choses massives et dures qui dans un déferlement sauvage dégringolaient en écrasant d'autres choses, qui elles, étaient fragiles et souffrantes.

« Non, n'y allez pas, me dit l'ingénieur dans un filet de voix.

— Bah ! désormais... »

J'avais endossé le bleu, empoigné la torche électrique. Je m'agenouillai.

« Adieu, professeur, dit Torriani, avec un bon sourire. Excusez-moi. C'est peut-être ma faute. J'aurais peut-être dû me taire. »

Je glissai la tête dans le pertuis, j'avançai en rampant. Le chœur lointain devint un grondement. Là-bas, dans le fond, un filet de lumière.

III

LES DIABLESSES

Le boyau se terminait une vingtaine de mètres plus loin, devant un escalier étroit ; et là-haut, c'était l'Enfer.

Une lumière grise et opaque comme celle du jour tombait d'en haut. C'était un escalier d'une trentaine de marches. En haut, une petite grille en fer. De l'autre côté de la grille on voyait passer des silhouettes d'hommes et de femmes, tous marchaient d'un pas pressé, on ne voyait que la partie supérieure de leur corps, les épaules, la tête.

Ce n'était pas le brouhaha de la circulation qui provenait de là-haut mais un bruit confus et continu, ou plus exactement un grondement sourd, ponctué, çà et là, de petits coups d'avertisseur.

Le cœur battant je montai, arrivai à la petite grille, les passants ne faisaient pas attention à moi. Quel étrange Enfer ! c'était des gens comme vous et moi, ils avaient en apparence la même compacité corporelle, les mêmes vêtements que l'on voit chez nous tous les jours.

L'ingénieur Vicedomini avait-il raison ? Est-ce que tout cela n'était pas un canular et moi, imbécile que j'étais, j'avais gobé cette blague. L'Enfer, ça ? Tout simplement un quartier de Milan, mais que je ne connaissais pas.

Et pourtant, comment expliquer cette même circonstance qui avait impressionné Torriani : quelques minutes avant, dans la station du métropolitain, il était deux heures du matin et ici il faisait jour. Ou bien est-ce que je rêvais ?

Je regardai autour de moi. Exactement la scène décrite par Torriani : et dans laquelle il n'y avait, à première vue, rien d'infernal ni de diabolique. Au contraire tout ressemblait à nos expériences quotidiennes, si ce n'est davantage même : il n'y avait aucune différence.

Le ciel était ce même ciel gris et bitumineux, que nous ne connaissons que trop bien, fait de fumée et de brouillard, et on aurait dit que ce n'était pas le soleil qui était de l'autre côté du funeste voile mais une lampe immense, une lampe morne comme les nôtres, un gigantesque tube de néon, tant les visages des hommes paraissaient livides et fatigués.

Les maisons elles aussi étaient comme les nôtres, j'en voyais de vieilles et de très modernes, elles avaient en moyenne sept à quinze étages, ni belles ni laides, surpeuplées comme les nôtres, avec presque toutes leurs fenêtres allumées, derrière lesquelles on apercevait des hommes et des femmes assis, qui travaillaient.

Ce qui était rassurant c'est que les enseignes des boutiques et les affiches publicitaires étaient en italien et concernaient les mêmes produits que nous utilisons quotidiennement.

La rue non plus n'avait rien d'extraordinaire. Si ce n'est qu'elle était encombrée d'automobiles arrêtées, exactement comme l'avait raconté Torriani.

Les automobiles n'étaient pas arrêtées parce qu'elles désiraient stationner ou à cause d'un feu rouge. Il y

avait effectivement des feux de croisement à une quarantaine de mètres, mais ils étaient au vert. Les autos
étaient simplement immobilisées à cause d'un gigantesque encombrement qui s'étendait peut-être à la ville
entière, et elles ne pouvaient plus ni avancer ni reculer.

A l'intérieur des automobiles, il y avait des gens,
surtout des hommes seuls. Eux non plus ne semblaient
pas être des ombres mais bien des individus en chair et
en os. Les mains posées sur le volant, immobiles, une
atonie obtuse diffusée sur leurs visages pâles, comme
sous l'effet de stupéfiants. Ils ne pouvaient pas sortir,
même s'ils l'avaient voulu, tant les voitures étaient
serrées les unes contre les autres. Ils regardaient
dehors, à travers les vitres, ils regardaient avec lenteur,
avec une expression de... ou plutôt sans expression
aucune. De temps en temps, quelqu'un appuyait sur
l'avertisseur, donnait un petit coup, découragé, comme
ça, négligemment. Pâles, vidés, châtiés et vaincus. Et
plus aucun espoir.

Alors je me demandai : Est-ce là le signe que nous
sommes vraiment en Enfer ? Ou bien des cauchemars
de ce genre se produisent-ils aussi couramment dans
les cités des vivants ?

Je ne savais que répondre.

Certes, la fixité atone et passive de ces hommes
emprisonnés et cloués dans leurs automobiles, fichtre,
quelle sensation !

Une voix décidée à mes côtés :

« C'est bien fait. »

Grande, habillée d'un tailleur gris fer pincé à la
taille, une femme dans les quarante ans, très belle,
observait avec satisfaction les automobiles. Elle se
tenait immobile, à cinquante centimètres de moi, je
pouvais voir son profil. Un visage de statue grecque,
ferme, autoritaire, sûre d'elle. Elle souriait.

Impulsivement je lui demandai :

« Pourquoi ? »

Elle ne se retourna même pas.

« Ils ont fait un vacarme d'enfer pendant au moins une heure avec leurs avertisseurs, répondit-elle. Finalement ils se sont calmés, les maudits. »

Parfaite prononciation italienne, toutefois l'« r » était à peine marqué.

Après quoi, elle me regarda. Des yeux bleus comme un courant électrique.

« Vous êtes monté par le petit escalier ? me demanda-t-elle avec ironie.

— Mais... je...

— Venez, monsieur, suivez-moi. »

Dans quel stupide pétrin étais-je allé me fourrer ? J'aurais mieux fait de me taire. La reine des amazones ouvrit la porte vitrée d'une maison.

« Par ici, je vous prie. »

Elle avait dit : « Je vous prie », mais c'était pire qu'un ordre militaire. Comment pouvais-je désobéir, moi, intrus clandestin ? En la suivant je perçus dans son sillage un délicat parfum qui rappelait l'ozone.

Elle me conduisit à un ascenseur, et nous entrâmes. Dans la cabine il y avait déjà sept autres personnes. Nous étions serrés, je sentis la pression des corps, ils étaient consistants comme le mien. Il n'y avait donc pas la moindre différence entre les damnés et nous autres, vivants ? Les mêmes visages, les mêmes vêtements, la même langue, les mêmes journaux, les mêmes hebdomadaires, jusqu'aux mêmes cigarettes (un type en effet sortit de sa poche un paquet de Nationales super avec filtre et en alluma une).

« Où allons-nous ? » osai-je demander à la générale.

Elle ne me répondit même pas.

Arrivés au dixième étage, nous sortîmes. La femme

poussa une porte sur laquelle il n'y avait aucune plaque. Je me retrouvai dans une grande salle qui ressemblait à un bureau, avec un mur tout vitré. Dehors, le panorama plombé de la ville.

Une banquette courait d'un bout à l'autre de la salle, à l'attention des visiteurs, semblait-il. Là, une dizaine de jeunes filles en blouse noire et col de piqué blanc étaient en train de travailler, qui devant des machines à écrire, qui sur d'étranges claviers qui comportaient des tas de touches, d'autres encore se penchaient sur des tableaux de commandes électriques (ou du moins c'est ce qui me sembla dans mon incompétence).

Tout avait un aspect de modernisme, de luxe et d'efficience. Devant la banquette, trois petits fauteuils de cuir noir et un guéridon en verre. Mais l'archiduchesse ne m'invita pas à m'asseoir.

« Entré pour fouiner ? me demanda-t-elle sans préambule.

— Oh ! juste un coup d'œil : je suis journaliste...

— Entrer, regarder, fourrer son nez, écouter, prendre des notes, pas vrai ? Et puis filer sans payer, hein ? Non, monsieur, ce n'est pas possible... Les gens qui entrent chez nous doivent en subir les conséquences jusqu'au bout, ce serait trop commode... »

Et elle appela :

« Rosella ! Rosella ! »

Une toute jeune fille d'environ dix-huit ans accourut, un visage encore enfantin, la lèvre supérieure retroussée par l'élasticité de sa peau juvénile, des yeux ingénus et étonnés. Enfer tant qu'on veut, pensai-je, mais pas si terrible que ça s'il est peuplé de semblables créatures.

« Rosella, ordonna la présidente, prends donc un peu l'état civil de ce monsieur et contrôle immédiatement sur le fichier général au cas où...

369

— Bien sûr, fit Rosella qui évidemment avait compris à demi-mot.

— Si par hasard quoi ? » demandai-je avec une inquiétude progressive.

La patronne répondit placide :

« Si par hasard vous êtes déjà inscrit chez nous.

— Mais je viens à peine d'arriver !

— Cela ne veut rien dire. Le cas se produit parfois. D'ailleurs cela ne coûte rien de contrôler. »

Je déclinai mes nom et prénoms, Rosella s'escrima sur le clavier d'un meuble métallique semblable aux calculatrices électroniques. Il en sortit un bourdonnement. Et puis une lampe rouge s'alluma, on entendit un déclic et un carton rectangulaire de couleur rose atterrit dans une petite corbeille d'aluminium.

Penthésilée le prit, et parut satisfaite.

« Je m'en doutais... Aussitôt que je vous ai aperçu dans la rue... avec cette figure-là...

— Mais qu'est-ce que cela veut dire ? »

Curieuses, les autres jeunes filles s'étaient approchées de la banquette et écoutaient. Aucune aussi jolie que Rosella mais guère moins : fraîches, à la page, fines.

« Cela veut dire, cher Buzzati, que tu es également des nôtres et depuis un bon bout de temps encore. »

Elle était subitement passée au tutoiement.

« Moi ? »

La directrice agita le bout de carton comme un éventail.

« Écoutez, madame, dis-je, c'est un malentendu monstrueux... Je ne sais pas exactement qui vous êtes. Mais je veux être sincère jusqu'au bout. Et vous allez rire, vous verrez, vous allez pleurer de rire quand je vous aurai dit... Vous savez ce que je croyais ? Vous savez ce qu'on m'avait dit ?

— Qu'est-ce qu'on vous avait dit ?

— Eh bien... qu'ici... en somme qu'ici c'était l'Enfer ! et je ris, avec un certain effort je dois l'avouer.

— Je ne vois pas ce qu'il y a de drôle à ça !

— Eh mais... c'est une bonne plaisanterie, non ?

— Une plaisanterie ?

— Bien sûr, puisque tout le monde est vivant ici. Vous n'êtes peut-être pas vivante, vous ? Et ces demoiselles, elles ne sont pas vivantes peut-être non plus ? Ah ah ! Et alors ? L'Enfer n'est-il pas dans l'au-delà ?

— Qui l'a dit ? On est toujours puni tôt ou tard. »

Les quatre jeunettes nous écoutaient amusées, elles avaient de petits nez fins, entreprenants.

Je tentai de me défendre :

« Mais moi je ne suis jamais venu ici. Comment pouvez-vous avoir mon nom sur votre fichier ?

— Tu n'es jamais venu dans cette maison. Mais la ville que tu vois ici, tout autour, tu la connais très bien. »

Je regardai. Je ne la reconnaissais pas.

« Milan, non ? dit-elle, et où pensais-tu donc être ?

— Ça ! Milan ?

— Certainement, Milan. Et aussi Hambourg et Londres et en même temps Amsterdam, Chicago et Tokyo. Cela m'étonne de toi. Avec le métier que tu fais, tu devrais quand même savoir depuis le temps que deux mondes, trois mondes, dix mondes peuvent... comment dire... peuvent coexister dans le même endroit, se pénétrer l'un l'autre... Je pensais que tu connaissais cette théorie-là.

— Mais moi, alors... Moi, je serais damné ?

— Je pense que oui.

— Qu'est-ce j'ai fait de mal ?

— Je ne sais pas, dit-elle, cela n'a pas d'importance. Tu es damné parce que tu es fait ainsi. Les types comme toi portent l'Enfer en eux depuis leur naissance. »

Je commençais à avoir peur.

« Mais vous, madame... qui êtes-vous donc ? »

Les petites se mirent à rire. Elles aussi. Elles riaient d'une étrange façon.

« Et tu voudras également savoir, j'imagine, qui sont ces enfants ? N'est-ce pas qu'elles sont mignonnes ? N'est-ce pas qu'elles te plaisent bien ? Tu veux que je te les présente ? »

Elle s'amusait énormément.

« L'Enfer, insistait-elle. Viens donc jeter un coup d'œil, tu le reconnaîtras bien, non ? Tu devrais te sentir comme chez toi. »

Elle me saisit par le bras et m'attira vers la baie vitrée.

Je vis alors à mes pieds, avec une précision merveilleuse, la ville jusqu'à ses lointains faubourgs. La lumière opaque et livide du jour avait baissé et les fenêtres s'étaient éclairées. Milan, Detroit, Düsseldorf, Paris, Prague, mélangées dans un délire de gratte-ciel et d'abîmes, resplendissaient, et dans cette immense coupe de lumière des hommes s'agitaient, ces pauvres microbes, talonnés par le galop du temps. L'épouvantable, l'orgueilleuse machine qu'ils avaient eux-mêmes construite tournait en les broyant et ils ne fuyaient pas, au contraire, ils se bousculaient pour se jeter au plus profond des engrenages.

L'inspectrice me toucha l'épaule.

« Viens par ici. Mes petites veulent te faire voir un jeu très amusant. »

Alors les autres employées qui jusqu'alors étaient restées devant leur travail se pressèrent autour de nous avec de petits rires et des cris excités.

On me conduisit dans une pièce voisine, où se trouvaient des tas d'appareils très compliqués avec des écrans ressemblant à ceux des téléviseurs.

L'adorable Rosella saisit la poignée d'un instrument qui évoquait, en plus petit, le levier des aiguillages ferroviaires. Et un horrible exercice commença.

IV

LES ACCÉLÉRATIONS

De la grande baie de la salle on dominait le panorama de la monstrueuse cité. Qui n'était autre que l'Enfer. Birmingham ? Detroit ? Sydney ? Osaka ? Krasnoïarsk ? Samarcande ? Milan ?

Je voyais les fourmis, les microbes, les hommes un par un s'agiter dans la course infatigable à quoi ? à quoi ? Ils couraient, se battaient, écrivaient, téléphonaient, discutaient, coupaient, mangeaient, ouvraient, regardaient, embrassaient, poussaient, nettoyaient, salissaient, je voyais les plis des manches, les échelles des bas, la courbe des épaules, les rides autour des yeux. Les yeux je les voyais, avec cette lumière dedans, faite de besoin, de désir, de souffrance, d'anxiété, d'avidité, de lucre et de peur.

Derrière moi, au tableau de commande de l'étrange machine, se tenaient la femme puissante qui m'avait arrêté et ses suivantes.

Elle — la commandante — s'approcha de moi et me dit :

« Tu vois ? »

Devant moi s'étendaient à perte de vue les tourments des hommes. Je les voyais se débattre, frémir, rire, se dresser, tomber, se redresser, tomber de nou-

veau, se frapper, se parler, sourire, pleurer, jurer, tout
entiers à l'espoir de la minute à venir, de l'histoire à
venir, de cette histoire qui allait se dérouler, de ce
bonheur qui...

La dame impérieuse me dit :

« Regarde bien. »

Elle saisit de la main droite un levier et lentement le
déplaça. Sur un cadran lumineux comme celui d'une
horloge une petite aiguille se dirigea vers la droite.
Immédiatement il y eut comme un remous dans les
myriades de créatures qui peuplaient la ville. Mais ce
n'était pas une effervescence saine, c'était une
angoisse, une fièvre, une frénésie, une hâte de faire,
d'avancer, de gagner, de se hisser un peu plus sur
l'imaginaire tréteau des vanités, des ambitions, de nos
pauvres victoires. Armée qui combattait désespérément
contre un monstre invisible. Les gestes devenaient
convulsifs, les visages plus tendus et fatigués, les voix
âpres.

Elle releva encore un peu plus la manette. Les
autres, en bas, se précipitèrent, avec une impétuosité
multipliée, dans les cent directions de leurs manies,
tandis qu'impassibles et sombres les coupoles de leurs
cathédrales menaçantes se perdaient dans la fumée de
la nuit.

« Le voici. »

Une voix gracieuse attirait mon attention vers un
grand écran lumineux, de un mètre sur soixante-dix
centimètres à peu près, où apparaissait, en premier
plan, un homme. Là aussi il y avait un levier et toute
une rangée de boutons que Rosella était en train de
manipuler.

L'homme était assis dans un grand bureau, il devait
avoir dans les quarante-cinq ans, c'était sûrement
quelqu'un d'important et il se débattait extérieurement
et intérieurement contre le monstre invisible.

En ce moment il téléphonait. « Non, disait-il, quoi que vous fassiez, vous ne réussirez jamais à... D'accord, ça me plairait... Oui, il était à Berne il y a trois ans... à plus forte raison... il pourrait demander à mon ami Roger, du Consortium, ou bien à Sutter... Non, ces jours-ci j'ai autre chose en tête... Comment ? Vous vous êtes fait pincer ? Vous n'allez pas m'amener des histoires... »

Une secrétaire entra, avec une pile de papiers, un second téléphone sonna, la secrétaire décrocha :

« C'est la trésorerie », dit-elle.

Lui, tout en souriant, prit également le deuxième récepteur. « Excusez-moi, dit-il dans le premier, on m'appelle sur une autre ligne, nous reparlerons de cela plus tard, et merci pour tout ce que vous avez fait, merci. » Et puis dans le second : « Mon cher Ismani... Justement j'attendais... certainement, certainement... Vous comprenez bien que ce n'est pas la bonne volonté qui manque... c'est certain... pour la république... n'est-ce pas ? Non, cela... vous ne devriez pas dire cela, mon cher, vous ne devriez pas, réellement. »

La secrétaire revint :

« M. Compton est arrivé, il attend que vous le receviez », l'informa-t-elle.

Il sourit :

« Ah ! cet enquiquineur de Syrien ! se soulagea-t-il en bouchant le micro. Faites-le entrer aussitôt que je sonnerai. »

La petite Rosella observait la scène avec plaisir.

« Qui est-ce ? lui demandai-je.

— C'est son chouchou, répondit une des jeunes filles qui avait des cheveux roux tressés, en désignant Rosella.

— Mais qui est-ce ?

— Stephen Tiraboschi. Industriel.

— Industriel en quoi ?

— Eh ! qui le sait. Il fabrique des trucs. »

On vit alors entrer dans le bureau le Syrien en question qui était un gros homme myope. Et puis le premier téléphone sonna, et puis un ingénieur subalterne entra pour annoncer une avarie au troisième secteur, alors Stephen se précipita en bas, mais à peine était-il arrivé qu'on le prévint par l'interphone que Stuttgart était en ligne dans son bureau, alors il remonta précipitamment pour téléphoner, sur le seuil de son bureau il se cogna aux trois représentants de la commission intérieure qui l'attendaient et pendant qu'il téléphonait à Stuttgart, le second téléphone sonna, c'était Augusto, un cher vieil ami malade qui, s'ennuyant tout seul, éprouvait le besoin de parler avec quelqu'un. Stephen toutefois continuait à sourire, merveilleusement maître de lui.

La belle dame de l'Enfer donna un léger coup de coude à Rosella.

« Allons, ma petite. Tu ne vas pas te laisser attendrir par ce type-là, j'espère.

— Oh ! vous pensez ! » fit Rosella sérieuse et sa lèvre supérieure se retroussa maligne et capricieuse.

En même temps elle tira lentement vers elle le levier.

Quelque chose se produisit immédiatement dans le bureau de l'ingénieur Tiraboschi. Comme lorsqu'on ouvre le robinet d'eau de sa baignoire où se trouve un cafard, et tandis que l'eau monte, éperdue, la bestiole cherche frénétiquement à grimper çà et là sur la paroi lisse de porcelaine toujours plus raide et impossible. Le rythme qui se précipite, l'angoisse, l'orgasme, la palpitation des gestes et des pensées.

Il était en train de téléphoner : Non disait-il quoi que vous fassiez, vous n'y réussirez jamais il pourrait demander à mon ami ou bien Sutter, la secrétaire entra l'autre téléphone sonna et la trésorerie excusez-moi merci dit il ensuite cher monsieur certes la bonne volonté la secrétaire monsieur Compton le téléphone l'avarie au troisième secteur la communication de Stuttgart la commission intérieure. Toutefois il souriait encore droit et jeune, fichtre quelle force !

Réunies autour de l'écran, les femmes suivaient la belle opération. Comme elle s'y entendait, Rosella ! Quelle délicatesse dans le supplice ! Quelle délicieuse poupée...

Sur l'écran, maintenant, l'action se précipitait : dans la trame du travail quotidien de Stephen Tiraboshi, la tourbe infecte des enquiquineurs se glissait comme autant de punaises ou de tiques. Au téléphone, à la porte, dans le couloir, à la sortie, dans la rue, leurs nez pointus et durs s'insinuaient, pénétrant dans les interstices du temps, après quoi, ils dilataient leur inexorable puissance, ils étaient les recommandés, les inventeurs, les amis des amis, les bienfaiteurs, les public relations, les représentants d'encyclopédies, les ennuyeux sympathiques, les ennuyeux antipathiques, ils avaient des visages cordiaux, épanouis, des yeux comme des ventouses, ils exhalaient une odeur particulière.

« Magnifique, dit la dame, regardez donc son genou. »

Sous l'impulsion cruelle des choses, Stephen en effet ne souriait plus comme auparavant et son genou droit commençait à avoir un tic nerveux, tambourinant sur la paroi interne de son bureau métallique qui résonnait en faisant doum, doum, doum...

« Allez, Rosella, accélère, accélère, supplia la petite avec les tresses, donne encore un petit coup. »

Rosella retroussa curieusement les lèvres, fixa le

cran d'arrêt en bloquant le levier et se hâta vers le téléphone. A peine eut-elle fait le numéro qu'on vit Stephen, en bas, répondre immédiatement.

« Alors ? Tu ne te décides pas à venir ? Il y a une heure que je t'attends et que je suis prête, lui jeta froidement Rosella.

— Comment ça, venir ?

— Mais c'est vendredi, mon chéri, tu m'avais promis non ? Nous avions décidé de nous rencontrer à cinq heures, non ? Tu m'avais dit qu'à cinq heures pile, tu viendrais me chercher. »

Il ne souriait absolument plus du tout.

« Mais non, ma chérie, c'est une erreur, c'est impossible, je croule sous le travail aujourd'hui.

— Bououououou, pleurnicha la petite... C'est toujours comme ça quand j'ai envie de quelque chose, toi... Il n'est pas permis d'agir comme tu le fais, voilà... Écoute : si dans une heure tu n'es pas venu me prendre ici, je te jure que...

— Rosella !

— Je te jure que tu ne me reverras jamais plus », et elle raccrocha.

L'homme, sur l'écran, haletait, il n'était plus jeune, il ne se tenait plus droit, au contraire il vacillait sous le mitraillage progressif : la secrétaire, l'appel de Livourne, le rendez-vous avec le professeur Fox le petit speech au Rotary le cadeau pour l'anniversaire de sa fille le rapport au Congrès de Rotterdam la secrétaire, le téléphone, le lancement publicitaire du Tampomatic la secrétaire le téléphone, le téléphone et il ne peut pas refuser il ne peut pas se dérober il doit courir galoper se concentrer faire des acrobaties pour être à l'heure sinon cette chipie, cette petite fleur, cette garce le plaque c'est sûr et certain.

Le genou de l'ingénieur Tiraboschi cogne régulièrement contre l'intérieur de son bureau qui résonne gravement.

« C'est cuit, c'est cuit, gémit de plaisir la petite diablesse rousse. Allez Rosella, encore un petit coup ! »

Serrant les dents dans l'intensité de sa perfidie, Rosella saisit le levier des deux mains et le tira vers elle de toutes ses forces comme si elle voulait le casser.

C'était l'ultime accélération, le tourbillon, la cataracte du dernier jour. L'ingénieur n'était plus Stephen, c'était un pantin fou qui se démenait, vociférait, râlait, sautait çà et là avec des gestes désarticulés, Rosella était violette de l'effort qu'elle faisait pour tirer le levier.

« Et l'infarctus, c'est pour quand ? demanda la dame avec presque un ton de reproche. Il a une résistance invraisemblable cet homme-là.

— Oh ! ça va venir, ça va venir », cria la rouquine.

Un dernier effort musculaire de la douce Rosella se répercuta dans Stephen par une explosion épileptique. A un certain moment, comme il allait empoigner encore une fois le téléphone, il bondit en l'air comme un polichinelle, faisant un saut d'au moins deux mètres, et sa tête ballotait à droite et à gauche comme un petit drapeau de papier agité par le vent. Il tomba lourdement sur le plancher, sur le dos, raide.

« Je dirai que c'est un petit travail fait dans les règles de l'art », approuva la patronne.

Puis, comme si elle pensait soudain à autre chose, elle me dévisagea droit dans les yeux.

« Et celui-ci ? dit-elle. Si on essayait un peu avec lui ?

— Oh ! voui, voui !... jubilait la rouquine.

— Noooon, je vous en supplie, dis-je, je suis ici pour travailler. »

La terrible me dévisagea intensément, Et puis :

« Allez, va donc faire ton petit tour d'inspection. Je saurai bien où te pêcher quand le moment sera venu... Cela ne te fera pas de mal de trotter un peu. »

V

LES SOLITUDES

Quelles étranges maisons, là-bas en Enfer, où on m'avait logé. Ce que l'on voyait par-devant était très beau. La neige tombait avec allégresse pour la veillée de Noël au milieu des lumières des girandoles, des allées et venues, des merveilleuses guirlandes de saucisses et de tous ces petits machins brillants. Évidemment, vus de loin comme ça, on ne distinguait pas bien les visages, s'ils étaient joyeux ou non, mais le mouvement, l'agitation, la fièvre, ça oui ! Sur le rebord d'une fenêtre, un chat s'étirait en somnolant au doux et jeune soleil blanc de mai, dix heures du matin si propices aux « représentants en économie » dans les vestibules solennels et bien astiqués des établissements bancaires où pénètrent les rayons obliques du soleil dans les volutes de fumée bleuâtre des Marlboro ou Peer avec filtre. Et le crépuscule d'octobre ? Qu'est-ce que vous en dites ? le ciel est d'un bleu profond et le soleil frappe languissant sur les baies et les gratte-ciel d'aluminium flambant neufs tandis que la réouverture des universités donne cette sensation de grande aventure qui commence, et elle qui l'attend, à contre-jour, dans le jardin déjà dépouillé, emmitouflée dans son cher manteau de fourrure. Ou encore l'aube vert prusse

383

complètement lavée par le vent qui fait grincer les enseignes dans les ruelles du port et froncer les petites vagues irritées, les sirènes gutturales, l'agitation des ombres, le mugissement vert des parcs, l'envie de travailler. Ou du moins c'est ce qu'il semble, vu de loin.

C'est ce qu'il semble. Mais il existe aussi l'autre côté de la maison, l'intérieur, les viscères, les boyaux, les secrets de l'homme.

L'autre côté où il n'y a ni Noël, ni soleil de mai, ni aube de cristal, mais une lumière d'un gris crayeux uniforme qui s'engloutit dans la cour, à deux heures trente, deux heures quarante-cinq de l'après-midi, oui, cela pourrait être les flasques quatorze heures quarante d'un tiède et indolent dimanche maudit.

Vous voyez, là, juste au-dessous, dans le mur de gauche, cette encoignure où la lumière a du mal à pénétrer, cette rangée de fenêtres mystérieuses. Là se terrent des êtres humains qui ont l'illusion de ne pas être vus.

Dehors, dans la rue, l'animation, la circulation, l'argent, l'énergie, la luxure, la bataille tumultueuse.

Ici dans la cour des immeubles en copropriété, les solitudes arides, les nôtres, les vôtres...

La fenêtre du neuvième étage est ouverte tout près de moi : une espèce de cagibi où se trouve un petit garçon. Il doit avoir dans les six ans, il est laid, assis par terre, bien habillé, immobile au milieu de morceaux de jouets démantibulés, d'animaux en peluche, de pantins, le père est à son travail, la mère est dans la pièce à côté, avec quelqu'un. Maintenant le voilà qui se lève lentement avec un sérieux effrayant et il se dirige vers la porte. Vu de dos, il a au moins cinquante-huit ans ; petit vieux il sera tel quel. Il saisit la poignée, la tourne, pousse, mais le battant ne s'ouvre pas, on l'a enfermé de l'extérieur. « Maman, maman », crie-t-il alors, mais juste deux fois. Sérieux comme un pape il revient au milieu de la pièce, soulève un joujou quelconque qu'on ne distingue pas bien d'où je suis, sans entrain il le laisse retomber. Il s'assoit de nouveau, les jambes écartées avec cette facilité qu'ont les enfants, il ne regarde même pas la fenêtre, il sait que c'est inutile, mais par contre il regarde fixement dans un coin qu'on ne peut voir d'ici et puis il a une petite exclamation aiguë et amusée qui ressemble à « Ohï ohï ! » et puis de nouveau le silence. Ses menottes s'ouvrent et se referment sur le linoléum qui recouvre le parterre comme pour saisir quelque chose qui ne s'y trouve pas et il sanglote doucement.

Huitième étage : grand studio, machines électroniques, l'homme est assis à son bureau, le stylo à la main pour corriger un rapport manuscrit, mais la plume ne bouge pas.

Il a quarante-cinq ans, de petites moustaches et des lunettes, il est riche, habitué à commander. Le siège de la secrétaire est vide, les coursiers sont partis, les fiduciaires des consortiums, les conseillers, délégués, les représentants des Amériques, les banquiers, les plénipotentiaires, le soir est venu. Passé l'heure, personne, en fait n'a plus besoin de lui ; fatigués, les cinq téléphones noirs se taisent, l'homme les regarde, anxieux, avec une soif indéfinissable et profonde car les choses grandes, puissantes, solides et enviées qu'il possède ne lui suffisent pas. Besoin de liberté ? de folie ? de jeunesse ? d'amour ?

Le soir descend, le soir est descendu et je vois l'homme important, compétent et redouté, je le vois qui prend un à un les cinq téléphones noirs, les pose sur ses genoux et les caresse comme de gros chats sournois et égoïstes.

Résonnez, appelez, importunez-moi, ô mes fidèles

compagnons de tant de batailles, mais ne me parlez pas seulement de commandes, de chiffres, de traites, ne serait-ce qu'une seule fois, parlez-moi d'autre chose, de choses frivoles. Mais aucun des cinq matous ne bouge, durs, hermétiques, muets, aucun ne répond aux sollicitations des mains inaccessibles et usées.

Dehors, dans le vaste royaume au-delà des quatre murs, tous certes le connaissent et savent son nom, mais maintenant que la terrible nuit va venir, il n'y en a pas un qui le cherche, l'appelle, pas une femme, pas le moindre gueux, pas un chien, ils n'ont plus besoin de lui.

Septième étage. On entrevoit à peine deux pieds nus, abandonnés et immobiles comme ceux d'un petit Christ après la déposition de croix. Maintenant que la famille et les relations sont parties à leurs affaires respectives ainsi que les commères, les amis, le brave don Gervasoni, le curé de la paroisse, le directeur de l'école, la maîtresse, le médecin légiste, le commissaire de police, le fleuriste, le sombre entrepreneur, les camarades de classe venus en délégation, maintenant que la maison est vide et que tous ceux qui dix minutes auparavant s'y trouvaient avec leur pitié, leurs larmes, leurs sanglots sont désormais repartis à leurs affaires, pleins de vie, et qu'ils bavardent, rient, fument, mangent des gâteaux à la crème, maintenant que le calme est revenu, la femme se met à laver son enfant mort pour qu'il s'en aille tout propre. C'est un camion qui l'a tué, c'est une barque qui l'a noyé, c'est un train qui, c'est une digue. Le drame a suscité une grande émotion, la radio et les journaux en ont parlé, mais vingt-quatre heures ont passé et c'est déjà loin.

Oui, il faut un petit linge bien doux ; de l'eau tiède, du talc et de l'amour. Personne ne viendra la déranger, l'interrompre, oh ! non, ils ont autre chose en tête maintenant.

Par moments, j'entends sa voix qui monte. Ce ne sont pas des gémissements et des lamentations mais une sorte de monologue tranquille comme en font chaque jour les mamans : « Eh bien, tu n'es qu'un petit cochon. Regarde-moi ces oreilles toutes noires, et ce cou... Ah ! si je n'étais pas là, tu serais joli, oui, pour aller à l'école. Mais qu'est-ce que tu as aujourd'hui, mon Pupetto ? Tu te laisses faire bien gentiment, tu ne protestes pas, tu ne cries pas, oh ! oui, tu es un bon petit garçon, ce matin. » Et puis soudain le bruit d'une chute lourde, un grand silence en forme de monstre avec une queue qui n'en finit plus.

En dessous, au sixième, quelqu'un est en train de laver. Agenouillé sur le carrelage, l'homme frotte pour faire disparaître une tache ovale. D'en haut on ne peut pas le voir, seulement ses mains qui frottent avec acharnement dans un mouvement circulaire.

Un transistor est allumé dans la pièce. Tout en crachant et en sifflant il diffuse une musique swing. Une tache allongée et brunâtre, couleur de sang, dirait-on. Mais voici que les deux mains disparaissent abandonnant la serpillière, et l'homme s'approche de la fenêtre ; c'est un garçon sur la trentaine, solide, sain, sportif avec des rouflaquettes. Il regarde tout autour de lui, allume une cigarette, sourit, l'image même de la tranquillité. Il n'est rien arrivé du tout. Une maison respectable et irréprochable. Il fume, tirant de lentes bouffées. Pourquoi diantre devrait-il se presser ? Il jette son mégot, se retire ; la petite braise incandescente se perd dans les sombres profondeurs avec une trajectoire gracieuse. Et puis, dans le jour qui baisse, à nouveau ces deux mains qui frottent, frottent furieusement, et la tache devient de plus en plus noire, elle s'allonge, s'élargit, se gonfle victorieuse au rythme strident d'une danse, d'un surf, d'une samba, d'un monde lointain où jamais plus il ne retournera, lui.

Au cinquième étage, le dernier où, de l'endroit où je suis placé, je puisse voir quelque chose, il y avait aussi un homme. Je n'irai pas jusqu'à dire qu'il existait vraiment : il était là. La lumière morte du puits d'aération s'éclipsait, comme le garçon décrépit du vieux café une fois le dernier client parti. Je le voyais de haut en bas, dans une perspective presque verticale. Il était debout, immobile, naufragé perdu dans la mer hostile et sombre qui le cernait d'infinis. Je voyais son dos, un peu voûté, le dessus de son crâne, ses cheveux, courts et gris. Debout, comme s'il était au garde-à-vous. Devant qui ?

Je le voyais, je le regardais, et soudain, je le reconnus à la courbure caractéristique de sa nuque... mon vieux camarade, lui ! Combien d'années nous avions passées ensemble, les mêmes pensées, les mêmes désirs, les mêmes épanchements, les mêmes désespoirs. Nous étions des amis extraordinairement intimes, bien qu'il eût un physique plutôt ingrat, et pendant des années j'avais éprouvé une grande affection pour lui. Il se tenait en ce moment devant son miroir, droit et voûté, orgueilleux et battu, maître et serviteur, avec cette vilaine patte-d'oie au coin de la paupière.

Mais pourquoi aussi immobile ? Qu'y avait-il ? Quelque souvenir ? Ou bien la vieille blessure humiliante qui de temps en temps se rouvre ? Ou le remords ? Ou la pensée d'avoir tout gâché ? Ou les amis perdus ? Ou les regrets ?

Regrets de quoi ? de la jeunesse enfuie par hasard ? Mais il s'en fiche, lui, de la jeunesse, la jeunesse ne lui a apporté que des ennuis et des tristesses. Il s'en fiche bien, lui, ah ! ah ! Il a tout ce qu'un homme peut honnêtement désirer, lui. Non, rectification. Pas complètement tout, quelque chose seulement à vrai dire... ou plutôt rien maintenant, s'il y pense bien.

C'est alors que je l'appelai en me penchant à la fenêtre. « Eh ! bonjour... », dis-je — parce que c'était un vieil ami. Mais lui ne se retourna même pas, de la main droite il fit un signe comme pour dire allez, allez... Alors zut, adieu. Habillé en gris, un stylo et un bic dans la poche intérieure de son veston, la nuque plutôt décharnée. Et il fallait voir comme il cherchait encore à crâner et à plastronner, les mains sur les hanches, l'imbécile, et il souriait encore. C'était moi.

Après quoi, à ma grande surprise, l'étage d'en dessous s'ouvrit tout grand. Éclairée au néon, une grande salle dont je n'apercevais pas la fin, pleine à craquer de gens. Au moins, ceux-là ne sont pas seuls, pensai-je.

C'était une réception, c'était un concert, un cocktail, une conférence, une assemblée, une réunion. La salle était comble mais ils continuaient à arriver et ils s'entassaient les uns sur les autres.

Je m'aperçus que je m'y trouvais moi aussi, descendu de l'étage du dessus. Je reconnus une quantité de personnes, les camarades de travail avec lesquels on vit coude à coude pendant des dizaines d'années sans jamais savoir ce qu'ils sont, les colocataires qui depuis des dizaines d'années dorment chaque nuit de l'autre côté de la cloison, à cinquante centimètres de notre lit et dont nous entendons même la respiration mais dont nous ne saurons jamais qui ils sont, il y avait même notre médecin, notre droguiste, le garagiste, la marchande de journaux, la concierge, le garçon de café que pendant des dizaines d'années nous rencontrons chaque jour et à qui nous adressons la parole et pourtant nous ne savons pas, nous ne saurons jamais ce qu'ils sont. Maintenant ils étaient comprimés dans la foule, les uns contre les autres, ils se fixaient avec des yeux atones, personne ne se reconnaissait.

Aussi quand le pianiste attaqua l'*Appassionata*,

quand le conférencier dit : « ... Et soudain... », quand le valet servit le martini, tous eurent un mouvement de la bouche, comme des poissons mourants, comme s'ils imploraient un peu d'air, un gramme au moins de cette chose d'un mauvais goût atroce qui s'appelle pitié, amour. Mais personne ne se libérait, personne n'était capable de sortir de la cage de fer où ils se trouvaient enfermés depuis leur naissance, de cette stupide boîte d'orgueil qu'est la vie.

VI

L'ENTRÜMPELUNG

Dans la métropole de l'Enfer aussi, il existe des jours de fête pendant lesquels l'homme se réjouit. Mais comment ? Une de ces fêtes les plus importantes tombe vers la mi-mai et s'appelle Entrümpelung, coutume qui est peut-être d'origine germanique et dont le nom signifie déblayage, nettoyage en grand. Chaque maison, le 15 mai, se débarrasse de ses vieilleries en les déposant ou en les lançant par les fenêtres sur les trottoirs. La population de la fosse de l'Enfer se défait des choses cassées, usées, inutilisables, antipathiques, ennuyeuses. C'est la fête de la jeunesse, du renouveau, de l'espérance, ah !

Un matin, je dormais dans le petit appartement que m'avait assigné Mme Belzébuth, la terrible femme rencontrée le premier jour. Je dormais et des bruits de meubles poussés et tirés, de pas, tout un tintamarre, me réveillèrent. Je patientai une demi-heure. Je regardai ensuite la pendule, il était sept heures moins le quart. En robe de chambre je sortis pour voir ce qui se passait.

Des bruits de voix des gens qui s'appelaient, la sensation que la grande maison était déjà complètement réveillée.

Je montai un étage. C'est de là que provenait le tapage. Sur la galerie, une petite vieille, en peignoir elle aussi, mais coquette, bien peignée, sur la soixantaine.

« Qu'est-ce qui se passe ?

— Vous ne savez pas ? Dans trois jours c'est l'Entrümpelung, la grande fête de printemps.

— Et qui signifie ?

— C'est la fête de la propreté. A la poubelle tout ce qui ne nous sert plus. Nous le jetons dans la rue. Meubles, livres, papiers, vieilleries, vaisselle ébréchée, un tas haut comme ça. Et puis les éboueurs municipaux viennent et enlèvent tout. »

Toujours avec son doux sourire. Elle était gentille, gracieuse même, malgré ses rides. Son sourire s'accentua :

« Avez-vous observé les vieillards ? demanda-t-elle.

— Quels vieillards ?

— Tous. Ces jours-ci, les vieillards sont extraordinairement gentils, patients et serviables. Et vous savez pourquoi ? »

Je restai muet.

« Le jour de l'Entrümpelung, expliqua-t-elle, les familles ont le droit, je dirai même le devoir, d'éliminer les charges inutiles. Et pour cette raison les vieillards sont jetés dehors avec les immondices et les vieilles ferrailles. »

Je la regardai, abasourdi.

« Excusez-moi, madame... mais vous... vous n'avez pas peur ?

— Garnement ! s'écria-t-elle en riant, pourquoi devrais-je avoir peur ? Peur de quoi ? Peur d'être jetée aux ordures ? Elle est bien bonne, vous savez... »

Elle riait avec un abandon juvénile. Elle ouvrit une porte où se trouvait fixée une carte de visite au nom de Kalinen.

« Fedra, appela-t-elle, Gianni ! Venez voir un peu ici, s'il vous plaît ! »

Du vestibule obscur ils surgirent tous deux, Gianni et Fedra.

« M. Buzzati, présenta-t-elle, mon neveu Gianni Kalinen et sa femme Fedra. »

Elle reprit son souffle.

« Écoute, Gianni, écoute un peu, c'est la meilleure que j'aie jamais entendue. Sais-tu ce que vient de me demander ce monsieur ? »

Gianni la regarda d'un air las.

« Il m'a demandé si je n'avais pas peur de l'Entrümpelung... Si je n'avais pas peur d'être... d'être... Tu ne la trouves pas merveilleuse ? »

Gianni et Fedra souriaient. Ils regardaient la petite vieille avec amour. Maintenant ils rient, à gorge déployée, ils rient de l'absurdité démentielle d'une telle idée. Eux, Gianni et Fedra, se débarrasser de leur chère vieille adorable tante Tussi !

Il y eut une bruyante agitation dans la nuit du 14 au 15 mai. Rugissements de camions, chocs sourds, dégringolades, grincements. Le matin, quand je sortis, on aurait dit qu'il y avait eu des barricades. Devant chaque maison, sur le trottoir, amoncelées en vrac, des vieilleries de toute espèce : meubles démantibulés, chauffe-eau rouillés, poêles, portemanteaux, vieilles estampes, fourrures mitées, toutes nos misères abandonnées sur la plage par le ressac des jours, la lampe démodée, les vieux skis, le vase ébréché, la petite cage vide, les livres que personne n'a lus, le drapeau national délavé, les pots de chambre, le sac de patates pourries, le sac de sciure, le sac de poésie oubliée.

Je me trouvai devant un amoncellement d'armoires, de chaises, de commodes défoncées, paperasses de bureau dans leurs épais dossiers, bicyclettes antiques et solennelles, chiffons innommables, putréfactions, chats crevés, cuvettes de w.-c. brisées, indescriptibles résidus ménagers de longues cohabitations douloureuses, ustensiles de ménage, vêtements, hontes intimes arrivées au dernier stade de l'usure. Je regardai en haut, c'était un phalanstère immense et sombre qui prenait le jour, avec ses cent mille fenêtres opaques. Et puis je remarquai un sac qui remuait tout seul, agité de faibles contorsions internes. Et il en sortait une voix : « Oh oh ! » faisait-elle, faible, rauque, résignée.

Je regardai autour de moi, épouvanté.

Une femme à mon côté, qui portait un grand sac à provisions débordant de toutes sortes de bonnes choses, remarqua ma stupeur.

« Eh ! qu'est-ce que vous voulez donc que ce soit ? L'un d'eux tout bonnement. Un vieux. Il était temps, non ? »

Un jeune garçon au toupet provocant s'est approché du sac et lui décoche un coup de pied. Un mugissement caverneux lui répond.

D'une droguerie sort la patronne, souriante, avec un seau rempli d'eau, et elle s'approche du sac qui grommelle lentement.

« Depuis le petit matin qu'il me casse les pieds, celui-là. T'en as profité de la vie, non ? Alors qu'est-ce que tu réclames encore ? Tiens, attrape, ça te calmera. »

Ce disant, elle lance le contenu du seau d'eau sur l'homme enfermé dans le sac. C'est un vieillard fatigué qui ne peut plus fournir un quotient normal de productivité, il n'est plus capable de courir, de rompre, de haïr, de faire l'amour. Et alors, en conséquence, il est éliminé. Bientôt les employés municipaux arriveront et le jetteront à l'égout.

Je sens qu'on me touche l'épaule. C'est elle,

Mme Belzébuth, la reine des amazones, la belle maudite.

« Bonjour, mon tout beau. Tu ne veux pas venir voir là-haut ? »

Elle m'a saisi par le poignet et m'entraîne. La porte vitrée de mon premier jour en Enfer, l'ascenseur du premier jour, le bureau-laboratoire du premier jour. A nouveau les petites donzelles perfides, à nouveau les écrans allumés sur lesquels on découvre l'intimité de millions d'êtres agglutinés tout autour sur des kilomètres et des kilomètres.

Ici, par exemple, on voit une chambre à coucher. Sur le lit une femme corpulente d'au moins soixante-dix ans, plâtrée jusqu'à la taille. Elle est en train de parler avec une dame d'âge moyen, très élégante.

« Envoyez-moi à l'hôpital, madame, envoyez-moi à l'hôpital, ici je suis un embarras, je ne peux plus rien faire, je ne peux servir à rien...

— Tu plaisantes, chère Tata, répond la dame. Le docteur va venir aujourd'hui et nous déciderons où... »

Pendant qu'elle parle la diablesse m'explique :

« Elle a allaité la mère, elle a servi de bonne d'enfants aux filles, elle élève maintenant les petits-enfants, ça fait cinquante ans qu'elle sert dans la même maison. Elle s'est brisé le fémur. Maintenant, regarde bien. »

La scène sur l'écran : un bruit confus de voix s'approche, cinq bambins font irruption ainsi que leurs deux jeunes mères, avec effusion.

« Le docteur est arrivé ! crient-ils. Et le docteur va guérir Tata ! Le docteur est arrivé ! Et le docteur va guérir Tata ! »

Toujours en criant, ils ouvrent en grand la fenêtre, poussent le lit tout contre.

« Un peu d'air pur pour Tata, crient-ils. Et maintenant quelle belle culbute va faire Tata ! »

Les deux femmes et les cinq bambins donnent une terrible poussée à la vieille, la tirent de son lit, la poussent sur le balcon, encore plus près du bord.

« Vive Tata ! » crient-ils.

En dessous l'horrible bruit sourd de l'écrasement.

Mme Belzébuth m'entraîne aussitôt devant un autre écran :

« C'est le célèbre Walter Schrumpf, des aciéries, de la grande dynastie Schrumpf. Il vient d'être décoré de l'ordre du Mérite, ses employés et les cadres lui présentent leurs félicitations. »

Dans la grande cour de l'établissement, debout sur une estrade rouge, le vieux Schrumpf remercie les assistants, des larmes d'émotion lui sillonnent les joues. Tandis qu'il parle, deux hauts fonctionnaires en complet croisé bleu s'approchent de lui par-derrière, se penchent, lui passent un fil métallique autour des chevilles, se relèvent, et brutalement de toutes leurs forces, donnent une forte secousse.

« Il faut que vous sachiez que je vous considère tous comme mes enfants, disait-il. Je voudrais que vous me considériez comme un p... »

Il trébuche, tombe, s'étale de tout son long sur l'estrade, le crochet d'une immense grue descend du ciel, ils le suspendent comme un porc par les pieds, hébété de surprise et de terreur il balbutie des paroles indistinctes.

« Fini de commander, vieux dégoûtant ! »

Maintenant ils défilent devant lui, en lui administrant des horions sauvages. Au bout d'une vingtaine de coups il a déjà perdu ses lunettes, ses dents, sa raison. La grue le soulève et l'emporte.

Un troisième écran : je vois une maison petite-bourgeoise, je distingue des visages connus. Mais oui, c'est la gentille tante Tussi, et voici son neveu Gianni Kalinen avec sa sympathique épouse Fedra, et il y a aussi les deux enfants. De belle humeur, assis devant la table familiale, ils parlent de l'Entrümpelung, en plaignant ces pauvres vieux. C'est surtout Gianni et Fedra qui se montrent indignés. A ce moment on sonne à la porte. Ce sont deux employés municipaux herculéens en blouse blanche et calot.

« C'est bien vous Mme Teresa Kalinen, dite Tussi ? demandent-ils en présentant un papier officiel.

— C'est moi, répond la petite vieille. Pourquoi ?

— Désolés madame mais vous devez nous suivre.

— Vous suivre où ? A cette heure-ci ? Et pourquoi ? »

La tante Tussi est pâle comme la mort, elle regarde tout autour d'elle frappée d'un pressentiment horrible ; elle fixe, implorante, son neveu, elle fixe, implorante, sa nièce. Mais les neveux ne soufflent mot.

« Allons, pas d'histoires, fait l'un des employés. Ce papier est parfaitement en règle, avec la signature de votre neveu Kalinen et tout.

— C'est impossible ! s'écrie tante Tussi. Mon neveu ne peut pas avoir signé, il ne peut pas avoir fait ça... N'est-ce pas, Gianni ? Mais parle donc, Gianni, explique-lui, toi, que c'est une erreur, un malentendu. »

Mais Gianni ne parle pas, n'explique pas, Gianni ne pipe pas et sa femme pas davantage, les enfants au contraire assistent à la scène avec un air réjoui.

« Parle, Gianni, je t'en supplie... Dis quelque chose ! » invoque tante Tussi qui perd pied.

Un des gars s'avance et la saisit par un poignet. Elle est légère et fragile comme une enfant.

« Allez, grouille-toi, vieille sorcière, c'est fini la belle vie ! »

Avec une rude célérité professionnelle, comme elle

se jette par terre, ils l'entraînent hurlante hors de la pièce, hors de l'appartement, dans les escaliers, la laissant se cogner douloureusement de marche en marche, dans un vilain bruit d'os. Gianni, Fedra et les deux enfants n'ont pas bougé d'un centimètre. Il pousse un profond soupir :

« Pas trop tôt, encore une bonne chose de faite, dit-il, en se remettant à manger. Fameux, ce ragoût. »

VII

FAUVE AU VOLANT

Peut-être le directeur a-t-il eu tort de choisir, pour faire un « reportage » sur l'Enfer, un homme timide, gracile, de santé débile et emprunté comme moi. Au moindre embarras je rougis et je me mets à bafouiller, je ne fais pas quatre-vingts centimètres de tour de poitrine, j'ai un complexe d'infériorité et le menton fuyant, et si parfois je m'en sors, c'est uniquement par mon zèle. Heureusement que j'ai acheté une automobile.

Mais le zèle compte peu dans un endroit comme l'Enfer. En apparence tout, ici, peut paraître identique à la vie courante. A certains moments il me semble être réellement à Milan : les rues semblent les mêmes, les enseignes des magasins, les affiches, les figures des gens, la façon de marcher et ainsi de suite. Et cependant, à peine a-t-on un contact avec son prochain, ne serait-ce que pour une simple demande de renseignement, ou les deux, trois mots que l'on échange en achetant un paquet de cigarettes ou en prenant un café, cela suffit pour qu'immédiatement on remarque une indifférence, un éloignement, une froideur impassible et grise. C'est comme si on touchait une moelleuse couverture en duvet et que l'on s'aperçoive qu'il y a dessous une plaque de fer ou de marbre. Et cette plaque décourageante est aussi large que la ville, il n'y a pas un seul coin, ici, dans la métropole de l'Enfer, où l'on ne se cogne contre cette maudite dureté. Pour ça, il faudrait des types beaucoup plus costauds et débrouillards que moi. Heureusement, maintenant, j'ai une voiture.

L'identité de certains quartiers de l'Enfer avec Milan est telle qu'il vous vient parfois un doute : on se demande s'il y a vraiment une différence, si en réalité ce n'est pas une seule et même chose — je dis Milan comme ça, pour dire ma ville, celle de chacun de nous, la ville de la vie normale — parce qu'à Milan aussi il suffirait d'appuyer un peu sur la couverture, de gratter le doux vernis, pour découvrir le dur, la plaque d'indifférence et de glace.

Heureusement j'ai acheté une automobile, et la situation s'est améliorée. Cela signifie beaucoup, en Enfer, ici, l'automobile.

Lorsque je suis allé en prendre livraison, un fait curieux : les voitures prêtes à être livrées sont alignées, en très longues files, dans un hall immense. Eh bien, savez-vous qui était en train de se démener au milieu de ces voitures, dans une voyante salopette bleue ? Rosella, la jeune assistante de Mme Belzébuth, la gracieuse petite diablesse. Nous nous sommes reconnus sur-le-champ, au premier coup d'œil.

« Qu'est-ce que vous faites-là, accoutrée de cette façon ?

— Moi ? Je travaille.

— Vous avez quitté votre patronne ?

— Pas le moins du monde. Je vais, je viens. Dans le fond, c'est toujours la même entreprise. »

Elle eut un petit rire. Elle tenait à la main un machin qui ressemblait à une grosse seringue.

« Et quel est votre travail ici ?

— Finissage des carrosseries, répondit-elle. C'est assez intéressant. Allez, bonne journée, au revoir. »

Elle fit quelques pas, puis se retourna en criant :

« J'ai vu la vôtre. Grand modèle. Mes compliments. On lui a fait un "gonflage spécial".

A ce moment le chef d'atelier m'appela pour me remettre la voiture. Elle était noire, l'intérieur avait cette exquise odeur de vernis frais, cette espèce de jeunesse. Mais que diable pouvait bien fabriquer Rosella dans cette grande usine d'automobiles ? Se trouvait-elle là par hasard quand j'y étais arrivé ? Et qu'est-ce qu'elle voulait dire avec son « gonflage spécial » ? Quoi qu'il en fût, à peine m'étais-je assis devant le volant que je me sentis ragaillardi.

Mais le véritable changement ne commença toutefois que deux heures plus tard. Je ne sais pas, j'avais la sensation qu'un fluide, une énergie audacieuse se dégageait du cercle du volant, montait dans mes bras et se propageait partout.

La « Bull 370 » est certainement une belle automobile. Bien qu'elle ne soit ni bourgeoise, ni cossue, ni même la voiture d'un play-boy. Deux places mais pas sport. Avec un museau proéminent et insolent. Depuis que je la conduis, je suis un autre homme.

Au volant de la « Bull 370 » je suis plus jeune et plus fort, je suis devenu aussi plus beau, moi qui ai toujours tellement souffert de mon physique. Je me suis composé une expression désinvolte, hardie et plutôt moderne, les femmes devraient me regarder avec plaisir et me désirer. Si je ralentis et que je m'arrête, les belles filles vont se jeter à l'abordage, quelle fatigue d'avoir à se défendre de leurs pluies de baisers.

Ma physionomie s'est améliorée, surtout de trois quarts, mais plus particulièrement de profil. C'est un profil de consul romain du premier Empire, à la fois viril et aristocratique, c'est le profil d'un champion de boxe. Mon nez était droit, mou et insignifiant, désormais il est plutôt aquilin tout en demeurant camus ce qui est très difficile à obtenir. Je ne sais si l'on peut parler de beauté dans le sens classique, mais le fait est que je me plais énormément quand je m'examine dans le rétroviseur.

Ce qui est merveilleux surtout, c'est mon assurance quand je roule dans ma « Bull ». Jusqu'à hier je n'avais pas la moindre importance, maintenant je suis devenu très important, je pense même que je suis l'homme le plus important, à vrai dire l'unique de la capitale tout entière, il n'y a pas de superlatifs assez forts.

La confiance en moi, le bien-être physique, une charge d'énergie sauvage, la superbe athlétique — j'ai des pectoraux comme la porte du Dôme —, j'ai envie de faire sentir qui je suis, j'ai envie de chercher querelle, pensez donc ! moi qui à la seule idée d'une discussion en public me sentais défaillir. J'enclenche la première vitesse et la seconde, je circule partout à la ronde, le tuyau d'échappement vibre et devient incandescent, mes quatre-vingts chevaux galopent par les rues, leurs sabots claquent bruyamment ; quatre-vingts, quatre-vingt-dix, cent vingt-six, cent mille chevaux pur-sang.

Tout à l'heure, il y avait un quidam qui venait sur ma droite. J'ai freiné. Mais quand il a vu mon visage, il a freiné lui aussi et il m'a fait signe de passer. Alors j'ai piqué une colère :

« Bouseux, andouille ! criai-je ; c'est à toi de passer, qu'est-ce que ça signifie ces plaisanteries ? »

Et j'ai fait mine de descendre. Heureusement pour lui il a décampé.

Et ce chauffeur de camion ? A un feu rouge je devais tourner à gauche, je m'étais arrêté au milieu du croisement, je coupais la route au monstre. L'homme a passé sa tête à la portière, c'était une épouvantable brute, et avec un bras de gorille il a commencé à cogner sur sa portière comme un dément, en hurlant :

« Eh ! grouille-toi, espèce de limace ! »

Comme il s'était exprimé en dialecte, les gens se sont mis à rire. Alors je suis descendu, je suis allé me planter devant le camion, j'ai senti qu'alentour on faisait silence (quel visage avais-je à ce moment-là ?)

« Tu as quelque chose à dire ? ai-je demandé lentement au gorille. Il y a quelque chose qui te déplaît ?

— Moi ? non, excusez-moi. Je parlais comme ça, pour plaisanter. »

J'ai entendu dire qu'ici, en Enfer, ils mettent sur les volants des voitures un vernis spécial, c'est un produit semblable à cette drogue fameuse qui déchaînait les instincts troubles du docteur Jekyll. Peut-être est-ce la raison pour laquelle tant de personnes douces et soumises se transforment en goujats brutaux et grossiers dès qu'elles conduisent une auto. C'est pour cela que tout souvenir de courtoisie s'efface ; on se sent loup parmi les loups ; les ridicules questions de préséance engagent à fond l'honneur sacré ; l'impatience, la grossièreté, l'intolérance règnent. Ma voiture doit, de plus, avoir reçu un traitement particulier. La gracieuse Rosella, avec son « gonflage spécial », y a été probablement un peu fort dans les doses.

C'est pour cela qu'au volant de ma « Bull 370 » je me sens, avec satisfaction, un tigre, un Nembo Kid : une plénitude animale de vie, un désir d'excès, l'envie de m'imposer, de me faire craindre et respecter, le goût de l'offense, de l'épithète vulgaire et comme telle humiliante, exactement les choses que jadis je haïssais plus que tout au monde.

Et encore autre chose : cette férocité intérieure doit se refléter sur mon visage, dans mon expression, dans mes mouvements. J'ai l'illusion d'être plus beau qu'avant. Et pourtant quand ma colère d'automobiliste explose, je lis dans les yeux des spectateurs la répulsion et l'horreur, comme pour Mr. Hyde. Est-ce le Démon qui triomphe en moi ?

Et puis, le soir, lorsque je retourne dans l'immense solitude de ma maison, en pensant à la journée qui vient de s'achever, je suis épouvanté. Ainsi donc l'Enfer a pénétré en moi, dans mon sang, je jouis du mal et de la mortification des autres, je jouis d'opprimer mon prochain, souvent je voudrais fouetter, battre, lacérer, tuer. Certains jours, dans ma voiture, j'erre sans but dans la ville pendant des heures, avec le seul espoir d'un incident qui me permettrait de m'en prendre à quelqu'un et de me décharger de la masse de haine et de violence qui gonfle en moi.

Non mais, vous avez vu cet idiot qui ne s'est pas aperçu que j'arrivais ? Et son rétroviseur alors, à quoi ça lui sert ? Pourquoi n'a-t-il pas mis son clignotant ? En sortant brusquement du parking, une moyenne cylindrée m'a coupé la route, je suis allé cogner dedans, adieu, splendide phare droit.

« Imbécile ! hurlai-je en sautant à terre. Regarde un peu les dégâts que tu as faits. Non, mais comment peut-on être aussi bête ! »

C'est un monsieur de quarante-cinq ans environ, avec une jolie petite blonde à côté de lui.

Il sourit, se penche à la portière :

« Voulez-vous que je vous dise, monsieur ?

— Quoi ?

— Eh bien, vous avez parfaitement raison.

— Ah ! vous voulez faire de l'esprit maintenant ! »

Lui aussi descend. Je m'aperçois avec une joie abjecte que mon aspect le fait frissonner.

« Je suis vraiment désolé, dit-il en me tendant sa carte de visite. Heureusement je suis assuré.

— Ah ! vous croyez que vous allez vous en tirer comme ça, hein ? vous croyez que ça va se passer comme ça ? »

Avec l'index et le médius réunis, je lui assène des coups secs et méchants sur le nez.

« Tonino, laisse-le, viens », crie la fille de l'auto.

Au cinquième coup l'homme réagit en me repoussant mais presque avec politesse.

« Bravo, je fulmine, de la violence en plus maintenant, on veut faire le coup de poing ! »

Je le saisis par un bras et le lui tords cruellement derrière le dos, je le contrains à se baisser.

« Lâche, dit-il, au secours ! au secours !

— Et maintenant, mon salaud, tu embrasseras le gnon que tu as fait à ma voiture, tu le lécheras avec ta langue, comme les chiens. Ça t'apprendra à te tenir. »

Les gens étonnés stationnent autour de nous à regarder. Qu'est-ce qui m'arrive ? Pourquoi ai-je tant de haine pour cet homme ? Pourquoi voudrais-je le voir mort ? Pourquoi cette volupté de violence et d'injustice ? Qui m'a ensorcelé ? Je suis la méchanceté, la lâcheté, la forêt. Je suis heureux d'une façon répugnante.

VIII

LE JARDIN

Tout n'est pas infernal en Enfer.

Sur l'un des écrans de Mme Belzébuth je vis là-bas, au beau milieu du grouillement de la ville, un jardin, c'était un vrai jardin avec des pelouses, des arbres, des allées et des petites fontaines, entouré d'un mur élevé ; très beau dans cette fête de la végétation que sont les premiers jours d'un printemps chaud. Une étonnante petite île de paix, de repos, d'espoirs, de santé, de bonnes odeurs et de silence.

Encore plus étrange le phénomène suivant : tandis que tout le reste de la métropole était faiblement éclairé par le soleil mou et putride de la capitale, le jardin resplendissait sous une lumière pure comme celle des montagnes. Comme si un tube invisible le mettait en communication directe avec l'astre, protégeant cette menue parcelle de ville de la pestilence et des fureurs de l'air environnant.

Sur un des côtés du jardin se dressait une maison à deux étages d'un aspect antique et solennel ; à travers les larges baies ouvertes en grand du premier étage on apercevait un vaste salon, meublé comme les vieux salons des maisons cossues, patriarcales et sûres ; dans un coin il y avait naturellement un piano demi-queue, une dame d'environ soixante-cinq ans y était assise, elle avait des cheveux blancs et une expression douce, elle jouait assez bien un impromptu de Schubert, et la musique ne dérangeait pas du tout le silence du jardin parce que c'était une musique faite justement pour ne pas profaner la paix de l'âme, il était deux heures trois quarts de l'après-midi et le soleil semblait content de vivre.

Sur un des côtés du jardin se dressait une maisonnette de style coquettement rustique pour le gardien, qui faisait aussi office de jardinier. Une petite fille de trois ans sortit et se mit à sautiller et à gambader sur la pelouse en chantonnant une incompréhensible comptine. Ayant traversé la pelouse, la bambine se blottit à l'ombre d'un buisson et tout de suite un petit lapin sauvage, son ami, qui avait là son terrier, vint à sa rencontre. La petite le prit dans ses bras et le porta au soleil. Tout était gai, heureux, parfait, exactement comme certains tableaux un peu mignards du XIXe siècle allemand.

Je me retournai vers Mme Belzébuth qui suivait mes explorations, et je lui dis :

« Que dois-je en penser ? Est-ce que c'est ça l'Enfer ? »

D'un coin de la salle montait le chuchotement des servantes. Et la reine des amazones répondit :

« L'Enfer n'existerait pas, mon garçon, s'il n'y avait pas d'abord le Paradis. »

Ceci dit, elle m'invita à venir devant un autre écran consacré exclusivement au salon de la vieille dame distinguée. Elle avait cessé de jouer du piano parce qu'elle recevait une visite : un monsieur d'environ quarante ans, avec des lunettes, qui lui exposait un certain projet, mais la dame secouait la tête en souriant :

« Non, monsieur, jamais au grand jamais je ne vendrai mon jardin, je préférerais mourir, grâce au Ciel le peu de rentes que j'ai me suffit pour vivre. »

L'autre insista énormément, prononçant de très beaux chiffres, il semblait presque sur le point de tomber à genoux. Mais la dame répondit non, non, qu'elle préférait plutôt mourir.

La dominatrice m'attira alors devant un troisième écran. En passant devant le téléviseur qui était encore branché sur le jardin invraisemblable, j'entrevis le lapin ; il était en train de manger de grandes feuilles de laitue, et l'enfant, à côté de lui, le contemplait avec une satisfaction maternelle.

Devant le troisième écran, on assistait à une solennelle réunion dans une salle encore plus solennelle. C'était une réunion du Conseil municipal ; tous les conseillers aussi écoutaient un discours du rapporteur Massinka, chargé de la surveillance des parcs et des jardins. Massinka pérorait en défendant la cause du vert, des pelouses, des arbres, poumons de la ville intoxiquée. Il parlait bien, avec des arguments persuasifs et serrés, à la fin il obtint une véritable ovation. Cependant le soir était descendu.

On me ramena au salon de la dame distinguée. Un nouveau visiteur entra, moins bien nippé que le premier. De son porte-documents il extirpa une feuille qui portait les cachets de la municipalité, du gouvernement, de différents services, des ministères grands et petits : afin de pouvoir y construire un parc d'autobus, absolument nécessaire dans ce quartier, une tranche du jardin était expropriée.

La dame protesta, s'indigna, finit par pleurer, mais le visiteur s'en alla en laissant sur le piano le papier avec ses timbres maléfiques et au même moment on entendit un fracas au-dehors. Une espèce de rhinocéros mécanique défonçait le mur d'enceinte du jardin et avec ses deux bras en forme de faux, de tenailles, de dents, de haine et de destruction, il s'élança contre les arbres, contre les buissons, sur les allées de la parcelle condamnée en bouleversant tout, de fond en comble en l'espace de quelques minutes. C'était justement dans cette partie-là que le petit lapin avait son terrier, la petite fille eut juste le temps de le sauver. Derrière moi, dans la pénombre de la salle, les démoniaques gamines ricanaient.

On retourna au Conseil municipal ; deux mois à peine étaient passés, le professeur Massinka éclatait en véhémentes protestations contre le massacre des dernières oasis de verdure et à la fin ils voulaient tous le porter en triomphe tant il avait suscité d'enthousiasme. Tandis que crépitaient les derniers applaudissements, un délégué entrait dans le salon de la dame en tendant une feuille recouverte de cachets épouvantables : les exigences suprêmes des structures de l'urbanisme imposaient l'ouverture d'une nouvelle artère pour décongestionner le centre, d'où l'expropriation d'une nouvelle tranche du jardin. Les sanglots de la vieille dame furent bien vite étouffés par le fracas frénétique des bulldozers assoiffés de ruine sauvage. Et une odeur piquante de manœuvres électorales se répandit dans l'air ambiant. Ce fut un miracle que la petite fille, réveillée en sursaut, arrivât à temps pour sauver son lapin dont le nouveau terrier allait être éventré.

Le mur d'enceinte se rapprocha donc de la maison, le jardin était désormais réduit à une pauvre petite pelouse avec juste trois arbres, toutefois le soleil réussissait encore, par les belles journées, à l'éclairer décemment et la fillette courait encore de long en large, mais c'est une course bien brève, juste quelques bonds, après quoi il lui fallait retourner en arrière sinon elle se serait cognée au mur.

De l'écran du Conseil municipal on entendit à nouveau le valeureux professeur Massinka, chargé de la sauvegarde des parcs et jardins, qui invectivait toujours. Il réussit à convaincre tous les assistants que la préservation des quelques îlots de verdure encore intacts dans la ville était une question de vie et de mort. Dans le même temps, une sorte de renard humain était assis dans le salon de la dame, et la persuadait qu'un troisième projet d'expropriation était sur le point de se réaliser et que l'unique solution pour elle était de vendre au plus vite, sur le marché libre, la parcelle restante de son jardin. En entendant ces atroces discours, des larmes coulaient en silence sur les joues pâles de la dame, mais l'autre prononçait des chiffres toujours plus élevés, un million au mètre carré, trente millions au mètre carré, six milliards au mètre carré, et tout en parlant il poussait vers la vieille dame une feuille, lui tendait un stylo pour apposer sa signature. La main tremblante n'avait pas fini de tracer la dernière lettre de son aristocratique nom que l'apocalypse se déchaîna dans un paroxysme de déchirements et de vacarme.

Mme Belzébuth et ses adjointes étaient maintenant autour de moi et souriaient, béates, devant le travail. C'était une journée sereine de septembre, le jardin n'existait plus, à sa place un funeste trou, un étroit puits nu et gris au fond duquel, avec d'impressionnantes contorsions, réussissaient à entrer et à sortir des fourgonnettes. Là-dedans le soleil ne parviendrait jamais plus, jusqu'à la fin des siècles, pas plus que le silence ni le goût de vivre. On ne pouvait même pas voir le ciel de la sinistre cour, pas même un minuscule mouchoir de ciel tant il y avait de câbles et de filins qui s'entrecroisaient d'un côté à l'autre du puits, à la plus grande gloire du progrès et de l'automation. Je vis finalement la fillette, assise, qui pleurait, le lapin mort sur ses genoux. Mais bientôt sa maman, qui sait avec quels pieux mensonges, le lui enleva et, comme tous les enfants de son âge, la petite bien vite s'est consolée. Maintenant elle ne gambade plus sur les pelouses et au milieu des fleurs, mais, avec des éclats de ciment et des morceaux de bitume trouvés dans un coin de la courette elle érige une sorte de construction, peut-être le mausolée de sa bestiole aimée. Elle n'est plus la gracieuse enfant d'avant ; ses lèvres, quand elle sourit, ont aux commissures un petit pli dur.

Maintenant on va me demander de rectifier, parce que, en Enfer, il ne peut y avoir d'enfants. Au contraire il y en a, et comment ! Sans la douleur et le désespoir des enfants, qui probablement est le pire de tous, comment pourrait-il y avoir un Enfer comme il faut ? Et puis, moi qui y suis allé, je ne suis pas bien certain de savoir si l'Enfer se trouve vraiment de l'autre côté, et s'il n'est pas au contraire partagé entre l'autre monde et le nôtre. En repensant à ce que j'ai pu entendre et voir, je me demande même si par hasard l'Enfer ne serait pas complètement de ce côté-ci, et si je ne m'y trouve pas, s'il est exclusivement une punition, un châtiment ou simplement notre mystérieux destin.

POSTFACE
par
François Livi

En 1966, lorsqu'il réunit cinquante et une nouvelles dans *Le K*, Buzzati est un auteur comblé. Il n'a plus que six ans à vivre, mais cela il l'ignore. En revanche son œuvre littéraire occupe une place de tout premier plan. Soyons plus précis. C'est à son troisième roman, *Le Désert des Tartares*, paru en 1940, puis en 1945 en langue italienne, traduit en 1949 en français, puis en quelque vingt autres langues [1], que Buzzati doit sa célébrité : son statut de « classique du XXᵉ siècle ». L'histoire de Giovanni Drogo fait le tour du monde.

Ses quatre autres romans n'ont pas eu le même retentissement. *Barnabò des montagnes* (1933) et *Le Secret du Bosco Vecchio* (1935) — romans courts ou récits longs — ont été découverts dans le sillage du *Désert des Tartares*. Les lecteurs et les critiques ne s'y sont pas trompés, qui les ont considérés comme des annonces prometteuses de certains thèmes majeurs (la montagne, l'attente, le rapport ambigu que l'homme entretient avec le temps, la dimension fantastique de la vie) que Buzzati avait traités de façon magistrale dans son chef-d'œuvre.

1. Cf. notre Postface à Dino Buzzati, *Le Désert des Tartares*, Le Livre de Poche, nº 973, 1992. On pourra également s'y reporter pour situer Buzzati dans la culture italienne des années 30 et 40.

Les deux derniers romans ont reçu un accueil nuancé. L'un et l'autre s'éloignaient d'ailleurs du décor captivant du *Désert des Tartares*. *L'Image de pierre* (1961), roman de science-fiction, n'a guère convaincu. Le cinquième et dernier roman, *Un amour* (1964), écho réaliste d'une expérience amoureuse qui a bouleversé la vie de Buzzati, a été assez fraîchement accueilli.

Le succès de ce maître incontesté du fantastique ne tient pas pour autant à un seul livre. Buzzati a également excellé dans l'art de la nouvelle. Quatre recueils précèdent *Le K* : *Les Sept Messagers* (1942), *Panique à la Scala* (1949), *L'Écroulement de la Baliverna* (1952) et *Soixante Récits* (1958)[1], volume dans lequel Buzzati rassemble des textes inédits et des nouvelles déjà publiées. Après *Le K*, qui lui assurera un très large succès, Buzzati publiera en 1971 un sixième et dernier recueil : *Les Nuits difficiles*. Dans le titre perce l'angoisse d'une fin que l'écrivain sait imminente. En somme, romancier pendant quelque dix ans, et de façon discontinue, si l'on se fie aux dates de publication (de 1933 à 1940, de 1961 à 1964), auteur de pièces de théâtre, peintre et poète à ses heures, Buzzati a surtout été, pendant trente ans et sans solution de continuité, un auteur de récits et nouvelles.

D'ailleurs, *Le Désert des Tartares* et *Le K*, les deux piliers du succès de Buzzati en France, se complètent admirablement[2]. Le roman nous propose une expérience solitaire de la vie et de la mort : le tête-à-tête de Giovanni Drogo avec son destin, dans l'austère décor du fort Bastiani. Aux montagnes, aux mystérieux appels du

---

1. Les recueils sont cités avec leurs titres d'origine : les titres donnés aux traductions françaises ne correspondent pas toujours à ceux des volumes traduits. Cf. les « Repères bibliographiques », p. 439.

2. A ces deux titres essentiels il faudrait ajouter les séduisants carnets, *En ce moment précis* (1963), source d'où sont jaillies quelques-unes des meilleures nouvelles de Buzzati.

Nord, succèdent, dans les nouvelles, la grisaille et la platitude du décor citadin. Les nouvelles et récits du *K* nous renvoient, pour l'essentiel, l'image de notre réalité quotidienne. Or cette réalité, Buzzati n'a cessé de la scruter depuis 1928, date à laquelle il est entré à la rédaction du quotidien milanais *Il Corriere della sera*. Il y travaillera jusqu'à la fin de ses jours, en tant que rédacteur, puis envoyé spécial, éditorialiste, enfin critique d'art. En d'autres termes, *Le K* rappelle qu'il existe une symbiose entre le journaliste et l'auteur de nouvelles. Le fantastique, dans *Le K* comme dans *Le Désert des Tartares*, n'est peut-être qu'une certaine façon d'envisager la réalité. Dès lors, celle-ci acquiert les couleurs inquiétantes de l'étrange.

Il convient donc d'apprécier les liens qui unissent, chez Buzzati, le travail d'écrivain et le métier de journaliste. On s'efforcera ensuite de reconstituer la genèse du *K* et d'en analyser les thèmes, avant de s'interroger sur la signification du livre et sur la vision du monde que Buzzati nous propose.

Écrivain ou journaliste ?

Tout au long de sa vie, Buzzati n'a cessé de rappeler que son œuvre d'écrivain tirait son inspiration de son métier de journaliste, les deux activités étant à ses yeux parfaitement complémentaires. Qui plus est, c'est le journalisme qui l'a empêché de s'enfermer dans une tour d'ivoire à laquelle il n'a jamais cru. Et Buzzati de conseiller aux « écrivains professionnels » de participer assidûment à la rédaction d'un quotidien. Leur style gagnerait en clarté et en précision.

Ces déclarations apparemment innocentes s'inscrivent dans une vieille polémique. Pendant de longues années, les chapelles littéraires italiennes les plus influentes ont reproché à Buzzati la pauvreté (présumée) de ses idées et de son style, son manque d'intérêt pour les grands débats intellectuels, son « passéisme » idéologique, ses origines bourgeoises, et, enfin, — un malheur ne vient jamais seul — son métier de journaliste. Fondée sur des préjugés assez évidents, cette appréciation aboutissait à un jugement sévère : enclin à la facilité, Buzzati pouvait sans doute attirer l'intérêt du grand public, mais certainement pas des lecteurs avertis. Buzzati, de son côté, on l'a vu, n'a jamais manqué de stigmatiser l'obscurité gratuite des « intellectuels ».

En 1966, Buzzati n'a plus à prouver sa valeur : le succès international de son œuvre, la qualité des études critiques qu'elle a suscitées, le prestige des écrivains « fantastiques » auxquels il a été comparé, et dont on l'a rapproché — Kafka, Julien Gracq, Thomas Mann, Ernst Jünger, Ramuz, Pouchkine, Hoffmann, Poe — rendent en grande partie caduc ce débat. Il n'est pas clos pour autant, car il met en cause également le style de Buzzati, c'est-à-dire son essence même.

Versons deux pièces au dossier. Pour Indro Montanelli, grand journaliste italien, auteur de nombreux ouvrages historiques, aucun doute n'est permis : « De nombreux lecteurs sont persuadés que Buzzati était un grand écrivain qui "aimait s'adonner" au journalisme. Ce n'est pas tout à fait exact. Même s'il avait gagné des millions et des millions avec ses livres, il serait demeuré journaliste, par vocation, parce qu'il avait ce métier dans le sang [...] [1]. » Le romancier et critique Hector Bianciotti, rendant compte de l'ensemble des nouvelles de Buzzati, de 1942 à 1966, manifeste quelques réticences. Il ne peut passer sous silence les défaillances formelles de certains textes : « Au vrai, le manque de savoir-faire dont pâtit son œuvre [...], on peut raisonnablement l'attri-

1. Montanelli, *Préface* à D Buzzati, *Le régiment part à l'aube*, Paris, Laffont, 1988, p. 9.

buer à ce que, collaborateur pendant une quarantaine d'années du *Corriere della sera*, l'écrivain publiait dans ses colonnes des nouvelles parfois tirées en hâte des faits divers qu'il y avait auparavant traités. » Buzzati n'aurait pas tenu compte de la différence entre le journaliste « qui, lui, connaît ce qu'il a à dire, et l'écrivain qui, même s'il croit le savoir, finit par toujours exprimer ce qu'il était loin de soupçonner [1] ». Hector Bianciotti aurait-il rejoint, comme par enchantement, certains lieux communs de la critique italienne ? Sa position est plus nuancée : il reconnaît que « *Le Désert des Tartares* et quelques-unes de ses nouvelles mériteraient d'être intercalées dans les œuvres complètes du Pragois ». En somme, le meilleur Buzzati atteint à la grandeur de Kafka. Mais il faut se garder d'un enthousiasme intempestif.

Il est bon de rappeler le cadre dans lequel ces nouvelles ont été publiées, dans *Il Corriere della sera* ou dans d'autres quotidiens. Traditionnellement, les quotidiens italiens réservent leur troisième page à la culture (indépendamment des suppléments littéraires, nés d'ailleurs dans les dernières décennies). La « troisième page » est la plus prestigieuse du journal. On y trouve des recensions ou des reportages de haute tenue littéraire et, surtout, des collaborations d'écrivains : courts essais littéraires, historiques, philosophiques, artistiques ; récits ; nouvelles. Car à l'intérieur de la « troisième page » il existe une hiérarchie : au sommet se situe l'*elzeviro*[2], c'est-à-dire l'article paraissant dans la première ou les deux premières colonnes de gauche. D'où une mesure imposée : celle-là même qui caractérise la plupart des

---

1. H. Bianciotti, « Le monde fêlé de Buzzati », *Le Monde, Livres, Idées*, 8 mars 1991.
2. Le mot italien *elzeviro* tire son origine d'Elzevier, imprimeurs hollandais des XVIe et XVIIe siècles. Après avoir désigné des caractères d'imprimerie, ce terme a fini par indiquer le premier article de la troisième page.

récits du *K*. Être invité à collaborer à la troisième page du *Corriere della sera* est un honneur auquel les plus grands écrivains transalpins ont aspiré. C'est, encore de nos jours, une sorte de consécration littéraire très prisée. Ce qui prouve bien que le clivage entre journalistes et écrivains n'est guère aisé à tracer.

Buzzati, journaliste de talent, mais habité perpétuellement par le doute[1], arrive à l'*elzeviro* par promotion interne. Les nouvelles ou récits publiés dans cette « troisième page » du quotidien, ne sauraient être dissociés des autres « nouvelles » que des centaines de milliers de lecteurs voient défiler sous leurs yeux chaque jour, dans les autres pages du quotidien : politique nationale et internationale, drames et tragédies de la vie, faits divers, culture, sport... Ne fût-ce qu'à ce titre, les nouvelles et récits de Buzzati tissent des liens étroits avec les différentes facettes de la réalité quotidienne, individuelle et collective, telles qu'un grand quotidien les présente. Si leur point de départ est souvent un fait divers, leur visée dépasse toujours la chronique.

« Le K » : du journal au livre

Les cinquante et un textes choisis par Buzzati pour former *Le K*, ont été publiés à partir de 1960. On peut les appeler tantôt récits, tantôt nouvelles, réalistes ou fantastiques, selon les cas, tantôt contes, s'ils gardent des traces de la transmission orale qui caractérisait jadis ce type de récit, tantôt, mais plus rarement, fables, s'ils comportent un élément merveilleux. Les limites de ces distinctions,

---

1. Le jeune stagiaire écrit le 10 juillet 1928 dans son *Journal* : « Aujourd'hui je suis entré au *Corriere* ; quand en sortirai-je ? — bientôt, c'est moi qui te le dis, chassé comme un chien. » Ces incertitudes et ces craintes l'accompagneront pendant de très longues années, comme en témoignent les lettres envoyées à l'ami et confident Arturo Brambilla (cf. D. Buzzati, *Lettres à Brambilla*, Paris, Grasset, 1988).

toutes relatives, sont bien connues : les termes nouvelle ou récit court sont sans doute les plus simples et les plus efficaces.

Plusieurs critiques ont essayé de ranger les nouvelles de Buzzati dans différentes catégories, établies en fonction du critère de vraisemblance. Pour ne garder que les éléments utiles à la lecture du *K*, il suffira de rappeler que les fables (récits se situant en dehors de la vraisemblance) y constituent l'exception. Les nouvelles fondées, dès le début, sur l'absurde ou le paradoxe, ne sont pas non plus nombreuses. Buzzati préfère un point de départ plus réaliste. Un élément étrange fait ensuite basculer le récit dans le fantastique ou dans l'absurde, dont la logique peut être acceptée ou refusée par le narrateur ou ses personnages. En effet, à côté du narrateur extérieur, apparaît souvent, dans ce type de nouvelles, le narrateur-témoin ou le narrateur-acteur. Les frontières entre la réalité communément admise et le surréel sont déplacées avec le plus grand naturel.

En dépit de la variété des sujets qu'il aborde, *Le K* n'est pas une anthologie, mais un *livre* : un ensemble homogène comportant un début, un déroulement et une fin et proposant un message bien précis sur l'homme et le monde. La première nouvelle, « Le K », ne donne pas que son titre au livre. Elle donne aussi le ton. Elle indique au lecteur la façon dont il conviendra de le lire. Selon le témoignage de Buzzati, le nom attribué au mystérieux squale qui poursuit Stefano Roi, lui aurait été suggéré par Stefania Armanino. Celle-ci lui avait rapporté que l'un de ses amis américains, au lieu de dire « How many kilometers ? » disait « How many colombers ? ». Cette création lexicale, aux échos multiples, avait beaucoup plu à Buzzati. D'où « kolomber », « k » : le vocable avait créé le monstre. Tout cela obéit, a-t-on fait remarquer, à une « rhétorique de l'indicible » : seuls des mots inexistants peuvent rendre compte de réalités mystérieuses.

« Le K » est publié le 22 août 1961 dans le *Corriere della sera*. L'anecdote s'efface devant une allégorie saisissante de la vie humaine. L'existence n'est que la poursuite inlassable d'un but indéfini, sans cesse changeant, auquel seul le temps donnera son véritable nom : la mort. Toute sa vie durant, Stefano aura été poursuivi par ce squale monstrueux et légendaire, qui ne lâche jamais sa proie. Quand, au soir de sa vie, Stefano lui livre bataille, il découvre que ce n'est pas la mort, mais la fameuse Perle de la Mer, source de « fortune, puissance, amour, et paix de l'âme » que le K eût voulu lui offrir. L'homme use sa vie à poursuivre des chimères. Lorsque la vérité éclate, il est trop tard pour vivre : la mort vous réclame. Ce n'est pas par hasard que Buzzati a appelé cette nouvelle « *Le Désert des Tartares* en pilule ».

C'est à ce monstre fabuleux que Buzzati consacrera en 1971 le premier ex-voto de ses *Miracles de Val Morel* (livre étrange et fascinant qui rassemble des tableaux assortis de légendes) : « Je sais bien que dans certains cercles restreints de savants règne la conviction que le K ne serait autre chose qu'une arbitraire contrefaçon de la Baleine Blanche, immortalisée par Melville. Mais je sais tout aussi bien qu'ils se trompent. » Et Buzzati de rappeler, avec son ironie coutumière, que le K a été vu très souvent, par des gens dignes de foi. Il n'apporte aucun malheur ; de plus il n'est pas blanc.

Quoi qu'il en soit, *Le K* s'ouvre par une fable qui met en scène un héros malheureux, par une amère célébration de la mort. « Les deux chauffeurs », la dernière nouvelle du livre (« Voyage aux Enfers du siècle » constitue, en effet, une sorte d'annexe) nous livre un message semblable. Dans ce récit, publié pour la première fois le

21 avril 1963 dans le *Corriere della sera*, Buzzati évoque la mort de sa mère : Alba Mantovani était décédée le 18 juin 1961 et son cercueil avait été transporté de Milan en Vénétie. Buzzati s'interroge sur les conversations futiles des deux chauffeurs du corbillard, accoutumés à banaliser la mort, sur son manque d'amour filial. Apparemment tout sépare « Les deux chauffeurs » du « K ». Il n'est plus question, ici, d'une fable mythique, mais d'un témoignage rédigé à la première personne, d'où tout élément fantastique a été banni. A Stefano Roi, aux étendues de la mer, succède Buzzati lui-même et les autoroutes lombardes. En fait, il s'agit de registres complémentaires, car, dans les deux récits, le protagoniste est la mort. « Les deux chauffeurs » transpose dans notre vie quotidienne le message du « K ». Telle est au fond, l'orientation du livre tout entier. Regards sur les illusions de la vie, regards sur l'au-delà.

Les huit chapitres de « Voyage aux Enfers du siècle » en proposent une première exploration. En avril-mai 1963 Buzzati avait fait paraître dans le *Corriere della sera* une série d'articles inspirés par sa visite au métro de Milan, inauguré cette année-là. Ils deviendront — exemple même de transformation fantastique d'une donnée réelle — « Voyage aux Enfers du siècle ». Cette plongée dans la ville infernale, à laquelle on aurait accès par le métro, nous restitue une image accablante de nous-mêmes. L'enfer n'a eu qu'à s'inspirer des modèles que notre société lui a fournis. Les villes modernes en sont des exemples probants : solitude, cruauté, pulsions de violence, un mouvement frénétique qui dissout l'homme dans l'anonymat de la foule. N'oublions pas qu'en 1966, parallèlement au *K*, Buzzati fait paraître sa présentation de l'œuvre complète de Jérôme Bosch, un autre visionnaire.

« Le jardin », le dernier texte de « Voyage aux Enfers

du siècle », s'achève par un retour à la situation « normale » : Buzzati n'est pas Dante et cette plongée dans le monde infernal n'était pas la première étape d'un itinéraire de purification. L'enfer est peut-être dans notre vie quotidienne : « une punition, un châtiment ou simplement notre mystérieux destin ». Si « Le K » était « *Le Désert des Tartares* en pilule », les derniers mots du *K* renvoient le lecteur à l'une des images récurrentes du chef-d'œuvre de Buzzati : « le mystérieux destin ». L'énigme de notre présence au monde, de notre destinée, demeure sans réponse.

Le K esquisse une ligne de faîte de la vie humaine. Du monde de la fable et du mythe (« Le K » est suivi, à dessein, de la nouvelle « La Création »), Buzzati amène le lecteur à la constatation que la mort ne relève pas d'un conte de fées, et que nous avons nous-mêmes engendré notre propre enfer. De la fable au quotidien, du quotidien à l'au-delà, le voyage est plus rapide qu'il n'y paraît, car Buzzati maîtrise l'art des raccourcis. Suivons quelques-unes des pistes qu'il a ouvertes.

Grandeurs et servitudes de la vie quotidienne

Les grandes tensions politiques des années 60 — l'opposition entre capitalisme et communisme, la hantise d'une guerre atomique — suggèrent à Buzzati de féroces réécritures de l'histoire présente ou récente. Futurologue caustique, Buzzati nous administre « La leçon de 1980 ». Le Père éternel décide de donner un avertissement aux hommes : chaque mardi à minuit meurt l'homme le plus important de la planète. La course aux vanités et aux honneurs se transforme en fuite des ambitions, en auto-dénigrement, en course hypocrite à l'humilité. Il y a aussi ceux qui ne se consolent pas d'avoir été épargnés... Une quarantaine d'infarctus redonnent, pour un temps, un peu de bon sens au monde.

« L'arme secrète » est une bombe qui transforme les Soviétiques en capitalistes, et les Américains en partisans farouches du marxisme. Tout est à recommencer. « Pauvre petit garçon » nous suggère que la tragédie que le monde a connue dans les années 40 tient peut-être à ces brimades enfantines dont le petit Dolfi a été victime, dans un pays de langue allemande, au début du siècle.

L'Histoire, la politique planétaire, ne sauraient garder indéfiniment la « une » dans les journaux, pas plus que dans la vie quotidienne des lecteurs : elles n'ont qu'une place réduite dans *Le K*. Les faits divers (quémandeurs et escrocs, loubards sévissant dans les banlieues, fous du volant, marginalisation et solitude des personnes âgées, etc.) inspirent en revanche de nombreuses nouvelles où le dérapage vers le fantastique s'opère de manière très convaincante.

Le redoutable pilier d'antichambre que Buzzati met en scène dans « Le casse-pieds » réussit à soutirer de l'argent et des faveurs, non seulement aux hommes, mais également aux saints : les statues des bienheureux voudraient s'enfuir, lorsqu'il entre dans une église. Nora se retrouve seule, à la veille de Noël, avec son chien Glub : elle parcourt Milan dans tous les sens pour le faire soigner. Avant de se résigner à l'évidence. « Le chien vide » n'est pas une personne : il ne saurait remplacer ceux qui l'ont quittée. « Chasseurs de vieux » est un cauchemar typique de l'univers buzzatien : la chasse aux vieux est une affirmation insolente et pitoyable de la jeunesse. Mais il suffit d'un instant pour que le temps se charge de vous arracher ce masque triomphant, de rider votre visage, de blanchir vos cheveux. Le bourreau devient à son insu victime d'un drame qui le dépasse. « Les dépassements » est justement la satire des vaines occupations, des ridicules motifs de fierté — une voiture plus rapide que celles des autres, une belle femme avec laquelle s'afficher — avant que le commandeur Horloge et la comtesse de Clepsydre ne vous rejoignent, pour vous signifier que le rideau tombe sur cette médiocre pièce que vous êtes en train de jouer. L'amour peut-il donner un sens à la vie de l'homme ?

Les visages de l'amour

De nombreuses nouvelles du *K* sont centrées sur la passion amoureuse. La variété des approches ne fait que confirmer son caractère tragique. « Les dépassements » faisait de la voiture une arme de séduction. Dans « Suicide au parc » la situation est inversée ; de plus le narrateur devient le témoin de cette étrange histoire. Éperdument amoureux des voitures, un homme leur sacrifie l'amour pour sa femme. Faustina se métamorphose en voiture pour garder l'amour de son époux. Mais les voitures, comme les êtres humains, vieillissent : Stéphane va vendre sa voiture-femme pour en acheter une plus récente. La voiture s'enfuit toute seule, pour aller s'écraser contre les ruines du château des Sforza. En l'occurrence Buzzati renforce la visée morale du récit (l'amour égoïste pour un objet peut ruiner l'amour humain) par un habile artifice : la nouvelle de l'étrange accident est citée sous forme de fait divers publié par un journal. Dès lors, « Suicide au parc » apparaît comme une incitation à aller au-delà de la lettre de l'événement — de celui-ci ou de tant d'autres qui défraient la chronique — pour remonter à ses causes invisibles. « Un amour trouble » met également en danger l'unité d'un couple : l'homme éprouve une étrange attirance pour une maison. Cet envoûtement ne prendra fin qu'avec l'incendie de cette maison mystérieuse : sans doute était-elle la cristallisation des désirs des passants.

L'amour est une passion qui enchaîne. Dans « Petite Circé » Umberto cède aux charmes de Lunella : cette adolescente perverse le transformera, comme ses autres amants, en chien. Mais la déchéance d'Umberto avait commencé lorsqu'il était devenu un jouet dans les mains de Lunella. Il en va de même pour Luigi qui, dans « Esclave » se laisse empoisonner par sa maîtresse. Ces mésaventures ne concernent pas que les hommes : la pauvre fille abandonnée par son séducteur devient elle aussi une de ces « Boîtes de conserve » qui roulent sur le pavé. Mais le fantastique s'efface au profit d'un réalisme pathétique.

La jalousie, l'éternelle jalousie, rend la communication impossible : « Le vent » emporte des paroles inaudibles. Elle travaille l'imagination, ravage une vie, comme dans « Iago ». Mais les trouvailles les plus heureuses de Buzzati tiennent à la manifestation soudaine du désir amoureux. « L'ascenseur » met face à face le narrateur et Esther, une jeune femme de chambre pour laquelle il éprouve une forte attirance. A côté d'eux, Schiassi, personnage récurrent dans l'univers buzzatien. Descendu subitement dans les entrailles de l'immeuble, puis remonté non moins mystérieusement à la surface, l'ascenseur ouvre enfin ses portes. Schiassi a disparu : sans doute n'était-il que la matérialisation de la conscience (et le souvenir de certains procédés du théâtre futuriste que Buzzati a certainement connu). Peut-être cette scène n'a-t-elle été qu'un rêve.

« Et si ? » nous transporte dans les grands espaces de la fiction : le Dominateur du Pays, le Grand Artiste, le Génie, l'homme comblé d'honneurs, vient d'être subjugué par la silhouette d'une jeune fille. C'est peut-être vers cela, à son insu, qu'il avait orienté ses efforts. Mais, comme de coutume, chez Buzzati, « il n'avait jamais compris, il ne s'en était jamais douté. La seule pensée lui aurait semblé une folie scandaleuse. Ainsi les années étaient passées, inutilement. Et aujourd'hui, il était trop tard ».

L'esclavage du désir est à l'origine, dans *Le K*, de bien des métamorphoses, visibles et invisibles. La personne est réduite à un objet : elle se sacrifie ou elle est, le plus souvent, sacrifiée. Sous la plume de Buzzati, la femme apparaît essentiellement comme un instrument de perte : ce que confirment amplement les jeunes diablesses de « Voyage aux Enfers du siècle ». Dans cet univers assez sombre, il existe néanmoins des exceptions. Dans « L'œuf », ni les hommes, ni les instruments de destruction et de mort, coalisés dans un saisissant crescendo dramatique, ne peuvent venir à bout de Gilda, une pauvre femme de ménage qui défend sa fille Antonella, injustement humiliée. Seul l'amour maternel sauve. « Les deux chauffeurs » nous l'avait déjà dit, mais sur un autre registre : l'amour maternel établit un pont mystérieux, par-dessus la mort, avec l'au-delà.

La mort et l'au-delà

Les morts habitent parmi nous, mais nous l'oublions, même si les habitudes veulent que pendant certains « Week-ends » nous leur rendions visite au cimetière. La mort, elle, ne nous oublie pas. Elle vous surprend sur un terrain de golf. Dans « Dix-huitième trou » le très respectable Stefano Merizzi est subitement métamorphosé en crapaud, avant de terminer son parcours. Des correspondances étranges s'établissent entre les défunts et « Les bosses dans le jardin ». Buzzati parle à la première personne et énumère les amis disparus — Sandro Bartoli, qui s'est tué en montagne, Giuseppe Patanè, Leo Longanesi, Arturo Brambilla, tant d'autres — qui sont venus hérisser de monticules son petit jardin intérieur. Seul demeure l'espoir qu'un jour quelqu'un se penchera avec amitié, dans son jardin, sur une bosse appelée Dino Buzzati.

Plusieurs nouvelles du *K* esquissent une sorte d'histoire du monde, de souche chrétienne. Mais d'un christianisme qui se bornerait à transposer dans l'au-delà nos habitudes terrestres : façon élégante de poser les grandes questions de l'existence, sans pour autant donner de réponse. Le Dieu de « La Création » n'a rien de redoutable. On dirait plutôt un architecte débonnaire qui donne ou refuse son accord aux projets de création qui lui sont soumis pour la Terre. Dans un moment de faiblesse, il appose sa signature d'approbation au bas du « fatal projet » concernant l'homme, la seule créature capable de louer et d'adorer son créateur. C'est ainsi que tout a commencé. L'humour ne cache pas l'ampleur du problème : l'usage que l'homme a fait de sa liberté. Une séquence de « Petites histoires du soir », appelée « La maison », donne la première réponse, en désignant la cause des faiblesses morales : « Le péché originel dans toute sa luxueuse exubérance ».

Puisque la vie au Paradis est imaginée comme une existence désœuvrée, on comprend que, dans « La chute du saint », un bienheureux préfère renoncer à ses privilèges pour replonger dans les incertitudes de la terre, même s'il n'est pas assuré de retrouver son statut.

Plusieurs autres nouvelles font des références explicites aux valeurs chrétiennes. « L'humilité » est une approche paradoxale de cette vertu et une réplique aux boursouflures de l'orgueil humain. Le petit prêtre que l'ermite confesse, de loin en loin, finit par devenir pape. « Le petit ballon » s'attache au mystère de la souffrance des innocents. « L'autel » évoque le problème du salut des âmes. Les mystères de la liberté, du mal, de la souffrance, de la responsabilité : la réflexion d'ordre moral emprunte volontiers la voie de l'humour et du fantastique. Celui-ci a, d'ailleurs, dans *Le K*, une richesse remarquable.

Les transformations subites d'une femme en voiture, d'homme en chien de salon (« Petite Circé »), ou en araignée monstrueuse (« Teddy-boys »), le vieillissement instantané, illustrent l'éternel thème de la métamorphose.

L'image d'une verticalité menaçante (souvenir des montagnes ?) est largement présente dans *Le K*. Tantôt sous forme d'ascension, tantôt sous forme de chute. Dans « La tour Eiffel », cette verticalité ascendante est au service du rêve insensé d'atteindre le ciel, même si les ouvriers qui construisent d'invisibles étages de la tour Eiffel n'ont rien des bâtisseurs de la tour de Babel. Monter est au fond un art de vivre, car les sommets à conquérir sont moins effrayants que les gouffres qui s'ouvrent devant nous. Mais puisque le ciel est hors de portée, il faut redescendre. Après avoir usé en vain sa vie.

La descente peut tourner à la chute libre. Dans « Jeune fille qui tombe... tombe » la verticalité est synonyme d'une chute aérienne, proche d'un délicieux vol plané à travers la vie, dans l'espoir d'échapper à l'accélération du temps. Montée enivrante ou descente vertigineuse, le mouvement n'a finalement d'autre but que lui-même. Buzatti décrit, de main de maître, en variant les tonalités, le style et le décor, un temps rigoureusement vide, une attente qui sera inévitablement déçue et dont nous connaissons le dénouement : la mort.

En d'autres occasions, le fantastique tient à de mystérieuses correspondances qui relient des événements apparemment sans rapport. « Douce nuit » met ironiquement en parallèle la légère inquiétude ressentie par la compagne du narrateur et les horreurs d'une nature où la violence et la mort règnent en maîtres. Ces correspondances deviennent parfois des rapports de cause à effet. Dans « Le Veston ensorcelé » le narrateur relate le pacte qu'il a établi, à son insu, avec le diable. Il a été gagné par l'amour des richesses. Chaque nouvelle somme que lui procure le veston diabolique correspond à un vol, à une violence perpétrée sur terre. Le retour à la situation initiale s'avère fort difficile.

« Ubiquité », en revanche, prend congé avec un sourire amusé du fantastique le plus classique. C'est Buzzati journaliste qui parle à la première personne. Dans un vieux grimoire ferrarais du XVIIe siècle, il a découvert par hasard la formule magique lui permettant de se trouver, sur-le-champ, là où il le désire. Les premières expériences sont grisantes. Mais Buzzati renonce vite à ce don magique, qui rendrait sa vie quotidienne absolument invivable et qui, malgré les apparences, desservirait son métier de journaliste : « Après les premières performances à sensation, la panique se répandrait, on ferait des enquêtes, mon apparition, en n'importe quel point du globe, serait immédiatement signalée, on finirait par m'identifier. Et alors, adieu Dino Buzzati ».

Cette nouvelle est exemplaire, à plus d'un titre. Sous l'aspect du fantastique, elle dessine une courbe bien précise : d'une situation « normale », celle qui précède la découverte de la formule magique, on passe à une situation exceptionnelle (caractérisée par l'usage des pouvoirs surnaturels que confère la formule), pour revenir ensuite à une situation « normale ». Celle-ci ne se confond pas avec la situation initiale. Si nous suivons la logique de la nouvelle, ces pouvoirs surnaturels existent bel et bien, même si le narrateur renonce à en faire usage. La « normalité » s'est donc enrichie de la certitude qu'un élément inquiétant peut à tout moment anéantir nos fausses certitudes.

L'écrivain et son double

Il se peut, d'ailleurs, que ces histoires de magie ne soient qu'affaire de formules, de mots. Et que le journaliste, l'écrivain, soit un apprenti sorcier qui ne se prendrait pas trop au sérieux : il bâtit un univers de formules incantatoires dont il n'est pas lui-même dupe. C'est ainsi qu'il faut comprendre « Le magicien ». Jouant le rôle de l'avocat du diable, et pourfendant les journalistes, les critiques d'art, ces parasites de la société, ces individus peu recommandables, prêts à toutes les compromissions, Schiassi (le même mystérieux personnage qui apparaît dans « L'ascenseur ») redonne l'inspiration à cet écrivain las et désabusé qui s'appelle Dino Buzzati.

Si bien des nouvelles du *K* mettent en scène un écrivain, un artiste, un journaliste, c'est pour dédoubler leur image. Pour séparer, sur un registre tantôt ironique, tantôt pathétique, l'être et son affectation, la personne et le personnage.

Dans la très pirandellienne nouvelle intitulée « Le défunt par erreur », un célèbre peintre touche du doigt la vanité de ce qu'on appelle renommée : le monde et ceux que nous aimons se passent fort bien de nous. En tant qu'artiste, il sera vite oublié. Et un bon ami ne tardera pas à l'évincer dans le cœur de sa femme, veuve aux yeux du monde. N'oublions pas que la fiction de la mort du peintre naît à la suite d'un article nécrologique publié par erreur par un important quotidien. Mais — suggère Buzzati — il est plus facile, pour le directeur du journal, d'assurer une existence confortable mais secrète à quelqu'un dont il a dit qu'il était mort, que de rectifier une fausse nouvelle.

Le sort des écrivains qui vivent encore aux yeux du monde n'est guère plus enviable. Ils évoluent dans un univers de mots piégés, de mots convenus, d'imposture. Le poète qui s'apitoie sur les souffrances des autres et qui atteint à la gloire, ne connaît rien à la douleur. Cependant il arrive un moment où il faut payer sa dette. Tel est l'enseignement que nous donne « Le compte ». Au fond « Le secret de l'écrivain » n'existe pas : son chef-d'œuvre est une page blanche.

« A Monsieur le Directeur » est un chef-d'œuvre d'auto-ironie. L'écrivain Dino Buzzati n'a jamais existé en tant que tel : il doit sa gloire littéraire au travail d'un nègre qui, depuis toujours, a écrit pour lui. Tel est le sens de la lettre très confidentielle que Buzzati écrit au directeur de son journal. Tout n'est que supercherie et mystification. Car en définitive, ne l'oublions pas, Buzzati tire de ces aveux ironiques un superbe *elzeviro*.

Ce savant mélange de vérité, de vraisemblance, de réalité, de possibilités, de rationnel et d'absurde élargit le domaine du fantastique, lui donne droit de cité dans la vie courante. C'est nous qui par moments, ne savons pas le découvrir derrière les événements les plus anodins.

Cette coexistence de registres très variés restitue paradoxalement à Buzzati une parole simple (ou peut-être piégée). Celle qui lui permet de renouer, dans « Petites histoires du soir » avec les considérations les plus simples et les plus poignantes du *Désert des Tartares* : la fuite du temps, l'illusion d'avoir encore une longue route à parcourir, le regret dramatique de n'avoir guère su mettre à profit les années enfuies. « C'était encore l'après-midi, le soleil était assez beau. Dans la rue je rencontrai quelqu'un. "Bonjour", lui dis-je. Il me regarda et répondit "Bonsoir". » L'entre-deux ne vaut guère mieux : « J'éprouve une sensation de précipice sous mes pieds, le remords du temps gâché, le vertige du vide et de la vanité ».

L'ironie, l'humour, sont les armes qui permettent, dans la mesure du possible, d'exorciser la peur du vide. Le fantastique est une grille d'analyse dont le moraliste se sert pour scruter le monde et pour en faire ressortir les richesses insoupçonnées.

Le regard du moraliste

A partir des années 40, après la parution du *Désert des Tartares* et de *Sept Messagers*, Dino Buzzati est poursuivi par une obsession : ne plus avoir rien à dire. Le

9 mars 1944, il note dans son *Journal* : « Qu'ils sont loin les jours où il me venait à l'esprit des quantités d'idées d'histoires [...]. Peut-être cela est-il dû à la guerre, ou bien à l'âge, ou alors les choses bonnes en moi étaient peu nombreuses et elles se sont épuisées rapidement ; toujours est-il qu'à présent je suis redevenu un type quelconque, comme il y a quinze ans. »

Dans son œuvre, le rapport entre chronique et fantaisie va progressivement se modifier. Geno Pampaloni a distingué deux versants : « Tandis que dans sa jeunesse il essayait le plus souvent d'écrire, pour ainsi dire, les chroniques de sa fantaisie [...] par la suite il a le plus souvent inversé les termes et il nous a donné la fantaisie de la chronique, les sursauts, les miracles, les monstres, les mystérieuses rencontres, le fourmillement métaphysique de chaque jour [1]. »

Mises bout à bout, les nouvelles du *K* nous proposent une spectrographie d'autant plus saisissante de l'homme et de sa condition sur terre qu'elle se présente sous une forme fragmentaire, que les rapports de cause à effet sont, souvent, entrevus ou sous-entendus. On a vu que la vision que Buzzati a de l'existence n'est rien moins qu'optimiste. La passion amoureuse égare ; l'amour de l'argent remplit le monde de crimes et de cadavres, en vertu de mystérieuses corrélations que l'homme soupçonne en tremblant. Nous marchons sur un terrain miné par nos désordres, par notre égoïsme. A chaque pas nous pouvons être engloutis par les gouffres qu'ont creusés nos vices et dont « Voyage aux Enfers de ce siècle » nous donne une première image. Trois ans plus tard, la bande dessinée *Poèmes-bulles*, réécriture moderne du mythe d'Orphée, confirme la nature de cette descente au cœur de nous-mêmes. Le nouvel Orphée plonge dans les

1. G. Pampaloni, « Buzzati uno e due », *Il Corriere della sera*, 19 décembre 1971 (compte rendu des *Nuits difficiles*).

entrailles de Milan, comme le reporter Dino Buzzati l'avait fait dans *Le K*. Mais pour y découvrir ses pulsions et ses désirs, autant que pour retrouver Eurydice.

Dans le recueil posthume de récits et nouvelles *Le Régiment part à l'aube*, rédigé pour l'essentiel en 1971, quand Buzzati se savait condamné, nous trouvons la suite idéale des « Deux chauffeurs », un texte dont nous vous avons déjà dit l'importance. Buzzati a appelé le dernier texte du *Régiment part à l'aube* « Ottavio Sebastian, ancien maître des forges ». Il l'a écrit en décembre 1971, quelques semaines avant de mourir. Puisqu'il a reçu son « ordre de route » Ottavio Sebastian, double transparent de Buzzati, doit partir. Avant d'aller à la rencontre de la mort, il se tourne vers sa mère, qui depuis plusieurs années a franchi le seuil mystérieux. Elle n'est pas au cimetière (il faudrait relire « Weekend » en ayant cette vue présente à l'esprit), pas plus que dans la maison à la montagne : elle est à côté de lui, dans la voiture, alors qu'il s'apprête à rejoindre son régiment. Elle se glisse en lui, pour le protéger. Buzzati reprend ici presque textuellement le dernier paragraphe des « Deux chauffeurs ». Lorsqu'il s'interrogeait sur ce qui restait de sa mère, il écrivait dans *Le K* : « Qui sait ? De temps en temps, surtout dans l'après-midi quand je me trouve seul, j'éprouve une sensation étrange. Comme si quelqu'un entrait en moi qui ne s'y trouvait pas quelques instants avant, comme si une essence indéfinissable m'habitait, qui ne serait pas mienne et pourtant profondément mienne, et comme si je n'étais plus seul, et que chacun de mes gestes, chacune de mes paroles eût comme témoin un mystérieux esprit. Elle ? Mais l'enchantement dure peu, une heure et demie, guère plus. Et puis la journée recommence à me broyer sous ses roues implacables ».

Dans « Ottavio Sebastian, ancien maître des forges »,

la mère, par sa foi, se porte garante de l'existence d'une autre vie. Sur son lit de mort, elle avait prononcé ces paroles que son fils reproduit : « Au moment où je m'apprête à laisser cette vie pour la vie éternelle à laquelle je crois et dans laquelle nous nous retrouverons réunis pour toujours, je vous bénis et vous remercie [...] [1] ». Le cimetière est vide, les croix ne projettent qu'une ombre, mais la mère est la médiatrice sûre : par sa présence, par sa foi dans l'autre vie, elle accompagne son fils qui prend congé du monde. Confirmation, face aux mirages et aux séductions, aux doutes de la vie, de cette certitude : seul l'amour maternel sauve.

Le K n'est donc pas qu'un recueil de nouvelles. C'est un *livre* qui apprend au lecteur l'art difficile de déchiffrer le vaste et incompréhensible journal du monde. Le fantastique est un instrument d'optique qui corrige notre myopie. Et l'humour évite, tout simplement, que le drame de l'existence ne tourne à la tragédie.

1. D. Buzzati. *Le Régiment part à l'aube*. Laffont, 1988, p. 117.

REPÈRES BIOGRAPHIQUES

1906. — Dino Buzzati Traverso naît le 16 octobre à San Pellegrino (Belluno), de parents vénitiens : Giulio Cesare Buzzati et Alba Mantovani. Deuxième de quatre enfants. Son père est professeur de droit international à l'université de Pavie et à l'université Bocconi de Milan.

1916. — il est inscrit au lycée Parini, de Milan.

1917. — la villa familiale de San Pellegrino est occupée par les Autrichiens. Elle subit des dommages considérables. Une partie de la bibliothèque est transférée à Vienne.

1920. — mort de Giulio Cesare Buzzati, d'une tumeur au pancréas. Les grandes passions de Buzzati (la montagne, le dessin, l'écriture) commencent à se manifester. Son premier texte littéraire, *La Chanson aux montagnes*, est rédigé en décembre.

1924. — il s'inscrit à la faculté de droit de l'université de Milan.

1926-1927. — service militaire.

1928. — le 10 juillet, Buzzati commence à travailler à la rédaction du *Corriere della sera*. Il demeurera fidèle jusqu'à sa mort au grand quotidien milanais, gravissant progressivement les différents échelons. En octobre il obtient son diplôme en droit.

435

1930. — premières ébauches de *Barnabò des montagnes*.

1933. — publication de *Barnabò des montagnes*, son premier roman. Le *Corriere della sera* envoie Buzzati en Palestine.

1935. — *Le Secret du Bosco Vecchio*, deuxième roman.

1936. — douloureuse opération à la mastoïde. Rédaction du récit *Sept Étages*, publié l'année suivante.

1939. — Buzzati confie à son ami Arturo Brambilla le manuscrit du *Désert des Tartares*. En avril il part, en tant qu'envoyé spécial du *Corriere della sera*, pour Addis-Abeba. En août il est rappelé sous les drapeaux.

1940. — en avril, Buzzati rentre en Italie pour une brève période de repos (en février il a été atteint d'une très grave infection intestinale). Il ne pourra pas retourner en Afrique. La première édition du *Désert des Tartares* paraît chez Rizzoli, à Milan, le 9 juin.

1940-1942 — correspondant de guerre à bord des croiseurs *Fiume* et *Trieste*. Batailles du cap Teulada, du cap Matapan. Première bataille de la Syrte.

1942. — *Les Sept Messagers* (nouvelles). Buzzati est rappelé à la rédaction milanaise du *Corriere della sera*.

1945. — la deuxième édition du *Désert des Tartares* révèle le nom de Buzzati en Italie et marque le début de sa célébrité.

1949. — la traduction française du *Désert des Tartares* ouvre à Buzzati les portes du succès international. *Panique à la Scala* (nouvelles).

1950. — première édition de *En ce moment précis*, carnets de Buzzati. La troisième édition, augmentée, paraîtra en 1963.

436

1952. — le Prix Naples est décerné au volume de récits *L'Écroulement de la Baliverna*.

1955. — Camus adapte en français *Un cas intéressant*, pièce de théâtre que Buzzati avait écrite deux ans plus tôt (à partir de la nouvelle *Sept Étages*). La pièce est donnée à Paris, au Théâtre La Bruyère.

1958. — première exposition personnelle de peinture, à Milan. *Soixante Récits* (nouvelles déjà publiées et inédites) reçoit le Prix Strega.

1960. — *L'Image de pierre*, roman de science-fiction.

1961. — le 18 juin meurt Alba Mantovani, la mère de Buzzati.

1963. — en avril paraît le roman *Un amour*, assez fraîchement accueilli.

1964. — voyage à Jérusalem, à la suite de Paul VI. Premiers voyages à New York et à Washington.

1965. — voyage à Prague. *Le Capitaine Pic et autres poésies*, poèmes.

1966. — *Le K*, nouvelles. Buzzati rédige l'introduction à l'œuvre complète de Jérôme Bosch. Le 8 décembre il épouse Almerina Antoniazzi.

1967. — mai, vernissage de l'exposition personnelle de peinture à Paris (Galerie La Pochade).

1969. — *Poèmes-bulles*, bandes dessinées et légendes de l'auteur (relecture moderne du mythe d'Orphée).

1970. — il reçoit le prix de journalisme Mario Massai pour les articles publiés pendant l'été 1969, lors du premier voyage de l'homme sur la Lune. Septembre : exposition à Venise de trente-neuf tableaux d'ex-voto à sainte Rita.

1971. — le livre *Les Miracles de Val Morel* présente les ex-voto à sainte Rita, accompagnés de notices explicatives. *Les Nuits difficiles* (récits). Le 1er décembre, Buzzati, qui se sait condamné, se rend pour la dernière fois dans sa maison de San

Pellegrino. Le 8 décembre il est hospitalisé à
Milan.

1972. — le 28 janvier, Buzzati meurt d'un cancer. Sa
longue maladie n'est pas sans rappeler *Un cas intéressant*.

REPÈRES BIBLIOGRAPHIQUES

Principaux livres de Buzzati traduits en français

1. ROMANS

Le Désert des Tartares, Paris, Laffont, 1949.
Barnabò des montagnes suivi de *Le Secret du Bosco Vecchio*, Paris, Laffont, 1959.
L'Image de pierre, Paris, Laffont, 1961.
Un amour, Paris, Laffont, 1964.

2. NOUVELLES, RÉCITS

L'Écroulement de la Baliverna, Paris, Laffont, 1960.
Le K, Paris, Laffont, 1967.
Les Sept Messagers, Paris, Laffont, 1969.
Les Nuits difficiles, Paris, Laffont, 1972.
Le Rêve de l'escalier, Paris, Laffont, 1973.
Le Chien qui a vu Dieu, Paris, Gallimard, 1980.
Mystères à l'italienne, Paris, Laffont, 1983.
Le Régiment part à l'aube, Paris, Laffont, 1988.
Panique à la Scala, Paris, Laffont, 1989.

3. JOURNAL, LETTRES, ENTRETIENS

En ce moment précis, Paris, Laffont, 1965.
Mes Déserts : entretiens avec Yves Panafieu, Paris, Laffont, 1973.
Lettres à Brambilla, Paris, Grasset, 1988.

4. POÈMES, BANDES DESSINÉES

Poèmes-bulles, Paris, Laffont, 1970.
Le Capitaine Pic ou Le Triomphe du règlement, Paris, Obsidiane, 1985.

Bibliographie critique sur Buzzati

1. ÉTUDES GÉNÉRALES

Marcel BRION, *L'Art fantastique*, Paris, Albin Michel, 1989.
Marie-Hélène CASPAR, *Fantastique et mythe personnel dans l'œuvre de D. Buzzati*, Colombes, Erasme, 1990.
Antonella GENOVESI, *Dino Buzzati*, Paris, H. Veyrier, 1985.
Lectures de « Le Désert des Tartares » de Dino Buzzati. La fuite du temps, Paris, Belin, 1981.
François LIVI, « *Barnabò des montagnes* : genèse d'une mythologie », in *Cahiers Buzzati*, n° 5, Paris, Laffont, 1982.
François LIVI, *D. Buzzati* : « *Le Désert des Tartares* », « Profil d'une œuvre », n° 40, Paris, Hatier, 1991.
Michel SUFFRAN, Yves PANAFIEU, *Buzzati, qui êtes-vous ?*, Besançon, La Manufacture, 1991.

2. SUR LES NOUVELLES

Véronique ANGLARD, *Technique de la nouvelle chez Buzzati*, « Littérature vivante », Paris, Pierre Bordas et fils, 1990.

Marie-Hélène Caspar, « Lecture de la nouvelle "Le K" », in *Cahiers Buzzati*, n° 5, Paris, Laffont, 1982.

Nella Giannetto, « Buzzati et la littérature fantastique du XIXᵉ siècle. Quelques suggestions à partir de Hoffmann et Poe », in *Cahiers Buzzati*, n° 7, Paris, Association Internationale des Amis de Buzzati, 1988.

Bibliographie succincte en langue italienne

Antonia Veronese Arslan, *Dino Buzzati*, « Invito alla lettura di... », n° 23, Milan, Mursia, 1974.

Neuro Bonifazi, *Teoria del fantastico e il racconto fantastico in Italia : Tarchetti, Pirandello, Buzzati*, Ravenne, Longo, 1982.

Dino Buzzati (actes du colloque international de Venise, 3-4-XI-1980, réunis par A. Fontanella), Florence, Olschki, 1982.

Ilaria Crotti, *Buzzati*, « Il Castoro », n° 129, Florence, La Nuova Italia, 1977.

Fausto Gianfranceschi, *Dino Buzzati*, « Scrittori del secolo », n° 32, Turin, Borla, 1967.

Fausto Gianfranceschi, « Buzzati e i suoi critici », *Cultura e Libri*, n° 53, octobre 1989.

Nella Giannetto, *Il coraggio della fantasia. Studi e ricerche intorno a Dino Buzzati*, Milan, Arcipelago Edizioni, n° 989.

Giovanna Ioli, *Dino Buzzati*, « Civiltà Letteraria del Novecento, Profili », n° 45, Milan, Mursia, 1988.

Mario B. Mignone, *Anormalità e angoscia nella narrativa di Dino Buzzati*, Ravenne, Longo, 1981.

Il mistero in Dino Buzzati (témoignages réunis par R. Battaglia), Milan, Rusconi, 1980.

Il pianeta Buzzati (textes et iconographie réunis par A. Buzzati et G. Le Noci), Milan, Apollinaire, 1974.

Marcellin de Cassel, « L'œuvre de H. nouvelle » in
K°», in Cahiers Roumanie 1956, Paris, Laffont 1952.
Nella catacomba, « Brezac et la littérature fantastique
du XIX° siècle. Quelque suggestions à partir de
Hoffmann et Poe » in « Cahiers Roumanie », Paris,
Association Internationale des Amis de Brezac,
1988.

Bibliographie succinte en langue italienne

Alberto Venezze, Anatra e Dino Buzzati — Invito alla
lettura di « K » n° 23, Milan, Mursia, 1974.
Mario Boselli, *Teoria del fantastico* e il racconto
Buzzatiano in *Inchini Kerketuki*, Typografia, Bergam,
Rassegna Lampo 1982.
Dino Buzzati, *atti del colloquio international de
Venise, 3-4 XI 1980*, réunis par A. Fontanelli, Flo-
rence, Olschi, 1983.
Fausta Caroni, *Buzzati*, « IP Castoro » n° 129, Flo-
rence, La Nuova Italia, 1979.
Fabio Givanrancesco, *Dino Buzzati* « Società del
verbale » n° 92, Turin, Bona, 1967.
Fausto Gianfancechi, « Buzzati » « L'uomo e l'opera »,
Cultura e libri n° 92, octobre 1963.
Neria Catanzaro, *Il concepto della fantasia, Studi e
ricerche Roumanie Dino Buzzati*, Milan, Archisbado,
Belzoni, n° 1988.
Giovanna Tofi, Dino Buzzati, « Civiltà Letteraria del
Novecento, Profilo » n° 45, Milan, Mursia, 1988.
Yolanda R. Monteleone, *Aforismare e il pittorese nello zero
Buzzati di Dino Bergam*, Ravenna, Longo 1991.
Il universo di Dino Buzzati e la immaginario, réunie par
E. Barbachini, Milan, Rusconi, 1980.
*Il giorno de Buzzati (trovato la iconographie réunis par
E. Buzzati et O.J.*, Noci, Milan, Apollinaire, 1911.

442

FILMOGRAPHIE

Le Désert des Tartares (1976), de Valerio Zurlini. Producteur : Jacques Perrin.

Adaptation du roman : André-G. Brunelin.

Avec : Vittorio Gassman, Giuliano Gemma, Helmut Griem, Philippe Noiret, Jacques Perrin, Francisco Rabal, Fernando Rey, Laurent Terzieff, Jean-Louis Trintignant, Max Von Sydow.

Ce film a reçu en 1976 le prix Louis Lumière.

TABLE DES MATIÈRES

Achevé d'imprimer sur les presses de

BUSSIÈRE

GROUPE CPI

à Saint-Amand-Montrond (Cher)
en décembre 2002

POCKET - 12, avenue d'Italie - 75627 Paris Cedex 13
Tél. : 01-44-16-05-00

— N° d'imp. : 26718. —
Dépôt légal : avril 1994.

Imprimé en France